André Kubiczek, 1969 in Potsdam geboren, studierte Germanistik in Leipzig und Bonn. 2002 erschien sein hochgelobter Debütroman «Junge Talente», 2007 wurde er mit dem Candide-Preis ausgezeichnet. Nach «Skizze eines Sommers» (2016), «ein quicklebendiger Roman, voller Einfühlung, ohne Anbiederung» (FAZ), der auf der Shortlist des Deutschen Buchpreises stand und über den «Der Freitag» schrieb: «Kubiczek gelingt etwas Atemberaubendes», folgte zuletzt «Straße der Jugend» (2020). André Kubiczek lebt als freier Schriftsteller in Berlin.

«André Kubiczek vermag etwas ganz Besonderes: Er kann ungemein lässig, sehr komisch und berührend zugleich über den Zauber und Schrecken vom Jungsein erzählen.» *NDR Kultur «Neue Bücher»*

«Von ziemlich nahe winken hier Wolfgang Herrndorfs ‹Tschick› und Bov Bjergs ‹Auerhaus› herüber, deren literarische Qualität André Kubiczek problemlos erreicht.» *Deutschlandradio Kultur*

André Kubiczek

DER PERFEKTE KUSS

Roman

Rowohlt Taschenbuch Verlag

Veröffentlicht im Rowohlt Taschenbuch Verlag, Hamburg, Mai 2023
Copyright © 2022 by Rowohlt · Berlin Verlag GmbH, Berlin
Covergestaltung Cordula Schmidt Design, Hamburg,
nach einem Entwurf von Anzinger und Rasp, München
Coverabbildung Giovan Battista D'Achille/Trevillion Images
Satz DTL Fleischmann
Gesamtherstellung CPI books GmbH, Leck
ISBN 978-3-499-00646-3

It takes strength to be gentle and kind.

I.

1. THE BOYS ARE BACK IN TOWN

Als ich Robert nach den großen Ferien wiedersah, traf mich fast der Blitz.

«Alter», rief er, ohne sich mit einer konventionellen Begrüßung aufzuhalten, «warum kommst du so spät?»

Er musste mir aufgelauert haben, denn ich war gerade erst aus dem Fahrstuhl gestiegen in der siebten Etage und hatte meine drei Mitbewohner in 702 begrüßt, denen es gelungen war, unser gemeinsames Zimmer in eine Halde aus Klamotten, technischen Gerätschaften, feinmechanischen Werkzeugen und Unmengen von Lebensmitteln zu verwandeln. All das musste im Laufe des Abends aus ihren Koffern und Reisetaschen gequollen sein, und nun war es also da.

Doch statt das Zeug auf Wandschränke, Regalbretter und Schreibtischschubladen zu verteilen, lagen meine drei Kommilitonen in den Doppelstockbetten und lasen: Volker eine voluminöse Schwarte der Reihe *Spannend erzählt*, mit einer Karawane im Sonnenuntergang vorne drauf, Bernd die aktuelle *Jugend und Technik* und Jens eine Broschüre namens *The show must go on* aus der Reihe *nl konkret*.

Eine Schrift, wie ich später beim Durchblättern feststellte, die unsere Jugend vor der Zwiegesichtigkeit der westlichen Populärkultur warnte, welche darin bestehe, dem jungen Publikum zwar echte Gefühle vorzugaukeln, mit diesen aber hauptsächlich Geld verdienen zu wollen, wie jeder andere dahergelaufene Fabrikbesitzer, der Autos herstellte oder meinetwegen Haarbürsten.

Das Ganze war vermutlich nicht mal falsch, aber wann immer ich neuerdings den Eindruck hatte, jemand habe nur zur Feder beziehungsweise Schreibmaschine gegriffen, um mich zu belehren, damit ich am Ende seine abgestandenen Weisheiten zu meinen eigenen machte, klappte ich das Buch sofort wieder zu.

Ab diesem neuralgischen Punkt war für mich regelmäßig Schluss. Keine Ahnung, wann das losgegangen war mit diesem Spleen. Ende der Zehnten, würde ich aus der hohlen Hand schätzen, als wir angefangen hatten, freiwillig Bücher zu lesen, Michael und Dirk und ich, ein halbes Jahr vor den Prüfungen zirka.

Nicht, wie es weiterging, wollte ich dann wissen, und ob die schiefe Bahn wieder gerade wurde, auf die einer geraten war. Nicht, wer sich in wen verliebte, falls sich denn wer in jemand anderen verliebte, was aber so gut wie immer vorkam, und – straft mich Lügen! – in den langweiligsten Büchern tummelten sich sogar die meisten Verliebten.

War dieser Punkt erreicht, konnten mich auch gelungene Details nicht mehr überzeugen: Pech gehabt. Das war jetzt eben zur Masche von mir geworden, ein Buch wegzulegen, sobald ich den ersten erhobenen Zeigefinger entdeckte. Nennt es meinetwegen Trotz, aber davon wich ich nur ab, wenn es um quasi dienstliche Lektüre ging, ich meine, wenn wir etwas in Staatsbürgerkunde lesen mussten, wie letztes Jahr dauernd diese Lenin-Sachen, *Staat und Revolution* und *Materialismus und Empiriokritizismus*, oder wenn wir einen sozialistischen Entwicklungsroman im Deutschunterricht durchnahmen.

Dann schob ich die Lektüre zwar bis zum Sankt-Nimmer-leins-Tag auf, aber ich las die Bücher letztendlich doch. Es sei denn, ich fand irgendwo eine brauchbare Zusammenfassung. Dann las ich natürlich lieber die.

Aber ich schweife ab.

Es war nicht zu übersehen: In unserem Wohnheimzimmer hatte das Chaos des Ankommens die Herrschaft übernommen, über welchem wiederum ein komischer Geruch lag: eine Mischung aus dem Wofalor-Duft der frisch gewaschenen Sachen von zu Hause und dem Odeur von Jens' Thüringer Wurstwarenspezialitäten, die als monumentales Paket in Wachspapier auf unserem Gemeinschaftstisch in der Zimmermitte thronten, direkt unter der leise surrenden Neonröhre, und darauf warteten, endlich in kühlere Gefilde fortgeschafft zu werden, sprich: in den Kühlschrank der Etagenküche.

Ich hatte meine Reisetasche auf ein noch freies Stück des roten Linoleumbodens fallen lassen und wollte eben meinen Recorder auf das Wandbord überm Schreibtisch stellen, hinten rechts am Fenster, unter dem in der Tiefe die Wilde Saale floss, als es heftig klopfte und, ohne dass einer von uns «Herein!» gesagt hatte, sofort die Tür aufging.

Vorsichtig, würde ich behaupten. Zögerlich geradezu angesichts des forschen Klopfens zuvor.

«Alter», rief Robert also, ohne ein bourgeoises *Guten Abend* vorauszuschicken. «Warum kommst du so spät?»

Er stand im schwach beleuchteten Wohnheimflur und grinste schief, fast ein bisschen verlegen, aber mal ehrlich: Er hatte wirklich allen Grund, unsicher zu sein, so wie er hier vor mir stand.

Ich war überrumpelt von seiner Erscheinung, und vor

lauter Erstaunen fiel mir keine sinnvolle oder ironische Entgegnung ein, und weil ich selber merkte, wie mir gerade die Spucke wegblieb, sagte ich lieber nichts und schlug nur wie ein Roboter in Roberts Hand ein, die er mir entgegenstreckte. Bei ähnlicher Gelegenheit, das fürs Protokoll, hatten wir uns früher durchaus umarmt.

Volker dagegen ließ sein Buch sinken, und über den Stahlrahmen seiner Kastenbrille hinweg, die linke Augenbraue hochgezogen, rief er, und es klang beinahe empört: «Junge, was ist denn mit dir passiert?»

Ehrlich?

Besser hätte ich es in diesem Moment auch nicht ausdrücken können. Und eines ist sicher: Es musste eine Menge passieren, damit ein Mathe-Physik-Heini wie Volker einen Mädchenschwarm wie Robert dermaßen schräg von der Seite anquatschte. Das gesamte letzte Schuljahr hatten sie vielleicht dreißig Worte gewechselt, und das ging dann so:

«Ist René da?»

«Nein.»

«Sag ihm, er soll hochkommen, wenn er zurück ist!»

«Mach die Tür zu, Mensch!»

«Wer redet denn mit dir, du Vogel?», kam es nun von Robert wie aus der Pistole geschossen, und er klang giftig und richtig aggressiv, was normalerweise gar nicht seine Art war und ihm nicht sonderlich gut stand, wie ich merkte. Wahrscheinlich hatte er die Frage heute einfach schon zu oft gehört.

Allerdings durchaus nicht von jedem.

Ich zum Beispiel harrte noch meiner Chance, sie zu stellen. Im Moment aber – das sah ich ein – war es ungünstig.

Damit sein Groll nicht weiter wuchs, legte ich schnell meinen Recorder aufs Bett und sagte zu Robert: «Lass uns eine rauchen!»

Der Fahrstuhlvorraum war einer von zwei Orten auf jeder Etage, wo Rauchen erlaubt war. Der andere war der Gemeinschaftsbalkon hinterm Fernsehraum, der sich über die komplette Hochhausbreite zog und von dem aus man die Silhouette der Stadt sah, wie sie am Horizont mit dem Himmel verschmolz. Die Stadt bestand ja aus einer Fülle von alten und neueren Ruinen: die Trümmer des Zentrums links, rechter Hand die gestapelten Module von Halle Neustadt, Ha-Neu, wie die Einheimischen es abkürzten. Blutrot das alles, wenn die Sonne an klaren Tagen unterging.

Ich holte die Club-Schachtel aus meiner Lederjacke und hielt sie Robert hin.

Robert sagte: «Lass uns in die *Bierstube* gehen. Ist doch so was wie unser Einjähriges heute.»

«Und Günter?», fragte ich. «Nehmen wir den mit?»

Günter war mein anderer Freund hier im Internat. Zu Hause wäre das unmöglich gewesen, denn dort hätte er als Angehöriger einer verfeindeten Jugendbewegung gegolten, was man ihm ansah, zwanzigtausend Meilen gegen das Licht.

Er hatte lange glatte Haare, die ihm hinten über die Schultern hingen und vorne bis auf die Brust. Er liebte Schlauchhosen, die seine Streichholzbeine schön zur Geltung brachten, und seine schwarzen aus Leder waren die schlimmsten.

Ich wollte nicht wissen, wie es roch, wenn er sie nach einem langen Abend in der *Bergschenke* abstreifte, um ins Bett zu fallen wie ein Stein. Günter behauptete, ganz normal beziehungsweise gar nicht, und dass Hosen aus Leder sowieso viel gesünder seien und natürlicher als alle anderen, weil sie schließlich selbst von etwas Lebendigem abstammten. Und dass die winzigen Poren darin, die man nur durchs Mikroskop sah, sogar besonders viel Luft an seine Beine ließen.

Seit er angetrunken, aber durchaus im Ernst behauptet hatte, Schweine, ursprüngliche Erzeuger des Leders, würden schließlich auch nicht schwitzen, war ich aus dem ewigen Palaver um sein Hosenklima ausgestiegen. Diese Diskussion fochten Robert und er seitdem unter sich aus.

Günters Jeansjacke passte zu seinen Schlauchhosen wie die Faust aufs Auge. Sie war zugepflastert mit Nieten und Aufnähern von Heavy-Metal-Bands, und selbst ein Eisernes Kreuz war da mal drauf gewesen, wie der Sänger von Motörhead eines trug, aber nur einen Tag lang, in seiner alten Schule in einem Kaff im Bezirk Cottbus.

Noch vor der ersten großen Pause war er zum Direktor bestellt worden, um dann am Nachmittag eine Stellungnahme zu schreiben, in der er beteuerte, dass er, anders als seine Frisur und die Klamotten es vielleicht vermuten ließen, keineswegs den sozialistischen Pfad verlassen habe und erst recht nicht irgendwelche revanchistischen Gedanken hege. Lediglich aus jugendlicher Unreife und Geltungssucht habe er das Kreuz auf seine Jacke genäht, und aufgestachelt worden dazu sei er von einem feindlich-negativen Jugendlichen von woanders.

Im Anschluss hatte Günter sich zwei Wochen lang die Matte mit Wasser zum Scheitel gekämmt, und die Schule, froh, einen der Besten des Jahrgangs nicht an die westliche Dekadenz verloren zu haben, glaubte nur allzu gerne an den erfundenen Jugendlichen von außerhalb und vergaß den Vorfall.

Bei uns zu Hause in Potsdam dagegen war Heavy Metal praktisch tot, und wollte man einen der Anhänger in freier Wildbahn begutachten, musste man schon eines der umliegenden Dörfer aufsuchen, Werder, Ferch oder Caputh, wohin sie sich zurückgezogen hatten. Alle Jubeljahre brachen ein paar von ihnen nach Potsdam auf, um in unserer Fußgängerzone, dem sogenannten Boulevard, Unruhe zu stiften mit ihrem Rudelverhalten und angestarrt zu werden von den empörten Stadtbewohnern.

Leider starben nicht alle fiesen Jugendgruppierungen aus. Manchmal kamen neue hinzu, wie diese Kahlgeschorenen in letzter Zeit. Sie trugen sogenannte Bomberjacken, aufgeplusterte Blousons mit Fledermausärmeln, dazu hochgekrempelte Jeans und Schnürstiefel der Bundeswehr, die ihnen Oma und Opa aus dem Westen mitgebracht hatten. Nicht mal bei dreißig Grad im Schatten zogen sie das hässliche Zeug aus, denn ansonsten hätte sie keiner wiedererkannt.

Sie tauchten neuerdings im *Orion* auf und lockten dann nach und nach andere ihrer Abart an wie ein Komposthaufen die Kartoffel- und Eierschalen. Ein paar von denen kannte ich. Als sie noch Depeche-Mode-Fans gewesen waren, hatte ich einige davon sogar gegrüßt.

Günter dagegen las Bücher, und zwar richtig viele. Fantastische Abenteuer und utopische Geschichten, Stanisław Lem, die Brüder Strugatzki und solche Sachen.

Ohne verabredet zu sein, trafen wir uns manchmal im Fahrstuhlvorraum, saßen dann stundenlang nebeneinander in den bequemen Fernsehraumsesseln, die Füße auf den Heizungskörpern, und starrten in unsere Bücherschwarten. Um uns herum tobte das Internatsleben, aber wir bekamen nur nebenbei mit, wie unser Hochhaus atmete, wie es bebte, wie sich alles bewegte. Wie die Fahrstühle vorbeifuhren und hielten und Kommilitonen ausspuckten und weiterfuhren. Wie Zimmertüren auf- und zugingen, wie Stimmen zu klingen begannen, sich in Dialogen vereinten, lauter wurden, manchmal in Streit gerieten und wieder verstummten. Wie aus der Küche das Klappern von Töpfen und Geschirr drang, wie es nachmittags nach frisch aufgebrühtem Kaffee zu riechen begann und gegen Abend nach gebratenen Zwiebeln. Wie jemand Gitarre spielte im Vorraum einer anderen Etage und dazu sang, wie irgendwo Radionachrichten liefen.

Nur für eine gelegentliche Zigarettenpause klappten wir unsere Bücher zu. Aber auch dann redeten wir nicht viel, denn unsere Gedanken klebten noch immer in den soeben verlassenen Welten. Eine sterile Raumstation am Ende des einundzwanzigsten Jahrhunderts. Ein brütend heißer Strand unter nordafrikanischer Sonne. Wir wollten das magische Band zwischen uns und den Wörtern nicht durch profanes Gerede zerschneiden.

Kommilitonen, die in den Vorraum kamen, warfen uns mitleidige Blicke zu, weil wir die kostbare Selbststudienzeit mit weltfremden Lektüren verschwendeten, statt uns auf den Unterricht des nächsten Tages vorzubereiten.

Meist war es Robert, der diese gemeinsamen Nachmittage mit Günter beendete. Er wohnte eine Etage höher und kam gegen siebzehn Uhr das erste Mal die Treppe runter. Wenn er uns dann lesen sah, schlich er vorsichtig, fast auf Zehenspitzen, zurück. Eine halbe Stunde später wiederholte sich der Auftritt, der Abgang allerdings fiel etwas lauter aus. Natürlich hatten wir ihn auch diesmal aus den Augenwinkeln erkannt, unsere Köpfe aber wandten wir erst gegen sechs in seine Richtung, wenn er das dritte oder vierte Mal in die achte Etage zurückstapfte, richtig laut schon und so, dass man seinen Ärger aus den festen Schritten heraushören konnte.

Dann klappten wir die Bücher zu, winkten ihn heran, und Robert, der uns keinen Moment aus den Augen gelassen hatte, machte sofort kehrt. Er zündete sich eine Zigarette an und setzte ein Grinsen auf, und sogar wir waren jetzt froh, dass Schluss war mit der Leserei, denn von dem Buchstabensalat über Stunden brannten uns die Augen, und wir freuten uns, zurück in der richtigen Welt zu sein, die ein Abendbrot für uns bereithielt samt einem kalten Bier, sei es eine Pizza im *Schwager* oder bei schönem Wetter eine Bratwurst in der *Bergschenke*.

«Was ist denn nun?», fragte ich.

«Entschuldige, was hast du gesagt?», fragte Robert, abgelenkt vom Fahrstuhlvorraum, wo ordentlich Remmidemmi herrschte. Die halbe Etage saß da beisammen, und alle rauchten sie und tranken. Sie schrien durcheinander und lachten. Es klirrten die Flaschen, und der Recorder plärrte: «Wann ist ein Mann ein Mann?» Es war genau wie vor einem Jahr, nur dass sie heute ihr Wiedersehen feierten und nicht das Kennenlernen, und es war das letzte Mal.

Nach den nächsten großen Ferien würden sich ihre Wege zerstreuen, *unsere* Wege, muss es heißen, in den Pusztas und Pampas der sozialistischen Bruderländer, wo wir dann die seltsamsten Dinge studieren würden, so wie ich «Organisation der materiell-technischen Basis» in Moskau oder Günter Bierbrauerei in der ČSSR.

Roberts Studienfach klang dagegen fast normal: Marxismus / Leninismus in Rostow am Don. Dahinter verbarg sich wahrscheinlich wirklich nicht mehr als das: Marxismus / Leninismus in Rostow am Don. Eine Art Philosophiestudium, hatte er mir erklärt, ohne die ganze Philosophie. Das heißt, ohne die sogenannte bürgerliche Philosophie beziehungsweise mit der bürgerlichen Philosophie höchstens am Rande beziehungsweise als ideologischem Gegner oder als geistigem Vorläufer unserer heutigen sogenannten wissenschaftlich-materialistischen Weltanschauung. Denn wie wir aus dem Staatsbürgerkundeunterricht wussten, basierte die marxsche Dialektik auf jener von Hegel, und der Leninismus wiederum wäre undenkbar ohne die Erkenntnisse von Karl Marx und seinem Freund Engels, der die Chose obendrein finanziert hatte.

War Robert nach fünf Jahren fertig mit M/L in Rostow am Don, konnte er universell eingesetzt werden. Noch in der kleinsten Klitsche im letzten Kaff gab es jemanden, der hauptamtlich den Werktätigen Marxismus/Leninismus beibrachte, ob sie's wollten oder nicht, damit sie bloß nicht vergaßen, woher sie stammten (Klasse) und wohin das hier eines Tages alles führte (Kommunismus).

«Ob wir Günter in die *Bierstube* mitnehmen sollen, hab ich gefragt.»

Ein paar Mädchen saßen ebenfalls in unserem Vorraum, und so wie es schepperte und hallte im offenen Treppenhaus, mussten die Leute auf den anderen Etagen in ähnlicher Weise zugange sein. Aber Herr Breuer, Chef der Erzieher unseres Wohnheims, stellte sich vermutlich tot in seinem Kabuff im Erdgeschoss, denn wenn man keine Feinde sah, die gegen Disziplin und die Hausordnung verstießen, dann musste man auch nirgends hin zum Kämpfen und Bestrafen.

«Ich hab Günter noch gar nicht gesehen», sagte Robert.

«Weil du dich die ganze Zeit versteckt hast vor ihm?» Ich musste grinsen.

«Fang du nicht auch an», sagte Robert, und er tat mir fast ein bisschen leid, wie er vor mir stand mit seinen hängenden Schultern.

«Wer schön sein will, muss leiden.»

Ich wollte das nicht sagen, aber es rutschte mir raus. So abgedroschen der Spruch war, so nahe lag es, ihn heute anzubringen. Dabei hatte Robert garantiert bereits ein paar Ehrenrunden in seinem Spießrutenlauf heute Abend gedreht.

Ein anderer ausgelutschter Satz lautete: Wer den Schaden hat, braucht für den Spott nicht zu sorgen, aber wenigstens den verkniff ich mir jetzt doch.

Wobei: Was hieß schon «Schaden» in seinem Fall?

«Wahrscheinlich ist Günter drüben in Haus I», sagte Robert.

«Bei Iris, meinst du?»

«Ja.»

Unser Hochhaus mit seinen zwölf Etagen war eines von vier gleichen hier am Weinbergweg, fast an der Stadtgrenze von Halle und nur einen Katzensprung von der Heide entfernt, wo es nichts weiter gab als Sand und Erika, dieses Wüstenkraut, und sie standen in lockerer Gruppe um den Flachbau der Mensa. In Haus I und II wohnten reguläre Studenten der Universität, in den Häusern III und IV lebten wir, die Aspiranten fürs Auslandsstudium.

Keine Ahnung, ob überhaupt vorgesehen war, dass sich Bewohner der Häuser I und II mit solchen aus III und IV paarten, ich meine, dass sie sich in romantischer Absicht zusammentaten. Oder ob es nicht womöglich verboten war, weil derartige Liebeleien die volkswirtschaftlich wichtigeren Auslandskader von ihrer Mission ablenkten. Aber diese Dinge passierten nun mal trotz offizieller Direktiven und moralischer Imperative, und so hatte sich ziemlich genau vor einem Jahr Iris aus Haus I in Robert aus unserer Nummer IV verguckt.

Iris wollte Lehrerin werden, stammte aus der Schnapsstadt Nordhausen, und erstaunlich lange war es mit den beiden gut gegangen, was wohl vor allem an ihren hervorragenden Fähigkeiten im sogenannten praktischen Liebeshandwerk lag. Dennoch war im Frühjahr Schluss gewesen, und im Juni schließlich war Iris mit dem stolzen Günter an der Hand aufgetaucht.

Dabei passten diese beiden erst recht nicht zusammen, rein vom Äußerlichen, vom Stil her, denn Iris trug rosa Steghosen und Pumps mit Zierschleife, die sie mit hellen, asymmetrischen Pullovern kombinierte, und wenn die Tage kühler wurden, wickelte sie sich eine lila gefärbte Windel um den Hals.

Aber was sollte es: Wenn die beiden glücklich waren, dann war doch allen geholfen! Also: allen beiden.

Iris zu haben, machte Günter ausgeglichener. Wie es umgekehrt war, wusste ich nicht. *Noch* ausgeglichener, musste es in Günters Fall heißen, denn er war der einzige meiner Freunde, Jungs und Mädchen zusammengezählt, der zum Optimismus neigte.

Ich hatte ihn in einer seiner schwärzesten Stunden kennengelernt, allein in einer Kneipe und betrunken und ganz grün vor Einsamkeit, aber seit jener Nacht im November war es stets bergauf gegangen mit seiner Laune, bis er eines Tages auf einer Art Plateau der inneren Zufriedenheit ankam. Von dort war er nicht wieder herabgestiegen in die Niederungen schlechter Laune und chronischen Missmuts, durch die wir anderen täglich strauchelten.

Eine Weile dachte ich sogar, er sei der einzige meiner

Freunde, der *nicht* gelegentlich zur Melancholie neigte, so wie die meisten Jugendlichen ja eher nicht zur Melancholie neigten, was man im Grunde nur begrüßen konnte.

Denn aus Jugendlichen wurden Erwachsene, die Verantwortung übernehmen mussten, weil die bis dato Erwachsenen natürlich ebenfalls älter wurden und auf einmal Rentner waren und die ehemaligen Jugendlichen plötzlich in den Sesseln der ehemaligen Erwachsenen saßen beziehungsweise in deren Fußstapfen feststeckten, ob sie wollten oder nicht, und jetzt das tun mussten, was vorher die anderen getan hatten, die sich mittlerweile im Feierabendheim ausruhten und auf ihr Ende warteten.

Ich konnte mir beim besten Willen nicht vorstellen, wie ein Land voller Melancholiker funktionieren sollte, mit melancholischen Bauern auf den Feldern und melancholischen Bauarbeitern auf den Baustellen unseres Wohnungsbauprogramms: Ein solches Land war wahrscheinlich dem Untergang geweiht, und alle würden das gut finden, weil ja alle melancholisch waren. Aber ich merkte ziemlich schnell, dass mein Verdacht, was Günter betraf, nicht stimmte.

Ein paar Indizien wiesen sogar eindeutig in die andere Richtung: Dieses stundenlange sinnlose Lesen im Fahrstuhlvorraum zum Beispiel oder die ellenlangen selbst geschriebenen Songtexte auf Englisch, die er stapelweise in der Schublade seines Schreibtisches bunkerte.

Ehrlich: Niemand, der normal war, machte so was.

Warum sollte man denn sonst Lieder schreiben, wenn nicht aus Melancholie?

Es sei denn, man war von Anfang an in die zwielichtigen Aktivitäten der Populärkultur des Westens eingebunden, sprich: ein Heuchler.

Günter war nämlich des Weiteren Mitglied unserer Band Dead Deer Rampage, wobei eher andersrum ein Schuh draus wird: Robert und ich waren Mitglieder *seiner* Band. Denn Günter war der Sänger und Gitarrist, von ihm stammten die Texte und die Musik, und er sagte uns, wie wir unsere Instrumente richtig halten mussten, damit es nicht wehtat beim Spielen, und wann wir was in welcher Geschwindigkeit darauf machen sollten.

Auf diese Weise war unser bislang einziger Song entstanden. Er hieß *The Tramp* und war siebzehn Minuten lang, wie eine ausgewachsene Maxi-Single. Er handelte nicht von Charlie Chaplin, wie mancher annahm, und wenn wir einen weiteren dieser Riemen für die B-Seite zustande brachten, hatten wir im Prinzip genug Material für unsere erste Mini-LP beisammen.

«Gehen wir rüber in Haus I und holen Günter ab oder nicht?», fragte ich.

Wir hatten uns Zigaretten angezündet, lehnten an den Flurwänden und lauschten seit einer Weile wortlos dem Treiben unserer Kommilitonen im Fahrstuhlvorraum.

«Spinnst du, Alter?» Robert guckte empört.

«Und warum sind wir dann nicht längst schon in die *Bierstube*?»

«Das frag ich mich auch», sagte Robert und stieß sich von der Wand ab. «Ich warte übrigens seit Stunden auf dich! Warum warst du denn nicht im Zug, mit dem wir sonst immer fahren?»

«Hab verschlafen», sagte ich.

Aber das war gelogen.

Stattdessen hatte ich gewartet und gewartet, aber der Anruf war einfach nicht gekommen. Als es zu spät geworden war für einen letzten Schimmer Hoffnung, hatte ich mein Gepäck geschnappt und war zur Bushaltestelle aufgebrochen. Gerade noch so hatte ich in Schönefeld den D 557 gekriegt, der kurz nach halb zehn am Hauptbahnhof Halle eintraf.

Ich war froh, dass niemand mitfuhr, den ich kannte. Niemand, der mich fragen konnte, wie meine Ferien gewesen waren. Was ich den Sommer über getan hatte.

Denn was hätte ich antworten sollen?

Die Wahrheit?

Die öde, deprimierende Wahrheit?

2. LONG HOT SUMMER

Erst Mitte Juli wurde mir klar, dass etwas nicht stimmte. Da hatte ich schon zwei Wochen meiner kostbaren Sommerferien verplempert, mit Warten und mit Bangen, mit Hoffen und mit Zweifeln, als wäre mein komplettes Leben zu einem degoutanten Schlager aus dem *Krug zum grünen Kranze* geworden.

Anzeichen freilich hatte es viel früher gegeben, und ich war zu wenig mit dem Klammerbeutel gepudert, um sie nicht zu erkennen. Doch weil der Mensch von Natur aus zum Verdrängen neigt und zum Beschönigen, zwei Komponenten, aus denen dieses Zuckerwatteding namens Hoffnung im Grunde besteht, hatte es diese Zeit gebraucht, bis ich mir endlich eingestand, dass hier etwas ziemlich faul war im Staate Dänemark.

Was heißt Dänemark?

Zwischen mir und Rebecca, meine ich.

Bis ich endlich zugeben musste, dass in meinem Privatleben die Praxis genauso der Theorie hinterherhinkte wie überall sonst in der Gesellschaft auch. Was den Kommunismus betraf, die Planerfüllung. Was weiß ich.

Denn theoretisch waren wir ein Paar, Rebecca und ich.

Aber praktisch?

Wir hatten regelrecht *beschlossen*, eines zu sein, am Tag der Zeugnisausgabe war das passiert, im D-Zug nach Berlin, und in sogenanntem gegenseitigen Einvernehmen.

Sie hatte überraschend gesagt: Ja, ich will auch, nachdem ich ihr am Vorabend so was wie meine Liebe gestanden hatte, natürlich indirekt und vorsichtshalber streng verklausuliert. Kurz hinter Bitterfeld jedenfalls hatten wir die neue Qualität unserer Verbindung mit einem Kuss besiegelt, der bis Schönefeld gedauert hatte, wo wir umsteigen mussten auf unseren Wegen nach Potsdam, Rebecca in ihre Villa am Heiligen See, ich in die Neubauwohnung Am Stern.

Bis zu diesem Tag war unsere Beziehung rein platonisch gewesen, mit harmlosem Anfassen ab und zu, mit Kuss zur Begrüßung und zum Abschied. Und manchmal mit Kuss einfach so und durchaus länger oder mit Zunge. Wie in den gehobenen französischen Schwarz-Weiß-Streifen, die gelegentlich im Filmmuseum an der Wilhelm-Külz-Straße liefen.

Küssen um seiner selbst willen!

Als antibourgeoiser Affront!

Zweimal hatte ich in Rebeccas Bett geschlafen, jeweils mit triftigem Grund: Im Sommer war ich nicht mehr imstande gewesen, zur Haltestelle zu laufen wegen des ganzen Muskatellers in meiner Blutbahn. Im Herbst dann hatte ich in ihrem Bademantel gesteckt, weil meine Klamotten auf der Leine hingen zum Trocknen, ein erbärmlicher Zustand, in dem ich schlecht noch nach der letzten Straßenbahn hatte rennen können.

In der letzten Schulwoche, Ende Juni, war Rebecca nach Halle gekommen, um ihre Tante zu besuchen. Bei ihr wollte sie wohnen, wenn im September ihr Studium an der Kunsthochschule Burg Giebichenstein begann. Und weil sie schon mal in der Stadt war, hatte sie in einem Abwasch gleich noch mich aufgesucht draußen am Weinbergweg.

Wir waren an der Saale spazieren gegangen, und abends

hatten wir ihre Zulassung zur Burg gefeiert, oben in der *Berg-schenke*. Ich hatte vom Sekt zum Anstoßen einen weichen Keks gekriegt und gefragt, ob wir nicht doch mehr sein könnten als Bruder und Schwester, wie wir es ursprünglich mal ausgemacht hatten, ein bisschen blau schon auf der Party ihrer Eltern, am Tag von Live Aid.

Ich weiß nicht mehr, was genau ich in der *Bergschenke* sagte. Ich erinnere mich aber, dass sich Rebecca sofort lustig zu machen begann über mich, mit diesem ihr eigenen milden Spott, der einen traf wie die Stiche von kleinen, ganz dünnen, aber dennoch sehr zahlreichen Nadeln.

Sowieso lag da oft ein ironischer Ton unter vielem, was sie sagte, und sie gab ihn erst auf, wenn man darauf beharrte, ein ernstes Gespräch führen zu wollen. Aber selbst dann nie sofort. Mindestens zweimal musste man darum bitten, bis sie ihn schließlich abschaltete.

Ich konnte nicht mal mehr sagen, welches ihr normales Sprechen war: das ironische oder das, welches mir ungefiltert vorkam und natürlich.

Die Ferien also begannen, und ich saß allein in meinem alten Kinderzimmer herum, wie schon letztes Jahr um dieselbe Zeit, als mein Vater in die Schweiz gefahren war.

Und wie vorletztes.

Im vorvorletzten, 1983, als mein Lieblingslied *Pale Shelter* gewesen war, hatten sich noch andere um meine Freizeitgestaltung gekümmert. Kein Wunder, dass ich im Ferienlager gelandet war, wie all die Jahre zuvor. Aber anders als sonst kriegte ich 1983 ein Mädchen ab, und als sich herausstellte, dass es zu Hause nur zwei Straßenbahnstationen entfernt wohnte, hatten wir auch danach jeden Tag zusammen verbracht.

Sie war mein Grund gewesen rauszugehen. Sie hatte mich abgelenkt von meiner Mutter, die drinnen lag, im Wohnzimmer. Das Mädchen hatte mir den Sommer gerettet, ohne es zu wissen, und vielleicht sogar den Rest vom Jahr. Bis es dunkel wurde, drückten wir uns auf der Straße rum, weil ich sie nicht nach oben mitnehmen wollte und sie mich nicht mitbringen durfte. Ich versuchte, an das Mädchen zu denken, aber mir fiel lediglich ein, dass sie Grübchen gehabt hatte, und als Nächstes bereits, dass ich noch keinen Walkman besessen hatte, damals, 1983.

Wie hatte ich so bloß leben können?

Als ich merkte, dass ich im falschen Alter war, um mich schon dauernd in Erinnerungen zu wälzen, statt mir im richtigen Leben ein paar ordentliche Erlebnisse zu organisieren, hörte ich auf mit meiner sentimentalen Rückschau.

Denn das Leben von heute mit seinen Begebenheiten und Abenteuern war ja nichts anderes als die Erinnerung von morgen. Und wenn das Leben von heute lasch und öde war, dann würden es auch die Erinnerungen daran in der Zukunft sein.

Ich notierte diesen Gedanken in meinen Taschenkalender, selbst auf die Gefahr hin, dass andere Leute vor mir diesen nicht sonderlich originellen Einfall gehabt hatten. Aber Hauptsache war ja, dass sie nicht Michael hießen und Dirk.

Schon am nächsten Tag – der Kalender zeigte den 14. Juli an, einen Montag – beschloss ich, mich auf die Socken zu machen.

Eine frische Woche brach an, was meinem Tatendrang nur zugutekommen konnte. Ich warf mich in meine schwarzen Klamotten, stieg in die antiken Arbeitsschuhe – das Einzige, was mir von meinem toten Opa geblieben war –, und dann präparierte ich vor dem Badezimmerspiegel meine Haare. Ich benötigte für die Prozedur viel weniger Zeit als vor einem Jahr, was vielleicht daran lag, dass mich heute niemand zur Eile ermahnte.

Früher hatte mein Vater diese Aufgabe übernommen, egal, ob es einen Grund gab, mich zu scheuchen, oder nicht. Aus Prinzip, und weil er als Erziehungsberechtigter mich ab und zu eben auch erziehen musste.

Warum dann nicht zu Katzenwäsche und Hektik?

Wobei er es eher Pünktlichkeit genannt hätte oder Rücksichtnahme, vielleicht noch rationelles Handeln.

Jedenfalls kam immer, wenn die Badezimmertür hinter mir zuging, mein Vater nach zwei Minuten, fing an zu klopfen und fragte, wie lange ich denn noch brauche. Er glich darin diesem pawlowschen Hund, dem nach einer Weile ganz von selber die Spucke aus dem Mund lief, sobald der Forscher ihm die Zitrone zeigte.

Und wie der pawlowsche Hund aufs Sabbern war das pädagogische Verantwortungsbewusstsein meines Vaters auf das Zuklappgeräusch der Badezimmertür konditioniert.

Besser gesagt: konditioniert gewesen.

Denn seit ich aus Halle zurück war, wohnte ich praktisch alleine in den dreieinhalb Zimmern der Grotrianstraße, die uns in grauer Vorzeit als Familie zugeteilt worden waren: Vater, Mutter, Kind, von der Wohnraumlenkung oder wie das hieß.

Ich wusste nicht, ob das legal war und ob überhaupt noch jemand vorbeikam, wenn ich im Internat war. Der Staub stand hoch, es war relativ aufgeräumt und der Kühlschrank so gut wie leer. Alles Indizien, dass mein Vater endgültig zu seiner Zweitfrau gezogen war, die ein paar Hundert Meter weiter wohnte hier Am Stern, in der zwölften Etage des östlichen der beiden Keplerplatz-Hochhäuser.

Von dort hatte man einen großartigen Blick auf die Welt. Anders als ich in der ersten Etage der Grotrianstraße: Hier unten schien die Sonne ungefähr so häufig wie in einem Sisters-of-Mercy-Song.

Keine Ahnung, wie sie es praktisch handhabten dort oben in ihrem Hochhaus, zu viert, wie sie die Zimmer aufgeteilt hatten und ob sie sich nicht ständig gegenseitig auf den Füßen standen, denn die neue Gattin meines Vaters besaß ihrerseits zwei Töchter, eine niedliche kleine namens Fritzi und eine im selben Alter wie ich, die Victoria hieß, und vor zirka einem Jahr – glaubt es oder nicht – war ich unsterblich verliebt gewesen in diese Victoria.

Aber das ist eine andere Geschichte, die lange vor dieser hier spielte, die gerade erst beginnt, aus einer beinahe verblichenen Zeit, als nicht im Traum daran zu denken war, dass das Würfelspiel des Zufalls uns dereinst zu Stiefgeschwistern machen würde.

Seit ich zurück in Potsdam war wegen der Ferien, hatte ich meinen Vater und seine Frau nur einmal am Keplerplatz besucht. Ich wollte mein Zeugnis zeigen und gleichzeitig etwas Geld einsammeln, um meinen ausgehungerten Kühlschrank aufzupäppeln.

Victoria und ihre Schwester waren am selben Vormittag zu ihrer Großmutter gereist, was ich in Fritzis Fall fast ein wenig bedauerte, denn seltsamerweise mochte ich es, wenn sie mich freiheraus als ihren Bruder bezeichnete, obwohl mir dieser Sekundärfamilienkram ansonsten ziemlich auf die Ketten ging.

Dass alles in Ordnung war zwischen meinem Vater und seiner Frau, merkte man auf den ersten Blick. Alle Fenster waren weit offen, und es wehten die leisen Geräusche des Sommerabends herein, begleitet von einer gelegentlichen Brise. Auf dem Sofatisch standen zwei Gläser Rotwein, ohne spießige Untersetzer, und daneben sah ich zwei Bücher, die wohl wegen meines Klingelns abgelegt worden waren.

Ich ließ mir gleichfalls ein Glas Cabernet einschenken, ich rauchte mit Victorias Mutter eine Zigarette am offenen Wohnzimmerfenster, und vor allem war ich erleichtert, dass die ganzen Verwirrnisse und Kabalen des letzten Jahres zu diesem Feierabendidyll geführt hatten.

Bevor es dunkel geworden war, ließ ich mir ein paar Essenssachen einpacken und war schon wieder unten auf dem Keplerplatz, um noch eine Runde durch mein altes Wohngebiet zu drehen.

Eine komplette Woche war seit diesem Besuch vergangen, und meine Laune lag im Keller. Nicht ein Zeichen hatte ich von Rebecca in diesen sieben Tagen empfangen, kein einziges, und dabei tat ich nichts anderes, als genau darauf zu warten: auf ein Zeichen von ihr.

Auf *irgend*eines.

Ich wartete mir quasi die Seele aus dem Leib, und es kann sein, dass ich es damit ein bisschen übertrieb, denn kaum war ich am Mittwochmorgen aufgewacht, begann ich obendrein zu zweifeln.

Nicht etwa an Rebecca, sondern an meinem Erinnerungsvermögen. Wieder und wieder hievte ich mir die Szene aus dem Zug ins Gedächtnis, dieses Gespräch zwischen uns, das so eine unerwartete Wendung für mich genommen hatte. Jede Version klang ein wenig anders als die vorherige, und plötzlich tauchten Wörter in diesem Dialog auf, die dort niemals gefallen sein konnten. Mit jeder Version wurde das Gespräch länger, und es wurde lauter, und es glich recht schnell einem Scharmützel zwischen uns statt dem Auftakt zu einer Liebesverabredung, der es doch eigentlich gewesen war.

Oder war es das gar nicht?

Als ich irgendwann merkte, dass bis auf die Namen der Sprecher alles an diesem Dialog erfunden war und ins Absurde übertrieben, kehrte ich zu einer Version zurück, die ich für die Ausgangsversion hielt, für das Original. Aber selbst die klang auf einmal unecht und gestelzt.

Jetzt zweifelte ich nicht mehr nur an den Worten selbst, sondern an meiner Interpretation, an meiner Fähigkeit, sie zu deuten, wobei von großem Nachteil war, dass es durch meine vorangegangenen Grübeleien so etwas wie einen originalen Wortlaut überhaupt nicht mehr gab.

«Was man kaut, wird zu Brei», fiel mir mein Lieblingsaphorismus ein, ein immer gültiger Spruch von kristalliner Wahr- und Weisheit, den ich den Mädchen meiner Klasse ins Poesiealbum schrieb, wenn sie mich um einen Eintrag baten. Und eines könnt ihr mir glauben: Ich tat den gesamten Mittwoch nichts anderes, als in Gedanken mein Verhältnis zu Rebecca zu zerkauen.

Am Abend hatte ich das entsprechende Ergebnis: einen riesigen Brei, der sofort mehr wurde, wenn sich mein Gedankenapparat, ohne dass ich es selber wollte, wieder in Gang setzte, um von vorne loszulegen.

Es war wie in dem Märchen, wo es auf einmal so viel Brei gegeben hatte, dass er zwecks Platzmangel unter der Kinderzimmertür hindurchmusste und als Nächstes aus den Fensterritzen quoll, sich anschließend zum Keplerplatz vorarbeitete, an der Neuendorfer auf die Schnellstraße abbog und am frühen Morgen das Zentrum erreichte, um ganz Potsdam mit seiner zähen Klebrigkeit zu ertränken.

Und all das Chaos nur, dachte ich, weil Rebecca es nicht schaffte, kurz mal *piep* zu sagen.

Nachts im Bett merkte ich, dass ich mithilfe meiner fruchtlosen Grübeleien den *River of No Return* durchschritten hatte. Von nun an konnte auch ich Rebecca nicht mehr anrufen, um zu fragen, warum *sie* dasselbe denn nicht als Erste getan hatte.

Ein letzter Ausweg, der nicht mehr da war.

Er war wie einer dieser roten Feuermelder mit Glasscheibe gewesen, für höchste Notfälle gedacht, gut sichtbar aufgehängt und jederzeit erreichbar, um eingeschlagen zu werden. Keine Ahnung, warum dieser Feuermelder jetzt weg war. Aus vorauseilendem Stolz vielleicht für den Fall einer Niederlage, die möglicherweise schon eingetreten war, obwohl ich von ihr noch nichts wusste?

Ich hatte keinen Schimmer.

Auf jeden Fall etwas in dieser verdrehten, um die Ecke gedachten Art.

Ich schlief sehr spät ein beziehungsweise erst sehr früh.

Donnerstagmittag musste ich in die Kaufhalle rüber, denn trotz allem machte Gedankenbrei alleine nicht satt.

Ich platzierte das Telefon neben meinem Doppelkassettenrecorder, der bestückt war mit einer nagelneuen C-90-Kassette aus dem Shop. Ich steckte mein Geld ein – für Zigaretten und Walkman blieb keine Zeit –, und dann drückte ich die Aufnahmetaste, schnappte meine Schlüssel vom Telefontisch im Flur und stürmte nach draußen.

Ich hatte eine Dreiviertelstunde Zeit.

Die ersten hundert Meter rannte ich wie um mein Leben,

weshalb mir bereits Ecke Ziolkowskistraße die Puste ausging.

Ich begann zu japsen.

Ich kriegte richtig Seitenstechen.

Ich nahm mir vor, nur noch fünf Stück pro Tag zu rauchen,
wenn das ganze Theater überstanden war.

Mit quasi vorletzter Kraft erreichte ich den Keplerplatz,
wo ich die muffige Kühle der Kaufhalle betrat. Ich nahm ein
paar tiefe Züge der aromatischen Luft, diese Melange aus sau-
rer Milch und faulen Kartoffeln, und dann hechelte ich weiter
durch die Gänge. Ich warf nur in den Wagen, was mir spontan in die Finger geriet, was sättigend aussah und wofür man
sich keiner Schlange anschließen musste: Brot, Schmelzkäse,
Konserven.

Eine Handvoll Tüten mit pulverisierter Suppe.

Um Salami und Zwiebeln im Regalgewirr zu finden, fehlte
mir die Muße. Außerdem war noch lange nicht Silvester.

Ich bezahlte und stürmte nach draußen.

Exakt achtunddreißig Minuten und vierzig Sekunden
später stand ich wieder in meinem Zimmer und haute auf die
Stopp-Taste.

Dann drückte ich den Rückspulknopf und ging in die Küche, um meine Einkäufe aus dem Netz zu räumen. Ich kochte
mir einen Kaffee, zündete mir eine Zigarette an und setzte
mich auf den Balkon.

Ich war voller Erwartung und Vorfreude.

Ich verdrängte energisch den Gedanken, dass die Wahr-
scheinlichkeit eines Anrufs von Rebecca, ausgerechnet heute
Mittag während meines Einkaufs, nicht viel größer war als die
Aussicht auf einen Fünfer im Tele-Lotto, bloß weil man sich
ein einziges Mal bequemt hatte, einen Schein anzukreuzen.

Aber genau genommen war es total egal, ob Rebecca mich angerufen hatte oder aber mein Vater oder meine Oma, Hauptsache, es war überhaupt ein Klingeln auf der Kassette zu hören.

Dann nämlich wollte ich sofort Rebeccas Nummer wählen und, wenn sie abnahm, so was sagen wie: «Ey, vorhin, als ich aus der Kaufhalle kam, hat das Telefon geklingelt. Aber ich war im Treppenhaus und hab's echt nicht geschafft abzuheben, und jetzt wollte ich schnell fragen, ob du das zufällig gewesen bist.»

Wenn kein Klingeln auf der Kassette war, hatte ich ein Problem, denn ich konnte schlecht sagen: «Ey, Rebecca, das Telefon hat vorhin nicht geklingelt, und ich wollte nur kurz fragen, ob du es warst, die nicht angerufen hat.»

Versteht ihr? Diese achtunddreißig Minuten vierzig waren so was wie der allerletzte Strohhalm in meiner Feuermelderlosigkeit.

Obwohl, dachte ich und merkte selber, wie ich schon wieder in diesen Kaumodus verfiel, natürlich konnte ich einfach behaupten, es habe geklingelt, und dann Rebecca anrufen, um zu fragen, ob sie es gewesen sei. Wobei sich auch diese Möglichkeit nach kurzem Überlegen wieder in zwei Varianten aufspalten ließ.

Erstens: Ich rief sie an, obwohl meine Aufnahme kein Klingeln enthielt, was aber nichts anderes bedeutete, als Rebecca anzulügen.

Oder zweitens: Ich tat dasselbe, ohne mir die Aufnahme vorher angehört zu haben. Somit wusste ich nicht, ob es geklingelt hatte oder nicht, und konnte folglich nicht wissen, ob ich sie anlog oder aus Versehen die Wahrheit sprach.

Wenn ich die Aufnahme sofort mit etwas anderem überspielte, dachte ich, ließ sich das nachträglich nicht mehr überprüfen.

Nie mehr!

Die Ungewissheit würde quasi ewig währen.

Als ich fertig war mit dem Kaffee und zwei weitere Zigaretten in Rauch aufgegangen waren, begab ich mich in mein Zimmer rüber und drückte, ohne groß zu überlegen, den Abspielknopf. Ich hätte die Vorspulfunktion zuschalten können, über die mein Recorder verfügte, um die Sache abzukürzen, aber wie um die Spannung zu erhöhen, hörte ich mir die Kassette in Originalzeit an.

Andererseits war in die Länge gezogene Spannung auch nichts grundsätzlich anderes als Langeweile, dachte ich.

Wenn ich lauter drehte, konnte ich das leise Ticken meines Weckers im Grundrauschen des Nichts vernehmen.

Nach einer gewissen ereignislosen Zeit fing ich automatisch an, nicht nur auf das stille Telefon der Aufnahme zu achten, sondern auch auf das reale, das neben mir auf dem Kinderzimmerteppich stand. Zur Sicherheit nahm ich vorher kurz den Hörer ab, aber es funktionierte tadellos: Das Freizeichen ertönte sofort.

Jetzt wartete ich sozusagen doppelt, dass es klingelte, obwohl sich rein äußerlich im Vergleich zu vorher selbstverständlich nichts geändert hatte. Ich saß weiterhin regungslos auf meinem Bett, und zwar mit voll aufgesperrten Ohren, aber anders als vorher galt mein Lauschen nun gleich zwei Quellen, versteht ihr, was ich meine?

Ich wartete doppelt!

Oder war dieses Warten neuer Qualität nicht nur ein doppeltes, sondern sogar ein Warten im Quadrat? Ich konnte es nicht sagen, und einmal mehr merkte ich, dass mir die speziellen Mathelektionen in Halle im wirklichen Leben nichts nutzten.

Als hätte ich es geahnt, klingelte es nach dreiundzwanzig Minuten verstrichener Kassettenzeit tatsächlich. Sofort rutschte mir das Herz in die Hose.

Es klingelte noch mal und noch mal und noch mal.

Dann gab es eine Pause von zwei, drei Sekunden, und dann klingelte es noch mal.

Was heißt klingeln?

Das war mehr so ein gequetschtes Schnarren.

So klang doch nicht unser Telefon, dachte ich.

Trotzdem nahm ich ab. Das Freizeichen ertönte, und bevor ich den Hörer auf die Gabel zurücklegen konnte, schnarrte es schon wieder, und zwar zweimal, und zwar schnell hintereinander.

Ich drückte die Pausentaste.

Das war an der Tür gewesen, dachte ich, so klang doch unsere sogenannte Türklingel.

Ich drückte abermals die Pausentaste, und es schnarrte noch zweimal gequetscht, und dann hörte es auf. Als ich nach achtunddreißig Minuten vierzig die Kassette auswarf, war nichts weiter passiert in der Aufnahme, und auch das reale Telefon neben mir hatte beharrlich seine Klappe gehalten.

Obwohl es sinnlos war, öffnete ich auf dem Weg zur Küche die Wohnungstür und streckte kurz meinen Kopf in den Treppenflur, wo natürlich niemand mehr wartete, dass ich ihm aufmachte. Es war still, alle Hausbewohner schienen ausgeflogen zu sein oder hielten Mittagsruhe.

Ehrlich gesagt, war ich ziemlich geknickt, dass mich niemand angerufen hatte, aber gerade als ich mir ein Bad einlassen wollte mit Selbstmitleid, kam mir die rettende Idee: War das, was passiert war, nicht viel besser als das, was ich mir eigentlich erhofft hatte?

Zeugte ein Besuch an der Tür nicht von viel größerer Sehnsucht nach dem anderen als ein Anruf aus der Ferne?

Es war doch ein großartiges Zeichen, wenn Rebecca mich mit einem Besuch hier draußen Am Stern überraschte, wo sie, glaube ich, nie zuvor gewesen war, nicht mal im *Orion* zur Disco. Anders als für mich war unser Wohngebiet für Rebecca, die bekanntlich aus dem Zentrum kam, nichts weiter als eine lieblose Betonwüste in der Pampa, eine Art eigene Provinzregion innerhalb der Stadtgrenzen Potsdams, bewohnt von Hinterwäldlern und Bonzen.

Ich wusste, dass sie keine Neubauten mochte, außer den Einstürzenden, und ich wusste, dass sie diese Abneigung von ihren Eltern geerbt hatte, die so was wie gemäßigte Antikommunisten waren, falls es das gab, also wenigstens ihr Vater war so einer.

Und trotz allem also hatte sie sich auf den beschwerlichen Weg zu mir gemacht, hatte sich durchgefragt bis in die Grotrianstraße oder sich anhand von Kartenmaterial orientiert, um dann vor meiner verschlossenen Tür zu enden, bloß weil ich Idiot ausgerechnet zur selben Zeit in die Kaufhalle hatte gehen müssen.

Ich war echt gerührt.

Ich merkte, dass ich Rebecca noch hundertmal mehr liebte als vor dem Abhören des Türklingelschnarrens auf meiner Kassette, und ich schämte mich sehr für meine Zweifel der letzten Tage.

Vor einem Jahr hätte ich mir wahrscheinlich einen Napoléon eingeschenkt mit Cola, aber heute war nichts da zum Anstoßen mit mir selber. Stattdessen legte ich mich aufs Bett und las.

Meine große Illusion überlebte den frühen Nachmittag, aber kurz nach halb fünf starb sie doch, und zwar in einer neuerlichen Klingelsalve an der Wohnungstür.

«Da bist du ja», rief Mario, mein ein Jahr jüngerer Schul- und Ferienlagerkumpel, der nicht nur im selben Aufgang wohnte, sondern direkt im Zimmer über meinem. «Ich hab's vorhin schon mal versucht.»

Er haute mir auf die Schulter, er strahlte, er schien prächtigster Laune zu sein. Sein schwarzes, halborientalisches Haar glänzte vor Brillantine-Firnis, und trotz der Hitze steckte er in einem dunkelgrauen Anzug samt schwarzem Hemd, als hätte er gleich ein Rendezvous.

Oder eine Opernkarte.

Kajalstift übrigens benutzte er seit letztem Sommer nicht mehr. Überhaupt sahen die meisten Jungs, die das damals getragen hatten, mittlerweile wieder männlicher aus, keine Schminke mehr und auch keine falschen Klunker. Der Trend schien vorbei zu sein, seit Boy George ihn auf die Spitze getrieben hatte und der Sänger von Dead or Alive einem schon vorgekommen war wie eine Karikatur dieser kompletten Verwischungssache von Mann und Frau.

«Du bist es», sagte ich, aber ich konnte mich nicht durchringen, ihn hereinzubitten. Meine Enttäuschung war im Augenblick groß, und ich wünschte, ich hätte mich vorhin für eine der Lügenvariationen entschieden. Am besten für die ohne vorheriges Abhören der Kassette.

«Was ist denn los mit dir, Alter? Du siehst aus wie ein Schluck Spucke.»

«Ich war einkaufen vorhin.»

«Das erklärt einiges.» Mario grinste. «Hast du Lust wegzugehen nachher?»

«Wohin denn?»

«Mir egal, sag du einfach! Ins *Heider* vielleicht und später ins *Orion*?»

«Ich warte eigentlich auf einen Anruf», sagte ich.

«Verstehe», sagte Mario, und seine heitere Miene verschwand augenblicklich und machte einem Ausdruck mitfühlender Besorgnis Platz: «Von wem denn?»

«Ist doch egal», sagte ich.

«Aber es ist nicht irgendwas Schlimmes mit deiner Oma los oder so?»

«Nein, zum Glück nicht.»

«Na, dann sag ruhig, von wem», beharrte Mario. «Ist es ein Mädchen? Kenn ich sie?»

Er kannte Rebecca zumindest von der Intellektuellenparty ihrer Eltern, auf die ich ihn mitgenommen hatte letztes Jahr.

«Ist sie aus Potsdam?», begann Mario auf eigene Faust zu spekulieren, ohne die abwiegelnde Antwort abzuwarten, die ich mir gerade für ihn zurechtlegte. «Oder nein, wahrscheinlich eher aus Halle, stimmt's? – Du warst ja überhaupt nicht mehr hier in letzter Zeit.»

«Wie geht's *dir* denn?», fragte ich zur Ablenkung.

«Ich fang 'ne Lehre an im Herbst», sagte Mario und war wieder ganz der alte Strahlemann. «BMSR-Techniker im GRW!»

«Das freut mich», sagte ich, «Glückwunsch.»

Wofür BMSR stand, wusste ich nicht, da hatte ich einmal zu oft geschlafen in ESP, aber das Geräte- und Reglerwerk befand sich in Teltow, direkt an der Busstrecke von Potsdam nach Schönefeld, und die Haltestelle in der Thälmannstraße, zu der Mario dann jeden Tag musste, war nur hundert Meter von unserem Hauseingang entfernt, das hatte er wirklich gut abgefasst.

«War knapp gewesen», sagte Mario. «Mit meinen Zensuren und so. Aber egal, jetzt ist alles eingetütet, und außerdem sind Ferien. Also was ist? Erst *Heider* und anschließend *Orion*? Ja oder ja?»

«Geht auch Sonntag?»

«Sonntag bin ich schon weg», sagte Mario.

«Und Sonnabend?»

«Wir fahren Sonnabendfrüh.»

«Wer ist denn *wir*?»

«Ein paar Kumpels und ich», sagte Mario, «wir wollen zelten.»

«Kenn ich die?»

«Glaube nicht», sagte Mario, «höchstens vom Sehen.»

«Lass uns lieber was machen, wenn ihr wieder zurück seid.»

«Klar», sagte Mario, «du bist der Chef.»

«Na dann ...», sagte ich.

«Na dann was?»

«Na dann: Mach's gut.»

«Ach so», sagte Mario, «hau rein, Alter, ich meld mich. – Und lass bloß den Kopf nicht hängen, das sind die Frauen nicht wert. Du findest garantiert 'ne neue.»

Ich machte die Tür zu und hörte, wie Mario den Treppenaufgang runterpolterte.

Es war total idiotisch, ausgerechnet ihn wegzuschicken, dachte ich. Seine pure Anwesenheit hätte mir das Warten verkürzen können, mit Klatschgeschichten aus dem *Orion* oder aus unserer alten Schule. Ich konnte ihm außerdem ein bisschen Geld geben für eine Flasche Wodka aus der Kaufhalle und für Cola zum Verdünnen. Wir konnten uns auf den Balkon setzen und rauchen und trinken und Musik hören, so wie letztes Jahr.

Das war doch angenehm gewesen, dachte ich.

Ich rannte von der Wohnungstür in mein Zimmer und riss das Fenster auf, um Mario zurückzurufen. Aber da war er schon zu weit weg, fast oben an der Thälmannstraße, bei seiner künftigen Haltestelle. Ich hätte schreien müssen, um ihn in seinem beschwingten, optimistischen Gang zu stoppen, und alle Leute hätten komisch geguckt, was für ein Hirni an diesem schönen Nachmittag denn hier durch die Gegend brüllte wie angesengt.

Montag, der 14. Juli also.

Ich saß in der Bahn und fuhr von der Neuendorfer Straße ins Zentrum, nach einem Wochenende so völlig ohne Ereignisse.

Nur Michael und Dirk waren kurz vorbeigekommen, um sich für die nächsten Wochen abzumelden. An die Ostsee mal wieder, und zwar – ich konnte es kaum glauben – zum Zelten. Sie also auch! Auf ihre Einladung zu einem Abschieds-Gin-Tonic hatte ich dankend verzichtetet. Worüber sollte ich mit ihnen denn reden im Moment? Über die Sorgen mit Rebecca? Über unsere komatöse Untergrundzeitung *Lef 2*?

Am Platz der Einheit stieg ich aus.

Platz der Einheit war das Epizentrum von Potsdam. Wenn man noch nicht wusste, was man eigentlich wollte in der Stadt, so wie ich jetzt, stieg man am besten hier aus der Straßenbahn.

Um ein bisschen Zeit zu schinden, konnte man seine Monatskarte verlängern, dann eine Bockwurst kaufen und sich damit in die Grünanlage setzen, um einen Plan auszuhecken. Alle Möglichkeiten standen einem offen, und alle waren sie zu Fuß zu erreichen, ohne dass einem groß die Puste ausging beim Laufen.

Geradeaus kam man zum Nauener Tor, wo das *Heider* lag. Hielt man sich links, kam man irgendwann zum Brandenburger Tor, wo das *Stadttor*, das *Café Babett* und das *Gastmahl des Meeres* waren. Und lief man noch ein paar Schritte weiter, erreichte man die Havelbucht mit der *Seerose* am Ufer. Ging man in die Richtung, aus der ich gerade gekommen war, stieß man auf die Bibliothek und die Volksbuchhandlung, man konnte im Sporthaus einkaufen, unten im IfL-Gebäude drin, und im Exquisit nebenan oder im Jugend-Exquisit, das nach hinten auf den Staudenhof ging und wo ich mir letztens zum Geburtstag diesen sauteuren Pullover geleistet hatte.

Wenn man gar keine Lust hatte, sich groß zu bewegen, blieb man einfach am Platz der Einheit und stattete dem Basar einen Besuch ab oder dem Schuhhaus, das gleichfalls am Platz der Einheit residierte, was man aber nur tun sollte, wenn man nicht unbedingt Schuhe brauchte, denn die Schuhe, die es dort gab, waren hässlich, und man konnte von Glück reden, dass es im Schuhhaus auch Regenschirme, Handschuhe und anderen Kleinplunder gab, sodass es nicht vollkommen umsonst dereinst errichtet worden war.

Ich verzichtete auf Bockwurst und Monatskarte.

Ich drehte lediglich die Kassette in meinem Walkman um, und obwohl ich ohne genauen Plan in die Stadt gekommen war – mein einziges verschwommenes Ziel bestand bekanntlich darin, mir ein paar ordentliche Erlebnisse zu besorgen, damit meine Erinnerungen später nicht genauso öde und deprimierend wurden wie die letzten Tage in der Wohnung –, liefen meine Füße wie von selber in die vierte der möglichen Richtungen, die sich einem eröffneten, wenn man ratlos auf dem Platz der Einheit stand, nach rechts nämlich, was in Himmelsrichtungen umgerechnet nichts anderes als *Westen* bedeutete. Nach Nordwesten, genauer gesagt, weshalb ich nach kurzer Wanderung ans Wasser kam.

Schwarzblau und träge kräuselte sich die Oberfläche des Heiligen Sees zu meiner Linken, während ich ihn langsam umrundete. Ich kam am Armeemuseum vorbei, ich machte einen Abstecher zum Schloss Cecilienhof, als wäre ich ein Tourist, ich passierte die Badestelle, wo nur ein paar Jugendliche mit Bierflaschen um einen Kassettenrecorder rumlungerten, denn es herrschten maximal zwanzig Grad heute.

Kaum war ich einmal herum um den See, befand ich mich vor Rebeccas morscher Villa in der Mangerstraße.

Dorthin also hatten mich meine Füße gebracht!

Aber ich blieb nicht stehen.

Ich drosselte lediglich meine ohnehin nicht hohe Geschwindigkeit, und ich machte einen langen Hals. Ich lief jetzt so langsam, dass ich den Namen am Klingelschild lesen konnte im Vorbeigehen, erst ganz normal und dann noch mal von hinten nach vorn, und der Name war echt klein geschrieben.

Unten im Haus stand das Küchenfenster offen, oben, wo Rebecca wohnte, waren die Vorhänge zugezogen. Vielleicht als Schutz vor der Sonne, dachte ich und schlich weiter, bis ich ans Ende der Mangerstraße gelangte. Wie ein Wachposten machte ich auf dem Absatz kehrt, und keine fünf Minuten später kam ich erneut an der Villa vorbei, diesmal aus der anderen Richtung, um hundert Meter weiter abermals zu wenden. Zwischendurch blieb ich natürlich ab und zu mal stehen, oder ich fummelte an meinen Schnürsenkeln rum oder zündete mir eine Zigarette an, damit meine Observation nicht so auffiel.

Ich war dreimal unauffällig die Mangerstraße hoch- und

runtergelaufen, als mich eine Frau ansprach, nach deren exaltierter Extravaganz sich vermutlich der halbe Stern die Köpfe verrenkt hätte. Sogar hier in der Mangerstraße, wo man häufiger auf Halbweltsgestalten der Kunst- und Kulturwelt traf, fiel sie ein bisschen aus dem Rahmen. Sie trug eine riesige Sonnenbrille im Gesicht, obwohl es bewölkt war, ein viel zu großes weißes Seidenhemd für Männer und darunter eine enge, wadenlange Hose, ebenfalls in Weiß, die man, glaube ich, Capri nannte. Um ihren Hals baumelte eine kiloschwere Kette aus Bernsteinen. Vor allem aber war sie auffallend gut gebräunt für eine Bürgerin unseres Landes so am Anfang der Sommerferien, wo die meisten Werktätigen bei uns im Wohngebiet noch rumliefen wie frisch gekalkte Wände.

«Du, warte mal», sagte die Frau und fischte nach meinem Lederjackenzipfel, ohne ihn fassen zu können.

«Was ist denn?» Ich blieb stehen.

«Ich kenn dich doch von irgendwoher.»

«Keine Ahnung.»

«Du schleichst jetzt seit einer Stunde durch unsere Straße», sagte die Frau.

«Ich hab was verloren», sagte ich.

«Was denn?»

«Na ja», sagte ich, «ein Fünfmarkstück.»

Die Frau schien hilfsbereit zu sein.

Sie nahm die gigantische Sonnenbrille ab, und ihre Augen fingen an, das Bürgersteigpflaster abzusuchen.

Erst jetzt erkannte ich sie: Hinter dem Ungetüm von Brille war niemand anderes zum Vorschein gekommen als Rebeccas Mutter.

«Wir kennen uns wirklich», sagte ich. «Letzter Sommer. Diese Feier bei Ihnen im Garten.»

Da hatte sie eine andere Frisur gehabt und eine andere Haarfarbe, und ihre Klamotten hatten noch mehr nach Hippie ausgesehen als nach *Gendarm von Saint Tropez*.

«Du bist ein Freund von Rebecca, hab ich recht?» Sie lächelte kurz, bevor sie die Sonnenbrille wieder aufsetzte und sie ihr abermals im Gesicht klebte wie ein Visier.

«Ist sie denn da?»

Das sollte beiläufig klingen, und es sollte ablenken vom erfundenen Fünfmarkstück und meinem Streunen durch ihre Straße.

«Sie ist in der Hohen Tatra», sagte Rebeccas Mutter. «Sie braucht ein bisschen Erholung nach dem anstrengenden Abitur. Im Herbst fängt ihr Studium an.»

«Ja, an der Burg», rief ich, «ich weiß.»

«Schön, dass du dich so für sie freust», sagte Rebeccas Mutter.

«Ich bin nämlich auch in Halle», sagte ich, «im Internat. Seit einem Jahr. Und ich kann ihr die Stadt zeigen. Wo man abends hingeht, ein paar Sehenswürdigkeiten.»

«Das ist ausgesprochen nett von dir ... ähm ...» Sie suchte offenbar nach einer passenden Anrede.

«René», sagte ich.

«René», wiederholte sie. «Das ist ein schönes Angebot, über das sich Rebecca garantiert freuen wird. Ach», fuhr sie nach einer kurzen Pause fort, «soll ich ihr vielleicht etwas von dir ausrichten, wenn sie wieder da ist?»

Was übersetzt so viel bedeutete wie: Ich hab echt keine Lust mehr auf die stockende Konversation mit einem komischen Jugendlichen, der behauptet, meine Tochter zu kennen. Ich möchte nur schnell weg.

«Nein, herzlichen Dank», hätte eine Stimme tief aus meinem Inneren gerne geantwortet, und sie gehörte meinem soeben erwachten Selbstachtungstrieb.

Aber stattdessen grätschte einmal mehr meine reale Stimme dazwischen, und sie sagte: «Da wär ich Ihnen wirklich verbunden. Rebecca soll sich bitte melden, wenn sie zurück ist. Meine Telefonnummer hat sie ja. Vielleicht können wir zusammen nach Halle fahren, am 1. September. Ich meine, im selben Zug.»

«Schön», sagte Rebeccas Mutter, «ich bestell ihr das.»

«Danke.»

«Und alles Gute für Sie», vergaß sie zum Abschied sogar noch, mich zu duzen.

So wie im letzten Semester die Schultage begann ich am 1. August, die verbleibenden Ferientage aus meinem Taschenkalender zu streichen, als würden sie dadurch schneller vergehen.

Am 2. August kam mein Vater in der Grotrianstraße vorbei, um sich für zwei Wochen an den Balaton zu verabschieden, wo die Gewerkschaft ihm, seiner neuen Frau und seinem Stiefkind Fritzi einen Urlaubsplatz verpasst hatte.

«Bevor du sowieso nur rumgammelst», sprach er in fürsorglicher Manier zu mir, «kannst du ebenso gut deine Großmutter für ein paar Tage besuchen. Sie muss sich ans Alleinsein erst noch gewöhnen, da kann ihr etwas Gesellschaft nicht schaden.»

Erst im Juni hatte ja das Schicksal meinen Opa von der Erde gefegt, ausgerechnet als er mit meiner Oma bei uns zu Besuch gewesen war, weshalb seine Überreste auf dem Friedhof an der Heinrich-Mann-Allee begraben waren und nicht in seinem Heimatort am Fuß des Harzes.

Statt nach Potsdam zu ziehen und jeden Tag an sein Grab zu pilgern, wie es Witwen normalerweise machten, hatte meine Oma ein Pflegeabonnement bei der Friedhofsgärtnerei abgeschlossen und war zurückgefahren in ihr Kaff, wo sie nun in Trauer und tiefer Einsamkeit ihre restlichen Tage fristete.

Mein Vater gab mir hundert Mark für Spesen, und am nächsten Tag stieg ich am Hauptbahnhof in den Zug Richtung Magdeburg, denn im Grunde war ich froh über diesen Auftrag, der mich ablenkte von all meinen abwesenden Freunden und von Rebecca.

Meine Oma staunte nicht schlecht, als ich unangekündigt vor ihrer Tür stand, aber sie ließ mich trotzdem rein. Sie gewährte mir Obdach, und sie kochte mir Essen, und alles in allem kam sie mir recht aufgeräumt vor. Sie besuchte neuerdings einmal pro Woche die Kirche, wohin der Pfarrer die Rentner mit Kaffee und Kuchen köderte, sie saß plötzlich alle zwei Wochen beim Friseur unter der Haube statt einmal im Monat wie bisher, und auch bei den Kaffeekränzchen der Volkssolidarität schaute sie nun regelmäßig vorbei.

«Ach, weißt du, René, ich bin froh, dass ich nicht mehr seine vielen Flaschen schleppen muss», sagte meine Oma. «Vielleicht geht es ihm besser da oben.»

Und praktisch jeden Abend sagte meine Oma: «Gieß uns mal ein Glas Wein ein, René!» Dann schaltete sie den Fernseher an, drehte den Ton leise, selbst wenn gerade einer ihrer Lieblinge über die Mattscheibe spukte, wie Herbert Roth und seine Rennsteig-Beatles, und erzählte mir von früher.

Zu Lebzeiten meines Opas hatte sie nur Selters getrunken und Kreuzworträtsel gelöst, während er auf dem Sofa döste, und abgesehen von ihrer schwarzen Kleidung wirkte sie insgesamt wie ein zufriedener Mensch.

Wenn wir zusammen zur Buchhandlung gingen oder ins Kaufhaus oder zu «Tausend Dinge», grüßten uns die Leute vorsichtig und mit Rücksichtnahme, und wenn sie vorübergegangen waren, feixte meine Oma: «Sie wissen nicht, dass du auch vorher herumgelaufen bist wie ein Trauerkloß», und tätschelte meinen schwarzen Pullover.

Die Buchhandlung in der Karl-Marx-Straße war gut bestückt, weil die Leute hier noch anderes zu tun hatten, als ständig nur zu lesen. Hauptsächlich nämlich arbeiteten sie im Stahlwerk, das immer dann die schöne Gegend verpestete, wenn die Druckverhältnisse die Luft im Talkessel zum Stehen brachten.

Ich durfte mitnehmen, was ich wollte, damit mich die Langeweile nicht auffraß, wenn meine Oma beim Friseur saß oder mal wieder Kuchen essen war beim Popen oder bei der Volkssolidarität zum Tratsch mit den ehemaligen Kolleginnen aus dem Emaillierwerk.

Ich suchte mir mehrere Bände der silbernen Dostojewski-Ausgabe aus und von James Joyce *Stephen der Held* und *Porträt des Künstlers als junger Mann.*

«Schaffst du das denn alles neben den Hausaufgaben?», fragte meine Oma, bevor sie, ohne zu murren, bezahlte, denn weil sie selbst nichts anderes als Zeitung las und ihre Illustrierten, hatte sie großen Respekt vor Büchern und glaubte an deren allseits heilsame Wirkung.

In der ganzen Zeit bei meiner Oma dachte ich nur an zwei Sachen, wenn ich mich nicht auf Tauchstation befand in einem der Bücher: an Rebecca und – haltet euch fest – ans Zelten.

Ich hasste nämlich Zelten, war mir aufgefallen.

Ich wusste nicht, wie man es machte und was man dafür brauchte. An wen wandte man sich denn, wenn man etwas darüber lernen wollte, bevor man sich selber auf den Zeltplatz wagte, ohne vor den erfahrenen Freunden dumm dazustehen? Mein Vater jedenfalls hatte mir nie Zelten beigebracht, und wahrscheinlich hasste ich es bloß, weil ich nicht wusste, wie es ging. Was man anzog beim Zelten, wo man duschte und aufs Klo ging, wo man sein Bettzeug tagsüber verstaute und wie man die Lebensmittel kühlte.

Im Grunde hasste ich meine Unfähigkeit zu zelten, die mich einen ganzen Monat an die heiße Stadt gefesselt hatte und mich jetzt bei meiner Oma sein ließ statt unter Gleichaltrigen wie Mario, die mit dieser Überlebenstechnik vertraut waren.

Warum suchte man sich denn keine richtige Unterkunft?

Ich wollte lieber Urlaub machen wie Rebecca, sprangen meine Gedanken an dieser Stelle meist zum anderen Gegenstand meiner Grübeleien über, in Hotels oder in Gasthäusern oder auf den Grundstücken von Bekannten und Künstlerfreunden, die ein Zimmer frei hatten.

«Musst du nicht langsam nach Hause, René?», fragte meine Oma, als der August schon so gut wie abgelaufen war.

Ja, ich musste.

Ich packte meine Sachen am Freitag.

Am Sonnabend ging ich zum Frühschoppen ins Klubhaus der Hüttenwerker, so wie früher mit meinem Opa. Seit ich Kind war, hatte er hier Bier für sich bestellt und einen Kurzen und für mich ein großes Glas Fassbrause.

Ich orderte diesmal beides, und bevor ich abwechselnd zu trinken begann, prostete ich ihm in Gedanken zu.

Am Nachmittag fuhr ich nach Potsdam zurück, und noch am selben Abend schnürte ich meine Bündel für Halle.

Sonntagmittag gingen wir allesamt in die Wohngebietsgaststätte, mein Vater und seine Frau, meine Stiefschwestern und ich.

Die Stimmung war freundlich.

Niemand wollte dem anderen auf den Schlips treten am Ende der Ferien, kurz bevor die Alltagsplackerei wieder losging.

Den Rest des Nachmittags saß ich auf meiner gepackten Reisetasche und wartete auf einen Anruf.

Wie Honig tropfte mir dabei die Zeit vom Messer.

Ich wartete so lange, bis es nicht mehr ging.

Um sechs wusste ich, dass Rebecca nicht mehr anrufen würde, um sich für eine gemeinsame Fahrt zu verabreden.

Hatte Rebeccas Mutter meine Nachricht überhaupt übermittelt? War jemand, der aussah wie sie letztens in der Mangerstraße, zuverlässig?

Ich wusste es nicht.

Ich musste nur dringend zum Bus nach Schönefeld, um wenigstens den vorletzten Zug nach Halle zu kriegen.

3. THE TIMES THEY ARE A-CHANGIN'

Robert sah einfach großartig aus.

Ich war voll des Neides.

Alles stimmte, alles war genau so, wie ich es ihm erzählt hatte im Frühjahr. Da hatte ich gerade *Der Fremde* von Camus zu Ende gelesen und irgendwie das Bedürfnis gehabt, jemandem davon zu berichten. Denn *Der Fremde* war eines jener Bücher, die mich regelrecht umgehauen hatten.

Am Anfang meiner Leselaufbahn war das noch ziemlich oft passiert, zirka alle zwei Wochen würde ich schätzen, und begonnen hatte alles mit *Das Bildnis des Dorian Gray* von Oscar Wilde. *Gegen den Strich* von Huysmans war so ein Buch gewesen, *Die Blumen des Bösen* natürlich und die Erzählungen von Kafka.

Aber je mehr ich las, war mein Eindruck, desto seltener wurden diese Erlebnisse, bei denen einem die Kinnlade runterklappte und die es genauso in der Musik gab. Ich sage nur: *Blue Monday* und *This Charming Man* und *Killing Moon*, aber wie in der Literatur machten sie sich auch dort allmählich rar, und zwar je mehr Songs man hörte.

Let's Start a War war die letzte Platte gewesen, die mich auf diese Weise geplättet hatte. Sie stammte von Exploited, und die Kassettenaufnahme kursierte eine Zeit lang in Potsdam. Genau genommen fand ich Exploited nicht mal sonderlich gut, aber weil ich vorher noch nie derart schlimme Musik gehört hatte, kamen sie dennoch auf die Liste der hörenswerten Bands.

Denn wenn das Schreckliche interessant genug war, bestand eine realistische Chance, sich eines Tages daran zu gewöhnen, um es am Ende doch zu lieben.

Mit Exploited ließen sich außerdem hervorragend die ganzen Depeche-Mode-Fans verscheuchen, die sich dieser Tage ausbreiteten wie die Fliegen.

Apropos Fliegen: Das gleichnamige Theaterstück von Sartre stand in meinem Bücherregal zu Hause, aber weil ich nach dem ersten Reingucken Angst hatte, es könnte langweilig sein und mir nachträglich den ganzen *Ekel* verderben, traute ich mich irgendwie nicht, es zu lesen.

Depeche Mode jedenfalls waren jetzt Massengeschmack, und sie standen damit auf derselben Stufe wie – sagen wir – Phil Collins, obwohl ihre Musik trotzdem besser war.

Fragte sich bloß, dachte ich, ob sie schon immer falsche Gefühle verkauft hatten, auch in den frühen Tagen, als sie fast noch niemand gut fand, oder ob die einst wahren Gefühle erst allmählich falsch geworden waren, weil plötzlich viele Menschen diese ehemals echten Gefühle von Depeche Mode mochten. Die Antwort darauf befand sich möglicherweise in *The show must go on*, aber wie sie lautete, würde ich nie erfahren.

Zu Hause jedenfalls wäre es leicht gewesen, sich über Camus' *Fremden* zu unterhalten. Ich hätte Dirk und Michael von meiner Lektüre erzählt, sie hätten sich das Buch besorgt, in zwei Tagen ausgelesen, und anschließend hätten wir uns im *Heider* getroffen und Martinis bestellt und in aller Ausführlichkeit den *Fremden* auseinandergenommen. Wir hätten eine Art Gericht über das Buch gehalten, um am Ende die eine, alles entscheidende Frage zu beantworten: War *Der Fremde* würdig, in unser privates Pantheon aufgenommen zu werden, in die heilige Galerie unserer Ahnen, auf deren Schultern nicht zuletzt unsere kommende Zeitschrift *Lef 2* stand?

Klar, ich hatte versucht, mit Günter über den *Fremden* zu reden, schließlich war Günter einer von denen hier, die freiwillig lasen. Schnell aber merkte ich, dass er alles, was ich darüber zu sagen versuchte, sofort auf irgendwelche Personen oder Dinge oder Geschehnisse aus seinen eigenen literarischen Fantasiewelten bezog. Für jeden interessanten Aspekt bei Camus fand er eine vermeintliche Analogie in dem wissenschaftlich-fantastischen Kosmos seiner Bücher, der für mich undurchsichtig war und deshalb langweilig.

Natürlich meinte es Günter gut mit seinem Gerede, aber er zog damit den *Fremden* in diese infantile Welt der Kobolde und verrückten Wissenschaftler hinab, wohin er auf keinen Fall gehörte, weshalb ich mich irgendwann lieber Robert zugewandt hatte. Der war Nicht-Leser, und ihm fielen keine lächerlichen Analogien ein, einfach weil er nirgends nach welchen suchte, und er hörte mir stets höflich zu, wenn ich erst mal angefangen hatte, über den *Fremden* zu monologisieren, allerdings, das entging mir keineswegs, stets am Rande des Schlafes.

Ich erzählte ihm, dass die allererste Cure-Single von ebenjenem Fremden des Buches handelte und dass Camus ein sogenannter Existenzialist gewesen sei, genau wie Sartre, Autor des *Ekels* sowie der *Fliegen*.

Dass die Existenzialisten in der spärlich bemessenen Freizeit, die sie von ihren Caféhausbesuchen abknapsten, in verrauchte Kellerbars gingen, wo Juliette Gréco jeden zweiten Abend auftrat, erzählte ich ihm, und dass sie nur bestimmte

Schallplatten hörten wie zum Beispiel *The Girl from Ipanema* von diesem Götz Gilberto aus Brasilien oder von Dave Brubeck *Take Five*, beides Stücke, die ich zufälligerweise selber auf meinen Kassetten hatte, neben dem ganzen New-Wave-Zeug.

Ungefähr die Hälfte von dem, was ich ihm an Existenzialismus-Tratsch auftischte, war ausgedacht, den Rest hatte ich aus den Nachworten meiner Bücher und gewissen Radiosendungen destilliert, deren Namen und Ausstrahlungsorte nichts zur Sache tun.

Anders als meine selbst gebastelten Hypothesen zu Camus' Weltsicht weckten diese Nebensachen ein gewisses Interesse bei Robert, weshalb ich mir eigens für ihn schließlich eine existenzialistische Kleiderordnung ausdachte, eine Uniform, in der in meiner Vorstellung all die Protagonisten und Anhänger des Existenzialismus über die Pariser Boulevards flanierten, unterwegs vom *Café de Flore* zum nächsten Auftritt Juliette Grécos in einem Kellerloch am Montmartre, ein breiter Strom schwarz gekleideter Menschen.

Jetzt stand Robert neben mir am Einlass zur *Bierstube*, und er sah absolut fantastisch aus. Er hatte die komplette Verwandlung von der Made zum Schmetterling in nur zwei Ferienmonaten geschafft, und nun trug er exakt die existenzialistische Kluft meiner Fantasie: einen schwarzen Rollkragenpullover, eine schwarze Jeans aus dem Westen. Dazu eine braune, gerade geschnittene Wildlederjacke mit Revers und Knöpfen. Entweder hatte er sie aus einem äußerst gepflegten A&V oder von einem seiner Altvorderen geerbt, der seinerseits durch Geschmack geglänzt hatte. Wahrscheinlich aber war es lediglich die verflossene Zeit, die ein einstmals vollkommen normales Kleidungsstück zu einem modischen Juwel hatte werden lassen, so wie es ihr schon mit den ausrangierten Schuhen meines Opas – Friede seiner Asche – gelungen war, mit den spitzen zum Ausgehen und mit den halbhohen zum Arbeiten, in denen meine Füße gerade steckten.

Anders als meine Lederjacke vom Kaltennordheimer Flohmarkt, die leidlich abgewetzt war und als Schutzkleidung der Motorradfahrer etwas Rohes, geradezu Brutales ausstrahlte, haftete dieser hier etwas Sensibles, fast Feingeistiges an, obwohl ich mir selber der Lächerlichkeit bewusst war, eine Jacke, wenn auch eine so ungewöhnliche, mit derartigen Attributen zu adeln.

Roberts einstmals lange Haare waren nun im Nacken ausrasiert, an den Seiten kurz und oben zu einem akkuraten Scheitel gezogen. Eine Strähne hatte sich nonchalant gelöst und hing ihm bis zum Kinn runter, wie einem unehelichen Zwilling von Phil Oakey.

Eine Frisur wie aus einem Guss. So was bekam man nur hin, wenn man eine große Menge Ausgangsmaterial hatte, ähnlich den Gärtnern im Park Sanssouci, wenn sie mit ihren Heckenscheren aus den wuchernden Büschen alljährlich geometrische Skulpturen schnitten.

Besaß man kurze Haare und wollte eine solche Strähne haben, dann ließ man sie mühevoll und über Monate wachsen, und am Schluss sah es doch bloß pseudo aus, wie gewollt und nicht gekonnt, unorganisch irgendwie.

Es war nicht zu übersehen: Robert war ein nagelneuer Mensch geworden. Er war jetzt ein anderer, und er brachte es sogar fertig, nicht zu schwitzen unter Lederjacke und Pullover, obwohl der Abend erst verglühte und garantiert noch zwanzig Grad Celsius herrschten.

Neben ihm kam ich mir selber wie eine struppige Promenadenmischung vor mit meiner Brutalo-Lederjacke und den durcheinandersprießenden Haaren auf meinem Schädel, die ich Wohlwollenden am ehesten als Jesus-and-Mary-Chain-Frisur verkaufen konnte.

Eine einzige Sache stimmte nicht und verdarb den Summa-cum-laude-Gesamteindruck, ja, sie riss Robert regelrecht in seine Vergangenheit als langhaariger Jeansanzug-Träger zurück, weshalb – so war vermutlich des Menschen missgünstige Natur – ich ausgerechnet damit anfing, denn ewig konnte ich nicht schweigen zu seiner sommerlichen und ansonsten sehr gelungenen Metamorphose.

«Soll das so bleiben mit den Schuhen?», fragte ich.

Robert guckte beschämt zu Boden, dorthin, wo seine Füße standen.

«Zwei Mark zehn für jeden von euch», sagte der Typ mit Vollbart, der am Einlass zur *Bierstube* saß und die Karten abriss.

Es war exakt derselbe Universitätsveteran wie vor einem Jahr, aber heute fragte er nicht mehr nach unseren Studentenausweisen, weil wir angeblich zu jung waren oder nicht aussahen wie Studenten. Er hatte sich im Laufe der letzten zwei Semester an uns gewöhnt, denn wann immer wir keine Lust gehabt hatten, abends in die Stadt zu fahren, waren wir einfach hier hängen geblieben, keine zweihundert Meter von unseren Betten entfernt, anfangs zu zweit, später zusammen mit Günter.

«Lass stecken», sagte Robert und zückte seine Brieftasche, «ich lad dich ein.»

Er gab dem Einlasser ein paar Münzen, und wenig später betraten wir die *Bierstube* mit ihrem holzigen Charme einer

Berghütte in den Beskiden. Wie nicht anders zu erwarten wehte ein Oldie durch die rauchgeschwängerte Luft, und obwohl ich es ungern zugebe: Es war ein bisschen, wie heimzukommen nach den anstrengenden Ferientagen.

«Hör mal», sagte ich zu Robert, der seit meiner blöden Schuhbemerkung geknickt wirkte, und ich stieß ihm zur Aufmunterung mit dem Ellbogen in die Seite: «Status Quo!»

Ich grinste ihn an, obwohl ich den Titel selbstredend verabscheute, so wie alles andere von Status Quo auch. Doch meine Freundschaft zum größten Oldie-Connaisseur aller Zeiten, Robert nämlich, hatte Spuren hinterlassen. Ohne es zu wollen, verfügte ich über ein Oldie-Wissen, das mich mindestens achtzig Prozent der gängigsten langhaarigen Songs der Siebziger- und späten Sechzigerjahre nach den ersten zwanzig Sekunden erkennen ließ: Titel und Interpret. Eine Fähigkeit, fürchte ich, die man ähnlich schwer wieder loswird wie das einmal erlernte Fahrradfahren.

Eher noch fünfundachtzig Prozent bis neunzig.

«Na ja, Status Quo eben», sagte Robert und guckte nicht mal halb so glücklich aus der schicken Wäsche, wie ich gehofft hatte, «ich hol uns Bier.»

Er machte sich zur Theke auf, und ich ließ mich am nächstbesten freien Tisch nieder.

Alles war wie letztes Jahr, als wir zum ersten Mal hierhergekommen waren, wie eine Reise in der Zeitschleife, ich meine, wie ein Déjà-vu: Zigarettenqualm und schlechte Musik, die Massen halb voller, leerer und umgekippter Gläser auf den Tischen, die ältlichen Mädchen in Batik- oder bulgarischen Stickblusen, die bärtigen Studenten in den karierten Hemden.

Ein paar von Letzteren hatten sich am Nebentisch untergehakt, schunkelten im Rhythmus, und sie grölten laut mit, immer wenn Status Quo den Refrain erreichten: «You're in the army now.»

Schon klar, das Ganze war eine ironische Reminiszenz an die drei Lebensjahre, die jeder von ihnen an die Asche verloren hatte, wegen des volkswirtschaftlich irrelevanten Fachs, das sie jetzt studierten, weshalb in den meisten Blicken, die über die laute Runde streiften, ein gewisses Verständnis lag statt des angebrachten Abscheus.

Aber halt!, dachte ich, als Status Quo endlich Ruhe gaben, das war überhaupt kein Déjà-vu! Im Gegenteil: Hier stimmte irgendwas nicht mehr, hier stank doch etwas zum Himmel, und zwar gewaltig!

Nicht ein nächster Song aus der Mottenkiste erklang jetzt nämlich, sondern ein paar Synthesizer-Akkorde im Stakkato, und dann setzte bereits der Drumcomputer ein, und plötzlich wusste ich, dass heute der Tag der Tage angebrochen war, an dem die berüchtigte *Bierstube* zum ersten Mal einen Song spielte, der auf einer meiner Kassetten war.

Einen, den ich privat hörte!

Freiwillig!

Und ich meine nicht *Girl from Ipanema*!

Ich warf einen Blick zum Discjockey, der am anderen Ende des Raumes hinter seinem Pult stand: ein Typ mit Schmerbauch und Vollbart, der sich soeben die Kopfhörer aufsetzte. Das immerhin war gleich geblieben.

In diesem Moment kam Robert von der Theke zurück, stellte zwei große Gläser Bier vor mir ab, sagte: «Prost, Alter», und war schon wieder weg, um kurz darauf auf der Tanzfläche zu erscheinen, von der die Batik-Frauen und Karo-Männer in Scharen flohen. Übrig blieben ein paar Mädchen, die aussahen wie jüngere Schwestern von Iris und denen es egal war, welche Musik lief, ob Status Quo oder wie jetzt zum allerersten Mal in den holzvertäfelten Räumlichkeiten: *Our Darkness.*

Anne Clark.

Die Maxi-Version.

Die Mädchen bewegten sich stoisch weiter, in derselben Geschwindigkeit und immer gegen den Rhythmus, ein bleierner Schlenker mit der rechten Hüfte, dann einer mit der linken, begleitet von Armbewegungen wie beim Gehen, dieser komischen Sportart für menschliche Roboter. Eines der Mädchen ballte sogar die Fäuste dabei, und es war klar, dass bei dieser Art zu tanzen nicht das Gewinnen zählte, sondern der olympische Gedanke des Mitmachens.

Anders als für Robert, der sich etwas abseits der Mädchengruppe aufgestellt hatte und sofort in einen Bewegungsablauf verfiel, dessen Choreografie er einstudiert haben musste, denn anders ließ sich seine Perfektion nicht erklären.

Er bestand aus alternierenden Aufwärtshaken der Arme, die der horizontalen Richtung des Oberkörpers folgten, welcher in seiner Gesamtheit gleichzeitig nach vorn und zurück schwang, während sich die Hüfte nur leicht in die jeweils entgegengesetzte Richtung drehte, die Füße auf der Stelle verharrten und die Knie kurz im Rhythmus einknickten, nach links und dann rechts, was im Zusammenspiel mit der Hüftdrehung und dem permanenten Vor und Zurück des Oberkörpers eine abwechselnd vertikale beziehungsweise waagrechte Bewegung desselben erzeugte.

Wer zu faul ist, sich aus meinen Worten ein Bild zu zimmern, wartet, bis das Video zu *Telegraph* im Fernsehen wiederholt wird, wo der Sänger von OMD zu seinem eigenen Lied fast so gut tanzte wie Robert im Moment zu *Our Darkness.*

Und wie auch im *Orion* alle Leute tanzten, die keine Bauern waren, einige besser, andere schlechter. Den wahren Unterschied, ob es gut aussah bei einem oder nicht, machte die Intensität aus, mit der er tanzte, und die *Intensität* wiederum war, um es mathematisch zu formulieren, das Produkt aus *Selbstbewusstsein* mal *Kondition*.

Beide Faktoren waren bei Robert äußerst hoch an diesem Abend, und es war unglaublich, dass ihn die Leute heute noch mehr anstarrten als vor einem Jahr bei seinem legendären Luftgitarrensolo zu ZZ Top, an dessen Ende er auf die Knie gegangen war, die Finger seines gereckten rechten Arms zum Peace-Zeichen geformt.

Mit kontrolliert zuckendem Körper pflügte er sich jetzt durch den Song, während die Mädchen enger zusammenrückten. Je unbeirrter Robert fortfuhr, desto mehr stellten sie ihre eigenen Bewegungen ein. Sie rührten sich kaum noch, als ungefähr die Mitte von *Our Darkness* erreicht war, komplett von der Tanzfläche verschwanden sie aber nicht.

Dafür betrat eine dritte Partei den Ring.

Im flackernden Discolicht erkannte ich einen dunklen Umriss, der sich Robert näherte und dabei ähnlich tanzte, weniger energetisch allerdings, was seine Bewegungen fließender machte und weicher.

Aber Robert ließ sich nicht irritieren. Den Blick in die imaginäre Ferne getaucht wie ein New Romantic, fuhr er fort, ohne dass der andere ihm näher kam als einen halben Meter.

Our Darkness klang aus, und der Discjockey verfiel in sein altes Muster und spielte abermals einen Oldie, der in meiner Liste der schlimmsten Oldies aller Zeiten in den Top Ten rangierte.

Robert ging zum Tanzflächenrand und blieb dort stehen.

Sogar von hier hinten konnte ich die Schweißperlen auf seiner Stirn sehen.

Gut möglich, dass der Discjockey weitere gute Sachen auf Lager hatte und sich jetzt nur für *Spinning Wheel* entschied, um Robert von der Tanzfläche zu scheuchen, damit dieser den anderen *Bierstuben*-Gästen nicht den Platz klaute mit seiner ausholenden Hampelei.

Ich griff zu einem der Gläser vor mir, die ich vor lauter Schreck vergessen hatte, und trank. Die Plörre schmeckte sauer und bitter, richtig schlimm nach den zwei Monaten Pause, in denen ich höchstens ein paar Gläser Rotwein mit meiner Oma getrunken hatte, und ich merkte, wie mir der Alkohol direkt in den Kopf stieg.

Die Langhaarigen begannen, ihre ungelenken Körper zu *Spinning Wheel* zu wiegen, während der andere Tänzer sich zu Robert gesellte, ein Typ, ganz in Schwarz, Bundfaltenhose, reingesteckter Pullover und Wasserstoffperoxid-Haare, die ihm sorgfältig gestylt vom Kopf standen. Er trug ein Kreuz aus falschen Edelsteinen, wie es vor zweieinhalb Jahren modern gewesen war: ein Popper, wenn ihr mich fragt, der auf Depeche Mode und solche Allerweltssachen stand wie diese neu aufgetauchten Pet Shop Boys.

Waren die jetzt schlecht?

Oder gar nicht mal so gut? Zumindest sahen sie einigermaßen befremdlich aus in dem einen Video, das ich neulich gesehen hatte. Vielleicht stand er obendrein auf Erasure und die Communards, so einen Typen meine ich.

Er beugte sich zu Roberts Ohr und sagte etwas. Robert antwortete ihm, und dann gaben sie sich die Hände und gingen zur Theke rüber, wo der Typ zwei Gläser Schnaps bestellte, als sie an der Reihe waren. Sie stießen an und kippten das

Zeug auf ex runter, gleich dort an der Theke, und sofort orderte dieser Provinzpopper in Schwarz die nächste Runde.

Offenbar hatte Robert sein Bier vergessen, das neben meinem halb ausgetrunkenen stand und langsam schal wurde. Und mich hatte er natürlich vergessen, der ich überhaupt nur seinetwegen in die *Bierstube* mitgekommen war. Um mich nicht sinnlos zu ärgern, zündete ich mir eine Zigarette an und guckte in die entgegengesetzte Richtung.

War ja eigentlich keine gute Idee, die vollgequarzte Luft mit noch mehr Qualm anzureichern. Mir kratzte es im Hals beim Atmen, und ein paar andere hatte ich schon husten hören, von richtig tief unten. Als könnte er Gedanken lesen, zog der Discjockey den Regler runter nach *Spinning Wheel* und schrie: «Mal herhören, Leute. Weil die Luft zum Schneiden ist, machen wir ausnahmsweise die Terrassentüren auf. Gebt Obacht, dass keiner reinkommt, der nicht bezahlt hat! Alles roger so weit?»

Ein paar Stimmen antworteten schlaff mit «Ja».

Wenigstens hatte er nicht gesagt «Alles roger in Kambodscha», ein Satz wie ein Eispickel im Kopf. Von dieser Sorte gab es in letzter Zeit mehr und mehr. Keine Ahnung, woher dieser Infantilismus gekrochen kam. Aus dem Westradio, wenn ihr mich fragt.

«All right, Freunde, hätten wir das geklärt», schrie der Discjockey. «Von ihrer letzten Langspielplatte aus dem Jahr 84, heute und exklusiv für euch …» Aber noch bevor er den Namen der Truppe aussprechen konnte, riss er dilettantisch den Regler hoch und schnitt sich selber das Wort ab.

Wahrscheinlich hatte auch er mächtig einen im Tee, selbst wenn er noch nicht lallte.

Keine Ahnung, wie die Band hieß, aber sie war aus dem

Osten, und ihr Lied nannte sich *No Bomb*. Das lief regelmäßig im Radio und handelte vom Wettrüsten, und der Sänger sang darin, dass er keine Bomben wolle und keine Radioaktivität, was sich aber nicht auf Tschernobyl bezog, wie mancher vielleicht dachte, denn das Lied war älter.

Komisch, dachte ich, dass es trotz dieser zufällig neu entstandenen Missverständlichkeit weiterhin gespielt werden durfte. Oder war es mittlerweile untersagt und dass der Discjockey es dennoch tat, ein subversiver Akt? Ich versuchte, mich zu erinnern, ob ich nach Tschernobyl noch mal *No Bomb* gehört hatte auf DT 64, aber ich konnte es echt nicht sagen.

Einer der *Bierstuben*-Helfershelfer zog die Terrassentüren auf, und vom dunklen Weinbergweg strömte sofort ein kühler Zug würziger Heideluft herein.

Keine Ahnung, welcher Genius dem Discjockey die Reihenfolge der letzten drei Titel eingeflüstert hatte, Wurzelpeter möglicherweise, gründlich jedenfalls wie ein atomarer Erstschlag fegte *No Bomb* die Tanzfläche leer.

Ich trank den Rest meines Biers, schnappte mir Roberts unberührtes Glas und ging nach draußen, wohin immer mehr Gäste flüchteten, um ihre Zigaretten an frischer Luft rauchen zu können. Ich setzte mich auf den Bordstein und holte meine Club-Schachtel raus. Von der Straßenbahnhaltestelle der Linie 4 kam ein spätes Grüppchen bepackter Studenten vorbei. Schweigend liefen sie durch die Dunkelheit. Sie sahen sehr konzentriert dabei aus.

Im gleichen Gänsemarsch waren Robert, ich und die Windjackenjungs aus seiner Seminargruppe letztes Jahr den Weinbergweg hochgelaufen, nervös, mit flauem Magen.

Jetzt waren wir zu sogenannten alten Hasen aufgestiegen.

Jetzt gehörten wir zum Inventar von Wohnheim und *Bierstube*, und in unserem altehrwürdigen Unterrichtsgebäude in der Ernst-Schneller-Straße 1 waren wir ab morgen früh der Abschlussjahrgang.

Die Zahl unserer Bildungsjahre, die uns zu beruflicher und moralischer Reifung führten und an deren Ende wir eine Planstelle einnahmen, war um eins weniger geworden. Alles lief strikt nach Szenario, weil keiner von uns «Nein» gesagt hatte. Wir füllten Rollen aus in einem volkswirtschaftlichen Drehbuch, das auch ohne uns existierte. Wir saßen lediglich auf den vakanten Stellen, weil man uns für fähiger hielt, sie auszufüllen, als andere. Hätten wir «Nein» gesagt, würden nun diese anderen in unseren Rollen stecken.

Aber hatten wir nicht.

Wer aber nicht «Nein» gesagt hatte zu einem Angebot wie diesem hier, der hatte kein Recht, sich zu beschweren. Wer nicht «Nein» gesagt hatte, musste durchhalten.

Der musste die Zähne zusammenbeißen, bis es vorbei war.

Oder warten, dass der Schmerz nachließ.

«Entschuldige», redete mich eine Stimme von der Seite an, «darf ich mich zu dir setzen?», und ich war wirklich froh, dass sie das tat und mit einem Schlag die miesen Gedanken wegwischte, die gerade in mir zu wachsen begannen.

Dieser ganze Fatalismus.

Ich sah hoch, und das Erste, woran mein Blick hängen blieb, war ein schwarzer Nietenledergürtel. Mein Blick wanderte weiter, und als er auf ein Kreuz aus falschen Brillanten stieß, das weich auf gestrickter schwarzer Wolle ruhte, wusste ich, wer neben mir stand und lächelte.

Er hielt ein Glas Rotwein in der linken Hand.

«Bitte», sagte ich.

«Karsten», sagte er, «mit K.»

Er ließ sich neben mir nieder, dann gab er mir die Hand.

Er hatte schwarz lackierte Fingernägel.

«René», antwortete ich, «mit Accent aigu», schlug ein und fragte: «Wo ist denn Robert?»

«Austreten», sagte Karsten.

Er hörte gar nicht mehr auf zu lächeln, oder er lächelte schon wieder, und jetzt, wo er direkt neben mir saß, entdeckte ich die Grübchen in seinen Wangen.

Mir schoss sofort das Bild meiner Ferienlagerfreundin von vor drei oder vier Jahren in den Kopf, der einzige Mensch mit Grübchen, den ich bis heute gekannt hatte.

Nur wegen der Grübchen beschloss ich spontan, Karsten nicht unsympathisch zu finden und ihn vorerst nicht mehr Provinzpopper zu nennen in Gedanken, ein Vertrauensvorschuss, den ich wahrlich nicht oft vergab.

«Willst du eine?»

Karsten hatte ein silbernes Etui aus der Hosentasche gezogen, ließ den geprägten Deckel aufspringen und präsentierte mir eine saubere Reihe Zigaretten hinter einem breiten Gummiband. Sie waren länger als normale Zigaretten, vermutlich handelte es sich um Duett, eine Art Gegenteil der filterlosen Karo, die Robert manchmal rauchte.

Jedenfalls hatte er sie vor seiner Umwandlung zum Existenzialisten ab und zu geraucht.

«Ich hab noch», sagte ich und hob meine Hand, wo zwischen Mittel- und Zeigefinger der Rest einer Club qualmte.

Karsten bediente sich selber aus seinem Etui.

«Schönes Feuerzeug.»

«Ein original Zippo», sagte Karsten, zog an der Duett und

ließ den Feuerzeugdeckel zuklacken. Er hielt die Zigarette zwischen Daumen und Zeigefinger, während er die restlichen Finger abspreizte. Ich kannte einen anderen, der auf diese affektierte Art rauchte, und das war Dirk. Aber ich gab Karsten jetzt trotzdem keinen Punktabzug dafür.

«Ihr lest viel, hat Robert erzählt.»

Karsten blies lautlos den Rauch in die Nachtluft.

«*Ihr*?»

«Robert und du», sagte Karsten.

«Ja, das stimmt», sagte ich der Einfachheit halber und schnippte meine Kippe weg.

«Robert hat mir von seinem Lieblingsbuch erzählt.»

«*Der Fremde*?»

«Ja», sagte Karsten, «das klingt alles sehr faszinierend. Ich lese eher Thomas Mann und solche Sachen. Diese großen epischen Werke. Kennst du *Der Leopard*?»

«Meinst du *Der Panther*?»

«Nein, ich meine *Der Leopard*», sagte Karsten, «den Roman.»

«Ich kenne nur *Der Panther*», sagte ich, «das Gedicht.»

«Wie dem auch sei», sagte Karsten, «ich werd mir den *Fremden* auf alle Fälle besorgen, so wie Robert davon geschwärmt hat.»

«Der *Fremde* ist aber eher kurz», sagte ich, «und nicht unbedingt episch breit ausgewälzt wie diese ganzen Thomas-Mann-Romane.»

«Ich wusste übrigens gar nicht, dass es einen Cure-Song über den *Fremden* gibt», sagte Karsten.

Es kam mir selber komisch vor, aber statt mich über Roberts Aufschneiderei zu ärgern, war ich irgendwie froh, dass so viele von den Dingen bei ihm hängen geblieben waren, die ich ihm im Fahrstuhlvorraum erzählt hatte, über Camus und den Existenzialismus.

Vielleicht tat ich ihm unrecht, und er hatte das Buch tatsächlich gelesen in den Ferien, denn eines stand fest: *Der Fremde* schien – summa summarum – deutlich mehr Einfluss auf Robert gehabt zu haben als auf mich.

«Ich hoffe nur, du findest das Buch irgendwo», sagte ich. «Es war überall geklaut, als ich es letztes Jahr ausleihen wollte. Irgendwann hab ich dann einen Exlibris-Sammelband mit Camus-Prosa gefunden. Zweiundzwanzig Mark, gebraucht fast so teuer wie neu. Kennst du das Antiquariat in der Großen Steinstraße?»

«Ja», sagte Karsten, «gleich um die Ecke wohne ich.»

«In dem Band sind auch andere bekannte Sachen», sagte ich, «wie *Die Pest*. Ich würde ihn dir ja borgen, aber ...»

«Musst du nicht», unterbrach mich Karsten und grinste, «das ist nett, aber ich hab da meine eigenen Quellen für seltene Bücher.»

Er zog an seiner Duett.

Ich schwieg.

Ich machte mir eine weitere Club an und sah die Straße hinauf, wo aus Richtung der Wohnheime ein umschlungenes Pärchen gelaufen kam. Ansonsten war niemand mehr unterwegs in dieser stillen Stunde zwischen Mitternacht und halb eins.

«Studierst du an der Uni?», fragte ich, als ich den Eindruck hatte, es sei genug geschwiegen worden.

«Geschichte auf Diplom», sagte Karsten.

«Warst du drei Jahre bei der Asche deswegen?»

«Wieso fragst du?» Karsten grinste. «Sieht man das etwa?»

«Ehrlich gesagt: Ja.»

Er war zwar jung, aber *richtig* taufrisch dann doch nicht mehr. Anfang bis Mitte zwanzig, schätzte ich, was seine jugendliche Verkleidung als Grufti, oder was das darstellen sollte, nur von Weitem kaschieren konnte.

Vielleicht war sein Bartansatz daran schuld, der sich dunkel an Kinn und Wangen abzeichnete, obwohl Karsten frisch rasiert zu sein schien und stark nach Aftershave roch. Anders als das Haupthaar ließ sich dieser nicht so einfach blondieren.

Er lachte auf: «Du nimmst wirklich kein Blatt vor den Mund.»

«Wozu auch?»

«Recht hast du damit», sagte Karsten, und unsere Unterhaltung drohte abermals zu versanden.

Das einsame Pärchen war unterdessen näher gekommen und trat jetzt aus dem Dunkeln des Weinbergwegs in den Lichtkreis der Straßenlaterne, in dem wir saßen.

Ich beachtete es nicht weiter.

Ich sah erst auf, als eine Stimme, so eindringlich wie Fingernagelkratzen auf der Wandtafel, mich ins Mark traf: «Na, gucke mal: Wen haben wir denn da?»

Im selben Moment befreite sich Günter aus Iris' Klammergriff um seine knochige Hüfte und kam mit Siebenmeilenschritten auf mich zu. Ich stand auf, und als Günter bei mir ankam, fiel er mir regelrecht um den Hals, und er schlug mir auf die Schulter, während er mich an seine Hühnerbrust drückte.

Um das Ganze nicht in die Länge zu ziehen, hielt ich still, statt zurückzudrücken und zu klopfen.

«Alter, ich hab dich schon vermisst», sagte Günter, als er fertig war.

Er strahlte richtig, und er roch dezent nach Pfeffi. Wahrscheinlich bekam er bei Iris nichts anderes serviert, und wahrscheinlich trank Iris Kirsch und Pfeffi nur deshalb so gerne, weil sie diese Sachen für gesünder hielt als Bier, wegen der vielen Vitamine im Obst beziehungsweise Kraut, aus dem diese Sachen bestanden.

«Darf ich?», fragte Günter, ohne dass ich mich groß wunderte, und zeigte auf Roberts Bierglas, das auf dem Bürgersteig stand.

«Bedien dich!»

«Mann, Heiko», maulte Iris, «muss das sein?»

Aber da hatte Günter das Glas bereits angesetzt und in einem Zug die Hälfte getrunken.

«Heiko?», fragte ich. «Seit wann heißt du denn wieder Heiko, Günter?»

In Wirklichkeit hieß Günter nämlich Heiko, doch weil sein Nachname derselbe war wie jener eines bekannten Kinderbuchschriftstellers, hatte er kurzerhand auch noch dessen Vornamen abgestaubt.

Aber das ist eine eigene Geschichte.

«Das erzähl ich dir ein andermal», sagte Günter, aber sein Mund kam an mein Ohr heran, und er flüsterte: «Ihr Vater heißt auch Günter. Damit es zu keinen Missverständnissen kommt in delikaten Situationen. Du weißt schon.»

Und dann rief er zu Iris rüber, die fünf Meter abseits von uns anderen stehen geblieben war: «Mann, Iris, Heiko nur, wenn wir unter uns sind.»

«Darüber ist das letzte Wort aber noch nicht gesprochen», sagte Iris und grinste zum Glück und stützte burschikos die Hand in ihre Hüfte.

«Was ist denn mit deinen Haaren los?», fragte Günter wieder in normaler Lautstärke, ohne das Bierglas abzustellen.

«Ich lass sie ein bisschen wachsen.»

«Ja, mach ruhig», sagte Günter, «steht dir gut. Sieht nicht so poppermäßig aus.»

Günter warf einen kurzen Blick auf Karsten.

«Du kennst dich echt aus, Heiko!», sagte ich.

Aber Karsten dachte nicht daran, seine freundliche Miene abzulegen. Er lächelte nicht direkt, aber da war so ein Zug von nachsichtigem Spott um seine Mundwinkel.

Das gefiel mir.

Ich nahm mir vor, diesen Ausdruck in einer ruhigen Stunde vor dem Spiegel auszuprobieren.

«Apropos», sagte ich, «hast du Robert heute schon gesehen?»

«Oh Mann, ist Robert auch hier?», rief Iris dazwischen und kam jetzt doch heran.

«Apropos was?», fragte Günter.

«Na, apropos Haare», sagte ich zu Günter, und Karsten sagte zu Iris: «Ja, Robert ist da drin. Er wollte kurz auf Toilette, aber irgendwie kommt er nicht wieder raus. Seid ihr befreundet?»

«Nein», sagte Günter, «heute noch nicht», und Iris sagte zu Karsten: «Waren wir mal», und sie machte einen langen Hals in Richtung *Bierstube*, wo der Discjockey die Langsamtanzrunde eingeleitet hatte.

Gerade lief *A Whiter Shade of Pale* von Procol Harum, wie ich dank meines Oldie-Wissens feststellte, ein Wissen übrigens, mit dem ich nirgendwo glänzen konnte. Offensichtlich nicht mal mehr bei Robert, dem ich es zu verdanken hatte.

«Wir müssen unbedingt wieder proben», sagte Günter und setzte das Bierglas zum nächsten und finalen Schluck an.

Dann trank er den Rest und wischte sich mit dem Jeansjackenärmel über den Mund.

«Wir haben nämlich eine Band», sagte ich zu Karsten, der mich fragend ansah, «hat Robert das nicht erzählt?»

«Nein», sagte Karsten, «hat er nicht.»

«Wo bleibt er denn bloß?», fragte Iris und sah abermals zu den offenen Terrassentüren rüber.

«Willst du jetzt auf Robert warten?», fragte ich.

«Nein», sagte Iris, ohne woanders hinzugucken.

Wir schwiegen allesamt ein paar Augenblicke.

«Tja», sagte Günter dann.

«Was soll man sagen?», sagte ich. Es gab hier gleich zwei Personen, die eine flüssige Konversation zwischen Günter und mir verhinderten.

«Ich dachte einfach, dass es nett wäre, sich zu begrüßen», sagte Iris, die das wohl als Aufforderung zum Sprechen missverstanden hatte.

«Hier», sagte Günter und drückte mir das leere Bierglas in die Hand, «wir gehen dann mal weiter.»

«Wir sehen uns morgen», sagte ich.

«Aber erst in der Schule», sagte Günter, «ich penn heut bei Iris.»

«Solange meine Mädels noch nicht zurück sind», sagte Iris.

«Gehabt euch wohl», sagte Günter.

Er schnappte sich die Hand von Iris, und sie zogen weiter in die Nacht.

Kaum waren sie um die Mensaecke gebogen, stand Robert hinter uns. So unerwartet wie der Geist aus dem Märchen war er aufgetaucht, wenn man nur versehentlich an die Flasche gekommen war und gar nichts Konkretes von ihm wollte.

Ich kriegte einen richtigen Schreck.

«Sind sie weg?», fragte Robert.

«Du brauchst nicht mehr zu flüstern», sagte ich.

«Ich muss langsam auch nach Hause», sagte Karsten.

«Jetzt schon?», fragte Robert.

«Vergiss nicht: Anders als ihr beide bin ich seit neun Uhr hier», sagte Karsten, «aber wir sehen uns demnächst wieder.»

Er stand auf und klopfte sich den Staub von der Hose. Dann zog er eine winzige Pappschachtel hervor, hob vorsichtig den Deckel ab und förderte eine Visitenkarte zutage, deren Beschriftung im Laternenlicht golden aufblitzte, bevor er sie mir reichte, Mittel-, Ring- und kleinen Finger abgespreizt wie beim Rauchen.

«Du sollst auch eine haben, René», sagte er.

Er umarmte Robert, mir gab er die Hand, dann ging er los, den Weinbergweg runter, Richtung Straßenbahnhaltestelle der Linie 4. Er lief, als führte er einen unsichtbaren Gehstock mit sich, leichtfüßig und ein wenig schaukelnd.

Wir sahen ihm stumm hinterher, bis er richtig klein geworden war und seine Silhouette mit der Dunkelheit verschmolz.

«Saubere Leistung übrigens», sagte ich.

«Was meinst du?»

«Deine Tanzeinlage vorhin. Wenn ich da an dein Luftgitarrensolo denke vor genau einem Jahr. Mann, oh Mann! Was für ein Kontrast!»

«Die Zeiten ändern sich eben», sagte Robert.

«Wie Bob Dylan schon sang», zerrte ich abermals mein Oldie-Wissen hervor, «einer deiner ehemals größten Helden, falls du dich erinnerst.»

«Danke, ich hab's nicht vergessen.»

«Hast du übrigens das Kreuz gesehen um Karstens Hals? Ist der nicht ein bisschen zu alt für diesen Kinderkram?»

«Kannst du mal kurz still sein, René», maulte Robert, und

als ich das eine Weile geblieben war und eine Zigarette später sagte er: «Komm, Alter, ich geb einen aus, bevor alles dichtmacht. Wir haben noch nicht aufs neue Semester angestoßen.»

«Stimmt», sagte ich, «das müssen wir auf jeden Fall machen: Auf unser allerletztes Jahr Schule!»

4. EIN LUSTIGES ROTGARDISTENBLUT

Als ich Robert am nächsten Tag in der großen Pause wiedertraf, erschrak ich erneut. Die berühmte Gnade des Schlafes hatte mich total vergessen lassen, dass er von nun an ein anderer war, zumindest was seine Schale betraf. Ob auch sein Inneres von der Verwandlung angefressen war, musste sich erst noch zeigen.

Beim Bäcker Ecke Richard-Wagner-Straße hatte ich mir zwei warme Brötchen geholt und mich auf eine Bank gesetzt, in der kleinen Parkanlage direkt gegenüber unserer Schule. Von hier aus konnte man die Rückseite des vierstöckigen Gebäudes aus rotem Backstein sehen, den Pausenhof und den Vorplatz zum Heizungskeller, auf dem zwei haushohe Kohleberge in den Himmel ragten.

Man sah die Türmchen mit ihren Grünspandächern aus oxidiertem Aluminium, man sah die Erker und die vielen kleinen Schäden, die Risse und improvisierten Flicken im Mauerwerk, all die Stuckornamente und Verzierungen der Fassade aus verspielteren Tagen, die Zeit und Schwerkraft noch nicht hatten in die Tiefe stürzen lassen. Aus der Ferne dagegen wirkte unsere Schule ziemlich intakt, verglichen mit Teilen der Innenstadt, die sich manchmal mit letzter Not aufrecht zu halten schienen, die, denkmalgeschützt, nur zufällig noch nicht zusammengebrochen waren, um dann durch schnelle, effektive Neubauten ersetzt werden zu dürfen.

Aber ich will mich nicht beschweren, so wie sich immer alle beschwerten, was in letzter Zeit eine regelrechte Routine geworden war. Über den Dreck, über den Zerfall, die schlechte Luft, was weiß ich, sodass ich manchmal richtig Lust bekam, diese Gegenstände des allgemeinen Lamentos erst recht zu preisen, ich meine: die Schönheit des Verfalls, die Magie des winterlichen Smogs und so weiter, nicht, weil es mir ernst gewesen wäre damit, sondern aus Prinzip.

Oscar Wilde andererseits hatte gesagt, dass ihm Menschen lieber seien als Prinzipien und er am meisten Menschen ohne Prinzipien schätze, aber vielleicht, dachte ich, reichte es, nur ab und zu mal prinzipienlos zu sein, vielleicht genügte es ja, hin und wieder eine Bockwurst zu vertilgen in der Mitropa, während im Walkman *Meat Is Murder* lief von den Smiths, um nach Oscar Wildes Devise zu leben.

Eigentlich war mir vollkommen egal, ob unser Unterrichtsgebäude langsam zerfiel und ob der Zusammenhalt seiner einzelnen Teile, der Ziegel, Türen, Fenster, am seidenen Faden hing: Wichtiger war, dass hier gerade das letzte Schuljahr anbrach, bevor sich meine Spur für fünf Jahre in Moskau verlor, und dafür gab das Gebäude eine passable Kulisse ab, allemal besser als diese identischen Standardschulen, wie sie praktisch in allen unseren Neubaugebieten standen.

Wie sein berühmter Vorgänger Sisyphos hatte unser Hausmeister begonnen, die Unmengen Brikette und Koks mittels Mistgabel und Schubkarre ins Gebäude zu bringen, wobei er jede einzelne Fuhre über einen wackeligen Holzsteg balancieren musste, der über die Schwelle führte, und ich brauchte ihm keine Minute dabei zuzusehen, um unendlich müde zu werden.

Er erinnerte mich an eines dieser Nagetiere, die im späten

Sommer begannen, Vorräte für die frostigen Monate Dezember, Januar und Februar zu sammeln, denn darin schien der einzige Sinn ihres Lebens zu bestehen, so simpel wie trostlos: den jeweils nächsten Winter zu überstehen.

Der Park war menschenleer, denn schon den ganzen Morgen stand ein feiner, fast pulverartiger Regen in der Luft, den man erst wahrnahm, wenn er anfing, sich in der Kleidung festzusetzen – wie ein benutztes Geschirrhandtuch, das man sich über die Schulter legte und vergaß, während man das Geschirr einräumte.

Doch weil die Wolkendecke nicht komplett geschlossen war und immer wieder ein paar Sonnenstrahlen hindurchbrachen, um die vom Niesel besprühte Umgebung glänzen zu lassen, war es hier draußen dennoch angenehmer als in unserem Klassenraum gegenüber, in dem gerade die Kommilitonen beisammensaßen. Trotz großer Pause und ohne unsere Gruppendozentin Frau Schneider mussten organisatorische Dinge fürs nächste Semester besprochen werden. Keine Ahnung, worum es genau ging, um diese eher zweitrangigen Sachen vermutlich, Kulturprogramm, GST, Deutsch-Sowjetische-Freundschaft, die aber in der Menge, in der sie auf einen zukamen, genauso lästig waren wie die Sachen ersten Ranges: Unterricht, Lernen, Zensuren.

Um nichts wirklich Wichtiges jedenfalls, wie Prüfungszeiten und Praktikum, denn darüber hatte Frau Schneider die ersten beiden Stunden bereits in einschläfernder Ausführlichkeit referiert, weshalb ich dachte, dass mir eine Zigarettenpause durchaus zustand.

«Wo willst du denn hin, René?», hatte mir noch irgendwer hinterhergerufen. «Wir haben jetzt eine Versammlung», doch da war ich mit meiner Lederjacke schon draußen auf dem Flur.

«Nur schnell eine rauchen», rief ich noch, ohne mich umzudrehen.

Aber ich war nicht zur überdachten Rauchertreppe gegangen, sondern zum Bäcker, und dann hatte ich einfach beschlossen, den Rest der großen Pause an der frischen beziehungsweise feuchten Luft zu verbringen, denn erfahrungsgemäß hatte ich zu unseren Gruppendiskussionen nicht besonders viel beizutragen.

«Mensch, du bist doch so einer, der gerne mal was liest. Kennst du nicht ein passendes Gedicht?», hatten sie mich letztes Jahr aufgefordert, einen Vorschlag zum Kulturprogramm beizusteuern. Ziemlich am Anfang war das gewesen, als die Eigen- und Unarten jedes Einzelnen den anderen noch nicht so klar vor den entzündeten Augen gestanden hatten wie heute, zwei Semester später.

Irgendwie hatte ein Wortbeitrag gefehlt, um den Block der proletarischen Kampfchansons aufzulockern, aus denen die Darbietung bis dato bestand, mit der wir gegen die anderen Seminargruppen unserer Arbeiter- und Bauernfakultät im Wettbewerb antreten mussten an einem Nachmittag im Mai auf einer Kulturhausbühne der Innenstadt: eine Spartakiade der Peinlichkeiten.

«Fällt *dir* denn nicht was ein, René?»

Alle hatten sie mich erwartungsvoll angesehen.

Was hätte ich sagen sollen?

Der Gott der Stadt?

Kleine Aster?

Mann und Frau gehen durch die Krebsbaracke?

«*Der kleine Trompeter* vielleicht», sagte ich, und ich schwöre, dass es als Witz gemeint war. Ein Vorschlag, dessen offensichtlicher Unernst mir Ruhe erkaufen sollte bis zum letzten Tag meiner Zeit hier.

Aber anders als an meiner alten Schule, wo das Gewieher groß gewesen wäre, weil wir zehn Jahre Zeit gehabt hatten, denselben Sinn für Humor auszubilden, lachte hier keiner.

«Das ist ein Lied und kein Gedicht», sagte eines der Mädchen stattdessen ernst.

«Da irrst du dich», versuchte ich, diesen sogenannten Brustton der Überzeugung zu imitieren, «das ist ein vertontes Gedicht.» Dabei wusste ich nicht mal, ob das stimmte.

«Aber selbst wenn der *Kleine Trompeter* ursprünglich ein Lied gewesen sein *sollte*», fuhr ich fort, weil mir dämmerte, dass das Mädchen recht hatte, «was ich echt nicht glaube, würde eine nüchterne Rezitation des reinen Textes die wirkliche Aussage des gesamten Liedes hervorheben. Denn mal ehrlich: Unter der kitschigen Melodie ist die kämpferische Botschaft längst verschüttgegangen. Jeder von uns kennt es seit dem Kindergarten, und mittlerweile hängt es uns allen genauso zum Hals heraus wie irgendein normales Volkslied. Wie *Das Wandern ist des Müllers Lust* oder *Am Brunnen vor dem Tore*», die beiden einzigen Volkslieder, die mir aus dem Stegreif einfielen.

Das genügte ihnen.

Sie fingen sofort an, über das Für und Wider einer rein gesprochenen Form des *Kleinen Trompeters* zu diskutieren, und sie wirkten ehrlich und engagiert dabei, was mich zuerst befremdete, aber schon wenig später faszinierte, denn anders als sie interessierte mich der *Kleine Trompeter* einen relativ feuchten Kehricht, egal, welches Unrecht ihm dereinst geschehen war.

Egal, ob zuerst das Huhn da gewesen war oder das Ei, ich meine, was die Reihenfolge von Text und Melodie betraf.

Aber als sie mich nach einigem Hin und Her fragten, warum genau noch mal ich den *Kleinen Trompeter* passend fände für unser Programm, war ich unfähig, eine halbwegs schlagfertige Antwort zu geben, die meiner eigentlichen Intention entsprach, nämlich schlicht und ergreifend einen dämlichen Witz zu reißen.

Stattdessen erzählte ich vom *Volkspark*, diesem Kulturhaus ein paar Straßen weiter, und von der Gedenktafel, die dort hing, und wie ich sie zufällig auf einem meiner Spaziergänge entdeckt hatte und wie das alles mit dem *Kleinen Trompeter* zusammenhing, einmal als lyrischer Figur des Liedes beziehungsweise des Gedichtes und zum anderen als konkreter historischer Person, der vom Textdichter aus dramaturgischen Gründen ein besseres Instrument verpasst worden war.

Denn genau genommen sei er Hornist gewesen, erzählte ich, nur lasse sich mit einem Waldhorn eben nicht so dramatisch zur Attacke blasen, und als Hornist hätte der kleine Trompeter auch eher im Hintergrund des Orchesters gestanden, gleich neben der schwerfälligen Pauke und dem voluminösen Kontrabass und nicht vorne bei den anderen Avantgardisten, direkt unter der wehenden Fahne, wo es gefährlich war, weil einen die feindlichen Kugeln viel leichter treffen konnten und sich nicht erst nach hinten durchfressen mussten durch die ganzen anderen Instrumente und Instrumentalisten.

Als ich fertig war mit meiner Ansprache, klopften die Kommilitonen mit den Fingerknöcheln auf die Bänke – der Applaus der Studenten –, und dann nahmen wir den *Kleinen Trompeter* einstimmig ins Kulturprogramm unserer Gruppe auf, und ich weiß noch, dass ich rot geworden war während ihres Beifalls, wenn auch nicht so sehr wie das Blut des gefallenen Helden im Gedicht.

Eines stand seitdem fest: So etwas wollte ich nie wieder erleben. Eine ähnliche Situation musste mit allen Mitteln verhindert werden. Lieber wollte ich mich künftig dumm stellen oder mir auf die Zunge beißen und von Anfang an schweigen oder – die beste und einfachste Lösung – überhaupt nicht erst anwesend sein, weshalb ich jetzt heilfroh war, alleine im Park zu sitzen statt bei den anderen im Klassenraum.

Ich biss vom Brötchen ab, und plötzlich passierte, was ich die ganze Zeit befürchtet und gleichzeitig erwartet hatte: Die Fuhre des Hausmeisters geriet ins Schlingern, sie eierte noch ein, zwei Meter geradeaus, und dann kippte die komplette Schubkarre scheppernd vom Steg.

Ein Schwall Eierkohlen kullerte über den Hof, und erst als die allerletzte ausgerollt und liegen geblieben war, deren Weg er bis dahin akribisch verfolgt hatte, was man an der langsamen Drehung seines Kopfes erkannte, schickte der Hausmeister einen gotteslästerlichen Fluch gegen den Himmel, um anschließend sekundenlang nichts anderes zu tun, als sich abwechselnd die Handgelenke zu reiben.

Jemand tippte mir auf die Schulter.

Ich zuckte zusammen.

«Ruhig, Brauner, ich bin's.»

Ich drehte mich um.

«Seit wann bist du so nervös?»

Quasi aus dem Nichts und einmal mehr wie der ungebetene Flaschengeist des Märchens war Robert hinter mir aufgetaucht.

«Seitdem du so komisch aussiehst, glaube ich.»

«Was meinst du mit komisch?»

«Anders, meine ich mit komisch. Wirklich komisch sind bloß deine alten Schuhe zu deiner neuen Verkleidung», sagte ich, denn Robert trug auch heute diese gammligen, knöchel-hohen Wildlederschuhe an den Füßen, die der Volksmund Tramper nannte und die nicht mal eine richtige Sohle besa-ßen.

«Kann ich eins haben?» Er meinte das Brötchen in meiner Hand.

Ich zog das andere Brötchen aus meiner Jackentasche, wo ich es geparkt hatte, und reichte es ihm: «Setz dich hin, wenn du schon da bist.»

«Das ist total nass überall», sagte Robert, nahm das Bröt-chen, biss ab und blieb stehen.

Ein verirrter Sonnenstrahl sprang von einer der blanken Mistgabelzinken des Hausmeisters direkt in mein Auge. Nach den Momenten der Fassungslosigkeit hatte er die Arbeit wie-der aufgenommen. Jetzt musste er also nicht nur die beiden Berge abtragen, die um nichts kleiner geworden waren, seit ich hier saß, sondern obendrein die verschüttete Fuhre ein-sammeln.

Ich blinzelte.

Robert sah auch zur Kohlelieferung rüber.

«Sagst du dem Hausmeister eigentlich Guten Tag, wenn du ihn triffst?», fragte ich.

«Was?» Ein zweiter Happen hatte genügt, um das Bröt-chen vollständig verschwinden zu lassen.

«Ob du den Hausmeister grüßt, wenn du ihm begeg-nest?»

«Auf gar keinen Fall», sagte Robert, «das ist ein richtiges Arschloch. Ich musste mal einen Schlüssel von ihm holen. – Du etwa?»

«Bis heute noch nicht. Aber ich werde es mir überlegen.»

«Viel Glück dabei, Alter. Ich bezweifle, dass er dir antworten wird. Er hat eine Wohnung im Schulgebäude, dort, wo es zur Turnhalle geht. Da haust er zusammen mit seiner Alten und den Kindern.»

«Ist das Belohnung oder Strafe?»

«Was?»

«Dort zu wohnen, wo man arbeitet.»

«Keine Ahnung, aber *falls* es eine Strafe ist, dann hat er sie sich redlich verdient. Hast du nichts Besseres, worüber du dir den Kopf zerbrechen kannst?»

«Der Hausmeister war lediglich ein Lückenfüller», sagte ich, «jetzt bist du ja da und kannst mir was Originelleres servieren.»

«Ich will was mit dir tauschen», sagte Robert ohne Überleitung. «Interesse?»

«Kommt drauf an», sagte ich, «wo hast du eigentlich die Jacke her?»

«Vom Dachboden meines Onkels», sagte Robert. «Du ziehst doch sowieso nur die Arbeitsschuhe von deinem Opa an, oder?»

«Wenn's warm ist, auch mal seine Ausgehschuhe», sagte ich, «diese spitzen aus den Fünfzigern. – Die passen dir sowieso nicht, falls du darauf hinauswillst. Da komm ich kaum rein.»

«Mich interessieren eher die anderen», sagte Robert.

«Die schwarz gestrichenen aus dem Ex?»

«Ja.»

«Die waren richtig teuer.»

«Mehr als hundert?», fragte Robert.

«Logisch.»

«Sieht man ihnen echt nicht an.»

«Das nennt sich Understatement», sagte ich.

«Brauchst du die noch?»

«Höchstens als Reserve», sagte ich, «was hast du denn anzubieten dafür?»

«Ich geb dir 'ne Schallplatte.»

«Was für eine?»

«Lass dich überraschen!»

«Hoffentlich *In a Gadda da Vida, Baby*», sagte ich und drückte mir selber beide Daumen.

Robert grinste: «Ich bring sie heute Abend vorbei.»

Kurz nach vierzehn Uhr war die letzte Stunde zu Ende und mein Hosenboden wieder trocken. Mit der Collegemappe unterm Arm rauchte ich zwei Club an der Treppe zum Haupteingang und sagte hier und da Guten Tag und Wie geht's?, aber weil weder Robert noch Günter auftauchten, lief ich eine Viertelstunde später zum *Surprise* rüber, einem kleinen Café, das fünfzig Meter geradeaus in der Kohlschütterstraße lag. Praktisch seit unserem ersten Tag in Halle waren wir Stammgäste gewesen. So gut wie jeden unserer Nachmittage hatten wir im *Surprise* begonnen, unserem zweiten Wohnzimmer, was kurz vor den Sommerferien auch Frau Schneider spitzbekam.

Vielmehr: Es war ihr gesteckt worden, hinter meinem Rücken, und ich weiß bis heute nicht, von wem.

In der letzten Juniwoche war Frau Schneider dann dort erschienen, ausgerechnet an einem Tag, an dem ein doppelter Cognac vor mir gestanden hatte, der wie geschaffen schien, all ihre Vorurteile über mich zu bekräftigen. Etwas lustlos, wie ich fand, hatte sie meinen mangelnden Elan kritisiert, was die Lern- und Studienziele betraf, und mich am Ende aufgefordert, meine Intelligenz taktisch geschickter einzusetzen, um uns beiden peinliche Unterredungen wie diese in Zukunft zu ersparen.

Einmal mehr war mir an diesem Nachmittag Frau Schneiders Unwille zu strafen aufgefallen. Sie hätte das Ganze auch vor der versammelten Seminargruppe zur Sprache bringen können, wo eine grundsätzliche Kritik dieser Art vermutlich sogar hingehörte, statt auf eine lauwarme Gardinenpredigt im *Surprise* zu setzen. Ohne Zeugen, ohne Protokoll. Ohne unaufrichtig gestammelte Vorsätze des Delinquenten, also meiner Wenigkeit.

Ihr fehlte irgendwie der pädagogische Ehrgeiz, eine rudimentäre Persönlichkeit vom Niederen zum Höheren zu führen, aus einem Nagel einen Haken zu machen, wie es im Sprichwort hieß. Was sie tat, war für sie wahrscheinlich ein Beruf und keine Berufung, dachte ich, eine Sache, mit der man zufällig mal angefangen hatte, Geld zu verdienen, und es aus Gewohnheit einfach weitermachte.

Das war angenehm!

Verglichen mit Frau Schneider, waren ein paar unserer Lehrer an der POS regelrechte Kettenhunde gewesen, und im Prinzip ähnelte sie darin dem Hausmeister, der mit seinem typischen Hausmeistertum auch bloß Geld verdiente: Vorräte anlegen wie ein Feldhamster, Laubhaufen abfackeln, Schlüssel herausgeben, Robert anschnauzen.

Das alles tat er zwar nicht zum Spaß, aber wenigstens machte er sich auch keine Illusionen über den idealistischen Mehrwert seines Berufes, eine Sache, die jedem Bauarbeiter angedichtet wurde von der Aktuellen Kamera, weil er Teil des Wohnungsbauprogramms war. Denn man durfte bei uns ja nichts *einfach nur so* erledigen, alles musste doch stets im Namen einer höheren Sache geschehen, ob Kartoffelsuppe kochen in der Kantine oder Mikroelektronik aushecken im Laboratorium, und wie diese höhere Sache hieß, wisst ihr alle selber.

Wegen Frau Schneiders Stippvisite im Juni jedenfalls war das *Surprise* ein verbotener Ort für uns geworden, aber weil ich nicht wusste, ob das auch Robert noch klar war, wollte ich nachgucken.

Auf Zehenspitzen betrat ich den schmalen Gartenstreifen vor dem Café, ich pirschte mich unters Fenster des Gastraums und zog mich mittels Klimmzug nach oben. Die Kellnerin zuckte erst zusammen, aber dann erkannte sie mich und winkte, dass ich hereinkommen solle.

Robert saß nicht dort.

Ich lächelte, schüttelte den Kopf und seilte ich mich wieder ab. Es mag idiotisch klingen, aber eigentlich veranstaltete ich diese Zirkusnummer aus Respekt für Frau Schneider. Ich wollte sie in ihrer Nachsicht mit mir nicht enttäuschen. Ich wollte nicht, dass sie abermals belästigt wurde, nur weil mich einmal mehr jemand beim Betreten des *Surprise* beobachtet hatte. Ich wollte Frau Schneider in die Augen sehen können, falls nötig, und sagen: Nie mehr habe ich seit unserer Aussprache einen Fuß über die Schwelle des *Surprise* gesetzt.

Wenig später auf der Richard-Wagner-Straße sah ich, dass es der Hausmeister geschafft hatte, einen der beiden Kohleberge abzutragen und in die Katakomben unserer Schule zu verfrachten. Die Tür zum Heizungskeller war geschlossen, der Holzsteg abgebaut, sein Tagwerk erledigt.

Ich kaufte ein Brot beim Bäcker, und mit dem duftenden Brot unterm Arm startete ich die erste Tour des neuen Semesters durch die Buchläden und Antiquariate der Innenstadt, so wie ich sie einmal pro Woche unternahm.

Ich begann in der Buchhandlung am Reileck, ich sah am monumentalen Zeitungskiosk an der Geiststraße nach, ob es neue Ausgaben der Taschenbibliothek der Weltliteratur gab, von wo es noch wenige Schritte waren bis zu meinem Lieblingsladen am Universitätsring.

Trat man hier ein und zog die Tür hinter sich zu, blieb der Lärm draußen, das Kreischen der Straßenbahnen in den Gassen, die Stimmen der Studenten auf dem Weg zur Universität. Im Sommer entkam man der Hitze, und im Winter, wenn ein schwerer Windfang aus Stoff vor dem Eingang hing, ließ man die Kälte hinter sich, den Schnee und den Matsch und die frühe Dunkelheit.

Es war ein Ort, um sich Kraft zu holen für den Rest des Weges, der vor einem lag, wohin er auch führte, ein Rastplatz in der unruhigen Stadt der Arbeit und des Studierens, ein Refugium voll dunkler Holzregale, nach Bohnerwachs riechend und nach dem Leim, der dem billigen Papier der neuen Bücher beigemengt war, die einem in den Händen vergilbten, während man sie las.

Es war der einzige Buchladen, in dem ein Mann das Regime führte, und wann immer er Dienst tat, waren die Stimmen gedämpft, hörte man nur das Rascheln der umgeblätterten Seiten, ging es in den leisen, fast schamhaften Unterhaltungen stets um Bücher. Nie wurde getratscht oder Persönliches besprochen, und anders als wenn eine der jüngeren Frauen im Laden stand, kam ich mir unter seiner Aufsicht nie wie ein potenzieller Bücherdieb vor, wenn ich eine Dreiviertelstunde oder länger in den Neuerscheinungen blätterte und las oder mich auf die Zehenspitzen stellte, um einen der vergessenen, obskuren Bestandsbände aus den oberen, schwer erreichbaren Regalreihen zu ziehen.

Er war ein distinguierter Herr um die fünfzig, schätzte ich, mit grauem, sorgsam zurückgekämmtem Haar. Er war groß, mit Sicherheit eins neunzig, und hager. Er trug ein Sakko aus grobem Cord und ein gemustertes Seidenhalstuch im offenen Hemdkragen. Er roch nach einem strengen, fast aseptischen Rasierwasser an der Grenze zum Klostein, und er sagte mit gedämpfter Stimme: «Ah, sehr schön», als ich ihm den unerwarteten Fund des Tages auf den Ladentisch legte, um zu bezahlen.

Ein letztes irgendwie übersehenes Exemplar, das den Titel «Zwischen Ja und Nein» trug und – ich konnte es kaum glauben – von Albert Camus stammte.

Gustav Kiepenheuer Verlag, Leipzig und Weimar, 1986.

Ganz frisch erschienen also!

Wenn mir einmal ein Autor gefiel, nahm ich alles von ihm mit, was mir in die Finger geriet. Ob gebraucht oder neu. Ohne es zu prüfen, egal, was es war, Aufsatz, Roman, Gedicht oder Drama, was man gut an den *Fliegen* sah, die in meinem Bücherregal zu Hause ungelesen vor sich hin schmorten.

«*Der Fremde* ist eines meiner Lieblingsbücher», sagte ich.

Ich legte meine Mappe auf dem Ladentisch ab und platzierte darauf das Brot, das ich mangels eines Einkaufsbeutels unverpackt durch die Gegend trug.

Ein Lächeln huschte über das Gesicht des Buchhändlers. Ich tat, als hätte ich es nicht bemerkt, und kramte aus der Innentasche meiner Lederjacke das Geld hervor.

Ich wollte kein Wohlwollen und keine Sympathie.

Und Milde wollte ich auch nicht.

Der Buchhändler breitete einen großen Bogen Paketpapier neben der altertümlichen Registrierkasse aus, und in die Mitte legte er das Camus-Buch, vorsichtig wie einen Schatz.

Weil er Bücher für wertvoll hielt, selbst dann noch, wenn sie stinkend, das Papier voller Späne, aus der Druckerei kamen, hatte er das Standardeinwickelpapier des Buchhandels gegen ein besseres ausgetauscht, das nicht gleich der erste Schauer durchweichte.

«Sie werden dort ein paar schöne Passagen über das nordafrikanische Licht finden», sagte der Buchhändler, ohne das Paket zu Ende zu packen. «Mögen Sie die Franzosen?»

War das eine Fangfrage? Was meint er mit *die* Franzosen?, ratterte es in meinem Kopf. Zählten dazu auch Balzac und Voltaire? Oder La Fontaine mit seinen Fabeln?

Aber letztendlich sagte ich einfach: «Kann man so sagen.»

«Dann warten Sie bitte kurz», sagte er, «vielleicht hab ich etwas für Sie.»

Er warf einen schnellen Rundblick durch den Laden, aber die wenigen Kunden verhielten sich manierlich. Er verschwand im Nebenraum hinter der Kasse und kam mit einem weiteren Buch zurück.

Es war vollkommen schwarz, und der Buchhändler legte es so vor mich hin, dass ich den Titel lesen konnte. Er präsentierte es mir wie eine Trophäe, und ich merkte, wie sich mein Herzschlag beschleunigte, was er normalerweise nur in zwei Situationen tat: Wenn ich in der zweiten Hälfte eines 3000-Meter-Laufs steckte oder wenn es um Mädchen ging, die sich in mein Herz geschlichen hatten oder wieder heraus, ohne vorher nach meinem Einverständnis gefragt zu haben.

«Die Sammlung war unverzüglich vergriffen, wie Sie sich leicht vorstellen können», sagte der Buchhändler, «aber für wirklich interessierte Kunden habe ich stets eine kleine Reserve in der Hinterhand. *Sind* Sie möglicherweise interessiert, junger Mann?»

Französische Essays der Gegenwart stand auf dem Umschlag oben, und darunter waren alle Autoren aufgeführt, und von den ersten drei Namen waren mir zwei schon bekannt: Sartre und Camus.

Von der restlichen Liste kannte ich noch Nathalie Sarraute, deren Roman *Kindheit* zu lesen durchaus ein bisschen in Arbeit ausgeartet war letztes Jahr, aber wiederum nicht so sehr wie die Lektüre von Claude Simon.

Ich sagte: «Die Essays nehme ich bitte dazu.»

Der Buchhändler lächelte zufrieden, nein: Er lächelte gnädig, und dann wickelte er genüsslich und seelenruhig die beiden Bücher ein.

Falls mir die französischen Essays nicht gefielen, konnte ich den Band immer noch in mein Kinderzimmerregal stellen, direkt neben die *Fliegen*, für später, dachte ich, wenn ich reifer geworden war.

Exakt wie eine Maschine erledigte der Buchhändler seine Arbeit. Nicht mal die Weihnachtspakete meiner Oma waren so akkurat eingeschlagen: Keine überhängenden Papiernasen gab es und überall rechte Winkel.

Mit spöttischem Blick schob er das Buchpaket neben meine Mappe mit dem Brot obendrauf. Ich reichte ihm einen Fünfzigmarkschein, und während er das Wechselgeld aus der Kasse zusammenklaubte, fragte er: «Sind Sie an Max Frisch interessiert? In vierzehn Tagen erscheint ein neuer Prosaband bei Volk und Welt. Ich merke Sie gern dafür vor.»

«Ja, bitte», sagte ich, obwohl ich bis jetzt nichts von Max Frisch kannte. Aber dass Bücher von ihm rar gesät zu sein schienen, genügte, um mein Interesse zu wecken. Zur Not gab es weiteren Platz neben den *Fliegen*.

«Brauchen Sie meine Adresse?»

«Ich merke mir Ihr Gesicht auch so, junger Herr mit dem Brot», sagte der Buchhändler und lachte halb in sich hinein. «Warten Sie, ich helfe Ihnen!»

Er kam hinter dem Verkaufstisch vor, und während ich mein Gepäck einsammelte, öffnete er mir die Ladentür, und als ich bereits draußen stand auf dem Universitätsring, rief er mir noch einmal zu: «Denken Sie an den Max Frisch in zwei Wochen!»

Dann zog er sich wieder zurück in sein seltsames Königreich aus Staub und Buchstaben. Von nun an, dachte ich, war der Laden kein neutraler Ort mehr, den ich betreten konnte, wann immer ich wollte. Ob aus Langeweile oder weil es regnete oder Zeit übrig war bis zu einer Verabredung. Auch zwei Tage hintereinander. Oder zweimal am selben Tag, wenn es sein musste. Ich solle in zwei Wochen wiederkommen, hatte er gesagt, aber hieß das im Umkehrschluss, dass ich vorher dort nicht mehr aufzukreuzen brauchte? Bestimmt war er Junggeselle, der einmal pro Woche seine Schwester zum Tee empfing, wo es Sherry zu trinken gab. Er besaß garantiert eine Sammlung klassischer Schallplatten und besuchte regelmäßig Opernvorstellungen im Theater des Friedens, die seinen Ansprüchen nicht genügten.

Ich lief zum Markt und stieg in die 4, und während die Bahn Richtung Stadtrand ratterte, am Centrum Warenhaus vorbei, an der Eissporthalle und dem Neubaublock mit diesem «Schild-und-Schwert-der-Partei»-Relief davor, zupfte ich Stücke von meinem Brot ab und steckte sie mir unauffällig in den Mund. Ich schlang es herunter, obwohl es frisch nicht bekömmlich war, wie ich von meiner Oma wusste, aber seit dem Brötchen in der großen Pause hatte ich nichts mehr in den Magen gekriegt.

Es war schon einiges nach neun und richtig finster, als Robert zu mir auf den Wohnheimbalkon trat, wohin ich mich mit meinen Büchern und dem angenagten Brot verzogen hatte. Als es anfing, dunkel zu werden, hatte ich die Bücher weggelegt und die Walkman-Kopfhörer aufgesetzt, um dem Tag beim Verdämmern zuzusehen. Eine angenehme Leere hatte meinen Kopf erobert und wie eine kühlende Welle nach und nach den Rest meines Körpers geflutet. Ich konnte sie bis in die Fingerspitzen spüren, in denen es kalt kribbelte.

«Hier bist du!», rief er.

Ich nahm die Kopfhörer ab und machte die Musik aus.

«Du warst nicht im *Surprise* nach dem Unterricht», sagte ich.

«Wir wollten doch nicht mehr dorthin, wegen deiner Gruppendozentin», sagte Robert. Statt in Schuhen steckten seine Füße nur in Socken. Manche trugen ja andauernd Pantoffeln im Wohnheim, und von denen wiederum schlurften einige damit sogar in die Mensa rüber, als wären sie ihre eigenen Opas.

«Ist ja richtig», sagte ich, «du hättest trotzdem auf mich warten können nach der Schule.»

«Tut mir leid», sagte Robert, «ich war verabredet.»

«Mit diesem Karsten mit K?»

«Ja.»

«Hat er wieder das Kreuz um den Hals gehabt?»

«Ja. Warum?»

«Das sieht echt lächerlich aus, kannst du ihm von mir ausrichten. Das war vielleicht vor zwei Jahren modern, und wenn er schon so ein Ding tragen muss, dann bitte verkehrt rum.»

«Er glaubt wirklich an Gott», sagte Robert, «ich hab ihn gefragt.»

«Und warum kann er das nicht *unter* seinem Pullover erledigen?»

«Er ist sogar in der Jungen Gemeinde», antwortete Robert nicht auf meine Frage.

«In *seinem* Alter?»

«Was meinst du?»

«Ach nichts.»

Dieser Karsten brachte mein Weltbild durcheinander, in dem Mitglieder der Jungen Gemeinde aussahen wie Hippies, die auf halbem Weg stehen geblieben waren. Die zwar John-Lennon-Brillen trugen, Mädchen wie Jungen, und schiefes Selbstgestricktes aus grober Wolle und die auch sofort ihre Wanderklampfen und Blockflöten zückten, saß man nicht bei drei auf dem Baum, aber deren Haare dennoch zu kurz waren. Die Jungs waren nicht ausgemergelt genug, und die Mädchen standen gleichfalls gut im Saft, und sie trugen alle keine Shell-Parkas und keine schmalen Lederstirnbänder. Sie tranken nur mäßig Alkohol oder gar keinen, denn am liebsten und überall tranken sie Tee. Viele von denen stammten aus gutem Hause, womit ich ausnahmsweise nicht die Arbeiterklasse meine, und sie wollten studieren, jedoch keine proletarischen Aufsteiger-fächer wie M / L oder Ökonomie, sondern eher Zeitloses wie Chemie und Medizin.

Die Junge-Gemeinde-Leute hörten auch keine wirkliche Hippie-Musik, sagen wir, Grateful Dead oder Jefferson Airplane, sondern sensible Liedermacher und singende Poeten. Sie mochten traurige Pantomimen mit weiß geschminkten Gesichtern und einer Träne im Augenwinkel, und sie liebten deren Clownsparabeln auf die Gesellschaft.

Vor allem aber waren diese Kirchentypen in meiner bisherigen Vorstellung *jung* gewesen. Wenn andererseits Vierzigjährige mit Bierbauch FDJ-Chefs sein durften, warum sollte dann ein älterer Kader wie Karsten nicht Mitglied der Jungen Gemeinde sein?

Vielleicht hatte er nach drei Jahren bei der Asche bloß keine Lust mehr gehabt, in seine alte Fleischerhemdenkluft von vorher zurückzusteigen, und bei dieser Gelegenheit gleich Herman van Veen gegen Anne Clark ausgetauscht. Fragte sich bloß, was einer von der Jungen Gemeinde drei Jahre bei der Armee verloren hatte?

«Kannst du mir den *Fremden* borgen?», platzte Robert in meine Gedanken rein.

«Dein neues Lieblingsbuch, wie mir zu Ohren gekommen ist.» Es war fies, aber ich musste grinsen.

«Sag nichts weiter», sagte Robert, «ich weiß selber, was dir auf der Zunge liegt.»

«Reg dich nicht auf», sagte ich, «du kannst es haben», und weil er mich erwartungsvoll ansah, fragte ich: «Was? Jetzt gleich?»

«Wenn's dir nichts ausmacht. Und kannst du bitte die Schuhe mitbringen?»

Ich stand auf, und Robert erhob sich ebenfalls, und zehn Minuten später, zurück auf dem Balkon, hatte er ein Glasfläschchen dabei und ein flaches, in Zeitungspapier gehülltes Paket.

Man musste nicht Sherlock Holmes heißen, um zu wissen, was es enthielt. Es war ein Zierfaden darumgebunden und zur Schleife veredelt, um die Anmutung eines Geschenkes zu erzeugen.

Ich wuchtete die gesammelten Prosawerke von Albert Camus zu Robert rüber, ein wahrer Ziegelstein in Gelb.

«Erzähl bitte Karsten nichts, falls du ihn triffst.»

«Schon klar», sagte ich. «Was ist denn in der Flasche?»

«Verdünnung.» Er entfernte den Gummistopfen von der Flaschenöffnung. «Hab ich in der Stadt gekauft. Gib mal die Schuhe her!»

Ich reichte ihm meine alten Schuhe, die mir fast ein Jahr gute Dienste geleistet hatten. Bestimmt ein Drittel des schwarzen Nitrolacks war von ihnen abgeblättert, denn den letzten Anstrich hatte ich ihnen im Frühjahr verpasst.

Robert zog ein gebügeltes Taschentuch hervor, benetzte es mit Verdünnung und fing an, einen meiner ehemaligen Schuhe damit zu bearbeiten.

«Funktioniert wirklich», rief er und strahlte wie ein Honigkuchenmann. «Der Lack geht ab, die Lederfarbe bleibt.»

«Halleluja, die Salamander-Qualität aus dem Ex.»

«Genau wie ich's mir vorgestellt hab!»

«Und du willst nicht mal Chemie studieren in der SU!»

Er putzte eifrig weiter, und je schwärzer das Taschentuch wurde, desto ansehnlicher gerieten die Schuhe. Ein schönes, dunkles Steingrau kam da zum Vorschein, und ich hatte keine Ahnung, was mich damals geritten hatte, die Originalfarbe zu überpinseln. Oder doch, es fiel mir wieder ein: Sie waren nicht schwarz gewesen wie der Rest meiner Klamotten.

«Und was ist mit der Platte?»

«Bitte», sagte Robert und überreichte mir das Paket.

Ich riss das Papier ab und hielt ein schwarzes Cover in der Hand. Es war bedruckt mit silbernen Hieroglyphen.

Ich las den Bandnamen und dann den Titel der LP.

«Und?» Robert grinste zufrieden. Er wusste genau, was er mir gab für die gebrauchten Treter.

«Warum behältst du die Platte nicht selber?», fragte ich. «Passen würde sie zu deinem neuen Look.»

Die Platte hieß *Love*.

«Hatte ich vorgehabt», sagte Robert und rieb weiter an den Schuhen rum, «aber wir haben keinen Plattenspieler zu Hause, und Schuhe brauche ich dringender.»

«Das ist wohl wahr», sagte ich.

Die Band hieß The Cult. Auf *Love* war *She Sells Sanctuary* drauf, einer meiner Lieblingssongs des letzten Jahres, und auch *Rain*. *Spiritwalker*, das dritte Lied von The Cult, das ich irgendwo auf Kassette hatte, leider nicht.

Ich freute mich mehr über *Love*, als ich es mir anmerken ließ, denn *Love* war meine zweite eigene Schallplatte nach *Hatful of Hollow*, wenn man Sachen wie *Alfons Zitterbacke* nicht mitzählte. Mangels Auswahl hatte ich früher so oft *Alfons Zitterbacke* gehört, dass ich noch heute jedes Wort mitsprechen konnte. «Da schlag doch das Gewitter drein», dachte ich prompt, «Zitterbacke in meinem Pflaumenbaum!»

Ich stellte die Cult-Platte vorsichtig neben meinen Stuhl. Morgen bei Tageslicht wollte ich sie in Ruhe betrachten, hören konnte ich sie erst zu Hause in den Herbstferien.

Kaum waren Robert und ich fertig mit unserem Tauschgeschäft, ging knarrend die Balkontür auf, und Günter trat nach draußen. Er grinste, und seine langen, dünnen Haare fingen sofort an, im kühlen Abendwind zu wehen.

«Versteckt ihr euch vor mir?»

«Warum sollten wir?», fragte ich.

«Dich mein ich gar nicht», sagte Günter, «sondern olle Ihmchen mit seiner renovierten Fassade.»

Er trat zwei Schritte auf Robert zu und fing an, ihn zu inspizieren.

«Alter, lass das gefälligst!», sagte Robert und machte so eine Fliegenwegscheuchbewegung.

«Was treibst du da eigentlich?», fragte Günter.

«Er restauriert ein Paar antike Schuhe», sagte ich.

«Aber ehrlich?» Günter wandte den Blick wieder zu mir: «Er sieht nicht halb so schlimm aus, wie ich dachte, nach allem, was mir zu Ohren gekommen ist seit gestern Abend.»

«Komm schon, Günter», sagte ich, «er sieht nicht halb so schlimm aus, sondern ganz schön gut.»

Die Cult-Platte stimmte mich milde, und ich hatte ohnehin gute Laune nach meinem Jagderfolg in der Buchhandlung.

Robert warf mir einen dankbaren Blick zu.

«Passt irgendwie», sagte Günter zu Robert, «da ist wahrscheinlich der Schnösel durchgebrochen, der du tief im Innern immer warst.»

«Du meinst, diese ganze Blues-Rock-Sache war nur Tarnung», fragte ich, «damit er nicht aneckt in seinem Dorf voller Blueser und Hippies?»

«Das hast jetzt du gesagt», sagte Günter.

«Brück ist 'ne Stadt», sagte Robert, «wie oft denn noch.»

«Pro forma vielleicht», sagte Günter.

«Du hast es echt nötig mit deinem Kaff», sagte Robert, aber bevor die allgemeine Laune in den Keller rutschen konnte, sagte Günter: «Sitzt ihr hier komplett auf dem Trockenen?»

«Da liegt ein Brot, falls du was essen willst», sagte ich.

«Zwar ist Bier auch Stulle», sagte Günter, «aber deshalb ist Stulle noch lange nicht Bier.»

«Du bist ja richtig eloquent geworden in den Ferien», sagte ich.

«Elo… was?», fragte Günter.

«Du redest fließend wie ein Wasserfall, will ich damit sagen.»

«Außerdem ist es angeknabbert», sagte Günter und verzog das Gesicht.

«Reiß einfach ein Stück von der anderen Seite ab, wenn's dich stört», sagte ich.

«Ich hab 'ne bessere Idee», sagte Günter und war schon wieder verschwunden.

«Ich bin gespannt wie ein Flitzebogen», sagte ich.

«Wirklich?», sagte Robert.

«Nein.»

Zwei Minuten später war Günter zurück. Er sagte: «Halt mal bitte», und dann drückte er mir zwei von diesen großen, braunen Kaffeetassen aus Plaste in die Hände und einen Zahnputzbecher.

«Hast du die vorher mal ausgespült?», fragte Robert und legte sein Schuhputzzeug zur Seite.

«Logo», sagte Günter, «aber keine Angst, der Fusel tötet sowieso jede Bazille, ob innen oder außen.» Und dann zückte er eine dieser schmucklosen Pullen mit Bergmannsschnaps aus dem Deputat seines Bergarbeiterbruders und schenkte ein, drei Finger breit für jeden.

«Pur?», fragte ich.

«Iss ein Stück von deinem geliebten Brot dazu, wenn's dir zu scharf ist», sagte Günter. «Was ist bloß passiert in den Ferien mit euch Waschlappen?»

«Die Zeiten ändern sich», sagte ich, «wie Bob Dylan schon sang», und Robert sagte: «Na, nichts!»

Und dann blieben wir bis tief in die Nacht auf dem Balkon, sahen auf die blinkende, dröhnende Stadt am Horizont, und wir tranken Bergmannsfusel, ganz langsam, Schluck für Schluck, ein großes Warten auf unsere unheimliche Zukunft in fremden Bruderländern, das hier gerade begann.

Ein allerletztes Jahr, das uns blieb, bevor wir endgültig und offiziell erwachsen wurden und dann weggingen für lange Zeit.

5. BRING ON THE DANCING HORSES

Ich dachte, ich spinne. Von einem auf den anderen Tag war die Stadt voller Pferde. Über Nacht waren sie nach Halle gekommen und klebten nun an allen Litfaßsäulen: blaue Pferde auf mannshohen Plakaten. Sie säumten im fahlen Morgendunst meinen Weg zur Schule, und sie leuchteten mir heim, wenn ich nachts zum Weinbergweg zurückfuhr mit Günter oder Robert oder manchmal mit beiden zusammen und der Lichtkegel einer späten Straßenbahn sie kurz erfasste oder das Scheinwerferpaar eines Schwarztaxis darüberwischte: zehntelsekundenlange, kornblumenblaue Blitze in der Dunkelheit, deren Anblick mir jedes Mal aufs Neue einen Freudeschauer über den Rücken jagte.

Schon in der ersten Semesterwoche waren die riesigen Reproduktionen des Franz-Marc-Gemäldes *Turm der blauen Pferde* überall aufgetaucht. Ich wusste sofort, wie es hieß, obwohl ich das Bild bisher nur als Abbildung in einem jener Bücher kannte, die ich letztes Jahr benutzt hatte, um meinen Kunstvortrag vorzubereiten. Ein riesiger Stapel war das gewesen, die Hälfte aus meinem privaten Besitz, der Rest aus der Bibliothek, und anders als sonst in der Schule hatte ich mir ausnahmsweise Mühe gegeben.

Dabei war Kunst unter den anderen nebensächlichen Fächern namens Musik, Sport und Geografie quasi der Spitzenreiter in puncto Unwichtigkeit.

Anders als in der Frühphase unseres Kunsterziehungsschaffens wurden wir wenigstens nicht mehr mit diesem Selbermachen drangsaliert, an dessen Beginn stets das Schürzeumbinden gestanden hatte: mit Kartoffeldruck, Linolschnitt, Tüpfeltechnik und den ganzen thematischen Tuschebildern wie *Selbstporträt mit Haustier* in der fünften Klasse.

Damals hatte ich mich für einen Schwan entschieden, nicht weil der Schwan ein verbreitetes Haustier wäre in unseren Breiten, geschweige dass ich selber einen besaß, nein, ich hatte den Schwan aus rein rationellen Gründen gewählt. Denn genau wie eine Giraffe bestand er hauptsächlich aus einem langen Hals, der einfach zu malen war und neben dem markanten roten Schnabel zur schnellen Erkennbarkeit beitrug. Anders als den Giraffenhals hatte Mutter Natur jenen des Schwans nicht mal mit einem komplizierten Muster besprenkelt, und anders als die Giraffe meiner ersten Skizzen winkte unsere Lehrerin den Schwan schließlich sogar durch.

Ich kriegte eine Eins für *Selbstporträt mit Haustier.* Einen Monat lang hing mein Bild in der Schulgalerie, bevor es weiterwanderte ins Wartezimmer eines Tierarztes, um dort die Patienten abzulenken.

Letztes Jahr, in der Elften, hatte jeder lediglich diesen Vortrag halten müssen für die Note in Kunst, bevor das Fach in der Zwölften endgültig aus dem Stundenplan fiel wegen Irrelevanz.

Ich meldete mich für «Bürgerlich-dekadente Kunst des zwanzigsten Jahrhunderts», was zwar ein ziemlich grober Abwasch war für eine Menge unterschiedliches Zeug, wie ich fand, aber ich besaß ein bisschen Vorwissen und sogar ein paar Bücher zum Thema, selbst wenn sich der Großteil über den Gegenstand seiner Betrachtung eher zu echauffieren schien,

und das manchmal gar nicht so dezent wie: *Krise des Hässlichen –
Vom Kubismus zur Pop-Art*. Nagelt mich nicht fest, aber *Krise des
Hässlichen* war für die Kunst das Gleiche, was *The show must go
on* für die populäre Musik war: Ich las es auch nicht.

Aber es gab einen Haufen Schwarz-Weiß-Abbildungen
darin, die ich mit dem Polylux aufblasen und an die Wand
werfen konnte. Eine ganze Woche bastelte ich an meinem Vortrag. Statt schnöder Stichworte schrieb ich gleich komplette,
wohlklingende Sätze auf, denn auf diese Weise, war ich mir
sicher, ließe sich mein Anliegen besser unter die Leute bringen:
nämlich das Stigma des spätkapitalistischen Niedergangs und
leeren Formalismus von dieser Kunst zu nehmen und sie stattdessen als Vorreiterin jeglicher progressiver Bestrebung zu
präsentieren.

«Schade, dass wir schon einen Bandnamen haben», sagte
Günter, als er mich im Fahrstuhlvorraum in *Krise des Hässlichen* herumblättern und Lesezeichen setzen sah.

Am Ende bekam ich eine Eins für meine Ausführungen
und zum zweiten Mal nach der Sache mit dem *Kleinen Trompeter* Applaus von meinen Kommilitonen, und abermals war er
mir peinlich.

In einem anderen Buch war ich auf den *Turm der blauen
Pferde* gestoßen, winzig klein und unscharf, und ich hatte gelesen, dass das Gemälde verschollen sei seit dem Krieg, und
plötzlich hing es wie auferstanden, leuchtend und riesengroß,
überall in der Stadt und warb für eine Ausstellung in Berlin:

Expressionisten
Die Avantgarde in Deutschland 1905–1920
Ausstellung im Stammhaus der Nationalgalerie
Vom 3. September bis 16. November 1986

Mir blieb die Spucke weg.

Das war doch ein Zeichen des Wandels, dachte ich, oder etwa nicht?

Da klaffte doch eine riesige Lücke zwischen pädagogischem Anspruch und der Wirklichkeit: Was in der Schule noch bürgerliche Dekadenz hieß, war auf den Plakaten schon die Avantgarde!

So was geschah doch nicht aus Versehen!

Das war doch Teil einer Strategie, und zwar einer Strategie der kulturellen Öffnung!

So wie sie in der SU vollzogen wurde.

So wie unter Gorbatschow.

Und was bereitete eine kulturelle Öffnung ihrerseits vor? Richtig: die gesellschaftspolitische!

Oder war das ein Trick? Das eine tun, um anzudeuten, auch das andere, Folgerichtige passiere irgendwann, und es dann doch nicht geschehen zu lassen?

Eine Spielverzögerung?

Eine Spielverzögerung für immer?

Diese letzte kurz aufflackernde Idee war wie einer dieser seltenen Migränestiche, heftig, schmerzhaft, aber gleich wieder weg. Ich brauchte sie nicht mal zu verscheuchen. Eine Ahnung blieb, es habe sie gegeben. Mehr nicht.

Eines aber hielt sich: Hatte der erste Anblick des *Turms der blauen Pferde* mich einfach nur gefreut, fing mein Herz nun jedes Mal heftig zu pochen an, wenn ich darüber nachdachte, warum sie gerade jetzt aufgetaucht sein mochten.

«Hast du die Plakate gesehen?», fragte Robert in der großen Pause auf der Rauchertreppe, während er in seiner Wildlederjacke nach Zigaretten kramte.

«Ich bin echt geplättet», sagte ich, «so schnell kann es

gehen: Auf einmal ist also der Expressionismus die Avantgarde.»

«War das nicht gestern noch der proletarische Realismus gewesen?», fragte Robert. «Käthe Kollwitz und Konsorten?»

«Absolut richtig», sagte ich. «Zille zum Beispiel auch.»

«Und wieso Zille?» Robert förderte eine zerknitterte Club-Packung zutage.

«Wegen seiner ungeschönten Darstellung des ärmlichen Lebens in den Berliner Mietskasernen», sagte ich. «Wobei er ja mehr als ein *Vorläufer* des revolutionären, proletarischen Realismus gilt, weil seinen Werken die Reflexionsebene fehlt. Er ist eher Naturalist.»

«Sagt wer?»

«Na, ich jedenfalls nicht. Das stand in einem der Bücher, die ich für meinen Vortrag gelesen hab.»

«Stimmt», sagte Robert, «die Typen auf seinen Bildern lachen noch zu oft, während sie saufen und noch ein paar andere Dinge treiben wie Unzucht.»

«Wie *Unzucht*?»

«Du weißt, was ich meine.»

«Und das ausgebeutete Proletariat darf nicht lachen, oder was?», fragte ich. «Damit man es auf Anhieb erkennt?»

«Klar darf es lachen», sagte Robert und grinste, «aber erst nach gewonnenem Klassenkampf.»

«Seit wann rauchst du eigentlich Club?», fragte ich. «Hängt das auch irgendwie mit Camus und dem *Fremden* zusammen?»

«Du Arsch», sagte Robert. «Es gibt nichts anderes im Moment, du lebst anscheinend hinterm Mond.»

«Ich hab noch 'ne halbe Stange Club aus den Ferien», sagte ich. «Was fehlt denn alles?»

«F6», sagte Robert, «alte Juwel, Cabinet.»

«Und Schweine-Juwel?»

«Gibt's noch.»

«Karo?»

«Wer kann schon den ganzen Tag Karo rauchen?»

«Im Suff geht das.»

«Du sagst es.»

«Und Kenton?»

«Gibt's auch noch. Hast du jemals einen gesehen, der Kenton geraucht hat?», fragte Robert.

«Die grünen, die roten oder die blauen?»

«Egal.»

«Nein. Du?»

«Auch nicht.»

«Kennst du noch andere Marken?»

«Ramses», sagte Robert.

«Und?»

«Keine Ahnung, hab ich nicht drauf geachtet. Du solltest dir lieber einen Vorrat anlegen, bevor es zu spät ist. Alle Leute steigen im Moment auf Club um, obwohl sie sich's eigentlich nicht leisten können.»

«Mir egal», sagte ich, «aber eines kannst du mir glauben: Bevor ich Kenton rauche, hör ich lieber auf.»

«So siehst du schon aus.»

«Oder ich steig auf Pfeife um.»

«Bäh», machte Robert.

«Sartre hat auch Pfeife geraucht. Wir brauchen Vorbilder, wenn wir neue Wege betreten.»

«Sehr lustig.»

«Hat er wirklich.»

«Und Camus?»

«Auf dem Foto, das ich kenne, klebt ihm eine Zigarette im Mundwinkel. Wahrscheinlich eine Gitanes.»

«Woher willst du das denn wissen?»

«Ist bloß eine Vermutung», sagte ich. «Weil sie in Büchern und Filmen aus Frankreich ständig Gitanes rauchen. Die haben keine Filter, genau wie Karo, aber wahrscheinlich sind sie stärker.»

«Wie Montecristo?»

«Könnte hinhauen», sagte ich und pustete Rauch in die Luft. «Aber erfahren werden wir's nie.»

Wir schwiegen ein paar Sekunden, rauchten unsere Club, solange das noch ging in Anbetracht der Versorgungslage, und dann sagte Robert: «Um mal auf den Ausgangspunkt zurückzukommen: Fahren wir zu dieser Ausstellung nach Berlin oder nicht?»

«Na, auf jeden Fall fahrn wir da hin», sagte ich.

Aber mein Unterbewusstsein dachte: Ich gucke mir das auf jeden Fall mit Rebecca an, wo immer sie gerade ist. Ob bereits in Halle oder noch in Potsdam, aus Gründen, die ich nicht kannte, obwohl ich mir natürlich Tausende davon ausgemalt hatte, das könnt ihr mir glauben. Beginnend beim gebrochenen Fuß wegen des Wanderns in einem ihrer Erholungsgebirge bis hin zu richtig tödlichen mit einer Menge Blut und allen anderen apokalyptischen Schikanen.

«Und wann?», fragte Robert.

«Gute Frage», sagte ich und dachte: Vielleicht kann ich die Expressionismusausstellung gleich zweimal besuchen, einmal mit ihm und das andere Mal mit Rebecca.

«Eher gegen Ende hin, aber nicht richtig spät. Jetzt ist es zu voll, da stehen sich die Leute gegenseitig auf den Füßen, und am Schluss gehen viele ein zweites Mal rein.»

«Zweieinhalb Monate sind echt kurz», sagte Robert, «das uninteressante Zeug dagegen hängt meist Jahre rum.»

«Das nennt sich Dauerausstellung.»

«Stimmt auch wieder. Übernächstes Wochenende vielleicht?»

«Mal sehen.»

Dann bliebe mir mehr als eine Woche, um Kontakt zu Rebecca aufzunehmen, dachte ich. Sie zu einer so sensationellen Ausstellung wie dieser nach Berlin einzuladen, war ein recht annehmbarer Grund, Kontakt zu suchen.

«Oder lieber überübernächstes?», fing Robert an, mir auf die Nerven zu gehen.

«Weißt du, was ich wirklich gerne hätte?», fragte ich, um nicht noch die restlichen Wochenenden bis Mitte November mit ihm durchhecheln zu müssen. «Eines von diesen Plakaten.»

«Ich glaube nicht, dass du es aufhängen dürftest im Internat», sagte Robert.

«Ich dachte auch eher für zu Hause.»

«Aber woher kriegt man diese Litfaßsäulenplakate? Kaufen kann man die garantiert nicht.»

«Von denen, die sie ankleben.»

«Was würdest du bezahlen, wenn du eins kaufen *könntest*?», fragte Robert.

«Fünfzig Mark», sagte ich, «mindestens.»

Es klingelte zum Unterricht, ohne dass wir einen Termin für unseren Ausflug nach Berlin festgelegt hatten.

«Es klingelt zum Unterricht», sagte ich, und Robert sagte: «Hau rein!»

Als die Schule vorbei war, ging ich, ohne das *Surprise* nur eines Seitenblickes zu würdigen, die Kohlschütterstraße runter, überquerte die Reilstraße und stand schon im Paulusviertel, eine Art Potsdam West von Halle: vierstöckige Mietshäuser, Ende neunzehntes, Anfang zwanzigstes Jahrhundert, Stuckfragmente, lockerer Putz, Kopfsteinpflaster, schiefe Bürgersteige. Ab und zu junge Birken auf windschiefen Dächern und morschen Balkonen, wenig Durchgangsverkehr, alte Leute in den Fenstern und an den Straßenecken beim Plausch. Museumswürdige Autos an den Bordsteinen, die darauf warteten, bewegt zu werden.

Im Winter, das wusste ich, war die Luft hier zum Ersticken, beinahe stofflich, ätzend vom Rauch der Öfen, der nicht abziehen wollte aus diesen Straßen.

Heute blieb der Tag aber hell und klar. Ein kräftiger Wind schob die Wolkentürme von der Sonne und kühlte mir hier unten die Stirn. Strahlendes Licht und Schatten wechselten minütlich, es war warm, dann wurde es kühler und dann wieder warm, und entsprechend groß war mein Mut, und meine Zuversicht, in diesem Moment exakt genau das Richtige zu tun, war nicht kleiner.

Das Wetter, dachte ich, war zuallererst ein psychologisches Phänomen. Erst an zweiter Stelle und weit danach war es eines der falschen Kleidung.

Fast jede größere Stadt in unserem Land schien über eines dieser pittoresken zerfallenden Innenstadtgebiete zu verfügen, wie das Paulusviertel eines war, genau wie über die rechtwinkligen, gut gefegten Neubaugebiete an der Peripherie, in die es die jungen Familien zog mit den Kindern. Aus Bequemlichkeit, aus der Lust auf Fernwärme und jederzeit warmes Wasser.

Ich wusste um den Unterschied.

Bevor wir Mitte der Siebziger an den Stern gezogen waren, hatten wir selber eine dieser Bruchbuden bewohnt, Meistersingerstraße, zweite Etage. Kein Bad, das Klo im Treppenhaus, Nachspülen aus dem Eimer und im Winter Eisblumen an der Scheibe. Romantisch nur, wenn man selbst nicht mehr darin wohnen musste, als Kulisse der eigenen nostalgischen Fantasie. Als Erinnerung, meine ich.

Ich kannte weder Straßennamen noch Hausnummer der Wohnung ihrer Tante, aber ich konnte mich erinnern, wo sie lag, denn nach unserem *Bergschenken*-Abend Ende Juni hatte ich Rebecca dorthin gebracht. Ich war voller Vorfreude auf den September gewesen, erinnerte ich mich, wenn sie als frischgebackene Studentin der Burg in unsere dann gemeinsame Stadt ziehen würde. Jetzt war die zweite Woche dieses herbeigesehnten Septembers angebrochen, und ich stand weiterhin ohne sie da, ohne Rebecca.

Das Haus der Tante befand sich am Ende der Wielandstraße, fast dort, wo sie in die vierspurige Paracelsusstraße mündete. An der Eingangstür, wo ich Rebecca letztens abgegeben hatte, nahm ich die Kopfhörer ab.

The Perfect Kiss lief, die Acht-Minuten-Fassung, als ich die Stopp-Taste des Walkmans drückte. Eigentlich fand ich New Order sogar besser als Joy Division, ihre Vorgänger, mit dieser scheppernden Düsternis, obwohl ich prinzipiell nichts einzuwenden hatte gegen scheppernde Düsternis in der Musik. Ihr kennt mich!

Aber das war nur ein letzter Gedankenschlenker, ein kurzes Verschnaufen, bevor ich mich dem widmete, weswegen ich gekommen war. Erste Nachbarn bedachten mich schon mit misstrauischen Blicken.

Weil ich mir sicher war, dass mir die Buchstabenkonstellation von Rebeccas markantem Nachnamen sofort ins Auge springen würde, suchte ich das Klingelbrett beim ersten Mal recht nachlässig ab.

Aber Pustekuchen!

Ich fand nichts!

Mein Puls zog an.

Ich atmete dreimal hintereinander tief ein und wieder aus, ein und aus, wie ein Rentner beim Treppensteigen, und dann versuchte ich es erneut. Meine Augen glitten nun zwar langsamer über die Namenskolonnen, aber noch immer, ohne zu lesen, lediglich auf der Suche nach einer grafischen Konstellation von Buchstaben.

Wieder nichts!

Beim nächsten Versuch ging ich ganz nah ran, stellte meine Augen so scharf es ging, und dann arbeitete ich den kompletten Text des Klingelbretts durch, zuerst Zeile für Zeile und danach Spalte für Spalte. Ich buchstabierte jeden Namen vorwärts und zurück, aber erst kurz vor der absoluten Resignation kam mir die rettende Idee.

Ich dachte: René, du Idiot!

Wahrscheinlich war es doch so: Rebecca hatte den Nachnamen, den sie trug, von ihrem Vater geerbt, ihre Tante aber, bei der sie Quartier nehmen wollte, war vermutlich die Schwester ihrer Mutter.

Dann stand hier nämlich der Mädchenname der Mutter an der Klingel, den ich nicht kannte, und falls die Tante möglicherweise verheiratet war, sogar der Name von Rebeccas angeheiratetem Onkel. Was jetzt für mich natürlich keinen Unterschied machte beim Nichterkennen der richtigen Klingel.

Auf diese Weise konnte das gar nichts werden, dachte ich erleichtert.

Froh, abhauen zu können, stellte ich den Walkman wieder an, und *The Perfect Kiss* lief weiter. Interessant, dass ich bei *The Perfect Kiss* zuerst immer an Joy Division denken musste statt an all die Mädchen, die ich jemals geküsst hatte in meinem Leben. Wobei es *so* viele nicht gewesen waren, da reichte eine einzige Hand noch völlig aus, um nicht durcheinanderzukommen:

– das Mädchen mit den Grübchen

– Bianca

– Victoria

– Rebecca.

Wobei in Fragen der Qualität wiederum Bianca auf Platz eins rangierte in den Top Vier. Sie war jetzt im zweiten Jahr ihrer Friseurlehre, aber ich hatte neulich schon von ihr erzählt und will nicht alles wiederkäuen wie eine Kuh ihr halb gares Grünzeug.

Genau wie beim Busen – oder hieß das Brüste? –, wo gleichfalls Bianca das Teilnehmerfeld anführte, und zwar mit einigem Vorsprung. Zum Glück aber ging es immer auch um den Charakter bei diesen zwischenmenschlichen Kalamitäten, dachte ich, während ich die Paracelsusstraße runterlief Richtung Steintor, wo eine Haltestelle der Linie 4 auf mich wartete, und damit mir nicht langweilig wurde, bastelte ich an weiteren dieser sinnlosen Kurzlisten, und der Verkehr dröhnte dabei lauter als New Order im Kopfhörer.

Direkt am Weinbergweg stand eine Telefonzelle, ein gelber Quader, vor dem sich täglich ab sechs eine Schlange bildete, wenn es zwischen Mensa, wo es Abendbrot gab, und den vier Hochhäusern von Menschen wimmelte. Wie in einer eigenen kleinen Stadt ging es dann bei uns zu, eine Stadt ohne alte Leute und Schulkinder zwar, aber auf die Einwohnerzahl eines größeren Dorfes kamen wir garantiert.

Zwölf Zimmer pro Etage mal vier Mann Belegung mal zwölf Stockwerke machte nach Adam Riese und Schürmanns Rechenbuch 576 Mann pro Haus. Das alles mal vier genommen, und man kam auf 2304. Viel größer konnte auch Brück nicht sein, diese angebliche Stadt, aus der Robert stammte.

Ich hatte immer nur ein müdes Lächeln übriggehabt für die Muttersöhne und -töchter, die vor der Telefonzelle warteten, um ihr Heimweh nach Hause zu funken, und nun stand ich selber in einer Schlange mit ihnen. Die Dunkelheit war bereits über die Stadt gekrochen, in den Fenstern ringsherum ging das Licht an, und die vier verschwisterten Hochhäuser glommen von Minute zu Minute heller in der aufkommenden Nacht: ein Quartett übergroßer Lampions.

Ich hatte mich angestellt, um zu Ende zu bringen, was am Nachmittag im Paulusviertel so banal gescheitert war. Ich wollte endlich wissen, was mit Rebecca nicht stimmte.

Punkt!

Wo sie sich aufhielt, wollte ich wissen, was sie vorhatte und ob mir in ihren Plänen eine irgendwie geartete Rolle zukam. Und je länger ich hier draußen zu warten gezwungen war, desto grimmiger wurde ich, desto mehr wuchs meine Entschlossenheit, die Wahrheit zu hören, selbst wenn sie ein Schlag in die Magengrube war. Mir war jetzt total egal, ob ich dabei das Gesicht verlor, meine Ehre, weiß der Geier. Ich wollte Klarheit, und als ich nach Ewigkeiten tatsächlich in der Zelle stand, den Hörer in der Hand und die erste Ziffer von Rebeccas Potsdamer Nummer gewählt hatte, dachte ich: Diese sogenannte Liebesbeziehung hat dir nichts gebracht.

Gar nichts!

Ein bisschen hatte sie vielleicht meine Eitelkeit gepinselt, in der ersten Ferienwoche und Anfang der zweiten, aber seitdem hatte sie nichts anderes getan, als mir im Wege zu stehen, als mich für andere Mädchen zu blockieren, die vielleicht selber gerne meine feste Freundin geworden wären.

Aber das Schlimmste war: Diese Beziehung hatte mich zu einem Monster des Grübelns mutieren lassen.

Als ich fertig war mit Wählen, tutete es am anderen Ende der Leitung, aber klar, dachte ich, niemand, der nicht in Habachtstellung neben dem Telefon wartete, wie ich es gelegentlich getan hatte, riss sich schon nach dem ersten Klingeln den Hörer ans Ohr.

Es klingelte ein drittes und dann ein viertes Mal.

Nichts!

Nach dem achten Mal wurden die Leute draußen unruhig. Es klopfte zaghaft an die Scheibe, und eine Mädchenstimme wisperte: «Du merkst doch, dass keiner rangeht!»

Aber ich ließ es einfach weiterläuten: Rebeccas Haus war schließlich groß, ihr Zimmer lag in der ersten Etage. Vielleicht saß sie mit ihren Eltern im Garten, und sie tranken Rotwein und sahen dabei auf den Heiligen See.

Es konnte eine Weile dauern, bis man in der Diele war, wo der Apparat stand, wie ich wusste.

«Leg endlich auf, Mensch!», rief eine tiefe Männerstimme. «Ehrlich, Junge: Mach Schluss und komm morgen wieder!», eine andere. Jetzt klopften schon mehrere Fäuste an die Scheiben.

Ich ließ es weiterklingeln.

Jemand öffnete die Tür der Zelle, nahm mir den Hörer aus der Hand und hängte ihn in die Gabel zurück. «Komm raus hier, Alter», hörte ich ihn sagen.

Ein paar Studenten in der Schlange klatschten Beifall.

Neben mir stand Günter, ein gefrorenes Grinsen im Gesicht, und hielt mich am Ärmel meiner Lederjacke gepackt.

«Wo kommst *du* denn her?»

«Von Iris», sagte Günter, «und ich wollte gerade nach Hause.»

«Ach so.»

«Aber vorher nehme ich dich in die *Bierstube* mit.»

Sein Grinsen taute auf. Er legte mir den Arm um die Schulter, und wie Kindergartenkumpels früher liefen wir los.

«Ist heute wieder Disco?», fragte ich.

«Nein», sagte Günter, «keine Angst. Heute ist da nur Bier. Und vielleicht gibt's einen Schnaps obendrauf. Und ich bin auch da, nur für den Fall, dass du jemandem die Ohren vollheulen musst. – Ja, ja, ich weiß», sagte Günter, bevor ich etwas entgegnen konnte, «so was würdest du natürlich niemals tun.»

6. GIRLFRIEND IN A COMA

Nach drei Wochen in Halle war mir, als hätte es diese langen ereignislosen Sommerferien nie gegeben: Das Leben war ein schwarzer, gemächlich fließender, schlammiger Fluss mit zuweilen bizarren, im Wind zitternden Schaumbergen auf der regenbogenschimmernden Oberfläche, wie Sahnehauben des Untergangs.

Kürzer gesagt: Mein Leben glich einmal mehr der langsam strömenden Saale an einem aufgewühlten Herbsttag.

Die Tage wurden zusehends dunkler, kälter und feuchter, das Jahr stürzte in die Fänge des Herbstes, was mich von draußen in die Innenräume zwang. Aber weil ich nicht dauernd im Katalogsaal der Universitäts-Bibliothek rumlungern konnte und nicht jeden Tag in denselben Buchläden und Antiquariaten aufkreuzen wollte und auch weil Robert und ich noch immer kein neues Stammcafé gefunden hatten, nachdem das *Surprise* zur verdammten Erde für mich geworden war, verbrachte ich einmal mehr große Teile meiner freien Zeit im Fahrstuhlvorraum der siebten Etage. Meist mit einem Buch in der Hand, selten mit meinen Unterrichtsnotizen, und wenn doch, dann eher, um damit gesehen zu werden, als wirklich darin zu lesen.

Unruhig wie ein Luchs tigerte ich halbstündlich auf den Balkon, um nachzusehen, ob sich das Wetter gedreht hatte, ob die Wolkendecke eventuell aufgerissen war und die Sonne hineinließ in die Stadt und ob durch die Löcher und Spalten die schlechte Luft abzog in die Stratosphäre über uns, denn die Menschen hier unten hatten wie verrückt begonnen, ihre Öfen anzufeuern, seit sie die Kälte des nahen Winters witterten.

Es war die Jahreszeit, in der ich mich jeden Tag aufs Neue zwischen Lederjacke und Mantel entscheiden musste. An den ersten frostigen Morgen, die wir im Gänsemarsch zur Haltestelle in Kröllwitz marschierten, trug ich bereits ein doppeltes Paar Socken in den Arbeitsschuhen.

Alles kam mir vor wie eine kaum überarbeitete Wiederholung des letzten Jahres. Sogar in Staatsbürgerkunde nahmen wir das nächste Werk von Lenin durch, aber ich will euch nicht schon wieder auf die Nerven fallen mit Lenin, deshalb für Rätselfreunde nur so viel: Der Titel dieses Werkes bestand aus zwei Wörtern, die eine Frage formulierten. Eine Frage im Übrigen, die ich mir ständig und auf allen Wegen selber stellte.

«Ich weiß jetzt, wo wir diese Plakate herkriegen», sagte Robert zu mir an einem dieser trüben Tage in den fünf Minuten Raucherpause zwischen dritter und vierter Stunde.

Er hielt mir eine orangefarbene Ramses-Packung entgegen, und ich griff zu, weil ich die verbliebenen Club aus meinem Sommervorrat schonen wollte. Nachschub, erzählte mir die Frau im Tabakladen am Markt seit jenem Tag, an dem ich begonnen hatte, sie danach zu fragen, würde es erst morgen geben.

Spätestens übermorgen!, schob sie schnell nach, wenn man vergaß, sie anzulächeln nach dieser Auskunft. Sie klang nie bitter oder sarkastisch, sondern blieb freundlich, und nach einer Weile merkte ich, dass ihre vermeintliche Vertröstung jeden Tag keine Vertröstung war, sondern ein stets erneuertes Versprechen.

Sie glaubte wirklich an das Gute, an die kommende Lieferung von Club, Cabinet und F6, und jedes Mal, wenn ich den Laden ohne Zigaretten wieder verließ, musste ich an das «Fräulein Christian» denken aus diesem seltsamen Gottfried-Benn-Gedicht.

«Und woher kriegen wir die Plakate?», fragte ich lustlos.

Ich hatte schon lange keinen Bock mehr, mit Robert über die Expressionismusausstellung zu reden. Seine Begeisterung dagegen schien zu wachsen, je näher der Tag rückte, an dem sich ihre Pforten für immer schlossen. Vier Sonntage hintereinander hatte ich unsere Fahrt nach Berlin jetzt schon aufgeschoben, eine Ausrede fauler als die andere, und dabei hoffte ich selber kaum noch auf das eine große Wunder: auf eine Nachricht meiner verschollenen Freundin.

Nicht mal mehr denken mochte ich an Franz Marc und Max Beckmann und Kandinsky und wie sie alle hießen, seit der verheerenden Doppelniederlage letztens, einmal im Paulusviertel und zum Zweiten in dieser dämlichen Telefonzelle am Weinbergweg.

«Von der DEWAG», sagte Robert.

«Was ist denn die DEWAG?», fragte ich.

«Die ist zuständig fürs Plakatieren.»

«Aber was heißt das: DEWAG?»

«Irgendeine Abkürzung mit ‹Deutsche›», sagte Robert. «Deutsche Werbeagentur vielleicht.»

«Hat dir das dein Vater erzählt?», fragte ich, weil ich wusste, dass sein Vater bei der Kreisleitung arbeitete, allerdings nicht, bei welcher genau.

«Nein», sagte Robert und zögerte leicht. «Karsten.»

Ein Anflug von Rot ging über sein Gesicht, so kam es mir wenigstens vor, aber das Licht auf der Rauchertreppe war heute nicht das beste.

«Karsten also ...», wiederholte ich sinnloserweise. Vielleicht hoffte ich insgeheim, damit ein paar Details aus Robert herauszukitzeln, was seine Treffen mit diesem Karsten betraf.

Wie oft und wo und vor allem: zu welchem Zweck trafen sie sich denn dauernd? Irgendwie war mir echt der Überblick flöten gegangen. Ich merkte aber, dass wir nur noch wenige Nachmittage zusammen verbrachten, Robert und ich, seit dieser sogenannte Karsten zum Vorschein gekommen war.

«Ich muss langsam los», sagte Robert und schnippte seine Kippe in hohem Bogen auf den Hof, wo der Hausmeister sie später aufsammeln konnte, «wir haben Sport.»

«Und was ist jetzt mit den Plakaten?»

Ich drückte meine Kippe brav im Aschenbecher aus und dachte: Macht einmal Bücken weniger für den Hausmeister.

«Nach dem Unterricht an der Treppe?»

«Alles klar», sagte ich, «bis dann!»

Die DEWAG befand sich in jener langen, baumlosen Straße direkt an den Gleisen, die man linker Hand als allererste sah, wenn man aus Richtung Berlin mit dem D-Zug in den Hauptbahnhof einfuhr. Sie war vierspurig, trostlos und führte zum Thälmannplatz, diesem Umschlagort werktätiger Menschen auf drei Ebenen.

Jedes Mal, wenn ich in der Stadt ankam, fragte ich mich, warum der Bürgermeister nicht wenigstens diesen einen bröckelnden Kilometer bunt anstreichen ließ, wenn er schon alles andere in seiner Stadt in Braun und Grau und Anthrazit beließ, denn wenn dieser öde Straßenzug so was wie eine Visitenkarte war für Besucher und Durchreisende, dann lautete seine einzige, aber deutliche Botschaft: «Willkommen in Hallesaale – Hier gibt's nichts zu holen!»

Nie, dachte ich, tat ein Potemkinsches Dorf mehr not.

Die DEWAG war kein herkömmlicher Laden mit Öffnungszeiten und verlockenden Auslagen. Vor Eingangstür und Schaufenster hingen Gardinen, so wie in den Parterrewohnungen, an denen wir gerade vorbeigekommen waren, mit dem einzigen Unterschied, dass die Gardinen der DEWAG nicht nur gewaschen waren, sondern auch gebleicht und gestärkt.

Man brauchte eine Sonnenbrille, um sich nicht die Augen an diesem Strahlen der Reinheit zu verderben. Sogar die Fenster waren frisch geputzt, was von einer gewissen Langeweile im Inneren der DEWAG zeugte, denn es war ja so: In einer Stadt, wo nachts der Ruß vom Himmel regnete, um morgens auf den Dingen zu liegen wie schwarzer Pulverschnee, musste man mindestens einmal pro Woche zu Wasser und Fensterleder greifen, um nicht den Durchblick zu verlieren.

«Hast du den Kaffee?», fragte Robert, als wir vor der Tür standen.

«Ja.»

Ich zog das Tütchen Mocca Fix aus meiner Mappe, das wir unterwegs gekauft hatten. Denn ich wusste: Wollte man etwas haben, das einem nicht zustand per Gesetz, sondern eher einem Gefallen glich, war es hilfreich, kleine Mitbringsel dabeizuhaben und zufällig hervorzuziehen, wenn der Moment günstig war, und zu überreichen. Und zwar bevor man sein Anliegen zu Gehör gebracht hatte, und nicht erst nach der Absage, flankierend zur Begrüßung.

«Na dann los!», sagte Robert.

Es war laut auf der Straße vor dem DEWAG-Laden. Die ganze Zeit ratterten Züge über die Bahnanlagen gegenüber, die morschen Gelenke ihrer Kupplungen quietschten, und der rostige Stahl ihrer Räder schleifte über den rostigen Stahl der Schienen, und alle paar Augenblicke fiel etwas Großes und Schweres mit lautem Knall runter oder um.

«Was sollen wir denn sagen?», fragte ich. «Publikumsverkehr scheint nicht vorgesehen zu sein.»

«Ist doch echt nicht so schwer», sagte Robert. «Wir fragen genau nach dem, was wir haben wollen: nach zwei Plakaten der Expressionismusausstellung in Berlin.»

«Dann mach es gleich selber», sagte ich und drängte Robert sanft zur Tür. Er drückte die Klinke, wir traten ein, und ich zog die Tür hinter uns wieder zu: Es war ganz still bei der DEWAG.

Die hintere Wand des Raumes nahm ein Schwerlastregal mit stapelweise Plakaten ein. Es gab keine Kasse und keinen Verkaufstresen, aber in der Mitte stand ein antiker Holzschreibtisch mit einem Telefon drauf, einem Porzellanaschenbecher, ein paar Aktenordnern und einem Tischkalender. Eine mittelalte Frau mit Pferdeschwanz und hellem Strickpullover saß dahinter. Sie lächelte uns an, und noch bevor wir ihr unser Guten Tag! entgegenbringen konnten, sagte sie: «Also trauen Sie sich doch herein!»

Sämtlicher Platz an den Wänden war mit Plakaten zugepflastert, Theater- und Ausstellungsmotive zumeist, eines warb für Verkehrssicherheit, und die unvermeidbaren Friedensbotschaften gab es ebenso. Es roch nach Parfüm und Zigarettenrauch und Bohnerwachs in dieser gemütlichen Amtsstube, oder was das hier darstellte.

«Wir wollten …», fing Robert an, aber er verstummte sofort wieder, denn gleichzeitig war ich einen Schritt nach vorne getreten, den Mocca Fix in der Hand, und hatte «Wir haben etwas mitgebracht» gesagt.

Ich legte das Kaffeepäckchen nahe der Tischkante ab, und die Frau lachte.

«Nicht so schüchtern, und immer raus mit der Sprache, meine Herren», sagte sie. «Was kann ich für Sie tun?»

Ich sah zu Robert. Aber statt klar und deutlich zu erklären, weshalb wir aufgekreuzt waren, wie eben zur Generalprobe, fing er unverzüglich zu stammeln an: «Das klingt vielleicht ungewöhnlich, aber wir wollten fragen ob … also, wir würden auch bezahlen, falls das ein Problem sein sollte … falls es nicht kostenlos ist, meine ich, denn Sie scheinen ja gar nichts zu verkaufen.»

Die Frau lachte abermals.

Sie lachte nicht fies, und sie lachte uns nicht aus, sie lachte eher so, als wäre sie froh, dass zwei Typen wie wir hier für ein bisschen Abwechslung sorgten kurz vor Feierabend.

«Lassen Sie mich raten! Sie haben Interesse an einem unserer Plakate.»

«Das zur Expressionistenausstellung in Berlin würden wir gerne, ähm …», sagte ich und suchte nach einem Wort, das nicht nach Gier klang.

«Haben», grätschte Robert dazwischen.

«Oder kaufen.»

«Da muss ich mal nachsehen», sagte die Frau, stand auf und ging zum Regal mit den Plakaten. «So begehrt wie die blauen Pferde war kaum etwas in letzter Zeit.»

In einem der Fächer lagen Plakatrollen verschiedener Längen und Durchmesser, die an die gestapelten Rohre der Erdgastrasse im Fernsehen erinnerten, und jede hielt ein Gummi in Form, und hinter diesen Gummis wiederum klemmten kleine Zettel mit handgeschriebenen Notizen.

«Heißt das, man kann jederzeit herkommen und ein Plakat bekommen, wenn man eins will?», fragte ich.

«Eigentlich nicht», sagte die Frau, während sie die Zettel untersuchte. «Wir sind schließlich nicht der Kunsthandel, aber wenn jemand so höflich fragt wie Sie, dann weise ich ihn bestimmt nicht ab. – Das tut mir wirklich leid, aber die restlichen Exemplare sind alle reserviert.»

Wir schwiegen. Ich glaube, wir ließen regelrecht die Schultern hängen beim Schweigen vor lauter Enttäuschung.

Die Frau holte eine Schachtel grüne Kenton aus der Schreibtischschublade und zündete sich eine an.

«Schade», sagte ich, aber zum Weggehen konnte ich mich nicht entschließen, da dieses obskure Objekt der Begierde so zum Greifen nahe war.

Die Frau blies eine Mentholschwade aus, und dann strahlte sie schon wieder, und sie rief: «Ach, wissen Sie, was? Drauf gepfiffen! Ihren Anblick kann ja kein Mutterherz ertragen.»

Sie holte zwei der Rollen aus dem Regal, entfernte die Zettel und reichte sie Robert.

«Danke», sagte Robert, und ich sagte: «Das ist wirklich großzügig.»

«Dann lächeln Sie doch endlich mal, meine Herren!», sagte die Frau.

«Wir können es versuchen», sagte Robert und zog allen Ernstes seine Mundwinkel hoch, was seinem Gesicht so einen süß-säuerlichen Herman-van-Veen-Ausdruck verlieh und die Frau laut auflachen ließ.

«Und kommen Sie ruhig wieder vorbei, wenn Sie was

Schönes gesehen haben in der Stadt», sagte sie, als sie sich wieder beruhigt hatte und wir bereits in der offenen Tür standen. «Nächstes Mal gibt's dann ein Tässchen Kaffee.»

Sie zwinkerte uns zu und sackte nun doch das Päckchen Mocca Fix von der Tischkante ein.

Jeder eine Plakatrolle in der Hand, liefen wir ins Zentrum zurück. Es war schön, dass Dinge geschahen, die man theoretisch nicht für möglich gehalten hätte, dass die eigenen niedrigen Erwartungen an das Leben im Allgemeinen und an die Menschen im Speziellen häufiger übertroffen wurden, als man zu hoffen wagte.

War *das* vielleicht die wahre Definition von Glück?

So was wie eine realistische?

Nein, das *durfte* nicht sein, dachte ich nach ein bisschen Überlegen. Das Glück konnte doch nicht darin bestehen, dass sich das eigene Schwarzsehen ab und zu als falsch erwies.

Wir liefen die Große Steinstraße runter, und ich musste an die Frau im Tabakladen denken, deren Beruf es nicht war zu verkaufen, sondern zu vertrösten, und der es nicht schlecht ging dabei, und plötzlich wusste ich, dass wir die Plakate auch ohne das Päckchen Mocca Fix von der DEWAG-Frau bekommen hätten.

Ich überlegte, wann ich das letzte Mal so gute Laune gehabt hatte, und als es mir einfiel, wurde mir siedend heiß, und das ganze gute Gefühl war wieder im Eimer.

Ich blieb stehen.

«Was ist?», fragte Robert.

«Kannst du mir einen Gefallen tun?»

«Wie ich diese Frage hasse!»

«Ich selber ja auch», sagte ich, «aber du sollst bloß schnell ein Buch für mich abholen.»

«Warum machst du das nicht selber?»

«Der Typ im Laden ist irgendwie komisch.»

«Und was für ein Buch?»

«Max Frisch», sagte ich.

«Kenne ich nicht», sagte Robert.

«Eine Art Kumpel von Dürrenmatt», sagte ich, weil ich selber keine Ahnung von Max Frisch hatte. «Von dem haben wir *Die Physiker* gesehen, letztes Jahr im Theater.»

«So wie Camus eine Art Kumpel von Sartre war?»

«Ja, vielleicht so.»

Wir bogen auf die Große Ulrichstraße ein und gingen weiter bis zur Kreuzung Universitätsring, wo wir an diesem wuchtigen Zeitungskiosk aus Granit, oder was das war, stehen blieben.

«Da drüben ist es», sagte ich.

«Ich war da auch schon drin», sagte Robert. «Halt mal!» Er gab mir seine Rolle.

«Wenn du Glück hast, sind nur die Frauen da und nicht der seltsame Chef», sagte ich.

Während Robert zur Buchhandlung rüberging, gönnte ich mir zur Feier des Tages meine neuntletzte Club. Er sah gut aus so als Existenzialist und war alles in allem eine würdige Abholvertretung. Hauptsache, der Buchhändler verwickelte ihn in keinen Disput über Literatur, aber für diese Bedenken war es jetzt zu spät.

Nach zehn Minuten kam er zurück, und was er nicht dabeihatte, war eines dieser sorgfältig eingeschlagenen Päckchen.

«Was für ein Kauz», sagte Robert und zündete sich eine Zigarette an.

«War das Buch nicht da?»

«Du sollst nächste Woche selbst noch mal fragen. Er kannte nicht mal deinen Namen, und ich musste dich erst beschreiben, bevor der Groschen fiel», sagte Robert. «So richtig mit Klamotten und Frisur und Ohren und Nase.»

«Und *Ohren und Nase*?»

«Ja, lach nicht: Ohren und Nase!»

«Danke trotzdem», sagte ich. «Wie lange willst du das eigentlich durchziehen mit den Ramses? Die sind doch teurer als Club.»

«Vier achtzig», sagte Robert, «wir können am Markt gucken, ob es was anderes gibt.»

«Heute soll die Lieferung kommen.»

«Sagt wer?»

«Sagt die Frau im Tabakladen.»

«Und das glaubst du ihr?»

«Wer soll es denn wissen, wenn nicht sie?»

«Die erzählt das doch nur, um die Leute ruhigzustellen», sagte Robert. «Wenn die denken, dass sie nie wieder was Vernünftiges zu rauchen kriegen, gehn sie auf die Barrikaden.»

«Ich glaube, dass sie meint, was sie sagt», sagte ich.

«Du Naivling», sagte Robert, und dann schlenderten wir mit den wertvollen Plakaten unterm Arm zum Markt, um unser kleines Zigarettenglück herauszufordern.

In den folgenden zwei Tagen war ich damit beschäftigt, mir einen geeigneten Platz für den *Turm der blauen Pferde* zu überlegen.

Wenn man davon ausging, dass alle Neubauten dieselbe Deckenhöhe hatten, dann passte das Plakat weder in unser Zimmer am Weinbergweg noch in meine Wohnung Am Stern, ohne dass ein Teil von ihm verdeckt wurde, von einem Tisch oder einem Regal oder im Fall meines Kinderzimmers vom

Rückenteil meiner Mehrzweckliege, das ja gleichzeitig ein Nachttisch war und ein Regal mit verschiebbaren Polstertüren, die tagsüber als Lehne dienten.

Dieses Litfaßsäulenplakat war einfach zu groß. In meiner Vorstellung nagelte ich es an alle möglichen Stellen in der Wohnung, sogar über die Badewanne, wo es sich natürlich sofort wellte wegen der Duschdämpfe in meiner Fantasie, aber nicht mal dort passte es hin.

Die einzige Möglichkeit war, das Sofa um hundertachtzig Grad zu drehen und es direkt vor die Schrankwand zu schieben, der es gegenüberstand. So erhielt man eine komplett freie Wand im Wohnzimmer, und da mein Vater meist bei seiner neuen Frau weilte, sollte es keine Rolle spielen, dass das Sofa dann den Fernseher verdeckte und einige Schubladen nicht mehr zugänglich waren, die aber ohnehin nur Plunder enthielten.

Als Zwischenlösung schien mir das akzeptabel.

Mein Gehirn brauchte einen weiteren Tag, bis ihm einfiel, dass es auch andere Behausungen gab als Neubauwohnungen. Solche mit hohen Decken zum Beispiel. Und mit mehr oder weniger heruntergekommener Fassade. Und mit mehr oder weniger verirrten Einschusslöchern aus dem Zweiten Weltkrieg. Und manchmal sogar ganz ohne diese.

Von da an ging es schnell: Ich brauchte bloß ein paar Fragen zu beantworten:

Wer lebte denn in einem solchen Gebäude?

Wem konnte ich denn das Plakat vermachen, weil er nicht nur über die passenden Wände verfügte, sondern mir auch wert schien, diese Kostbarkeit an meiner Stelle zu besitzen?

Und wer zu guter Letzt erlöste mich durchs Annehmen des Plakats von der Möbelrückerei in der Grotrianstraße?

Richtig! Die Antwort auf alle drei dieser frisch aufgetauchten Fragen lautete: Rebecca.

Ich beschloss noch in derselben Minute, da mir ihr Name einfiel, sie fernmündlich von ihrem künftigen Geschenk in Kenntnis zu setzen. Aber weil ich ein neuerliches Telefonzellendebakel hier am Weinbergweg vermeiden wollte, fuhr ich mit der Bahn zum Hauptpostamt, das gleich hinterm Bahnhof lag.

Es war kurz nach fünf, als ich die große Schalterhalle betrat: Ein kleiner Schritt für einen Menschen ... Aber lassen wir das!

Ein diffuses Schnattern lag in der Luft, ein Zischeln und Plappern. Jedes kleine Geräusch erzeugte ein Echo, und an der rückwärtigen Wand reihten sich die warm beleuchteten Telefonkabinen, von denen nicht mal die Hälfte besetzt war. Gerade an zweien hing ein «Außer Betrieb»-Schild, aber das Allerbeste waren die nörgelnden und drängelnden Studenten, die es hier nirgends gab. Der Weg ins Hauptpostamt, dachte ich, hatte sich jetzt schon gelohnt.

Die gedämpfte Atmosphäre unseres Sprachlernkabinetts umfing mich, als ich eine der Kabinen betrat. Es war ein bisschen, als wenn man mit dem Kopf unter Wasser geriet, kurz bevor einem die Ohren vollliefen: Ich musste schlucken, und ich merkte, wie mein Trommelfell knackte.

Obwohl ich sie noch nicht oft gewählt hatte in meinem Leben, kannte ich Rebeccas Nummer auswendig. Langsam wie bei einer rituellen Handlung bediente ich mit der rechten Hand die Wählscheibe, während meine linke leicht zitternd den Hörer hielt. Er war viel schwerer als der aus der Weinbergwegzelle, und überhaupt schien die Mechanik hier hochwertiger zu sein: Man brauchte mehr Kraft, um zu wählen, man spürte den Widerstand des Getriebes im Zeigefinger, und selbst das Geräusch, mit dem die Scheibe zurücklief, war satter.

Die Chance, dass sich Rebecca in Potsdam aufhielt, schätzte ich auf fifty-fifty. Genauso gut konnte sie im Paulusviertel bei ihrer Tante sein, einen Katzensprung von dieser Kabine entfernt.

Egal, dachte ich, denn was ich jetzt wollte, war nur eines: Gewissheit. Notfalls aus dem Mund ihrer Mutter oder, falls es gar nicht anders ging, aus dem ihres komischen Vaters, dieses sogenannten Gebhardt, der sich wie ein Stinkstiefel aufgeführt hatte auf seiner eigenen Feier, letztes Jahr, am Tag von Live Aid.

Das Plakat konnte ich schließlich auch als Vorwand nehmen, wenn ihre Eltern rangingen.

Ich ließ es eine halbe Minute klingeln, dort in Potsdam am Heiligen See, dann noch eine halbe und noch eine. Ich klimperte währenddessen mit dem Münzgeld in meiner Hosentasche, von dem ich reichlich dabeihatte, um nachlegen zu können, falls es sich ergab.

Aber anders als meine Oma behauptete, dachte ich, das Tuten im Ohr, starb die Hoffnung nicht zuletzt, sondern immer als Allererstes, und genauso …

«Hallo?»

… war das auch heute, wollte ich eigentlich zu Ende denken. Doch nein: Am anderen Ende hatte jemand abgenommen, nach einer Wartezeit, für die sie mich gelyncht hätten draußen am Weinbergweg.

Ich musste mich räuspern.

«René, bist du das?»

Rebecca hatte von Millionen möglicher Namen auf der

weiten Welt auf Anhieb und ohne zu zögern meinen zuerst genannt. Mein Herz machte einen richtigen Stabhochsprung vor Freude. Ich räusperte mich abermals, und dann sagte ich so förmlich wie möglich: «Ja, ich rufe kurz an wegen dieser Ausstellung.»

«Ach, nur deshalb?», fragte Rebecca.

Sie wusste noch nicht mal, welche Ausstellung ich meinte, und klang schon enttäuscht. Hätte ich gleich mit der Tür ins Haus fallen sollen und sagen «Ey, ich rufe an, weil ich dir ein seltenes, überdimensionales Plakat schenken will»?

Oder wahrheitsgemäßer: «Ey, ich rufe an, um rauszukriegen, wo du bist, und tue deshalb so, als wollte ich dir ein überdimensionales Plakat schenken»?

«Nein», sagte ich im wahren Leben, «nicht bloß deshalb.»

«Und warum noch?»

«Akzeptierst du denn auch andere Gründe?»

«Gut möglich», sagte Rebecca. «Ich hoffe sogar ein wenig, dass es einen anderen Grund gibt.»

«Ich wollte es ein letztes Mal bei dir zu Hause probieren, bevor ich im Sekretariat der Burg anrufe und sage: Entschuldigen Sie, aber meine Freundin, die bei Ihnen studieren wollte, ist mir abhandengekommen. Ich weiß nicht, wie ihre Tante mit Nachnamen heißt, und nun wollte ich fragen, ob sie eventuell in Ihrer ehrenwerten Institution aufgetaucht ist.»

Nein, auch das sagte ich selbstverständlich nicht laut, aber ein ähnlicher Satz war mir vorhin in der Straßenbahn tatsächlich durch den Kopf gegangen.

«René?»

«Ja, ich bin noch dran.»

«Hast du denn einen anderen Grund?»

Ich dachte daran, ihr jetzt das Plakat zu offerieren, aber ich wusste natürlich, dass ihre Frage eine Suggestivfrage war, obwohl ich sie, ehrlich gesagt, nicht dem Zustand unserer Beziehung angemessen fand.

Ich meine: nach all den Wochen der Funkstille!

«Ja», sagte ich, «ich vermisse dich hier in Halle.»

Auweia, dachte ich, als es still blieb am anderen Ende der Leitung. Da legte man sich einmal das Herz auf die Zunge und spuckte es aus, statt schlagfertig zu kontern, und dann war die Reaktion *das*?

Schweigen im Walde?

Nichts?

«Hallo?», sagte ich.

Rebecca zog die Nase hoch.

«Hast du Schnupfen?»

«Nein.» Sie lachte leise, die erste Emotion überhaupt, die ich registrierte. «Ich freue mich, dass du das sagst.»

«Echt jetzt?»

«Das muss alles sehr seltsam für dich aussehen.»

«Das tut es.»

«… und es kann sein, dass es auch nicht einfacher wird mit uns beiden. Ich bin dir nicht böse, wenn du einfach weitergehst auf deinem Weg.»

«Wie?»

«Ohne mich.»

«Was meinst du?»

«Dass du dein Abitur machst und dass du dein Studium beginnst in der SU, wie du es geplant hast, und dass du mich vergisst und dir jemanden suchst, der besser zu dir passt.»

«Will ich aber nicht.»

«Du willst kein Mädchen, das immer für dich da ist?»

Ich antwortete nichts. Denn das wollte ich durchaus.

«René?»

«Ja?»

«Gib mir etwas Zeit», sagte sie. «Im neuen Jahr komm ich auch nach Halle und fang endlich zu studieren an. Und dann können wir ja sehen, was mit uns passiert.»

«Na gut.»

«Sicher?»

«Verfällt denn nicht dein Platz an der Burg?»

«Ach Gott, nein», sagte Rebecca, «ich hab ein Attest, aber stopp», fügte sie hastig an, «mach dir bloß keine Sorgen.»

«Aber ...»

«Und keine Fragen bitte», sagte sie, und es klang halb scherzhaft und halb im Ernst. «Nur für den Fall: Ich hab noch immer keinen Krebs, falls du das schon wieder denkst.»

Erneut befiel Schweigen die Leitung zwischen uns.

Ein solches Gespräch voller Lücken und Nichtssagen wäre am Weinbergweg niemals möglich gewesen. Dort musste man sprechen wie eine Maschine. Am besten mit Stichwortzettel musste man dort antreten, ansonsten wurde man vom Studentenpöbel aus der Zelle gezerrt.

«Ich wollte zu einer Ausstellung mit dir», sagte ich.

«Zu welcher denn?»

«Zur Expressionismusausstellung in Berlin.»

«Da war ich letzte Woche mit meinem Vater», sagte Rebecca. «Die ist wunderbar, und du darfst sie auf keinen Fall verpassen.»

Ich beschloss spontan, ihr den *Turm der blauen Pferde* erst Weihnachten zu schenken, wenn ich zurück in Potsdam war über den Jahreswechsel.

«Es ist zwar noch eine Weile hin», sagte ich, «aber weißt du schon, was du Silvester machst?»

«Nein», sagte Rebecca. «Ich komme vorbei, wenn ich in Halle bin, gut?»

«Und das ist erst im Januar?»

«Ja.»

Wenig später und ohne weitere neue Erkenntnisse verabschiedeten wir uns voneinander. Ich hängte auf, und das Restgeld fiel scheppernd in den Münzauswurf.

Rebecca war der Spatz in der Hand, dachte ich, ohne es wirklich denken zu wollen, aber sie benahm sich wie eine dieser abgehobenen Tauben vom Dach.

Seit ich Juwel 72 rauchte, hatte sich mein Tabakkonsum dramatisch verringert. Kurioserweise blieb mein Zigarettenverbrauch dennoch konstant, was daran lag, dass ich mir zwar noch immer zu denselben Gelegenheiten eine anzündete, aber jeden dieser sogenannten Glimmstängel nach drei oder vier Zügen bereits weit von mir warf, reflexhaft und ein bisschen aus Ekel und vermutlich zum Verdruss des Hausmeisters, der sich noch häufiger bücken musste als zuvor.

Halbe Äste des Tabakstrauchs waren da manchmal drin, und stieß man auf solch ein knorriges Stück, dann kokelte es minutenlang vor sich hin, bevor man es mit dem Fingernagel herauspopelte, um den kläglichen Rest erneut anzünden. Ich meine, falls man bis dahin nicht sowie schon die Nase voll hatte von diesem Lungentorpedo, wie Günter in seiner nicht von allen geschätzten humoristischen Art Zigaretten hin und wieder zu bezeichnen pflegte.

Seit ich die Dinger selber zu rauchen versuchte, vermied ich es, sie weiterhin Schweine-Juwel zu nennen, wie der Volksmund sie zur Unterscheidung von den alten Juwel einst getauft hatte, den kurzen in der Pappschachtel, die man längst auch nicht mehr kaufen konnte.

Damit ich mich nicht blamierte mit meinen Schweine-Juwel, besorgte ich mir für abends, wenn wir in die *Bierstube* gingen oder ins *Hotel Weltfrieden* oder ins *Urquell*, eine Schachtel

Karo. Um Karo schmerzfrei rauchen zu können, musste man einen gewissen Grad der Betäubung erlangt haben, was bei mir nach zirka einem großen Bier erledigt war. Eine ganze Woche funktionierte das wunderbar: tagsüber Juwel 72, abends nach dem ersten Bier Karo. Als ich das Konzept in der zweiten Woche fortführen wollte, waren auch Karo nicht mehr zu kriegen. Selbst der Optimismus der Verkäuferin war aus ihrem Laden am Markt verschwunden. Statt mich auf eine nächste utopische Lieferung zu vertrösten, sagte sie mit matter Stimme: «Versuchen Sie es mal mit Montecristo.»

Ich zuckte zusammen.

Montecristo hatten einen Ruf wie Donnerhall.

Montecristo waren die Kubaapfelsinen unter den Zigaretten. Unser Land lieferte Barkasse und W50, die anschließend unter schöner Karibiksonne herumfuhren, und im Gegenzug erhielten wir diese Sargnägel aus Tabak, eine symbolische Vergeltung unserer Exporte im Rahmen der RGW-Vereinbarungen.

Vergütung, meine ich natürlich.

Das war Ökonomie, falls ihr versteht.

Die Montecristo verstaubten stangenweise in den hintersten Regalecken unserer Geschäfte. Sie lagen so lange rum, bis sie furztrocken waren und die Tabakkrümel nicht nur vorne herausfielen, sondern sogar hinten, denn wie unsere einheimischen Karo waren sie filterlos.

«Na gut», sagte ich zur Verkäuferin, «dann eine Schachtel Schweine-Juwel und einmal Montecristo.»

«Aber seien Sie vorsichtig am Anfang», ermahnte sie mich, bevor sie mir die beiden Packungen über den Ladentisch schob.

«Kannst du diese Woche ein Buch für mich abholen?», fragte ich Günter am Abend meiner Montecristo-Premiere.

«Kein Ding, Alter», sagte er, «wo und wann?»

Ich erklärte ihm die Sache und gab ihm einen Zwanziger. Günter steckte das Geld ein und sagte: «Du verpestest die Luft mit deinem ekelhaften Kraut.»

Geziert wie eine englische Jungfer, wedelte er sich vor der Nase rum.

Wir saßen im *Schwager*, es war laut und heiß und so voll, wie es am Abend eines Arbeitstages, dem ein weiterer folgte, nur in einer Studentenkneipe war. Und es stank ohne die Abgase meiner Juwel 72 zur Genüge: nach Sprit in den Gläsern und Sprit in den Körperausdünstungen, nach dem Schweiß der keuchenden Esser und nach dem Essensdunst selber, nach dem Rauch von Pfeifen und Zigarillostumpen, weshalb es unnötig war, dass Günter wegen meiner bulgarischen Importzigaretten einen solchen Aufriss machte.

Er selber bekam ja Pakete von zu Hause, die neben frischer Unterwäsche, eingewecktem Obst von bleicher Anmutung und dem Bergmannsschnaps seines Bergarbeiterbruders neuerdings auch Zigarettenschachteln enthielten, zurzeit waren es Cabinet.

Vielleicht gab es obendrein ein monatliches Deputat an Lungentorpedos für die Leute aus dem Tagebau. Aber was war denn das für ein Bergmann, der nicht rauchte und keinen Schnaps trank! Bestimmt machte Günters Bruder nach Feierabend auch noch Fortbildung und Lehrgang.

Ich drückte die angepaffte Juwel im Aschenbecher aus, dann kippte ich den Rest meines ersten Bieres hinter. Ich holte das Montecristo-Päckchen aus meiner Jacke und fing an, die Zellophanhülle abzufriemeln.

«Mutig», sagte Günter und stellte sein affiges Gewedel ein. «Wie geht's eigentlich Robert so?»

«Wie geht's eigentlich unserer Band so?», konterte ich seine Frage mit einer anderen. «Kann sich noch irgendwer an den Namen erinnern?»

«Irgendwas mit Dead Deer ...», fing Günter an zu raten.

«Mann, das war eine rhetorische Frage!»

«Tut mir leid, Alter, ich hab echt viel um die Ohren, gerade jetzt, wo Iris dazugekommen ist. – Willst du lieber eine von meinen?» Er deutete auf seine Cabinet-Schachtel.

Seit Beginn des neuen Schuljahres machten wir kaum noch was zu dritt. Vielleicht rächte sich, dass Günter Roberts abgelegte Freundin übernommen hatte, statt sich eine eigene, frische zu suchen. Ich konnte das verstehen: Wer wollte schon ständig mit seinem Vorgänger zusammensitzen. In der Kneipe oder bei der Bandprobe. Da verglich man sich doch automatisch dauernd mit dem anderen, und bei aller Liebe zu Günter war ihm Robert mit seiner generalüberholten Erscheinung um einiges voraus, und dass Iris das Ganze generell anders sah, wagte ich zu bezweifeln.

Und auch Robert hatte weniger Zeit, seit er diesen Karsten kannte. Sie besuchten völlig andere Etablissements zusammen als wir früher. Den *Havanna-Club* am Waisenhausring zum Beispiel, wo man zu Mondpreisen eine Büchse Ölsardinen serviert bekam mit Zitronenspalte und Toast. Oder das *Café Corso* in der Großen Steinstraße, in dem sich abends die Edelpopper der Stadt trafen, von denen einige die Nasen ziemlich hoch trugen, dafür dass sie Popper waren aus Halle an der Saale mit höchstwahrscheinlich Erasure im Walkman und Depeche Mode.

«Danke, ich hab selber», sagte ich zu Günter und zog jetzt

mit langen Fingern die erste Montecristo meines Lebens aus der Packung.

Ich roch an der Zigarette, und der Duft des starken Tabaks stach mir bis ins Gehirn. Ich nahm sie zwischen die Lippen und zog an ihr. Bereits kalt schmeckte sie kräftiger als eine angezündete Club.

«Gib mir doch noch eine Cabinet», sagte ich. «Ich brauche vorher ein zweites Bier. – Wo waren wir stehen geblieben?»

«Ich soll ein Buch für dich abholen», sagte Günter.

«Stimmt gar nicht», sagte ich, «du lenkst ab: Bei unserer Band waren wir stehen geblieben, von der du nicht mal mehr den kompletten Namen weißt.»

«Dead Deer Rampage», sagte Günter.

«Klar, nach zehn Minuten krampfhaftem Überlegen fällt er dir spontan wieder ein!»

«Ein paar neue Songs hätte ich sogar, aber der Zeitpunkt ist echt nicht so gut», schlug Günter einen neuen, unerhörten Jammerton an. «Das Semester hat gerade frisch angefangen ... Ich muss meinen Durchschnitt verbessern, und dann ist da natürlich noch Iris, klar. – Die hat ihre ganz eigenen Bedürfnisse.»

«*Was*?»

«Ich muss meinen Durchschnitt verbessern», sagte Günter.

«Nein, das andere», sagte ich.

«Die Bedürfnisse von Iris?»

«Ja.»

«Vergiss es wieder.»

«Und warum in aller Welt musst du auf einmal deinen Durchschnitt verbessern? Der hat dich doch sonst nicht gejuckt.»

«Müssen tu ich überhaupt nichts», sagte Günter. «Aber es würde meinen Alten gefallen.»

«Und Iris wahrscheinlich auch.»

«Die hat mich auf die Idee gebracht.»

«Junge, du solltest dich mal reden hören!»

«Ach komm», sagte Günter. «Wenn *deine* Freundin nicht gekniffen hätte, wärst du selber der Letzte, der noch Zeit hätte für die Band.»

«Sie hat nicht gekniffen», sagte ich, «sie hat ein Attest.»

«Ein Attest», wiederholte Günter und malte mit den Zeigefingern unsichtbare Gänsefüßchen in die Luft.

«So richtig witzig finde ich das nicht.»

«Entschuldigung», sagte Günter. «Aber du bist zuerst unsachlich geworden.»

Er stand auf und holte neues Bier, und als er wiederkam, sagte er: «Außerdem fehlt unserer Band der Geist der *Bergschenke*. Die frische Luft, das freie Atmen, die Inspiration wie im Sommer, als wir den Song aufgenommen haben. Warte ab, bis der Winter vorbei ist. Im Frühling schlagen wir wieder zu, und zwar hammerhart!»

«Gerade hat der Herbst angefangen», sagte ich.

«Gut Ding will Weile haben.»

«Du und deine Sprüche!», sagte ich, und dann trank ich einen großen Schluck Bier und zündete endlich die Montecristo an. Behutsam nahm ich einen allerersten Zug. Sanft ließ ich den Rauch quasi in meine Lunge gleiten, aber alle Vorsicht half nichts. Es war, als inhalierte ich eine Packung Reißzwecken: Sie rutschten durch meine Kehle die Luftröhre hinab bis in die Lunge, wo sie anfingen herumzuwirbeln.

Ich legte das Ding im Aschenbecher ab und musste husten wie ein Anfänger, und der Husten wollte nicht wieder aufhören. Durch die Schleier meiner tränenden Augen sah ich, wie sich die Leute an den Nachbartischen zu uns umdrehten. Und ich sah, wie Günter sehr weit ausholte, um mir auf den Rücken zu hauen. Im letzten Moment schüttelte ich den Kopf, Günter bremste ab und ließ den Arm wieder sinken.

Konkrete Pläne für das Vorankommen unserer Band schmiedeten wir an diesem Abend im *Schwager* keine mehr, aber eines lernte ich: Genügte fürs unfallfreie Rauchen einer Karo ein einziges Bier, so brauchte ich für eine Montecristo davon gleich zwei sowie einen doppelten Korn.

Am nächsten Tag schon brachte mir Günter das Max-Frisch-Buch vorbei, ein edel eingeschlagenes Päckchen, das jeder Boutique zur Ehre gereicht hätte.

«Was für ein Vogel», sagte Günter. «War ein richtiger Kampf, das Ding zu kriegen.»

«Was willst du mir damit sagen?», fragte ich und ließ meine Finger über das dicke Einschlagpapier wandern.

«Zuerst hat er gesagt, du sollst selber vorbeikommen, weil er es für *dich* zurückgelegt hat. Er meinte, er gibt es nicht jedem dahergelaufenen Hanswurst mit, der in deinem Auftrag dort aufkreuzt. Er meinte, dass neulich schon mal einer da gewesen sei deswegen, den er auch gleich wieder weggeschickt hat.»

«Robert war das», sagte ich. «Hat er *wirklich* Hanswurst gesagt?» Ich musste grinsen.

«Originalzitat», sagte Günter. «Ich musste ihm jedenfalls richtig drohen.»

«Womit denn?»

«Na, dass ich erst abhaue, wenn er das Buch rausrückt. Und dass ich Zeit habe bis sehr weit nach Ladenschluss.»

«Und dann?»

«Dann hat er noch kurz rumgemeckert und ist nach hinten und hat es geholt», sagte Günter. «Er hat fast gezittert beim Einwickeln.»

«*Was* hat er?»

«Fast gezittert, als er das Buch eingepackt hat.»

«Wie zittert man denn *fast*?»

«Na ja, nicht nur fast. Er *hat* gezittert! – Aber dafür sieht das Ganze richtig gut aus, oder?», fragte Günter und betrachtete das Buchpaket in meinen Händen.

Ich schwieg.

«Oder nicht?», fragte Günter.

Ich schwieg weiter. Ein Gedankentornado fegte durch meinen Kopf: Wie in aller Welt konnte ich das denn je wieder kitten?

«Freust du dich kein bisschen?»

«Mann, Günter», sagte ich, «ich kann da jetzt nie mehr hin wegen dir. Das war die größte Fundgrube in der gesamten Stadt.»

«Tut mir leid», sagte Günter, «das hättest du dir überlegen sollen, bevor du *mich* wegen so was losschickst. Frag beim nächsten Mal einfach wieder Robert, und du wirst sehen, was du bekommst. – Nichts nämlich!»

«Was soll denn das jetzt?», fragte ich. «Hat das Ganze irgendwas mit Iris zu tun?»

«Ach, leck mich doch!»

«Mann, Günter», sagte ich, «seit wann bist du denn so ein schrecklicher Choleriker?»

«Weiß nicht», sagte Günter, und er guckte auf einmal so bedröppelt aus seiner Jeansjacke, dass er mir trotz des Ausrasters in der Buchhandlung richtig leidtat.

Am 9. November, dem vorletzten Sonntag, an dem die Expressionismusausstellung öffnete, fuhren Robert und ich nach Berlin.

Wir hatten nichts weiter dabei als unser Geld, unsere Juwel 72 und einen Sack Vorfreude. Es war ein sonniger, trockener Morgen, aber weil nachts die Temperaturen auf den Nullpunkt fielen, froren wir bei unserer Ankunft am Hauptbahnhof wie zwei Schneider.

Wir kauften Fahrkarten am Schalter, und weil noch Zeit blieb bis zur Abfahrt, wollten wir uns in der Mitropa aufwärmen, die zu dieser frühen Stunde hauptsächlich Schnapsleichen bevölkerten. Die verbliebenen des Sonnabendabends und die kommenden des Sonntagmittags, die hier ihre Hellen zischten und sich dazu ein paar Kurze hinter die Binde kippten. Es roch nach verschüttetem Bier und kaltem Rauch und nach frisch gekochten Kartoffeln älteren Erntedatums.

«Zwei Kännchen Kaffee?», fragte ich.

Robert hauchte sich in die Hände und rieb sie aneinander, so heftig und schnell wie ein Höhlenmensch beim Feuermachen, und er sah richtig bleich aus und klapperte mit den Zähnen wie Väterchen Frost. Sein Jackenleder aus Wild schien noch weniger gegen die Kälte zu helfen als mein richtiges aus Schwein.

«Lieber einen Grog», sagte Robert.

«Gibt's hier welchen?»

«Frag einfach!», sagte er. «Mit einem extra Schuss Rum für mich!»

«So früh am Morgen?»

«Ganz oder gar nicht», sagte Robert. «Und guck bitte, ob sie richtige Zigaretten haben!»

Letzteres war nicht der Fall, aber nachdem ich meinen Personalausweis vorgezeigt hatte wegen meines jungen Aussehens, war mir immerhin der Grog ausgehändigt worden. In den heißen Gläsern schwamm eine gesunde Zitronenscheibe, und allein vom Dran-Riechen bekam man einen Schwips.

Sagen wir mal so: Grog hatte eine wärmende Wirkung, vor allem an den Händen, wenn sie das Teeglas umschlossen hielten, aber eine *belebende*, wie alle Welt behauptete, hatte Grog durchaus nicht.

Im Gegenteil: Als der D-Zug losfuhr und ich versuchte, durch das dreckige Abteilfenster den DEWAG-Laden zu erkennen, in der runtergekommenen DEWAG-Laden-Straße, war mir leicht schwindlig, und obwohl ich praktisch gerade aufgestanden war, fielen mir keine zehn Minuten später wieder die Augen zu.

Ich wachte erst auf, als Robert rief: «Ey, aufwachen!»

«Wo sind wir denn?», fragte ich.

«Rate!»

Ich rieb mir die Augen: Draußen rauschte eine Industrielandschaft vorbei, in strahlendes Sonnenlicht getaucht. Bis zum Horizont dehnte sich der blaue Himmel, in den von unten eine Armada qualmender Schornsteine stach. Einige davon sonderten voluminöse Wolken ab, die der Höhenwind zu eigenen Formationen ordnete. Manche waren von einem fast reinen Weiß, andere eher dunkelbraun.

Bis in unser Abteil hinein roch es nach Hölle, genauer gesagt nach Schwefel oder einem seiner Derivate, was ich nicht richtig unterscheiden konnte, denn noch immer befand ich mich mit meinem Chemielehrer auf dem Kriegspfad der friedlichen Koexistenz.

«Bitterfeld», sagte ich.

«Hundert Punkte», sagte Robert.

«Ist ja schön und gut, das alles mal bei Sonne zu sehen, aber wecken musst du mich deswegen wirklich nicht.»

«Doch nicht wegen der Aussicht», rief Robert, der nach dem Kälteschock in der Frühe wieder auf normaler Betriebstemperatur zu laufen schien. «Hierfür!»

Er holte etwas hinter seinem Rücken vor und stellte es auf den Abteiltisch.

«Bier?», fragte ich. «Und gleich vier Flaschen?»

«Mann, darum weck ich dich doch schon jetzt», sagte Robert. «Wenn wir nicht langsam anfangen, schaffen wir die nicht alle bis Berlin.»

«Nur damit keine Missverständnisse aufkommen: Das soll ein Museumsbesuch werden und kein Besäufnis», sagte ich und schämte mich sofort, weil ich klang wie mein eigener Erziehungsberechtigter.

«Zier dich nicht so», sagte Robert, und der erste Kronkorken flog durchs Abteil. Weil ich ihn bis zur Nationalgalerie bei Laune halten musste, nahm ich die Flasche, und dann schepperte der zweite Kronkorken gegen das Fenster. Wir sagten «Prost!» und setzten die Flaschen an, dabei hatten wir beide noch nicht mal was gegessen.

Bis Jüterbog schaffte ich eineinviertel Flaschen, danach kapitulierte ich und übergab den Rest Robert.

Als wir in Schönefeld in die S-Bahn zum Alexanderplatz umstiegen, musste ich an alle denken, die ich hätte besuchen können, wenn ich jetzt den Bus nach Potsdam nehmen würde: Victoria und Mario, Dirk und Michael. Vielleicht sogar Bianca, seit die Zeit die Wunden unserer Herzen mit einem Haufen Narbengewebe verschlossen hatte. Bloß eine durfte ich auf keinen Fall besuchen, und die hieß ausgerechnet Rebecca. So viel hatte ich kapiert nach unserem Telefonat: *Sie* würde sich bei mir melden, und nicht umgekehrt. Und falls mir das nicht passte, konnte ich gehen.

Wir hasteten durch die zugige Unterführung zum S-Bahnsteig, obwohl es keinerlei Grund zur Eile gab, einfach aus Prinzip, weil man automatisch rannte und Hektik verbreitete auf einem Bahnhof. Aber wir erwischten tatsächlich die dort wartende Bahn, und dann schrillten die Alarmglocken, die Türen knallten zu, und die rumpelnde Fahrt ins Zentrum unserer Hauptstadt begann.

Kleingartenanlagen, mittlere Fabriken.

Viel Grünzeug zu beiden Seiten des Damms.

Plänterwald links, rechts eine Kette strahlend weißer Neubauten, die zu Westberlin gehören mussten, so krampfhaft verschieden, wie sie in ihrer Gleichartigkeit aussahen.

Treptower Park: Ich war so aufgeregt wie als Kind.

Jeder zweite Wandertag hatte uns nach Berlin geführt: Naturkunde- und Pergamonmuseum, Tierpark, Sowjetisches Ehrenmal. Jeder einzelne dieser Abstecher in die Hauptstadt hatte mir das Gefühl gegeben, ein Provinzler zu sein. Aus einem Kaff zu stammen, das ich nur aus Mangel an Erfahrung für eine ausgewachsene Stadt hielt. Jeder Wandertag nach Berlin war eine kleine Demütigung für Potsdam gewesen.

Und so war es jetzt wieder.

Die S-Bahn überquerte die Spree. Ich sah den Hafen, die Frachtkähne, die dort ankerten, mit Kohlebruch beladen und Sand und Rüben, die Kräne, den Rauch aus den Schloten und den Dunst überm Wasser, die gebrochenen Sonnenstrahlen und die glitzernden Wellen wie auf einem Monet-Gemälde.

Die S-Bahn fuhr im Bogen nach links, und als ich den Fernsehturm erkannte, der mit jeder Sekunde größer wurde, tippte ich Robert auf die Schulter. Er schreckte aus dem Schlaf hoch, wischte sich beherzt die Spucke vom Kinn, und kurz darauf schlenderten wir an Rotem Rathaus und Neptunbrunnen vorbei zum Palast der Republik. In dessen Tiefen gab es ein kleines Theater, in dem Dirk, Michael und ich das allererste Beckett-Stück gesehen hatten, das je bei uns gespielt worden war: *Das letzte Band*.

Ein paar Schritte weiter, hinterm Dom, wartete jetzt die Nationalgalerie auf uns, und sie war mit zwei wehenden Bannern geschmückt, von denen der *Turm der blauen Pferde* leuchtete.

Gleich würde ich all die Bilder im Original sehen, die ich als kleinformatige Abbildungen kannte oder grob gerastert in Schwarz-Weiß. Wie hypnotisiert betrat ich die Nationalgalerie, kaufte Eintrittskarten, gab meine Jacke an der Garderobe ab. Aus Gewohnheit warf ich einen Blick in den Spiegel, der dort hing, und Robert folgte mir bei alldem wie ein Schatten.

Ich zeigte meine Karte vor und ließ sie abreißen.

Ich konnte bereits das erste große Gemälde in einem prächtigen goldenen Rahmen erkennen.

Ich trat hinter die Absperrung, und der Aufseher, der dort Dienst tat in seiner Uniform, sagte: «Guten Tag und viel Vergnügen», und genau in diesem Moment merkte ich es: Ich musste dringend aufs Klo.

Da hatten mich die nachdrängenden Besucher schon zehn Meter hinter die Absperrung geschoben, denn es war voll an diesem vorletzten Sonntag, den die Expressionismusschau hier gastierte.

Ich blieb stehen, scherte mit einem Seitenschritt aus dem Strom der Menschen, wendete auf der Stelle und ging los, um die Absperrung noch einmal in umgekehrter Richtung zu passieren, doch behände wie ein kafkascher Turner sprang mir der Aufseher in den Weg. Er breitete seine Arme aus wie ein Schülerlotse und rief: «Halt, meine Herren, der Rundgang führt in die andere Richtung!»

«Ich hab was vergessen», sagte ich.

«Das da wäre?»

«Auszutreten», sagte ich, und Robert hinter mir sagte: «Ich auch.»

«Das tut mir leid», sagte der Aufseher, «das können Sie erst wieder tun, wenn Sie durch sind.»

Fast schien es, als grinste er diabolisch zu seinen Worten.

«Gibt's denn unterwegs keine Möglichkeit?»

«Bedaure, nein. Nur im Eingangsbereich existieren Waschräume», sagte der Aufseher. «Falls es Sie jedoch sehr drückt, lasse ich Sie auch hier durch, gegen den Strom.»

Ich sah zu Robert, der erleichtert lächelte.

«Sie erledigen, was Sie erledigen müssen», fuhr der Aufseher fort, «und lösen anschließend eine neue Karte. Aber sehen Sie selbst: Die Schlange der Wartenden wird länger und länger, jetzt, wo die Zeit des Mittagessens vorüber ist.» Seine Augen lachten tatsächlich, aber sein Mund blieb ernst.

«Was meinst du?»

«Vergiss es, Alter», sagte Robert, «zweimal bezahl ich garantiert nicht dafür.»

«Halten Sie an und halten Sie durch!», rief uns der Aufseher hinterher, bevor wir uns auf den beschwerlichen Rundweg durch die Ausstellung begaben.

Eines kann ich euch sagen: Es war wie ein Wettrennen!

Oder nein: Es war wie ein Wettrennen der Steher.

Diese komischen Bahnradfahrer, meine ich, auf den schrägen Radrennbahnen aus Parkett, die erst losfahren, kurz bevor sie umkippen und sich die Knochen brechen, aber dann trotzdem als Erste über die Ziellinie wollen.

Versteht ihr? Die trödeln, obwohl sie in größter Eile sind.

So erging es uns jetzt in der Nationalgalerie, und schuld daran war Robert, den es automatisch in die Mitropa zog, sobald er in einem D-Zug saß, egal, ob kurz nach dem Aufstehen wie heute oder in der tiefsten Nacht.

Aus Ehrfurcht versuchte ich, wenigstens vor den Hauptwerken dieser Epoche einige Sekunden zu verharren, aber spätestens wenn ich Roberts verkniffenes Gesicht neben mir sah und merkte, wie er gepeinigt von einem Fuß auf den anderen trat, geriet mir mein eigenes Bedürfnis wieder in den Sinn. Alle hehren Kunstgedanken zerstoben im Nu, und wir eilten weiter zum nächsten großen Gemälde von Lyonel Feininger, Georg Grosz oder Otto Dix, wo sich dasselbe Trauerspiel wiederholte.

Nach einem halben Dutzend Ausstellungsräumen konnte ich nur noch daran denken, wie groß gleich die Erleichterung sein würde, wenn wir den Kunstparcours endlich überwunden hatten.

Wie wenig es bedurfte, um sich gut und frei zu fühlen, dachte ich, als ich vor einem anderen der großen Tierbilder Franz Marcs stand und kurz innehielt, um des *Turms der blauen Pferde* zu gedenken, das ja verschollen war. Vor jedem Museumsgang, vor jedem Theaterbesuch und jedem Film im Kino würde ich in Zukunft austreten, selbst dann, wenn ich gar nicht musste.

Ich bin wahrlich nicht stolz darauf, aber alles in allem waren wir nach vierzig Minuten durch.

Es war eine verdammte Schande!

Als wir schließlich – frisch erleichtert – unsere Jacken von der Garderobe holten, sagte Robert: «Falls du zufällig Karsten triffst, erzähl ihm bitte nichts.»

«Und auch kein Wort zu Günter», sagte ich.

«Dem ist das wumpe», sagte Robert. «Aber guck mal da!» Er stieß mich in die Seite.

Am Ende der Garderobe lagen vier wuchtige Bücher. Sie waren festgekettet, und sie besaßen schwarze, glänzende Umschläge mit dem *Turm der blauen Pferde* vorne drauf.

«Das ist der Ausstellungskatalog», sagte ich und merkte, wie mein Herz schneller wurde, so wie immer, wenn etwas Seltenes oder Kostbares in meine Reichweite geraten war. «Wie viel Geld hast du dabei?»

Robert holte seine Brieftasche raus. «Fünfunddreißig Mark und ein paar Zerquetschte.»

Ich selber hatte heute Morgen einen frischen Fünfziger eingesteckt für die Fahrt, außerdem trug ich eine Menge des unvermeidlichen Kleingelds in meiner Hosentasche. Das sollte reichen.

«Komm, wir gehen mal rüber», sagte ich, und dann fing ich an zu blättern in dem prachtvollen Band.

Ich saugte die Abbildungen all der großartigen Gemälde in mich auf, an deren Originalen wir gerade vorbeigerannt waren. Ich las mich in den Biografien der Künstler fest und überflog die erläuternden Texte, bis Robert sagte: «Ich geh eine rauchen», und als er nach Ewigkeiten von draußen wiederkam, hörte ich nicht etwa auf, sondern machte weiter, bis ich im Augenwinkel merkte, dass er abermals nervös zu zappeln begann.

«Musst du schon wieder aufs Klo?»

«Ich hab Hunger, Alter», sagte er, «gleich kipp ich aus den Latschen.»

Da er es erwähnte, merkte ich es selber: Mein eigener Magen knurrte bedrohlich vor lauter Unterbeschäftigung.

«Ich kauf noch schnell den Katalog», sagte ich, «dann können wir gehen.»

«Was kostet der?», fragte Robert. «Da steht kein Preis dran», und weil er ein guter Freund war, zog er unaufgefordert einen Zwanzigmarkschein hervor, um ihn mir zu leihen.

«Manchmal steht der Preis innen», sagte ich, «getarnt als Nummer», und tatsächlich fand ich die Nummer auf der zweiten Seite im Impressum: 07 800.

Siebentausendachthundert Pfennige also kostete der Spaß, geteilt durch hundert, machte achtundsiebzig Mark, fast die Hälfte des Stipendiums, aber egal, dachte ich, so eine Ausstellung kam nie wieder in den nächsten Jahren, und bald war Weihnachten, da gab's Extrageld von meinem Vater. Mit Roberts Zwanziger und meinen Münzreserven hatte ich genügend Geld dabei.

«Einen bitte davon», sprach ich fast feierlich zur Frau hinter der Garderobe.

«Das sind Ansichtsexemplare.»

«Schon klar», sagte ich, hob einen der Kataloge an und ließ die Kette klirren, die ihn am Garderobentisch gefangen hielt. «Ich würde gerne eines der neuen Exemplare erwerben, bitte, für das dieses Ansichtsexemplar hier stellvertretend ausliegt.»

«Ham wir aber nicht», sagte die Garderobenfrau.

«Was meinen Sie?»

«Gibt's nicht», sagte sie, «mit etwas Glück kommen die Kataloge nächsten Monat in den Handel.»

«Sie präsentieren also aufreizend Dinge, die man gar nicht kaufen kann?», begehrte ich auf.

«Junger Mann», sagte die Frau in belehrender Weise, «jetzt stellen Sie sich nicht so an. Sie leben wahrscheinlich nicht erst seit gestern hier und wissen genau, wie der Hase läuft.»

Gut möglich, dass ich der erste Besucher in der neueren Museumsgeschichte war, der länger im Katalog geblättert hatte, als in der eigentlichen Ausstellung gewesen zu sein. Das war mein einziger tröstlicher Gedanke, als wir mit hängenden Mägen den Rückweg zum Alexanderplatz antraten.

Am Marx-Engels-Denkmal, wo der eine unserer Klassiker saß und der andere stand, kam uns ein Volkspolizist in die Quere. Er musste dort gelauert haben auf verdächtige Subjekte wie uns, die ohne Taschen unterwegs waren und folglich ohne Ziel.

«Ihre Personalausweise bitte!», rief er.

An der einen Hüfte baumelte ein Funkgerät, an der anderen ein Lederhalfter mit Pistole. Er hatte eine Kunstpelzmütze namens Schapka auf dem Kopf, die Ohrenklappen hochgebunden, und er steckte in einer wattierten Uniformjacke, die einerseits hässlich war, andererseits beneidenswert gemütlich erschien angesichts der Temperaturen. Man konnte sehen, dass er sich wohlig und geborgen in ihr fühlte.

Aus den Tiefen unserer dünnen Lederjacken wühlten wir die Ausweise herauf.

«Sie kommen nicht aus Berlin?»

«Na, Sie doch auch nicht!», hätte ich gerne gesagt wegen seines sächsischen Dialekts, aber ich verkniff es mir lieber und erwiderte gehorsam: «Wir studieren in Halle.»

«Können Sie das belegen?»

«Wir haben Studentenausweise», sagte Robert.

«Nur zu!», sagte der Polizist, und dann studierte er unsere Studentenausweise, während er uns abwechselnd musterte, vom Haaransatz bis zum Schuh. Wobei seine Augen länger auf mir verweilten, denn alles in allem – das gebe ich ungern zu – wirkte meine Erscheinung unruhiger und weniger harmonisch als Roberts, der trotz Frühstücksgrog und Mitropa-Bier noch immer aussah wie frisch aus dem existenzialistischen Ei gepellt.

Ich dagegen trug ja obendrein diese eine Zeile aus *Hell of a Summer* auf der Lederjacke, die mir Connie mit Nitrolack hinten draufgepinselt hatte wegen meines Liebeskummers damals mit Bianca.

«Darf ich fragen, was Sie in der Hauptstadt der DDR verloren haben?»

«Wir waren in einer Ausstellung.»

«Dann können Sie sicherlich die Eintrittskarten vorweisen», sagte er.

«Ja», antworteten Robert und ich synchron.

«Die Fahrkarten auch gleich!»

Wie reichten ihm das Gewünschte zur Begutachtung, er studierte es mit leicht bewegten Lippen, gab es uns zurück und sagte: «Und was haben Sie als Nächstes vor, Bürger?»

«Wir fahren nach Halle zurück», sagte ich.

«Nein», rief Robert.

«Was heißt nein?», fragte der Polizist, kniff leicht die Augen zusammen und spitzte misstrauisch die Ohren.

«Wir müssen vorher was essen», sagte Robert.

«In Ordnung», gab er sich großzügig, «dann begeben Sie sich auf kürzestem Weg zum Alexanderplatz, nehmen dort einen Imbiss zu sich und fahren ansonsten schleunigst dahin zurück, von wo Sie gekommen sind.»

Ein, zwei Sekunden standen wir einander sprachlos gegenüber, Robert und ich, die künftigen Kader, und er, der Vertreter der Staatsmacht, dann sagte der Polizist: «Sie können abtreten!»

Wir liefen los, und er lief uns nach. Nach fünfzig Metern

blieben wir stehen, drehten uns um und sahen, dass auch er stehen blieb, unseren Blicken auswich und so tat, als wäre er uns gar nicht gefolgt. Es war wie in einem Slapstick-Film. Zweimal wiederholten wir das Spiel, bis wir auf Höhe des Neptunbrunnens die Lust daran verloren.

Durchgefroren reihten wir uns in die Selbstbedienungsschlange im *Alextreff* ein.

Eine Etage höher war manchmal Disco, wie nach dem Beckett-Stück damals. Es hatte lediglich zehn Minuten gedauert, bis ich mir vorgekommen war wie einer vom Dorf, der seine Cousins und Cousinen in der Stadt besuchte. Sämtliche Popper hatten Weiß getragen an diesem Abend, alle waren sie makellos gewesen und ihre Gesichter kühl. Sie hatten nur gelächelt, wenn sie mit einem der Diplomatensprösslinge sprachen, die man an der übertriebenen Urlaubsbräune erkannte, an den Uhren aus echtem Gold und den ausgebeulten Hosentaschen voller Westgeld.

Keiner dieser weißen Popper hatte einen der Normalos abschätzig betrachtet oder schräg von oben, doch erst nachdem wir uns wieder verkrümelt hatten, Dirk, Michael und ich, war mir klar geworden, warum: Es war unter ihrer Würde gewesen. Denn bevor man auf jemanden herabgucken konnte, musste man ihn wahrgenommen haben. Das, hatte ich mit Ehrfurcht gedacht, war die höchste Ausbaustufe der Arroganz. Hatte man diese erst erreicht, gab es danach kaum noch was zu gewinnen.

Langsam wie die Kaninchen rückten wir jetzt in der Schlange vor, als Robert mich antippte und sagte: «Alter, kneif mich mal, da vorne gibt's Club.»

Er hatte recht: Im Zigarettenregal hinter der Kasse reihten

sich die Club-, F6- und Karo-Schachteln, neben dem anderen Kraut, das man auch in Halle kaufen konnte.

Als er ganz vorne stand, sagte Robert: «Zwei Currywürste mit Brötchen und neun Schachteln F6.»

«Also hören Sie mal», sagte die Bedienung, «ich bitte um Mäßigung, maximal vier Stück kann ich Ihnen verkaufen.»

«Dann eben vier», sagte Robert, aber er wirkte dennoch zufrieden. Ich bestellte dasselbe in Grün, jedoch mit vier Päckchen Club zum Nachtisch, wir trugen das Zeug an einen der klebrigen Stehtische, und gerade als ich von der Wurst abbeißen wollte, fiel mein Blick nach draußen, wo es bereits dämmerte. Im bunten Neonlicht der *Alextreff*-Beleuchtung erkannte ich ihn dennoch sofort: den Volkspolizisten. Als er meinen Blick auffing, führte er die Hand an seine Schapka zum Gruß, wandte sich mit zufriedenem Grinsen ab und ging.

Schon in Schöneweide, wo er eingesetzt wurde, stiegen wir in den D-Zug nach Halle, in allen Lederjackentaschen Zigaretten, und bereits kurz vor Schönefeld kam Robert mit dem obligatorischen Bier aus der Mitropa zurück.

«Hat sich doch gelohnt insgesamt», sagte er zufrieden.

«Wenn ich noch den Katalog ergattern kann, ist es perfekt.»

Wir stießen an.

Meine neuen Club würden mit Sicherheit eine Woche reichen, dachte ich, wenn wir jeden zweiten Abend unterwegs waren, ich nach dem ersten Bier auf Juwel 72 umstieg und kurz vor Ultimo schließlich zu Montecristo wechselte. Vielleicht hatte die Frau am Markt demnächst bessere Nachrichten für die Raucher ihrer Stadt. Es reichte ja, wenn sie uns wieder ein bisschen Zuversicht mitverkaufte zu den schlimmen Zigaretten aus ihrem Schrumpfsortiment.

Ich überlegte, ob es sich lohnte, jeden Sonntag nach Berlin zu fahren, um ein paar Päckchen Club zu kaufen, aber ich merkte, wie schon die Müdigkeit an meinen Gedanken riss. Vier im *Alextreff*, dann noch mal vier woanders in der Stadt und dann noch mal vier, bis sich einem die Staatsmacht an die Fersen heftete. Kam man da auf ein Plus, wenn man Aufwand, Nutzen und Fahrpreis in eine Bilanz setzte, wie ich es als künftiger Ökonom demnächst in Moskau beigebracht bekam?

Vermutlich nicht, dachte ich, kurz bevor ich einschlief, da konnte man gleich die teuren Duett rauchen, diese Damenzigaretten für gehobene Kaffeekränzchen und neuartige Kirchgänger vom Schlage eines Karsten mit K.

Was nutzten einem Badewannen voller Benzin, dachte ich, wenn man ein Auto ohne Räder besaß?

Aber das war bloß eine Analogie, und von denen hätte ich eine Menge anderer bilden können, um folgende Situation zu umschreiben: Was nutzte einem ein Keller voller Kohle und Koks, wenn der Ofen nicht funktionierte?

Es war Anfang Dezember, und der Winter klopfte laut vernehmbar an die Tür. An manchem Tag stand er bereits mit einem Fuß auf der Matte, und dann wurde unser Atem sichtbar, morgens auf dem Schulweg und später wieder, in der Nacht, wenn wir aus den diesigen Gassen der Stadt nach Hause liefen und gelegentlich torkelten dabei.

Ich tauschte meine Lederjacke nun endgültig gegen meinen A&V-Mantel mit Fischgrätmuster. Robert und Günter zogen über ihre Spätsommer- und Herbstkluft einfach ihre alten Shell-Parkas drüber, und die leidige Winterjackenfrage war für sie ebenfalls geklärt.

Ich dachte ja, Robert würde mit der grünen Zeltplane seinen schönen Existenzialisten-Look ruinieren, aber im Gegenteil: Der Parka passte sehr gut als letzte Schicht. Man sah nur nach altem Hippie aus, wenn man lange Haare zum Parka kombinierte, wie Günter, und Klettis, die er aber zum Glück nicht auch noch besaß.

Auf diese Weise waren wir äußerlich präpariert für die

kommende Jahreszeit der Einsam- und Rastlosigkeit, glaubte man Rilke. Handschuhe und Mütze besaß ohnehin keiner mehr von uns, seit wir alle das zirka vierzehnte Lebensjahr hinter uns gelassen hatten, denn Handschuhe und Mütze trugen danach nur Memmen.

Es war also Anfang Dezember, und kalt stand das modrige Wasser in den stummen Rohren und Heizkörpern unseres einstmals altehrwürdigen Unterrichtsgebäudes in der Ernst-Schneller-Straße.

Frau Schneider bemerkte als Erste, dass etwas nicht stimmte. Gerade schrieb sie eine ihrer undurchsichtigen Formeln an die Tafel, als sie innehielt, sich umdrehte und sagte: «Es ist aber frisch heute, finden Sie nicht?»

Da waren es noch neunzehn Grad Celsius gewesen, wie wir nachträglich erfuhren, gesunde Raumtemperatur, die einen nicht direkt frieren ließ und gleichzeitig auf Trab hielt, weil sie versehentliches Einschlafen unterband und außerdem die kostbaren Heizmittelressourcen unseres Landes schonte. Das wusste jeder seit dem Heimatkundeunterricht: Tagebaue förderten zwar eine Menge zutage, die Flöze aber waren endlich.

Am selben Vormittag meldete der Buschfunk einen Defekt an der Heizungsanlage, den Frau Schneider am nächsten Tag bestätigte.

«Siebzehn Grad Celsius!», rief sie empört und wickelte sich fester in das große, flauschige Tuch um ihre Schultern. «So kann doch kein Mensch unterrichten», beklagte sie den Zusammenbruch unserer Wärmeversorgung und entließ uns zehn Minuten früher in die große Pause, nach draußen, wo es noch kälter war.

Unsere Staatsbürgerkundedozentin dagegen schmetterte

uns am nächsten Tag – die Raumtemperatur war um weitere zwei Grad gefallen, und alle trugen mehrere Pullover übereinander – aufmunternd entgegen: «Stellen Sie sich nicht so an! Vor uns liegen ganz andere Herausforderungen. Denken Sie an die Soldaten der ruhmreichen Sowjetarmee! Haben die sich etwa beklagt über Schnee und Kälte, während sie den Hitler-Faschismus besiegten? Und Sie sollen hier bei frischen fünfzehn Grad ein paar Lenin-Zitate interpretieren und jammern schon rum!»

Ihr saß zwar eine Pelzmütze auf dem Kopf, aus echt sibirischem Fuchs, wie sie in einem Anfall eitler Schwäche mal geprahlt hatte, aber dennoch erkannte man gut, wie subjektiv eine Angelegenheit wie das Temperaturempfinden war.

Wer konnte da ein besseres Lied von singen als ich, dessen Opa trotz achtundzwanzig Grad Zimmertemperatur gezittert hatte wie ein Aal bei meinem letzten Besuch vor seinem Tod. Kein Wunder, dachte ich, die letzten Worte der Dozentin noch im Ohr, dass sie den Krieg verloren hatten, mein Opa und die anderen Frostbeulen von der Wehrmacht.

Ich hatte keine Ahnung, wie es in den Eingeweiden unserer Schule aussah, unten in den Kellern, wo normalerweise die Öfen glühten, wo die Luken gefüttert und die Kessel geschürt wurden. Aber wenn ich jetzt den Hausmeister wie einen verprügelten Hund über die Gänge schleichen sah oder ums Gebäude herum, gebückt und blass wie ein Geist, merkte ich, wie sehr ihm das Spiel mit dem Feuer fehlte, jenem kraftvollen und doch diabolischen Element, das uns wärmen konnte und im nächsten Moment kurzer Unachtsamkeit verbrannte.

Ich musste an den Septembertag denken, als er die riesigen

Kohleberge eingebunkert hatte, und daran, dass nun die ganze Mühe vergebens gewesen sein sollte.

Jetzt harkte er fast verzweifelt wieder und wieder den blitzblanken Hof, den längst kein Stück gefallenes Laub mehr beschmutzte, aber immer wenn er mir entgegenkam und ich ihn endlich grüßen wollte, als geheimes Zeichen meines Mitgefühls, wandte er vorher den Kopf ab.

«Ist doch klar», sagte Robert in seinem seltsamen, mir ungerecht erscheinenden Groll auf den Hausmeister. «Damit du seine Fahne nicht riechen kannst. Jede andere Interpretation, so wie deine, ist kitschiger Mist.»

«Da geb ich Robert ausnahmsweise recht», sagte Günter. «Der ist froh, wenn er nicht heizen muss. Kann er sich schon vormittags die Hucke zusaufen, und der Rest vom Tag vergeht dann auch viel schneller.»

Ich versuchte, so viele halb gerauchte Juwel 72 wie möglich auf den Hof und vor die Eingangstreppe zu werfen, denn die kurzen Tage des Club-Revivals waren lange vorüber, und es sah nicht aus, als ob sie sich so schnell wiederholen würden. Ich ließ zerknülltes Papier auf den Gang fallen und betrat mit extra schlammigen Schuhen das Gebäude, aber mehr konnte ich beim besten Willen nicht tun für unseren deprimierten Hausmeister.

Am Freitag sank die Temperatur auf vierzehn Grad.

Wir durften im Klassenraum die Jacken anbehalten und die Schals umgebunden lassen. Wer eine hatte, musste seine Kopfbedeckung nicht abnehmen, und mitzuschreiben brauchten wir auch nicht mehr.

In Deutsch und Geografie sahen wir langweilige Filme, als ob uns davon wärmer würde. Überhaupt rollten die Schwarz-

Weiß-Fernseher in ihren fahrbaren Gestellen nun im Akkord über die Flure, und in Mathe ließ uns Frau Schneider alle zehn Minuten aufstehen und Turnübungen ausführen: Hampelmann, Hüpfen auf der Stelle, Kniebeugen.

Die Englischlehrerin zwang uns, ihre private Beatles-Platte zu hören und dabei auf die Texte zu achten. Ich verstand: «I'm the walrus» und «Whisper words of wisdom: Let it be!», aber jeder verstand natürlich nur das, was er wollte beziehungsweise wozu das Unterbewusstsein ihn zwang.

Dass es spätestens jetzt ernst wurde, merkte ich an meinen eisigen Fingern, die nicht mehr das Buch festhalten konnten, das ich in manchen Fächern heimlich unter der Bank las. Noch Freitagnachmittag suchte ich deshalb einen Schuhladen auf, um ein Paar Handschuhe zu kaufen – Schuhe für die Hand, versteht ihr? –, die es dort bekanntlich gab. Ein paar billige Fäustlinge aus Wolle hätten mir theoretisch gereicht, bloß konnte man mit denen keine Seiten umblättern.

Aber alles, was es dort gab, erinnerte mich an meinen Opa. Nicht mal mein Vater trug solche Dinger. Ich hätte nie gedacht, dass es wichtig sein könnte, wie ein Handschuh *aussah*, es sollte doch reichen, dass er warm hielt. Aber jetzt, da ich mich entscheiden musste zwischen Not und Elend, merkte ich: Dem war durchaus nicht so.

Ich verließ den Laden und beschloss, den Weg des geringsten Widerstandes zu wählen. Statt noch zig andere Läden auf dem Boulevard abzuklappern, begab ich mich direkt ins Ex in der Großen Ulrichstraße, wo ich sofort fand, was meiner Vorstellung von ansehnlichen Handschuhen nahekam. Dabei hätte ich noch am Morgen nicht gedacht, überhaupt eine Vorstellung davon besitzen zu können.

Sie waren schwarz, die Handinnenseite bestand aus echtem Leder, der -rücken aus wildem, und er war mit einem geflochtenen Muster verziert. Sie waren länger als ihre Artgenossen aus dem Schuhladen und ließen sich bis übers Handgelenk ziehen.

Ich war entschlossen, mir das Geld von meinem Vater zurückzuholen, nachdem mir die Verkäuferin den Preis zugeraunt hatte. Es konnte kaum in seinem Interesse sein, dass sein Sohn im Unterricht fror, nur weil er die billigeren Handschuhe aus dem Schuhladen nicht anzog, da er sich ihrer überbordenden Hässlichkeit schämte.

«Soll ich sie Ihnen einpacken?», fragte die Verkäuferin, die ein Ausbund an Charme war, so wie alle Frauen, die hier arbeiteten.

«Nein danke.»

Ich zog die Handschuhe nicht mal zum Bezahlen aus. Sie waren so weich und anschmiegsam, dass ich ohne Probleme den Kugelschreiber führen konnte, mit dem ich den Scheck ausschrieb.

Keine Ahnung, dachte ich, als ich wieder draußen war, warum ich, seit ich vierzehn war, mit den Händen in den Hosen rumlief im Winter. Das sah noch nicht mal besser aus, merkte ich, als mir jetzt die Leute mit geballten Fäusten in ihrer Kleidung entgegenkamen, während sich meine eigenen Finger frei und zufrieden in ihrer neuen Lederbehausung rekelten.

Dann kam das Wochenende: Am Sonnabend fiel die Schule aus, am Sonntag verbreitete sich das Gerücht, die Lehrer kämen ab Montag ins Wohnheim, um uns hinten in den Fernsehräumen zu unterrichten.

Die meisten gingen dennoch am Montagmorgen los. Wir anderen wurden gegen acht von den Erziehern aus den Betten gescheucht und ihnen hinterhergeschickt.

In der Aula war das große Bibbern ausgebrochen.

Unser Direktor in einem olivgrünen Mantel, der aussah wie eine umgenähte Steppdecke meiner Oma, ergriff das Wort. Neben ihm stand der Hausmeister als Autorität vom Fach, den Blick verschleiert, die Arbeitsklamotten sauber und gebügelt.

«Liebe Kollegen, liebe Kommilitonen», begann der Direktor seine Ansprache, die ausnahmsweise ohne die Anrufung der Heiligen Drei Könige namens Marx, Engels und Lenin auskam, «höhere Gewalt hat zum Ausfall unserer Heizungsanlage geführt.»

Und nicht etwa müdes Material oder menschliches Versagen, dachte ich.

War aber die höhere Gewalt jene, gegen die man ohnehin nichts machen konnte, weil sie quasi vom Olymp ausging?

War höhere Gewalt das Gegenteil von stumpfer? Nein!

Von niedriger? So was gab's doch gar nicht, antwortete ich mir selber: niedrige Gewalt. Es gab lediglich niedrige *Beweggründe*, oder? Wenn etwas aus niedrigen Beweggründen nicht mehr funktionierte, wie unsere Heizungsanlage, war das dann mutwilliges Stören?

Was, wenn nur ein klein wenig höhere Beweggründe als die allerniedrigsten, beispielsweise Alkohol, verhinderten, dass etwas auf dieselbe Art nicht mehr funktionierte wie durch mutwilliges Stören?

Das nannte sich doch dann nicht auch Sabotage, so wie das Handeln aus niedrigsten Beweggründen?

Das hieß doch Fahrlässigkeit stattdessen, oder?

Der Hausmeister jedenfalls nickte mit glasigen Augen zu jedem einzelnen Wort des Direktors, und es war schwer zu sagen, ob aus Zustimmung oder weil er noch besoffen war von letzter Nacht und seinen Kopf nicht unter Kontrolle kriegte.

«Und darum», hörte der Direktor nach nicht mal fünf Minuten wieder zu reden auf, «werden Sie zusammen mit Ihren Kommilitonen aus dem UG I ab morgen ebendort, an den Franckeschen Stiftungen, in zwei abwechselnden Schichten lernen. Heute haben Sie den Rest des Tages frei, aber Sie nutzen ihn bitte zum Selbststudium.»

Ein Raunen ging durch die Reihen, und ich dachte: Das war alles? Keine Durchhalteparolen wie von unserer Staatsbürgerkundedozentin letztens? Nur die blanke fatalistische Ergebenheit in die Fakten? Sprach hier, mit unserem Direktor, eine weitere Stimme der Transparenz? War diese Offenheit, die nichts mehr beschönigte an unserer Situation des Frierens, Gorbatschows Neuem Denken zu verdanken?

«Was haltet ihr davon?», fragte Robert im Rausgehen.

«Ist höhere Gewalt eigentlich das Gleiche wie göttlicher Wille?», fragte ich zurück, und Günter sagte: «Ich geh frühstücken im *Central*. Kommt einer mit?»

Seltsame Kapriole des Schicksals, dachte ich Dienstagmittag, kurz bevor unsere erste Schicht begann im Unterrichtsgebäude I, wo es warm war.

Das UG I befand sich nur ein paar Hundert Meter vom Markt entfernt, unweit der Magistrale, dieser Schnellstraße auf Stelzen, die aus der Altstadt direkt nach Halle Neustadt führte, mitten über den Franckeplatz hinweg, der in ihrem Schatten lag. Wenn man hier aus der Bahn stieg und nach oben guckte, sah man nicht die Sonne und nicht den Himmel, sondern die Betonunterseite der Magistrale, auf der unsichtbar die Autos dröhnten, die Busse und Lkws, deren Krach sich vermischte mit dem der Autos, Busse und Lkws, die unten am Franckeplatz ihre eigenen stinkenden Kreise zogen.

Heute aber, am ersten Tag in unserem Kälteasyl, schraubten sich ein paar helle Strahlen durch Wolken und Dunst, und statt am Markt umzusteigen, beschloss ich, die eine Station zu laufen.

Ich blinzelte in die Sonne und ging los. Im Walkman lief *Some Girls Are Bigger than Others*, zwischen den gut verpackten Fingern hielt ich eine qualmende Juwel, und sogar meine Ohren waren halbwegs warm wegen der Kopfhörer. Auf Höhe des A&V, der alten muffigen Heimat meines Mantels, winkten mir Robert und Günter aus der 3 zu, die sich behäbig über die Gleise der Rannischen Straße schlängelte.

In den letzten zwei Wochen, schien mir, hatten sie sich etwas angenähert. Wir standen nun nach der Schule häufiger wieder zu dritt beisammen, rauchten und redeten miteinander. Jetzt wollten sie noch schnell zu einem Imbiss am Franckeplatz, wo es angeblich genauso gute Pizza gab wie abends im *Schwager*.

Seltsame Kapriole des Schicksals, dachte ich also, denn hätte der Hausmeister im Suff nicht unsere Heizungsanlage geschrottet – oder eine göttliche Macht in ihrer Bosheit –, wäre ich an diesem Dienstag nie hier vorbeigekommen.

Da war ich fast am Ende der Rannischen Straße angelangt, kurz vorm Franckeplatz, dort, wo in der Reihe zerbrechlicher mittelalterlicher Häuser plötzlich zwei strahlende Neubauten mit Waschbetonfassade standen. Sie waren so frisch, dass der Dreck der Stadt noch keine Zeit gehabt hatte, sich in ihre Oberflächen zu brennen, und anders als all die Quader in Ha-Neu oder bei uns Am Stern besaßen sie schräge Dächer, Giebel und Gauben.

Noch schienen nicht alle Wohnungen bezogen zu sein, und das Geschäft im Erdgeschoss roch nach frischer Farbe, als ich es betrat und schon wusste, dass ich nicht pünktlich zum Unterricht sein würde.

Aber ehrlich?

Das war mir total egal!

Ich würde behaupten, den Raum nicht gefunden zu haben, oder irgendwas anderes, ganz gleich, denn ihr werdet nicht glauben, was ich im Vorbeigehen in einem der Schaufenster erblickt hatte!

Schräg drapiert, sodass man auch einen Blick ins aufgeblätterte Innere werfen konnte, wartete dort der monumentale, schwarz glänzende Katalog zur Expressionismusausstellung auf Käufer. Vom Umschlag grüßte der *Turm der blauen Pferde*, der von den Litfaßsäulen der Stadt längst wieder verschwunden war.

Der pure Anblick genügte, dass ich mich an sein Gewicht in meinen Händen erinnerte, die Garderobenfrau in der Nationalgalerie hatte also recht gehabt.

An der Kasse neben dem Eingang stand ein Mann.

Er lächelte mich an, und er sagte: «Schön, dass du reinkommst!» Erst dieser irre Duft nach frischer Farbe, und als Nächstes ein Buchhändler, der mich duzte?

Männer in diesem Beruf waren echt selten gesät. Wahrscheinlich waren sie selber Leseratten gewesen in der Kindheit und dann in der Jugend, sogenannte Bücherwürmer, aber hatten nicht rechtzeitig den Absprung geschafft. Und flugs war aus dem einst geliebten Hobby ein anstrengender Beruf geworden. Mir fielen auf Anhieb nur der Typ vom Universitätsring ein, bei dem ich mich nie wieder blicken lassen konnte, Günter sei Dank, und der Verkäufer im Steinstraßen-Antiquariat mit den gelben Fingern vom Kettenrauchen und dem Gesicht wie gebrauchtes Butterbrotpapier.

«Sind Sie neu hier?», fragte ich. «Ich meine, Sie und der Laden?»

«Soll ich dich lieber siezen?», fragte er zurück.

«Sie können mich ruhig duzen», sagte ich, «aber wie soll ich *Sie* anreden?»

«Na mit Du», sagte er. «Aber wenn dir das unangenehm ist, bleib beim Sie. Ich würde dann aber auch das Du zurücknehmen.» Er grinste: «Mit Ihrer Erlaubnis.»

«Na gut», sagte ich, «dann bleiben wir beim Du.»

«Das ist tatsächlich unser erster Tag», sagte er. «Heute Morgen haben wir eröffnet. – Und wir sind sehr aufgeregt ob dieser Tatsache.»

Er strahlte mich an, sodass ich gar nicht anders konnte, als zurückzulächeln. Noch beachtlicher als dass sich hier ein Mann breitmachte im angestammten Beruf der Frauen, war sein Alter: Anfang bis Mitte zwanzig, schätzte ich. Nicht älter als die meisten *Bierstuben*-Jünglinge.

Und das war immer noch nicht alles!

Er war vollkommen schwarz gekleidet, nicht wie ein Gruftie, sondern wie einer dieser neuen Intellektuellen ohne Bart. Er trug Wanderschuhe, Jackett und ein Tuch um den Hals, das ebenfalls schwarz war. Seine Frisur war so ein Pagenschnitt für Männer, oder wie man das nannte, ein Schnitt, der die Alarmglocken zum Schwingen gebracht hätte bei den Autoritäten der ABF.

An seinem Revers klebte ein Button, und da war nicht Depeche Mode drauf oder Status Quo oder Pink Floyd, keine Ahnung, was diese neuen Intellektuellen in ihrer Freizeit hörten, sondern ...

– da kommt ihr nie drauf –

… Gorbatschow!

Das hätte vor einem Jahr keiner für möglich gehalten: Jemand, der kein Volltrottel war, trug einen Button mit dem Generalsekretär der KPdSU drauf!

Noch nie in meinem Leben war mir ein Button mit Breschnew unter die Augen gekommen oder mit Andropow oder mit Tschernenko.

Es hatte nicht mal welche gegeben, glaube ich. Nicht mal für umsonst, wobei ich stark bezweifelte, dass dieser mit Gorbatschow drauf aus heimischer Produktion stammte. Selbst gemacht sah er auch nicht aus, also musste er aus dem Westen kommen oder direkt aus der SU, wo solche Dinge ja plötzlich möglich waren, dank des Mannes, dessen Kopf auf den Button gedruckt war.

Wie hatte Bob Dylan einst gesungen?

Richtig: Ihr wisst es mittlerweile selber!

So einen Button brauchte ich auch, und zwar dringend!

Ehrlich? Das hier war gerade aufregender als eine Schiffstaufe mit Blasmusik, kaputter Sektflasche und allen Schikanen. Den Buchladen am Universitätsring hatte ich verloren, aber diesen, den besseren in der Rannischen Straße, den der neuen Zeit, hatte ich gewonnen.

«Willst du dich ein wenig umsehen?», fragte der Buchhändler, weil jetzt neue Kunden hereinkamen. Ich glaube, er hatte gemerkt, dass mein Blick an seinem Revers kleben geblieben war.

Dass er sich das traute, dachte ich!

Dass seine Vorgesetzten ihn das machen ließen!

Aber selbst mein Vater war ja ein Fan von Gorbatschow, sogar vor mir war er das gewesen, und mein Vater hatte einen

Haufen Studenten unter sich, denen er von Berufs wegen Lektionen erteilen musste als Professor, und ich glaube nicht, dass er denen immer noch erzählte, was für ein toller Hecht Breschnew gewesen war, nur weil das weiterhin in den alten Geschichtsbüchern stand.

«Ja, ich guck ein bisschen rum», sagte ich, obwohl ich längst wusste, was ich wollte.

«In Ordnung», sagte er und wandte sich den neuen Kunden zu, die er ohne Diskussion sofort siezte.

Ich streifte durch den ersten Raum, und ich merkte, dass es einer dieser speziellen Kunstbuchläden war. Es gab eine Menge Drucke, die man in riesigen Mappen durchblättern konnte. Vieles davon kannte man aus dem FDGB-Erholungsheim: Sonnenblumen von van Gogh, Mann und Frau in roten Pullovern am Strand und dieser frierende Junge im Wildschweingehege.

Wollte man das schöne Urlaubsgefühl für den Rest des Jahres behalten, kam man nach Feierabend her, kaufte einen der Drucke und nagelte ihn sich nach dem Abendbrot an die Wand.

Natürlich gab es Rahmen zu erstehen, für die kulturvolleren Gebrauchskunstfreunde, und es gab Kunstdrucke, die auf dekorative Holzplatten gezogen waren, es gab Kataloge, große teure und billige kleine, und normale Bücher zum Lesen gab es im Übrigen auch.

Im nächsten Raum fiel mir sofort ein Regal mit Importtaschenbüchern ins Auge, die sich beim Nähertreten jedoch samt und sonders als Fellini-Drehbücher herausstellten. Nicht, dass ich angeben will, aber für jemanden meines Alters hatte ich eine Menge Fellini-Filme gesehen. Im zweiten Programm, Montagabend um sieben, wo diese thematischen Reihen gelaufen waren: wochenlang Filme mit Doris Day, wochenlang Filme mit Charlie Chaplin, wochenlang Filme von Ingmar Bergman. Und so weiter.

Ich hatte mir einiges davon angetan, was manchmal echt eine Leistung gewesen war für ein Kind, und anstelle meiner Eltern hätte ich mir selber nicht erlaubt, die ganzen Bergman-Sachen zu gucken. Und einige von Fellini auch nicht.

«Hey», sagte eine Stimme, «kann ich dir helfen?»

Ich stellte das *8½*-Buch zurück und drehte mich um.

Eine Verkäuferin stand hinter mir und lächelte: «Interessierst du dich für Filme?»

Was heißt Verkäuferin.

Es war ein blondes Mädchen in der Funktion einer Buchhändlerin. Oder war es eher eine Buchhändlerin in Gestalt eines hübschen Mädchens? Ich war zu perplex: Ich konnte das nicht entscheiden in diesem Moment.

Sie trug einen Pferdeschwanz und stand so nah bei mir, dass ich ihre Augenfarbe erkennen konnte: grün. War schon dieser Intellektuelle eben an der Kasse relativ jung gewesen, dann musste man ihren Zustand quasi als *blut*jung bezeichnen. Oder um es weniger dramatisch zu formulieren: Sie war in meinem Alter.

So schwer ich mich tat, Menschen ab Mitte zwanzig zu schätzen, so gut funktionierte wundersamerweise mein Radar für Gleichaltrige.

«Ja», sagte ich, «viele von den Fellini-Sachen kenne ich sogar. Aber die Drehbücher davon muss ich nicht auch noch lesen.»

«Mir gefallen die Fotos, die da drin sind.»

«Die sind ganz schön», sagte ich. «Aber das ist mir ein bisschen zu teuer. – Und für welches sollte ich mich entscheiden?

Lieber gar keins als gezwungenermaßen bloß eines von vielen.»

«Kann ich verstehen», sagte sie, «die Diogenes-Bücher sind wirklich nicht billig. Aber schau mal: Wir haben einen Bildband da, von Volk und Welt, so gut wie ohne Text, hauptsächlich Fotos aus Fellinis eigenem Archiv. Schnappschüsse von den Dreharbeiten, eingefrorene Filmszenen und Porträts der künftigen Darsteller beim Vorsprechen. Fast alle seiner Statisten sind ja Laien.»

Sie holte einen großformatigen, aber labberigen Band aus dem Regal, den ich übersehen hatte. Er hieß *Fellini's Faces*. Ich blätterte einmal kurz durch und dann unauffällig zum Impressum vor, denn ich wollte das Mädchen, also die Buchhändlerin, nicht nach dem Preis fragen, wo ich mich indirekt bereits über den der Importbücher beschwert hatte. So richtig die feine englische Art war das ja auch nicht: In einen Laden reingehen und als Erstes zu verkünden, dass man nicht genug Geld habe, um was zu kaufen.

Ich fand die berühmte Nummer im Impressum: Dreitausend Pfennige kostete *Fellini's Faces*, machte zusammen mit dem Katalog zehntausendachthundert.

«Gefällt es dir?»

«Sehr», sagte ich.

«Du solltest dich lieber schnell entscheiden», sagte sie, «zur Eröffnung heute Morgen hatten wir mehr als zwanzig Exemplare, jetzt sind es noch drei.»

«Eigentlich wollte ich ja was anderes», sagte ich, und ich dachte: Mist, abermals steht dir das leidige Geld im Wege. Vielleicht hättest du lieber die zweitteuersten Handschuhe kaufen sollen neulich im Ex.

«Was denn?» Sie lächelte einfach ununterbrochen. Einem

eher ernsten Menschen wie mir hätte schon das Gesicht weh-getan von der vielen Freundlichkeit.

«Den Expressionismuskatalog.»

«Hast du dir die Ausstellung angeguckt in Berlin?»

«Na klar», sagte ich und versuchte, nicht die Gefühle auferstehen zu lassen, die mich beim Rundgang neulich be-herrscht hatten. «Ich weiß nicht, ob ich je eine bessere gese-hen habe.»

«Ich war zweimal dort», sagte sie.

«Und deswegen nehme ich den Katalog auf jeden Fall.»

«Sei nicht traurig», sagte sie, und die Fröhlichkeit in ihrem Gesicht verschwand, «aber die Kataloge sind wirklich alle weg.»

«Auch der im Schaufenster?»

«Der muss dort stehen bleiben bis um fünf, und ab fünf ist er zurückgelegt bis halb sechs, und wenn ihn der Kunde nicht abgeholt hat bis dahin, dann ist er schon für den nächsten Kunden reserviert, der ihn wiederum bis Ladenschluss abge-holt haben muss.»

«Und dann?», sagte ich. «Ich meine, falls auch der zweite Kunde nicht aufgetaucht ist bis zum Feierabend?»

Ihre Miene heiterte sich wieder auf: «Dann leg ich ihn für dich zurück, ja?»

«Versprochen?»

«Versprochen!»

«Ich komm dann morgen um die gleiche Zeit wieder, ist das in Ordnung?»

«Ja», sagte sie, «ich freu mich.»

Bestimmt, dachte ich, als ich am nächsten Tag abermals die Rannische Straße entlanglief, bestimmt schrieb dieser in-tellektuelle Buchhändler in seiner Freizeit an einem Gedichtband. Oder aber an einem avantgardistischen Roman, und wenn er fertig war und sich ein Verlag fand, der ihn druckte, hörte er sofort auf, dort zu arbeiten. Oder er malte antirealistische Bilder in seinem Wohnzimmeratelier.

Solche Leute gab es sogar in Potsdam. Die trugen halbtags Briefe und Zeitungen aus oder schaufelten Gräber auf dem Friedhof, und den Rest des Tages probten sie mit ihrer Band, wenn sie nicht im Caféhaus herumsaßen.

Dass der Buchhändler nebenbei in einer Band spielte, glaubte ich eher nicht, und falls doch, hatte *ich* jedenfalls keine große Lust, seine Musik zu hören. Garantiert geigten da im Hintergrund ein paar Laienstreicher von der Musikschule, oder ein Akkordeonspieler im blau-weißen Matrosenhemd verbreitete dieses unangenehme Chanson-Flair.

Vielleicht, überlegte ich weiter, hatte auch der Buchhändler vom Universitätsring einst geschrieben nebenher oder der Käsige aus dem Antiquariat. Aber es hatte sich nie ein Verlag gefunden, selbst nach Jahren nicht, weil ihre Sachen zu sehr von der Norm abwichen oder weil sie zu politisch waren oder vielleicht einfach wirklich schlecht. Und dann war die Arbeit daran gestockt. Und irgendwann ganz eingeschlafen.

Eines Tages wachten sie auf in der Frühe und stellten fest, dass schon längst tot war, wofür sie in den Sechziger-, Siebzigerjahren dem geregelten Leben abgeschworen hatten, mit so halbwegs Karriere und halbherzig Familie. Jetzt waren sie alt und standen ohne alles da, abgesehen von den Büchern, die sie verkauften und die leider nicht ihre eigenen waren.

Vor lauter Aufregung hatte ich vergessen, den Walkman anzuschalten. Als ich die Straßenbahn in den Gleisen quietschen hörte, blieb ich stehen, und ich winkte Robert und Günter zu, die von innen gegen die Scheiben klopften auf ihrem Weg zu einem neuerlichen Pizzafrühstück.

«Ach, du bist es», sagte der Buchhändler zu mir wie zu einem guten alten Bekannten, «geh gleich durch, Anja hat was für dich.»

Anja?

Hieß das Mädchen etwa Anja?

Ich meine: Hieß die Buchhändlerin so?

Und *was* hatte sie für mich? Doch nicht etwa …?

Aber da stand mir Anja auch schon persönlich gegenüber und sagte: «Ich hab auf dich gewartet.»

«Das höre ich gerne», sagte ich, «guten Tag!»

Mir kam es vor, als hätte sie sich extra schick gemacht.

Wie soll ich sagen? Sie trug natürlich immer noch eher so Hippiesachen, die die Konturen fließend machten, statt sie zu betonen, wie es die Klamotten von Rebecca und Victoria taten.

Es war was anderes: Sie glänzte mehr als gestern.

Also, nicht im Gesicht, meine ich, von zu viel Florena-Creme, wie ich selber direkt nach dem Auftragen manchmal glänzte wie eine Speckschwarte, bevor das Zeug in der Haut versickerte. Ich meine eher: Sie strahlte heute mehr!

So von innen heraus, versteht ihr?

Oder poetisch ausgedrückt: Sie hatte heute rote Wangen, die man nicht sehen konnte. Oder besser: Sie hatte heute rote Wangen, die nur der Wissende sah. Oder besser: die nur sah, wer wusste.

Aber genug der Poesie!

«Ich hab gestern Abend noch umdekoriert», sagte Anja und sah mir in die Augen, sodass ich meinen Blick abwenden musste, um mich nicht daran zu verbrennen. Also das sind jetzt nicht meine eigenen Worte, sondern nur kurz ausgeborgte von einem dieser Schlagersänger meiner Oma.

«Hab ich gesehen», sagte ich, und irgendwie wartete ich darauf, dass sie jeden Moment nach hinten ging in diese Zutritt-nur-für-Befugte-Räume und mit dem Expressionismuskatalog zurückkam, weil er bis Feierabend zweimal nicht abgeholt worden war gestern, weshalb sie ihn noch am Abend aus dem Schaufenster genommen hatte, um nicht weitere sinnlose Begehrlichkeiten zu wecken.

«Hast du eine Minute Zeit?»

«Klar», sagte ich.

«Ich bin gleich wieder da», sagte sie und verschwand tatsächlich nach nebenan.

Sie kam zurück mit einem quadratischen Band, der eingeschlagen war in das Standardpapier des Volksbuchhandels.

Dasselbe Format wie der Katalog!

Einmal mehr war es Zeit, den Puls hochzufahren, der wegen Anja ohnehin über Normalniveau lag. Aber ich merkte schnell, dass etwas nicht stimmte: Das Lächeln, mit dem sie zurückkam, war zurückhaltender als jenes, mit dem sie den Raum verlassen hatte.

Sie reichte mir den Band, und er bog sich dabei durch, und er bog sich durch, weil er keine festen Deckel besaß, anders als der Expressionismuskatalog.

«Ich hoffe, du bist nicht zu sehr enttäuscht», sagte sie, bevor sie mir das Päckchen übergab.

«Was ist es denn?»

«*Fellini's Faces*», sagte sie, «das letzte Exemplar.»

Doch: Ich *war* sehr enttäuscht, aber fast überwog die Freude, dass sie sich Gedanken gemacht hatte, wie sie mir, einem praktisch Fremden, die erwartbare Enttäuschung hatte erleichtern können.

«Danke, Anja», sagte ich, und es klang weniger von Herzen kommend, als es gemeint war.

Sie sah mich erstaunt an, und sie errötete.

«Entschuldige», sagte ich, «dein Kollege hat mir verraten, wie du heißt.»

«Mein Chef?»

«Ja», sagte ich und dachte: Mist, das klingt, als hätte ich ihn danach gefragt. «Aber was anderes: Wo gehst du denn abends so hin? Ich meine, in deiner Freizeit, mit Freunden?»

Glaubt mir, ich war kurz davor, genau das zu fragen. In letzter Sekunde grätschten mir meine Reflexe dazwischen, oder nennt es lieber: meine Instinkte für Richtig und Falsch. Sie zwangen mich, an Rebecca zu denken, mit ihrer scharf konturierten Silhouette, der Lederjacke und den Doc Martens aus Westberlin. Sie würde Anfang Januar in Halle sein, ermahnten sie mich, und es war schon Mitte Dezember.

«Ich muss dann mal wieder», sagte ich stattdessen, «mein Unterricht geht gleich los.»

«Wohin musst du denn?»

«Ein paar Schritte weiter», sagte ich, «zu den Franckeschen Stiftungen», aber ich verschonte sie natürlich mit dem Wozu und Warum und dem ganzen Dramolett um unsere kaputte Heizungsanlage.

«Ja, gut», sagte Anja.

«Vielleicht sehen wir uns mal irgendwo», sagte ich, und ich streckte ihr die Hand hin, und sie nahm sie, ohne sie sonderlich zu drücken. Es war das erste Mal in meinem Leben, dass ich mich auf diese Weise aus einem Geschäft verabschiedete, mit Handschlag.

«Anja hat erzählt, dass du ein Cinephiler bist», sagte ihr Chef, der Intellektuelle, während er den Preis für *Fellini's Faces* in die Kasse tippte.

«Ein was?» Ich gab ihm zwei Scheine.

Er lachte: «Ein Freund und Genießer des eher ungewöhnlichen bis schwierigen Films.»

«Ich bin dem zumindest nicht abgeneigt», sagte ich, «im Filmmuseum zu Hause laufen öfters Sachen wie *Jules und Jim* von Godard.»

«Von Truffaut.»

«Meinte ich ja.»

«Dann bist du aus Potsdam?», fragte er.

«Ja», sagte ich. Er kannte sich wirklich gut aus.

«Vielleicht ist das hier ja was für dich.»

Er griff unter den Ladentisch und zog so was wie eine blaue Visitenkarte hervor, auf der «Filmclub 188» stand. Darunter war eine freie Zeile, für den Namen des künftigen Kartenbesitzers, gefolgt von einer unleserlichen Unterschrift, unter der als Erklärung stand: «eingeladen von».

Die Karte sah aus wie selbst gebastelt andererseits war sie gedruckt, wofür man eine Genehmigung brauchte, denn dass er unterm Ladentisch zu illegalen Vorführungen einlud, konnte ich mir echt nicht vorstellen, Gorbatschow-Button hin oder her.

«Was gibt's denn da zu sehen?»

Ich sah zu Anja rüber, die im Übergang zum anderen Raum lehnte und mir zulächelte.

«Komm einfach vorbei und mach dir selbst ein Bild», sagte er. «Wir haben gerade erst angefangen, ähnlich wie hier im Laden. Es wird eine Weile dauern, bis alles reibungslos läuft.»

«Ich komm auf jeden Fall vorbei», sagte ich, «danke.»

Er folgte meinem Blick: «Wie ich Anja kenne, wird sie auch ab und zu dort sein», sagte er, und er zwinkerte mir zum Abschied zu wie ein Verschworener.

Übrigens, und falls es euch interessiert: Wir sahen uns jeden Tag wieder, Anja und ich, fast eine ganze Woche lang.

Freitag und Sonnabend, am Montag und am Dienstag.

Immer mittags, vor meinem Unterricht, wenn der Laden leer war, unterhielten wir uns ein paar Minuten, über Bücher hauptsächlich, über Gorbatschow ein bisschen und ein bisschen über ihren Chef, den meine täglichen Visiten nicht zu stören schienen. Am frühen Abend, wenn es dunkel war und die Menschen durch die nassen Straßen nach Hause hetzten, klopfte ich mit meinen Handschuhfingern an die Scheibe, und ich winkte ihr von draußen zu, und sie winkte mir zurück, bevor ich weiterlief zum Markt.

Kurz vor dem anstehenden Schichtwechsel am folgenden Mittwoch war die Heizung wieder intakt und unser Gastspiel im UG I beendet.

Aber glaubt mir eines: Hätte nicht plötzlich ein anderes monstermäßiges Problem im Raum gestanden und mich mit gefletschten Zähnen angebrüllt, während ihm Schleim und Sabber von den Lefzen troffen, wäre ich mit Sicherheit weiterhin in die Rannische Straße gepilgert, um zu plaudern und zu winken, und früher oder später hätte ich Anja wirklich gefragt, wohin sie in ihrer Freizeit so gehe und ob ich nicht mal mitkommen dürfe.

Trotz aller Instinkte und Reflexe.

Aber so?

Ich neigte echt nicht zum Ausrasten, nicht mal nach einem langen Abend im *Schwager*, wenn ich einen im Tee hatte. Nach zwei Bieren wurde ich eher müde und etwas willensschwach, doch am letzten Mittwoch vor den Weihnachtsferien war es so weit: Mir platzte der Kragen.

Vollkommen nüchtern!

Am hellerlichten Tage!

Mir riss die Hutschnur, die Sicherungen brannten mir durch: Nennt es, wie ihr wollt!

Dabei begann der Tag, an dem das Unwetter über mir aufzog, ganz normal. Es war warm, hell und gemütlich, als wir am Morgen von der kalten Straße ins Gebäude traten. Seit der neue Ofen im Heizungskeller schnurrte, befeuert von unserem aufgeblühten Hausmeister, geriet jeder Unterrichtstag zu einem Großkampftag gegen den Sekundenschlaf.

Ich schaffte es, bis zur letzten Stunde, Mathe bei Frau Schneider, nur zweimal wegzunicken, ohne mich erwischen zu lassen, und es hatte bereits geklingelt, die Ziellinie schien überschritten, die meisten Kommilitonen machten sich mit gepackten Taschen zum Gehen bereit, und selbst Frau Schneider steckte schon in ihrem Wintermantel, als sie plötzlich rief: «Ach so, einen Moment noch. Mir fällt da was ein.»

Alle hielten in ihren Bewegungen inne, als hätte jemand die Zeit angehalten, und wandten sich dann Frau Schneider zu.

Was gibt's denn jetzt wieder?, dachte ich und klemmte mir eine Juwel hinters Ohr für gleich auf der Treppe, immer diese Nervereien, immer diese unnötigen Termindurchgaben und sinnlosen Ansagen.

«Die FDJ-Gruppenleitung hat mich gebeten», hob Frau Schneider an, und sie drehte während des Sprechens langsam den Kopf vom Fenster weg, aus dem sie gerade noch geguckt hatte, zur Mitte des Klassenraums hin, «für morgen nach dem Unterricht eine außerordentliche Sitzung der Seminargruppe einzuberufen.»

Endlich schien ihr Kopf in der gewünschten Position angekommen zu sein, denn er stand still, und als Nächstes fanden Frau Schneiders Augen, ohne groß suchen zu müssen, ihr Ziel: nämlich meine.

Okay, dachte ich, bleib ruhig, René, und halte ihrem Blick einfach stand. Sie guckte doch immer irgendwen an, wenn sie eine dieser unvermeidbaren Sachen zu verkünden hatte.

«Sie wird ein einziges Thema haben», fuhr Frau Schneider fort, nicht nur in ihrer Ansprache, sondern auch, mich anzustarren.

«Welches denn?», fragte das erste ungeduldige Mädchen, nachdem Frau Schneider eine Sekunde geschwiegen hatte.

Ich ließ meinen Blick sinken.

Ich wusste, dass das hier keine dieser Kunstpausen war, mit denen sie manchmal und nicht besonders geschickt die Dramatik zu steigern versuchte. Wie letztes Jahr etwa, als sie den überraschenden dritten Platz für unsere Gruppe verkündet hatte im Wettbewerb um das beste Kulturprogramm der ABF.

Noch bevor Frau Schneider antworten konnte, wusste ich,

dass es keine Sicherheit mehr für mich gab unterm Schutzschild ihrer relativen Gleichgültigkeit.

Das, was sie jetzt zu tun gezwungen war, auf Initiative anderer vermutlich, war ihr unangenehm, und sie hatte es hinausgezögert bis zum allerletzten möglichen Moment, dachte ich, aber der war nun gekommen.

«René», sagte Frau Schneider.

Ich konnte nicht sagen, ob sie mich ansah dabei, denn jetzt war ich es, der nach draußen auf den Hof guckte, wo der Hausmeister gerade einen Haufen Laub anzündete.

«*Was*?», rief einer unser Jungen.

«Sie haben ganz richtig gehört», sagte Frau Schneider barsch, «machen Sie sich bitte bis morgen ein paar Gedanken über Renés Verhältnis zum Kollektiv, über seine Einstellung zum Lernen und über seinen Klassenstandpunkt im Allgemeinen.»

Mein Gesicht brannte bereits, aber nun fingen auch noch meine Hände an zu zittern. Im Augenwinkel erkannte ich, wie sich Frau Schneider den Mantel zuknöpfte.

«Für Sie selber, René, gilt das übrigens genauso», sagte sie, und dann verließ sie ohne weiteren Gruß und mit den energisch klappernden Absätzen ihrer Stiefel den Raum.

Sofort setzte ein großes Tuscheln ein, ein bedrohliches Wispern und Raunen. Niemand dachte mehr daran, sofort zu verschwinden. In Windeseile bildeten sich zwei Grüppchen, das eine versammelte sich um die fünf Mädchen unserer FDJ-Leitung, das andere um Jens, meinen Zimmergenossen, als habe der ein paar geheime Informationen über mich in der Hinterhand, die bei einer Urteilsfindung helfen konnten.

Niemand außer mir.

Ich schnappte meine Sachen und ging zur Tür.

«Also von mir kommt das nicht, René», rief mir Anke hinterher.

«Von mir auch nicht», hörte ich Jens und zwei, drei andere in meinem Rücken.

«Aber da seht ihr es doch selber!», trumpfte hingegen die FDJ-Sekretärin auf, die Stimme voll hohler Empörung. «Er haut einfach schon wieder ab!»

Da hatte ich zum Glück schon den Flur erreicht und lief mit Riesenschritten zum Ausgang.

Draußen auf der Treppe standen Günter und Robert. Sie rauchten und blinzelten in die Dezembersonne.

«Was ist denn mit dir los, Alter?», fragte Günter.

«Du siehst echt komisch aus», sagte Robert.

«Ich geb einen aus», sagte ich, «jetzt gleich im *Surprise*.»

«Gibt's was zu feiern?», fragte Günter.

«Kommt mir eher nicht so vor», sagte Robert. «Ich dachte, wir gehen nicht mehr ins *Surprise*.»

«Meinen Untergang vielleicht», sagte ich zu Günter, und zu Robert sagte ich: «Das ist jetzt egal. Wenn diese einzige Maßnahme, meine Reputation zu erhöhen, so offensichtlich keinen Erfolg hatte, kann ich sie genauso gut in den Wind schießen.»

«Was immer du uns damit sagen willst», sagte Robert.

«Wie sieht's aus?», sagte ich zu Günter, der das *Surprise* eigentlich hasste.

«Bin dabei», sagte er, «scheint ja wirklich dringend zu sein.»

«Schön, dass Sie wieder da sind», sagte die Bedienung im *Surprise* und lächelte breit, «ich habe Sie vermisst.»

Es klang ehrlich, ganz anders als die Worte unserer FDJ-Sekretärin gerade vorhin.

Obwohl ...

Nein, auch die hatte ehrlich geklungen, nur kapierte ich wahrscheinlich nicht, warum sie so redete, wie sie es tat.

Was war denn der Antrieb ihres Sprechens?

Mich in die Pfanne zu hauen?

«Wir freuen uns mindestens genauso», sagte Robert, und er bestellte drei Tassen Kaffee und drei doppelte Cognac wie in den guten alten Zeiten.

Wir stießen an, ohne Trinkspruch, und dann sagte Günter: «Und jetzt erzähl, was Phase ist, denn du weißt ja: Geteiltes Leid ist halbes Leid.»

«Von wegen», sagte ich, «den Spruch kannst du dir in die Haare schmieren: Geteiltes Leid ist doppeltes Leid.»

«Und wieso das jetzt wieder?»

«Erst erleidest du es selber, dieses besagte Leid. Dann erzählst du einem anderen davon und beschwörst dabei das ganze Leid noch mal herauf. Und der, dem du es erzählst, leidet in seinem Mitgefühl ja auch. Und wenn du ein schlechter Erzähler bist, mit viel Stocken und Ewig-nicht-zur-Sache-kommen, leidet er möglicherweise auch noch an der Art, *wie* du ihm dein Leid verklickerst.»

«Dann wäre geteiltes Leid sogar dreifaches Leid», sagte Günter.

«Vierfaches, wenn ich richtig mitgezählt hab, mit Tendenz zu unendlich, wenn der Urleidende plötzlich auch noch anfängt, an der eigenen miesen Vortragsweise zu leiden», sagte Robert und grinste. «Aber wir wissen ja, dass Günter diese abgedroschenen Sprüche benutzt, ohne drüber nachzudenken.»

«Dafür sind sie da», sagte ich. «Damit man in jeder Situation sofort einen witzigen Satz aus dem Ärmel schütteln kann, ohne sich erst groß den Kopf zu zerbrechen.»

«Was jahrhundertelang funktioniert hat, bis so ein dahergelaufener Klugscheißer wie René kommt und alles kaputt macht», sagte Günter. Er boxte mich auf den Arm und fügte an: «Nicht so gemeint.»

«Weiß ich.»

«Also: Was war denn nun?», fragte er.

Ich berichtete ihnen von der angekündigten FDJ-Versammlung am nächsten Tag und dass mir das eigentliche Leid, von dem ich erzählen könnte, um es wahlweise zu halbieren oder zu vervielfachen, erst noch bevorstand.

«Das ist echt eine ganz schön große Nummer, wenn man sich's genauer überlegt und deinen flapsigen Ton abziehst», sagte Robert ernst.

«Geht euch das in euren Seminargruppen genauso?», fragte ich. «Ich meine, dass ihr da auf verlorenem Posten steht irgendwie?»

«Ich reiß mich eben zusammen, so gut es geht», sagte Günter. «Wenn ich schon aussehe, wie ich aussehe, lass ich nicht noch den großen Larry raushängen.»

«Mit anderen Worten: Du duckst dich ab», stellte Robert fest.

«Klar, Alter, was dachtest denn du?»

«Du meinst», fragte ich, «du lässt nicht den großen Larry raushängen so wie ich immer, oder was?»

«Das hab ich so nicht gesagt», sagte Günter.

«Dann ist ja gut.»

«Noch drei Cognac!», rief Robert der Kellnerin zu.

«Aber auch nicht verneint», sagte Günter. «Sei doch mal ehrlich zu dir selber. Du denkst doch gar nicht, dass du *neben* deinem Gruppenkollektiv stehst, sondern darüber. Stimmt's, oder hab ich recht?»

«Ich glaub eher, dass dich Iris auf Schlaftabletten gesetzt hat», sagte Robert, «und du deshalb redest wie der letzte Opportunist.»

«Weißt du, Alter, das kann ich nicht mal leugnen», sagte Günter. «Auf alle Fälle hat mich Iris ein bisschen runtergebracht, aber sie hat mir keine Schlaftabletten gegeben, sondern eher so was wie Pillen der Vernunft.»

«Schade, dass wir schon einen Bandnamen haben», sagte ich.

«Wohl bekomm's», sagte die Bedienung und stellte die Gläser vor uns ab.

«Weil wir sonst *wie* heißen würden?», fragte Robert.

«Pillen der Vernunft», sagte ich, «oder wahlweise Der große Larry.»

«Siehst du», sagte Günter, kippte sein Glas hinter und tippte zur Verdeutlichung mit dem Zeigefinger auf seine Zigarettenschachtel, wie ein penetrantes Aufziehtier aus Blech, «das ist wieder so ein Beispiel: Du ziehst alles ins Lächerliche. Du machst dich lustig über das, was ich sage, statt erst mal drüber nachzudenken.»

«Quatsch, mach ich nicht», sagte ich. «Mann, du klingst wie unsere FDJ-Sekretärin.»

«Weil *du* immer die große Klappe riskierst», sagte Günter.

«Ich hab keine große Klappe riskiert.»

«Und wenn du mal keine große Klappe riskierst, läufst du durch die Gegend wie Graf Koks.»

«Meinst du meine Klamotten oder was?»

«Und deine tollen Bücher und einfach alles.»

«Nur weil ich Sachen für Erwachsene lese und nicht diesen infantilen Kram wie du?»

«Ey, Leute, schön langsam», sagte Robert. «Bei allen Meinungsverschiedenheiten oder vielleicht auch nur Missverständnissen: Wir sollten uns echt nicht in die Haare kriegen! Denn was zählt, besonders an einer Einrichtung wie unserer, sind doch die Gemeinsamkeiten. Und die, wage ich zu behaupten, sind viel größer.»

«Eben», sagte ich.

«Weißt du, was», sagte Günter zu mir, «nicht mal das glaube ich mehr. Es gibt da nämlich einen Unterschied, der ist viel größer als jede Gemeinsamkeit zwischen uns beiden.»

«Und der wäre?»

«Ich will mein Studium anfangen, und ich will es beenden, und ich will später in genau dem Beruf arbeiten, zu dem mich mein Studium befähigt.»

«Und?»

«Na, und du willst das alles nicht», sagte Günter.

«Lass mich raten», sagte ich, «mit Iris später an deiner Seite?»

«Warum denn nicht?», sagte Günter.

«War's das jetzt?»

«Ja», sagte Günter. «Und nichts für ungut, René, bei dem Fach, das sie dir angedreht haben, kann ich dich sogar verstehen.»

Ich machte mir im Übrigen keine weiteren Gedanken über meinen Klassenstandpunkt.

Hatte ich denn einen?

Nein!

Tat ich so, als hätte ich einen?

Immer seltener, je älter ich wurde.

Na gut, ich hatte immerhin den englischen Bergarbeitern die Daumen gedrückt bei ihrem Streik gegen Maggie Thatcher. Meine Oma hatte im Stahlwerk gearbeitet, mein Opa hatte dort seine halbe rechte Hand verloren, und ich trug jetzt seine originalen Arbeitsschuhe aus den Sechzigerjahren an den Füßen.

Das reichte mir als Klassenstandpunkt.

Mein Vater hatte studiert, aber galt wegen seiner Eltern weiterhin als Proletarier. Ich war auf die ABF gekommen, weil auch ich wegen meines Vaters als Proletarier galt. Das war quasi eine Erbschuld für die Ewigkeit, aber es war mir so egal wie nur was.

Doch wahrscheinlich ging es bei diesem sogenannten Klassenstandpunkt überhaupt nicht mehr um die Klasse, aus der einer stammte. Wahrscheinlich war das nur ein Synonym geworden, dafür, stets derselben Meinung zu sein, wie das *ND* oder das ZK, oder wer auch immer die Meinungen für uns alle zusammen hier unten ausheckte.

Ich machte mir also keine vorzeigbaren Gedanken über meinen Klassenstandpunkt, und mit ihrem komischen Kollektiv konnten sie mich kreuzweise. Wir waren kaum zwei Jahre zusammen, und dann zerstreuten sich unsere Wege in der halben Sowjetunion. Was sollte also der Stress!

Ich machte mir stattdessen Gedanken über Günter.

Ich hatte das Gefühl, ein Hochstapler zu sein, dem man auf die Schliche gekommen war. Ich saß hier auf einer Kaderstelle statt eines anderen, der es vielleicht ernst gemeint hätte mit der Ökonomie, dem vielleicht etwas daran lag, später in der Staatlichen Plankommission zu arbeiten und unserer Volkswirtschaft auf die Sprünge zu helfen. Für den Dinge wie Klassenstandpunkt und Kollektiv vielleicht einen Sinn hatten oder womöglich ein geheimes Leben besaßen und nicht seit jeher bloße Floskeln gewesen waren.

Einer, um es kurz zu sagen, der an diesem Spiel mit Leidenschaft teilnahm und nicht nur halbwegs seine Regeln beherrschte wie ich.

Ich kam mir vor wie ein Betrüger.

Ich machte mir so lange Gedanken über Günter, bis die zwei Cognacs aus dem *Surprise* verflogen waren und Robert an meine Zimmertür klopfte, um mich zum Nachtanken in der *Bierstube* abzuholen.

Alle waren festlich gekleidet.

Was heißt festlich: Obenrum blau waren sie gekleidet, denn alle aus unserer Gruppe hatten sich nach der letzten Stunde das FDJ-Hemd über die normalen Klamotten geworfen.

Alle bis auf Jens und mich. Ich selber nämlich dachte nie daran, es einzustecken, erst recht nicht, wenn ich mit dröhnendem Schädel erwachte wie heute Morgen, und wenn auch Jens es ausnahmsweise vergaß, dann standen wir gleich beide dumm da, so wie jetzt.

«Und da ist er auch schon: unser Hauptdarsteller», sagte Frau Schneider sarkastisch, als ich vom Rauchen in den Klassenraum zurückkam.

Die vordere Tischreihe war umgedreht, und dort hatte, dem Rest der Klasse gegenüber, unsere FDJ-Leitung Platz genommen, fünf Mädchen mit den grimmigen Blicken der Anklage.

Frau Schneider saß mit übereinandergeschlagenen Beinen auf dem Lehrertisch, was ich angesichts der ernsten Lage fast ein bisschen lasziv fand. Immerhin waren ihre Beine in eine Wollstrumpfhose gepackt, sodass man nicht ihre nackten Oberschenkel sehen konnte wegen des hochgerutschten Rocks.

Ich guckte, ob es auch für mich einen extra Platz gab, so was wie eine Anklagebank, konnte aber keinen entdecken.

«Jetzt setzen Sie sich endlich hin, René», sagte Frau Schneider und blickte auf ihre Armbanduhr, «wir wollen das alles nicht noch endlos in die Länge ziehen.»

Keine Ahnung, wen sie gerade mehr verabscheute, mich oder die Leute, die mir diesen Prozess angehängt hatten.

«Aber wohin?»

«Na, wo sitzen Sie denn sonst?»

Ich arbeitete mich zu meinem angestammten Platz durch, während Frau Schneider sagte: «Eines muss man Ihnen lassen: Als Einziger heute ohne Blauhemd zu erscheinen, zeugt von einer gewissen Konsequenz.»

Ein paar auf den billigen Plätzen hinter mir kicherten sich ins Fäustchen.

Ich setzte mich hin.

«Haben wir's endlich?», fragte Frau Schneider. «Dann erteile ich Ihnen das Wort: Also bitte!»

Sie meinte unsere FDJ-Sekretärin, die aufstand und unverzüglich in jenen halb leiernden, halb pathetischen Ton verfiel, der fast jede Versammlung so einschläfernd machte: «Freundschaft, liebe Jugendfreunde, wir haben uns heute versammelt, um ...»

Glaubt es, oder glaubt es nicht: Mehr bekam ich nicht mit.

Selbst an einem Tag wie diesem, an dem es um mich höchstpersönlich ging, konnte ich mich nicht aufraffen, aus dem Wust der Phrasen die Botschaft zu destillieren, denn das setzte voraus, dass man an eine mögliche Botschaft glaubte. Siebzehn Jahre Training im Unnötige-Reden-Anhören ließen sich nicht auf einen Schlag ungeschehen machen. Ab und zu nur erschrak ich, wenn ich den Klang meines eigenen Namens im monotonen Fluss des Lamentos vernahm, aber das war's dann auch gewesen.

Das war das höchste der sogenannten Gefühle.

Erst als die FDJ-Sekretärin eine kurze Pause einlegte, um in einen anderen Tonfall zu wechseln, schaltete sich mein Gehör wieder ein: «So viel von meiner Seite zum Grundsätzlichen. – Nun seid ihr dran mit euren ganz konkreten und ganz persönlichen Erfahrungen bezüglich des kollektivschädigenden Verhaltens von René.»

Das gefiel mir: Bestimmt eine halbe Minute tat sich nichts.

Die FDJ-Sekretärin blickte sich flehend nach Wortmeldungen um, während Frau Schneider einmal mehr aus dem Fenster sah, bis das allgemeine Schweigen in ihren Tagtraum vorgedrungen zu sein schien. Sie straffte ihren Oberkörper und sagte: «Also bitte, Herrschaften, Sie wollten diese Versammlung heute unbedingt abhalten, dann machen Sie jetzt auch mal!»

«Na ja, wie Frau Schneider schon erwähnte», meldete sich die beste Freundin und Zimmergenossin der FDJ-Sekretärin mit piepsiger Stimme zu Wort, «das ist ziemlich dreist, dass er zu seiner eigenen Versammlung nicht im Blauhemd erscheint. Meine Meinung dazu.»

«Dazu muss ich was sagen», sagte Jens und stand auf. Man sah endlich, dass er gleichfalls kein FDJ-Hemd trug.

«Wir sind gestern Abend extra in den Keller runter, um zu waschen, und haben unsere Hemden danach über die Heizung gelegt zum Trocknen, aber heute Morgen waren sie noch richtig nass.»

«Das glauben Sie doch selber nicht», sagte Frau Schneider.

«Ist aber so», beteuerte Jens.

«Bei uns war die Heizung auch kalt über Nacht», sagte einer der Jungs aus dem Nachbarzimmer.

«Man soll sowieso nicht im Warmen schlafen», sagte ein Mädchen aus der FDJ-Leitung. «Das verschwendet Energie und ist schlecht fürs Immunsystem.»

«Dafür duschen wir kalt.»

«Vielleicht können wir uns darauf einigen, dass sich alle bei Gelegenheit mal ein zweites FDJ-Hemd zulegen, damit es in Zukunft zu solchen Katastrophen nicht mehr kommt. In Ordnung?», sagte Frau Schneider. «Weitere Wortmeldungen?»

Fünf Arme gingen hoch.

«Die nicht mit der Wohnheimheizung oder Ihren FDJ-Hemden zu tun haben?», fügte sie an, und sämtliche Arme gingen wieder runter.

Ich drehte mich zu Jens um, der mir unauffällig zuzwinkerte.

«Also mir fällt da noch diese Sache mit dem Kulturprogramm ein», sagte vorne auf dem Podium die Verantwortliche fürs Kulturprogramm, und dann erzählte sie umständlich diese Geschichte vom *Kleinen Trompeter*, und das Ganze klang eine Zeit lang eher wie ein Lob.

«Aber sein gesamtes Engagement, das wirklich großen Anteil hatte am Platz unserer Gruppe auf dem Siegertreppchen, hat er zunichtegemacht, indem er nicht zur Aufführung erschienen ist.»

«Davon weiß ich gar nichts», sagte Frau Schneider.

«An diesem Nachmittag waren Sie krank», sagte die Kulturverantwortliche.

«Genau wie ich», platzte es aus mir raus.

«Und wo war dein Attest?»

«Das war am Nachmittag, wie du selber richtig erwähnt hast, und da ist die Krankenbaracke bekanntlich zu», sagte ich. «Und am nächsten Morgen war ich ja schon wieder auf dem Damm.»

Womit selbiger gebrochen war: Wie Bälle beim Tischtennis wechselten jetzt die Vorwürfe gegen mich zwischen Podium und rechter Seite des Publikums, wo die Freundinnen der FDJ-Sekretärin saßen, hin und her.

Dass ich sie nicht grüßen würde!

Dabei grüßte ich jeden, der mir auf mindestens zwanzig Meter zu nahe kam. Über noch größere Abstände hinweg zu grüßen, erachtete ich hingegen nicht für sinnvoll. Wo kämen wir denn hin, wenn das jeder täte? Ein großes Geschrei über die Distanz, gespeist aus all den Guten-Tag- und Hallo- und Mahlzeit-Rufen, wäre die unweigerliche Folge.

Dass ich mich im Zug nie zu ihnen setzen würde, meinte jemand anderes, wenn ich in Flughafen Berlin-Schönefeld einstieg!

«Und in der Mensa auch nicht», warf ein Mädchen von rechts ein, ohne vorher ums Wort gebeten zu haben.

«Was daran liegen muss», rief ich in meiner Bedrängnis, «dass ich so gut wie nie in der Mensa esse!»

«Trotzdem!»

Mir war heiß, mein Herz raste.

Ich merkte, wie sich Schweiß auf meiner Stirn zu bilden begann. Ich überlegte, meinen dicken Pullover auszuziehen, aber darunter trug ich nur ein schwarzes Unterhemd.

Konnte mir sogar das eventuell zum Nachteil gereichen?

«Einmal hatte er eine Fahne, schon früh am Morgen!»

«Die stammte vom Vorabend!»

«Wenn wir Sport haben, sitzt er manchmal im Park, hinterm UG, und raucht und starrt vor sich hin, statt mitzumachen.»

«Da war mir schlecht gewesen!»

«Auch vom Vorabend?», fragte einer der Jungs, und eine Welle allgemeiner Heiterkeit schwappte durch den Raum.

So ging es eine Weile weiter, bis die FDJ-Sekretärin mit unheilschwangerer Stimme fragte: «Könnt ihr euch erinnern, was er den Mädchen in die Poesiealben geschrieben hat letztes Jahr?»

«Irgendwas von Oscar Wilde», kam es aus der linken Ecke.

«Das stimmt», sagte sie, «ich hab's mir extra für heute aufgeschrieben: ‹Mir sind Menschen lieber als Prinzipien, und Menschen ohne Prinzipien sind mir lieber als sonst etwas auf der Welt.›»

Ich schielte zu Frau Schneider rüber, die aber keine Miene verzog.

«Ist das denn nicht das genaue Gegenteil des Menschen, den wir eigentlich haben wollen, gefestigt in seiner marxistisch-leninistischen Haltung und diesen Prinzipien auch *treu*?»

Ich merkte, dass mich ein paar der Kommilitonen ansahen, in der Hoffnung auf eine Entgegnung, aber ich hatte genug. Ich beschloss zu schweigen. Ich wollte hier nicht mehr den Hampelmann machen, der auf rhetorische Fragen antwortete, der sich verteidigte, obwohl er nicht mal richtig im Unrecht war.

Ich konnte immer nur meine Hand mit der Kelle ausstrecken, aber richtig parieren konnte ich keinen einzigen ihrer Schmetterbälle, um mal bei den Tischtennismetaphern zu bleiben, zumindest nicht so, dass er wieder ankam auf ihrer Seite der Platte und ich den Punkt bekam.

Es stimmte ja im Prinzip fast alles, was sie über mich behaupteten, aber es war eben auch alles nicht schlimm, oder? Aus einem Haufen Kinkerlitzchen wie diesen macht man doch keine Staatsaffäre.

«Und das hat er den Mädchen reingeschrieben, die er halbwegs leiden kann, weil er manchmal mit ihnen zusammen eine raucht», ließ die FDJ-Sekretärin nicht locker.

«Ja, mir», sagte Anke.

«Mir auch», sagte ihre Nachbarin, mit der ich manchmal auf der Rauchertreppe stand, wenn Robert und Günter nicht da waren, «aber vielleicht sollten wir echt mal die Kirschen im Dorf belassen!»

«Wisst ihr, was er *mir* reingeschrieben hat?», ging die Stimme der FDJ-Sekretärin hoch, und dann legte sie eine Pause ein, in der dennoch niemand wagte zu raten, obwohl ein paar andere Mädchen die Antwort natürlich kannten. «Nein? Ich verrate es euch: Was man kaut, wird zu Brei!»

«Ist doch korrekt», sagte Jens und hatte ein paar Lacher auf seiner Seite, und ein Mädchen von links rief: «Also, ich fand's lustig.»

«Das ist nicht lustig, das ist respektlos, und es ist vor allem ...», hob sie abermals an, aber da unterbrach Frau Schneider die Partie und sagte: «Jetzt ist mal wieder gut!»

Eine knappe Stunde war da vergangen.

Frau Schneider sprang vom Tisch, zupfte ihren Rock zurecht, trat ans Fenster und verschränkte ihre Arme vor der Brust.

«Wir müssen uns nichts vormachen», sagte sie, «René ist nicht unbedingt das, was wir uns als Ideal dieser viel beschworenen, allseits gebildeten sozialistischen Persönlichkeit erhoffen. Nicht unbedingt von seinen Leistungen her, obwohl es auch da brachliegendes Potenzial gäbe, aber in dieser Hinsicht stehen einige von seinen schärfsten Kritikern heute Nachmittag durchaus schlechter da.»

Sie warf einen Blick in die rechte Ecke des Klassenraums.

«Ob diese Unreife aus Unwillen resultiert, wie ihm einige indirekt unterstellt haben, oder aus Unvermögen, das lasse ich dahingestellt, denn das kann im Grunde nur einer wissen: er selber.»

Ein Schweißtropfen lief mir an der Schläfe runter, ich konnte sein Brennen richtig fühlen.

«Fest aber steht eines: Jemanden mit einer solchen Haltung werden wir nicht nach Moskau zum Studieren schicken können – Punkt!»

Ein Raunen zwischen Erstaunen und Genugtuung wehte durch den Raum.

Mir kam es vor, als würde mein Blut kochen.

Schweiß lief mir sogar den Rücken runter.

Wenn das hier nicht schnell ein Ende fand, dachte ich, war ich in einer Minute klatschnass. Ich würde triefen wie ein vollgesogener Schwamm.

«Auch wir von der FDJ-Leitung finden, dass es René an sittlich-moralischer Reife fehlt und dass ...»

«Jetzt rede ich», fuhr Frau Schneider die FDJ-Sekretärin an. «Ich würde zwar eine Studienempfehlung für René grundsätzlich aufrechterhalten. Allerdings nur unter wirklich strengen Auflagen.»

«Danke», hörte ich mich plötzlich selber sagen, «aber das müssen Sie nicht mehr.»

Ich dachte: Vielleicht hatte sich so der Fremde gefühlt, bevor *er* ausgerastet war und den Araber am heißen Strand erschoss.

Wegen nichts und wegen allem.

«Ich lasse es sein.»

«Wie bitte?», fragte Frau Schneider. «Was lassen Sie sein, René?»

«Das Studium in Moskau.»

Ein neuerliches, aber lauteres Raunen ging durch den Klassenraum.

«Bleiben Sie bitte ernst», sagte Frau Schneider, «das kriegen wir wieder hin, wenn Sie nur ein bisschen guten Willen zeigen, René.»

«Das *ist* mein vollkommener Ernst», sagte ich, «aber vielen Dank für Ihr Vertrauen.»

Ich nahm meine Sachen und stand auf.

«Ich muss dringend an die Luft raus», sagte ich. «Entschuldigung!»

10. PAINT IT BLACK

Am Abend des 22. Dezember war ich zurück in unserer Wohnung Am Stern. Es war kalt dort, und es roch ungelüftet. Ich stellte mein Gepäck ab, und dann drehte ich die Heizung hoch: im Bad und in der Küche, im Wohnzimmer und auch bei mir im Kinderzimmer, und als es überall halbwegs warm geworden war, riss ich die Fenster auf und ließ für eine halbe Stunde die Nachtluft hereinströmen.

Danach war es wieder kalt.

Ich beschloss, zu Hause zu bleiben und die Welt nicht mit meiner Anwesenheit zu behelligen, an einem Tag, an dem ich nicht mehr in der Lage war, die korrekte Abfolge von Heizen und Lüften geistig zu bewältigen.

Weihnachtlich war es in unserer Wohnung abermals nicht, doch dieses Jahr wusste ich wenigstens, warum. Sollte mir nach buntem Teller und Adventskranz zumute sein, konnte ich immer noch zum Keplerplatz rüberlaufen und in die zwölfte Etage fahren, wo mein Vater sich in seinem zweiten Frühling aalte.

Immerhin schien er meine Ankunft nicht vergessen zu haben: Der Kühlschrank war sauber, im Gemüsefach lagen eine Tüte Zwiebeln und drei unverschrumpfte Kohlrabiköpfe. Es gab Bier und Cola. Es gab Butter, Eier, Salami und Käse, und im Vorratsschrank entdeckte ich ein regelrechtes Heer von Konserven verschiedenster Befüllungen.

Kein dreckiges Geschirr verdarb den Anblick der Küche, und auf der Anrichte stand so demonstrativ eine Flasche Cabernet, dass wirklich nur ich gemeint sein konnte als Adressat ihres Inhalts.

Ein bisschen war ich gerührt: So viel Mühe mit meiner Versorgung hatte sich mein Vater letztes Jahr im Juni gegeben, kurz bevor er mich zurückgelassen hatte, um nach Genf zu fliegen.

Sogar ein halbes Brot lag in unserem meist arbeitslosen Brotkasten, und als die Wohnung ein zweites Mal auf Zimmertemperatur gekommen war, hängte ich meinen Mantel an die Garderobe, schmierte ein paar Stullen, mit Belag dicker als Brot, goss mir ein Saftglas mit Rotwein voll und ging rüber ins Wohnzimmer.

Ich ließ den Fernseher laufen, ohne richtig hinzugucken, und nach der ersten Stulle im Magen und zwei Schlucken Cabernet hinterher fühlte ich mich tatsächlich ein bisschen wie zu Hause.

Ich ging früh ins Bett, und ich schlief wie ein Stein.

Am nächsten Morgen konnte ich mich an keinerlei Traum erinnern, was immerhin bedeutete, dass ich auch keine bösen gehabt hatte, denn diese vergaß ich nie.

Kaum war ich wach, kurz nach zehn, hörte ich, wie mein Vater in die Wohnung kam. Er benahm sich sehr rücksichtsvoll, klappte nicht laut mit den Türen und lief in Socken über den Flur. Es schien, als wollte er mich ausschlafen lassen, und um ihm den Gefallen zu tun, döste ich noch mal weg bis halb zwölf.

Ich machte mir einen Kaffee, zog meinen Mantel über und ging auf den Balkon, um mit einer Zigarette mein Frühstück zu komplettieren, so wie ich es jeden Morgen im Wohnheim einnahm, was man als Macht der schlechten Gewohnheit bezeichnete.

Zwar hörte ich meinen Vater im Schlafzimmer herumpoltern, begrüßen wollte ich ihn aber erst, wenn ich in Ruhe zu Ende gefrühstückt hatte, denn das Letzte, was ich als Erstes am Tag gebrauchen konnte, war ein Vortrag über die Schädlichkeit des Rauchens.

Es war bitterkalt draußen, trübe, und es schneite in flauschigen Flocken. Auf den parkenden Autos und den Mülltonnen lag eine Schneedecke, die Äste der Kiefern vor unserem Block fingen an, sich unter der weißen Last zu biegen, und überall tummelten sich vermummte Gestalten, bewaffnet mit Schaufeln, mit Schneeschiebern und Sandeimern, und schlugen begehbare Schneisen in die Bürgersteige.

Es war noch wenig los an diesem letzten Tag vor Heiligabend, und weil der Schnee alle Geräusche dämpfte, wirkte unser Wohngebiet friedlich und leicht entrückt.

Ich trank den Kaffee, und die Wolken aus Wasserdampf und Juwel-Qualm, die ich ausstieß, waren so gigantisch wie Vulkaneruptionen auf Kamtschatka.

Als ich fertig war, ging ich rein und klopfte an die Schlafzimmertür, und weil ich kein «Herein» hörte, klopfte ich noch mal. Wieder kam keine Aufforderung einzutreten, aber dass mein Vater sich dort drinnen zu schaffen machte, hörte ich ganz deutlich. Ich klopfte ein drittes und letztes Mal, dann drückte ich die Klinke runter, und was ich sah, ließ mich fast aus den Latschen kippen.

Der wandbreite Kleiderschrank meiner Eltern war verschwunden, genau wie das dazugehörige Doppelbett und die passenden Nachttische. Sogar dieser schreckliche Gauguin aus dem Kunsthandel, der über allem gehangen hatte, war weg.

Oder anders gesagt: Es existierte nicht ein einziges Möbelstück mehr im Schlafzimmer meiner Eltern, und nicht mal eine Lampe hing an der Decke, sondern lediglich eine Glühbirne, verloren und nackt.

Dafür stand in der Mitte des leeren Raumes Victoria, bekleidet mit einer längs gestreiften, lila-weißen Hochwasserlatzhose, und las Zeitung.

So jedenfalls sah es auf den ersten Blick aus.

Bei genauerem Hinsehen schmökerte sie in der *Märkischen Volksstimme*, und sie trug dabei Kopfhörer. Ihre Kleidung blieb leider dieselbe. Wenigstens waren die weißen Streifen breiter als die in Lila.

Ich wedelte mit den Armen wie ein Pavian, und sie kriegte einen Schreck, einen richtig starken, sodass ich schon Angst hatte, ihr versehentlich einen Herzinfarkt verpasst zu haben. Sie ließ die Zeitung zu Boden fallen, wo sich viele andere *Märkische Volksstimmen* breitmachten, und endlich eroberte ein Lächeln Victorias Gesicht.

Sie nahm die Kopfhörer ab und sagte: «Ich wollte dich nicht wecken und hab versucht, leise zu machen.»

«Was ist hier eigentlich los?», fragte ich, und Victoria sagte: «Hast du gar nichts gemerkt?»

«Ich bin spät angekommen gestern Abend», sagte ich, «und ins Schlafzimmer musste ich bis jetzt nicht.»

«Tut mir leid, wenn das der totale Schock für dich ist», sagte Victoria. «Meine Mutter meinte, ich soll erst anfangen, wenn du zurück bist. Aber ich konnte es irgendwie nicht abwarten, und dein Vater wiederum meinte, dass es dir nichts ausmacht, und ich hoffe, dass er damit recht hatte, sonst steh ich ziemlich dumm da.» Sie war immer schneller geworden während des Sprechens: «Hat er denn recht?»

«Womit noch mal?», fragte ich.

«Hab ich das nicht gesagt? Dass ich hier einziehe und dass es dir nichts ausmacht. Wir haben schon alles abgebaut, wie du siehst, weil die Sekretärin deines Vaters eine Freundin hat, deren Tochter die Möbel für ihre erste eigene Wohnung gebrauchen kann, weil sie noch vor den Feiertagen mit Einrichten und allem fertig sein will, denn kurz nach Silvester kommt das Baby», verfiel sie abermals in dieses Turbosprechen knapp unterhalb der Schallmauer, das mich richtig nervös machte. Insbesondere an einem gedämpften Schneetag wie diesem in der sogenannten besinnlichen Jahreszeit, wenn alle bitte bedächtiger sprechen sollten und vor allem etwas leiser.

«Ich dachte die ganze Zeit, dein Vater hätte dir Bescheid gegeben, wie abgesprochen, aber gestern beim Abendbrot hab ich erfahren, dass er es nicht mehr geschafft hat, dir einen Brief zu schreiben, wegen dem ganzen Vorweihnachtstress, und jetzt kann ich wirklich nur hoffen, dass du einverstanden bist, nachträglich, und nicht böse auf mich oder auf deinen Vater.»

Sie sah mich, ohne zu blinzeln, aus diesen Augen an, in die ich so lange verliebt gewesen war, und ich merkte, dass ich echt aufpassen musste, mich nicht auf ein Neues von ihnen hypnotisieren zu lassen, damit nicht wieder alles von vorne losging, wie in diesem Lied vom Mops, der in die Küche kam.

«Sag doch was!»

«Nein», sagte ich.

«Was nein?»

«Nein, ich bin euch nicht böse. Mach dir keinen Kopf!»

Ich dachte daran, wie ich letztes Jahr Weihnachten alleine hierhergelaufen war, während alle anderen nebenan geblieben waren in der Wohnung am Keplerplatz, voller Kerzenlicht und festlich geschmückt.

Künftig würden wir also zusammen zurückkommen, Victoria und ich, in unser gemeinsames Zuhause. Oder sie würde nachkommen, oder sie war schon da, an einem beliebigen anderen Tag, wenn ich aus der Stadt kam. Oder umgekehrt. Es würde immer einer auf den anderen warten, dachte ich, nicht angestrengt oder zerknirscht und mit feuchten Händen, wie man auf eine feste Freundin wartete, die nicht pünktlich war. Man war einfach da und freute sich, wenn der jeweils andere dazukam.

Nein, ich war nicht sauer, ich war sogar außerordentlich glücklich, dass von nun an Victoria bei mir in der Grotrianstraße leben würde statt meines Vaters.

Bloß eines machte mir Sorgen: Was, wenn sie ihren Freund mitbrachte, um mit ihm Dinge zu tun, die man draußen schlecht erledigen konnte? Besonders jetzt im Winter? Aber weil ich keine schlafenden Hunde wecken wollte, beschloss ich, erst gar nicht zu fragen, ob es da tatsächlich jemanden gab, der mir eines Morgens womöglich im Flur entgegenkommen könnte, spärlich bekleidet und im Liebesrausch.

«Aber wo sind die ganzen Sachen hin», fragte ich, «die aus den Schränken?»

«Zwei Kisten mit Handtüchern und Bettwäsche stehen im Arbeitszimmer deines Vaters, falls du was brauchst.»

«Und die Sachen meiner Mutter?»

«Weiß ich nicht», sagte Victoria. «Vielleicht weggegeben? Frag am besten deinen Vater. Hängst du an denen?»

«Das nicht gerade», sagte ich, «aber es war irgendwie ein beruhigendes Gefühl zu wissen, dass sie noch im Schrank liegen.»

«Wirklich?»

Ich überlegte, und ich sagte: «Nein, eher nicht.»

«Dann ist doch gut», sagte Victoria und entfaltete eine weitere *Märkische Volksstimme*.

«Was machst du da eigentlich?»

«Sieht man das nicht?», fragte Victoria. «Ich decke den Fußboden ab, bevor ich nachher streiche.»

«Die Tapete ist echt hässlich.»

«Ich wollte es nicht zuerst gesagt haben!»

«Das ist noch dieselbe wie bei unserem Einzug», sagte ich, «in meinem Zimmer klebt die auch. Mein Vater hat absolut kein Talent fürs Handwerkliche, na ja, und dann kam irgendwann noch die Sache mit meiner Mutter dazwischen.»

«Du musst dich nicht entschuldigen», sagte Victoria, «zieh dich lieber um und hilf mir!»

«Das mach ich doch glatt», sagte ich, und ein großes Glücksgefühl kam plötzlich in mir auf, «und ich bring meinen Recorder mit.»

«Oh ja!», rief Victoria.

Eines von tief unten!

Noch vor zwölf waren wir mit Zeitungsauslegen und dem Abkleben von Steckdosen und Lichtschaltern fertig, was vor allem an Victorias Geschick lag. Jetzt zahlte sich aus, dass sie und Fritzi ohne Vater aufgewachsen waren, dass sie alles selber erledigen mussten zusammen mit ihrer Mutter, ohne bei jeder Gelegenheit nach einem Mann rufen zu können. Was allerdings auch nicht garantierte, dass alles flutschte beim Renovieren, wie das Beispiel meines eigenen Vaters bewies. Aber selbst der war dank seiner neuen Ehefrau mittlerweile aus dem handwerklichen Schneider.

Wir legten eine Pause ein, ich schmierte Stullen in der Küche, während Victoria schon die Farbe anrührte. Dann setzten wir uns ins Wohnzimmer, aßen unsere Brote, und nebenbei spielte ich auf dem einbeinigen Holzplattenspieler *Love* ab, meine neue Platte von The Cult, die Victoria ziemlich gut fand.

Beide saßen wir in kurzen Ärmeln da, während vor unseren Fenstern der Schneesturm tobte.

«In welcher Farbe willst du das Zimmer streichen?»

«Alles weiß, nur die Fensterwand rot und die Tür gegenüber.»

«Rot?»

«Ja. Warum?»

«Im Ernst, rot?»

«Nicht wie das Rot der Roten Fahne, falls du das denkst, dunkler, mehr so Karmesin.»

«Und die Tür auch?»

«Auch die Tür.»

«Kannst du die Tür denn nicht gleich schwarz streichen?»

«Wieso denn das?»

«Na, dann muss ich sie später nicht erst wieder mühsam überpinseln.»

«Hä?», machte Victoria.

«So wie es dieses Stones-Lied prophezeit», sagte ich, «I see a red door and I want to paint it black.»

«Das kenne ich sogar», sagte Victoria und grinste, «aber seit wann kennst *du* Lieder von den Stones, und was mich noch mehr beunruhigt: Warum nennst du sie so vertrauensvoll bei ihrem Kosenamen, statt das Grauen auszusprechen?»

«Dann eben: *Rolling Stones*», sagte ich, «besser?»

«Das schafft den nötigen Abstand.»

«Willst du die Geschichte hören, wie es dazu kam, dass ich ein halber Rolling-Stones-Experte wurde?»

«Ich platze gleich vor Neugier.»

«Na dann, spitz die Ohren! Das alles trug sich einst so zu …», hob ich an wie dieser Märchenonkel in der *Flimmerstunde*, und dann erzählte ich ihr die Geschichte meines Freundes Robert, des besten Oldie-Lehrmeisters aller Zeiten, und wie er einst gekleidet war. Ich berichtete von seinem legendären Luftgitarrenspiel und wie es wegen einer Maid namens Iris erst verkümmerte und später gänzlich starb und wie sein schönes Leben als Blues-Rock-Genießer schließlich viel zu früh endete, weil er eines Morgens aus unruhigen Träumen erwachte und sich nicht etwa in einen ungeheuren Käfer verwandelt fand, sondern in einen Existenzialisten.

Victoria musste sehr lachen bei meinen Ausführungen, und als ich fertig war und sie aufs Klo wollte, gab sie mir im Vorbeigehen einen Kuss auf die Wange.

«Das war kein Spaß vorhin», sagte ich, als sie zurück war und wir zu streichen begannen, «diesen einen Rolling-Stones-Song übers Renovieren finde ich wirklich gut.»

«Ich eigentlich auch», sagte Victoria, «gibt echt Schlimmeres.»

«Ja, *Satisfaction* zum Beispiel.»

Kaum dass die Sonne aufgegangen war in diesen finstersten Tagen des Jahres, wurde es schon wieder dunkel. Aber da hatte Victoria bereits anderthalb Wände geweißt und ich die Hälfte ihres Türrahmens karmesinrot eingefärbt, was aber nur mäßig gut ging mit dem verkrusteten Schulpinsel, den ich einst zum farblichen Modifizieren meiner Schuhe verwendet hatte.

Wir hörten nebenbei meine Kassetten und warfen uns nur ab und zu ein paar Worte zu, denn Victoria hatte überhaupt keine Zeit für eine gepflegte Konversation, sie arbeitete in einem Affenzahn.

Sie ließ die Rolle über die Wände glitschen, als wäre der Leibhaftige hinter ihr her, und jedes Mal, wenn sie neu ansetzte, nachdem sie das Ding aus dem Farbeimer gezogen hatte, flogen die Schlieren durch die Gegend, richtig fette Dinger und mit Karacho, und dass ich selber alle fünfzehn Minuten eine Raucherpause einlegte, ließ mich im Vergleich noch langsamer erscheinen, als ich sowieso schon war.

Aber Victoria sagte: «Lass dir Zeit, die Tür ist nicht so wichtig. Nur mit dem Rest will ich heute durch sein. Dann drehen wir die Heizung auf über Nacht, lüften morgen früh, und morgen Mittag holen wir meine Sachen.»

«Morgen schon?»

«Ey, ein bisschen mehr Enthusiasmus, wenn ich bitten darf! Ich hab keine Lust auf den Weihnachtsstress bei mir zu Hause.»

«Bei *dir* zu Hause ist doch jetzt hier!»

«Was für ein Glück», sagte Victoria und strahlte mich an mit ihrem weiß gesprenkelten Gesicht, «und du bist zum Glück nicht meine Mutter.»

Halb fünf klingelte es an der Tür, und davor stand Mario in seinem schwarzen Anzug, der ihm langsam ein bisschen eng wurde, wie ich fand.

«Willkommen zurück», sagte er, «Blumen hab ich keine dabei.»

«Komm rein», sagte ich, «dein Anzug ist zu klein.»

«Charmant wie man ihn kennt!»

«Ehrlich», sagte ich, «der spannt richtig an den Schultern. Lange sieht das nicht mehr feierlich aus.»

«Das liegt an meiner Rückenmuskulatur», sagte Mario und klang einigermaßen stolz dabei, «ich mach jetzt Kraftsport im Betrieb. So richtig mit Hanteln und mit Gewichten und Trainingsplan.»

«Musst du selber wissen, aber besonders schön finde ich das nicht, und ob es sinnvoll ist, neben seinen ganzen anderen Problemen auch noch diese Muskelberge ständig mit sich rumzuschleppen, sei dahingestellt.»

«Schön vielleicht nicht, aber nützlich», ließ sich Mario nicht beirren.

«Wegen Mädchen, meinst du?»

«Eher wegen einen paar bösen Jungs», sagte Mario. «Du kriegst es ja nicht mit, aber das mit den Glatzen nimmt langsam überhand. Und die werden immer frecher, wenn du mich fragst.»

«Das ist was anderes», sagte ich, «dann trainierst du zur Selbstverteidigung.»

«Erst mal nur zur Abschreckung. Ein paar von uns haben schon richtig aufs Maul gekriegt. Und so, wie ich aussehe, steh ich ganz weit oben auf der Abschussliste.»

Er meinte die natürliche Urlaubsbräune seiner Haut und die dunklen Augen und die schwarzen Haare, alles Erbstücke seines abhandengekommenen Vaters aus dem Libanon, die bei den Mädchen sehr begehrt waren und bei den Jungs deswegen für schlechte Laune sorgten. Es war wirklich nicht leicht gewesen, einen wie Mario zum besten Freund zu haben, aber jetzt lebte ich ja zum Glück in Halle, und das Problem hatte irgendwer anderes am Hals.

«Du weißt», sagte Mario, «vorbeugen ist besser ...»

«Ja, ich weiß», unterbrach ich ihn, «als sich auf die Schuhe zu kotzen. – Wir streichen Victorias neues Zimmer.»

«Ich hab gehört, dass sie demnächst einzieht. Kann ich helfen?»

«Klar», sagte ich, und fünf Minuten später war Mario in Arbeitshose und Unterhemd zurück. Jetzt sah man erst richtig seinen angehenden Stiernacken und die ganzen sprießenden Muskeln, und er lief auch schon rum, als hätte er Rasierklingen unter den Achseln.

«Sei gegrüßt, neue Nachbarin», sagte er zu Victoria, die gerade den Besenstiel mit der tropfenden Rolle in die Höhe hielt.

«Du siehst irgendwie anders aus», sagte Victoria und lehnte die Rolle an die Wand, an der sofort dicke Schlieren runterliefen.

«Er verfügt jetzt über Muskeln der Abschreckung», sagte ich und musste grinsen, weil ich mal wieder dachte: Schade, dass wir schon einen Bandnamen haben.

«Steht dir aber», sagte Victoria.

«Echt jetzt?», fragte ich.

«Und das ist erst der Anfang», sagte Mario mit geschwellter Brust.

«Und da liegt wahrscheinlich der Hase begraben», sagte Victoria. «Wenn du ewig weitermachst, dann lässt dich das schnell ... wie soll ich sagen ...»

«Ein bisschen doof aussehen?», half ich ihr aus.

«Nicht zwangsläufig, aber so wie einen, der nicht mehr viel anderes im Kopf hat außer seinem Körper.»

«Warten wir's ab», sagte Mario total unbeleidigt, und dann tat er so, als würde er sich in die Hände spucken, und fragte: «Also: Was soll ich tun, Chef?», und er meinte damit nicht etwa mich, den eigentlichen Ureinwohner dieser Behausung, sondern Victoria.

«Wär toll, wenn du die Kanten streichst.»

«Kein Ding», sagte Mario, «habt ihr eine Leiter?»

«Leider nicht.»

«Bin gleich wieder da», sagte er, und fünf Minuten später kam er mit einer Klappleiter zurück. «Von Herrn Kohlschmidt aus der Vierten», erklärte er Victoria. «Wenn dir irgendwas fehlt, dann fragst du zuerst immer bei uns und danach bei ihm.»

«Werd ich machen», sagte Victoria.

«Leeres Gurkenglas?», fragte Mario.

«In der Küche», sagte ich.

«Pinsel?»

Ich sah Victoria an, die den Kopf schüttelte.

«Bin gleich wieder da», sagte Mario.

«Bring Verdünnung mit!», rief ich ihm nach, und weitere fünf Minuten später kam er mit einem ganzen Bouquet von Pinseln zurück und einer Flasche Verdünnung.

Jetzt legten wir richtig los: Im Nullkommanichts waren die weißen Wände fertig, samt Ecken und Kanten, und wenig später fingen Victoria und Mario schon mit dem Karmesinrot an der Fensterwand an. Mit einem ordentlichen Pinsel kam auch ich gut mit der Tür voran, und als Herr Kohlschmidt halb acht höchstpersönlich auftauchte, bekleidet mit Trainingsanzug und Latschen, um zu gucken, ob wir kein Schindluder trieben mit seinen Sachen, setzten wir praktisch alle den letzten Strich.

Herr Kohlschmidt half uns, die Pinsel auszuwaschen und die nassen Zeitungen einzusammeln und so zu falten, dass keine Farbe rauslaufen konnte, und dann förderte er aus dem klirrenden Einkaufsbeutel, den er dabeihatte, drei Flaschen Rex Pils und eine Karena hervor.

«Ich dachte, du trinkst bestimmt lieber 'ne Brause», sagte er zu Victoria.

«Mann, Herr Kohlschmidt», sagte Mario, «wir haben Gleichberechtigung.»

«Aber nicht bei so was», sagte Herr Kohlschmidt. «Oder doch?»

«Erst recht bei so was», sagte Victoria und lächelte mir heimlich zu wegen Herrn Kohlschmidts Gestrigkeit.

«Gerade in den scheinbar unwichtigen Details zeigt sich der wahre Fortschritt der großen Ideen», sagte ich.

«Ach, das wusste ich nicht», sagte Herr Kohlschmidt und klang ehrlich geknickt.

«Er macht bloß Quatsch, Herr Kohlschmidt», sagte Mario.

Ich holte aus dem Kühlschrank eine Flasche vom schön kalten und viel besseren Berliner Pilsner, reichte sie Victoria, und dann stießen wir an: auf gute Nachbarschaft, auf Weihnachten und auf die Gleichberechtigung, im Großen, aber besonders im Kleinen.

«Habt ihr gut gemacht, Kinder», sagte Herr Kohlschmidt nach dem ersten ausführlichen Schluck und ließ seinen Blick durchs Zimmer schweifen, «hätte ich euch nicht zugetraut, ehrlich, wo ihr euer Leben lang nur in der Schule gesessen habt.»

«Mario macht 'ne Lehre», sagte ich.

«Wir hatten alle Werken und PA», sagte Victoria.

«Und wir müssen ein Praktikum machen nach den Abiprüfungen im nächsten Jahr», sagte ich, «irgendwo in der Produktion.»

«Wir auch», sagte Victoria.

«Wieso denn das?», fragte Mario.

«Damit wir die Bodenhaftung nicht verlieren», sagte ich.

«Trotzdem», sagte Herr Kohlschmidt und nach einer Pause: «Ich kenn euch Jungs schon ewig …» Und nach einer weiteren Pause: «Ich glaube, René, deiner Mutter hätt's gefallen, dass du so eine patente Freundin hast.»

«Das ist gar nicht meine Freundin.»

«Nicht?»

«Ich war es früher mal», sagte Victoria, und ich war froh, dass sie nicht eine langwierige Erklärung hinterherschob, warum jetzt nicht mehr und was stattdessen.

«Schade», sagte Herr Kohlschmidt, «ihr passt gut zusammen», und er wirkte richtig betrübt wegen dieser Lappalie, ich meine, Lappalie natürlich nicht für Victoria und mich, sondern für ihn, den Unbeteiligten.

«Machen Sie sich nichts draus, Herr Kohlschmidt», sagte Mario, «was mal war, kann auch wieder werden.»

Victoria sagte: «Ey, sag mal!», und Herr Kohlschmidt: «Recht hast du.»

Er setzte die Flasche zum zweiten Schluck an, und als er wieder von ihr abließ, war sie zu unserer aller Verblüffung leer. Er unterdrückte einen Rülpser, wischte sich mit dem Handrücken über den Mund und sagte: «Frohe Weihnachten, Kinder! Ich muss dann mal zu meinen drei Weibern zurück.»

Er meinte seine zwei Töchter damit und seine Frau, doch so war sie eben, die derbe Sprache der hart arbeitenden Menschen: ein bisschen erschreckend im Klang, aber liebevoll gemeint.

11. LAST CHRISTMAS

Man kann mit Fug und Recht behaupten, dass *Paint It Black* so was wie mein Lieblings-Oldie ist», sagte ich. «Wenn ich zum Beispiel alle Smiths-Songs auflisten müsste von hervorragend bis runter zu geht so und in diese Liste *Paint It Black* einsortieren müsste, würde es mindestens im vorderen Teil des letzten Drittels landen.»

«Jetzt ist wieder gut, René», sagte Victoria. «Seit gestern bist du regelrecht besessen von deinen geliebten Stones.»

«Klar, ein bisschen wird der Schmerz durch die Gewöhnung kleiner», sagte ich. «Ich meine, *Paint It Black* läuft ja dauernd im Radio und im *Turm* und in der *Bierstube*, das sind Discos in Halle für eher ältere Semester. Aber wenn man genau hinhört, dann klingt es wie ein paar von den neueren Sachen. Kennst du *25 O'Clock* von den Dukes of Stratosphear? Oder die Chesterfield Kings?»

«Nein», sagte Victoria, «woher kennst du denn dieses ganze Zeug?»

«Hab ich aus dem Radio aufgenommen», sagte ich, «das ist beides erst im letzten Jahr rausgekommen. Und die Stones hören sich manchmal genauso an, nicht nur *Paint It Black*, aber von den anderen Liedern weiß ich nicht die Titel.»

«Du meinst wohl eher, dass sich diese Dukes und Kings anhören wie die Stones.»

«Oder so rum», gab ich zu. «Jedenfalls psychedelisch. Ein

paar Lieder von The Church aus Australien sind auch halbpsychedelisch.»

«The Church finde ich gut», sagte Victoria, «jedenfalls das eine Stück, das ich kenne.»

«Wie heißt es denn?», fragte ich. «*No Explanation*?»

«Keine Ahnung.»

«*10 000 Miles*?»

«Ich weiß es *wirklich* nicht, René. Du bist ganz schön anstrengend am frühen Morgen.»

«Ist ja egal, ich spiel dir auf alle Fälle die anderen beiden Sachen vor, wenn wir hier fertig sind», sagte ich.

«Langsam könnte es echt mal losgehen», sagte Victoria.

«Willst du meine Handschuhe?»

«Wenn du sie selber nicht brauchst, gerne.»

Der Vormittag des Heiligabends war heraufgedämmert, und wir standen vor unserem Block in der Grotrianstraße und warteten auf meinen Vater mit Victorias Sachen. Weil wir keine Anhängerkupplung besaßen, geschweige einen Anhänger, mussten wir ihre Habseligkeiten mit unserem Wartburg Tourist transportieren. Zwei Fuhren, hatte Victoria gesagt, würden genügen.

Noch gestern nach dem Streichen war sie zum Keplerplatz rübergegangen, um zu packen, und heute Morgen im Dunkeln zurückgekommen. Sie hatte gelüftet, die dreckigen Zeitungen zum Müll gebracht und den Fußboden gewischt, alles, bevor ich auch nur das erste Auge aufgeschlagen hatte, weshalb es mich nicht verwunderte, dass sie jetzt müde war und ein bisschen übellaunig und sich nicht mal aufheitern ließ durch eine gepflegte Plauderei über die geheimen Verbindungen zwischen Oldies und richtig guter Musik.

«Guck mal, da kommt die Sonne raus!», sagte ich, und Victoria drehte sofort ihr Gesicht in die dünnen Strahlen, machte die Augen zu und ließ es bescheinen.

Es war kalt geblieben, aber die Wolken hingen heute lockerer über unserem Wohngebiet, und nur vereinzelt rieselten ein paar Schneeflocken auf uns herab.

«Ich hab deinem Vater gesagt, dass du gut angekommen bist», sagte Victoria, die Augen weiter geschlossen. «Er hat sich ein bisschen gewundert, weil du doch schon zwei Tage da bist und dich nicht gemeldet hast.»

«Wie findest du die Handschuhe?», fragte ich.

«Die sind wirklich gemütlich.»

«Aus dem Exquisit.»

«Du bist echt Krösus.»

«Ich krieg Stipendium», sagte ich, und ich dachte: Er hätte genauso gut mich anrufen können, statt sich lauthals vor Victoria zu wundern, dass ich nicht ihn anrief.

«Da ist er», sagte ich.

Über die festgefahrene Schneedecke der Grotrianstraße kam im Schritttempo unser Wartburg gezuckelt, und er zog eine weiße, wehende Abgasfahne hinter sich her, die aussah, als bestünde sie aus zitternder Watte.

Als der Wartburg hielt, sah ich, dass die Ladefläche richtig vollgepackt war.

«Ist ja doch eine Menge Zeug», sagte ich.

«Ich komm auch nicht zu Besuch», sagte Victoria, «sondern für immer.»

«So war das nicht gemeint.»

«Dein Glück!»

Mein Vater stieg aus, machte die Kofferraumklappe auf, und dann sagte er: «Na, René, gut geschlafen?»

Schon klar: Er konnte mich schlecht fragen, wie die Zug-

fahrt gewesen war, denn die lag bereits mehr als sechsunddreißig Stunden zurück.

«Ja», sagte ich, «und selber?»

«Ich kann nicht klagen», sagte mein Vater und zu Victoria:
«Dann woll'n wir mal loslegen!»

Wir räumten die Kisten und Bündel, und was das sonst
alles darstellte, in den Hauseingang neben die Briefkästen,
und als der Wartburg leer und mein Vater wieder losgefahren
war, um den Rest zu holen, schleppten wir es von dort in die
Wohnung hoch, und endlich zahlte sich aus, dass wir nur im
ersten Stock wohnten mit seiner bescheidenen Aussicht auf
Parkplätze und Mülltonnen.

Die Nachbarn, die unterwegs zur Kaufhalle waren, bevor
die am Mittag zumachte, feuerten uns an oder gaben gute Rat-
schläge, und kurz nachdem Marios Mutter mit vollen Netzen
von draußen zurückgekommen war, stieß auch ihr Sohn zu
uns, um zu helfen.

«Danke», sagte Victoria.

«Bedankt euch bei meiner Mutter», maulte Mario mit noch
richtig verquollenen Augen, aber wegen seines neuen breiten
Kreuzes ging uns die Arbeit trotzdem doppelt so schnell von
der Hand.

Die zweite Fuhre bestand hauptsächlich aus einer Matratze, ein paar Grünpflanzen und einem hässlichen, schmalen,
aber dennoch ziemlich sperrigen Spind. Mein Vater hatte den
Beifahrersitz umklappen müssen, um das Monstrum in den
Wartburg zu kriegen. Es hatte eine Delle in der Seite, und
einige Kanten waren angeschlagen und fingen Rost.

«Wir sehen uns dann um sechs», sagte mein Vater, nachdem
wir den Spind in den Hauseingang bugsiert hatten.

«Was ist denn da?»

«Na was wohl?», sagte mein Vater. «Bescherung mit anschließendem Essen. Den Rest schafft ihr alleine, oder?»

«Kein Ding», sagte Mario, «Sie können ruhig los.»

«Grüß deine Mutter von mir», sagte mein Vater zu ihm, bevor er ging.

«Diese Dinger hatten wir bei PA im RAW», sagte ich und klopfte gegen den Spind. Er klang hohl.

«Schick, oder?», sagte Victoria. «Darf ich vorstellen: mein neuer Kleiderschrank.»

«Na ja», sagte ich, «geht so.»

«Doch, der ist cool», sagte Mario. «Alter, du mit deiner Kinderzimmerausstattung brauchst dich echt nicht zu beschweren.»

«Hast du gar kein Bett?», fragte ich Victoria. «Oder hab ich da was übersehen?»

«Ich leg einfach die Matratze auf den Fußboden.»

«Das ist aber nicht sehr bequem», sagte ich.

«Mann, was bist denn du für ein Spießer», sagte Mario, und Victoria grinste mich an und sagte: «So bequem wie deine berühmte Mehrzweckliege aus dem volkseigenen Jugendmöbelprogramm?»

Weil mir darauf auf die Schnelle nichts einfiel, fixierte ich den Spind und sagte: «Dann bringen wir's hinter uns.»

Aber noch bevor wir diesen letzten großen Umzugsgegner aus schwerem Stahlblech an den Ecken packen konnten, um ihn nach oben zu zerren, ging die Haustür auf, und es traten ein Michael und Dirk. Man konnte richtig sehen, wie Dirk zurückzuckte, als er uns so halb gebückt über den Spind gebeugt sah, die Hände schon zum Zufassen bereit.

«Oh, du bist beschäftigt, René», sagte er. «Einen schönen Guten Tag wünsche ich allerseits.»

«Wir wollten in die Stadt fahren und gucken, ob was aufhat, wo man sich reinsetzen kann und einen Gin Tonic bekommt», sagte Michael.

«So ein ungezwungenes Jahresendbeisammensein, bevor über die Feiertage alles dichtmacht», sagte Dirk. «Kommst du mit?»

«Wollt ihr über *Lef 2* reden?», fragte ich.

«Nicht, wenn es sich vermeiden lässt», sagte Michael, «aber falls du was zu sagen hast zu diesem pikanten Thema, schenken wir dir selbstredend unser Ohr.»

«Aber du siehst doch selber, dass er noch zu tun hat», sagte Dirk zu Michael. «Ihn einfach mitzunehmen und die beiden anderen alleine zu lassen mit der unerledigten Arbeit, widerspricht irgendwie meinem Empfinden für Angemessenheit.»

«Ja dann …», sagte Michael.

«Ja dann, macht's gut», sagte ich.

«Wir sehen uns später», sagte Michael.

«Und falls wir uns später *nicht* sehen», sagte Dirk, «guten Rutsch!», und schon waren sie wieder verschwunden.

«Deine besten Freunde!», sagte Victoria höhnisch. «Hilfsbereit und zuvorkommend.»

«Deine Klassenkameraden!», gab ich zurück. «Von der angeblichen Eliteschule Potsdams.»

«Du hast es nötig!»

«Die sind jetzt immer mit diesen Intellektuellen zusammen», sagte Mario, «wusstest du das? In der Kantine vom Hans-Otto-Theater.»

«Nein», sagte ich, «das wusste ich nicht.»

«Auch egal», sagte Mario und packte den Spind beim Kragen: «Ich vorne und ihr beide hinten? – Bei drei!»

Nennt mich ruhig spießig, wie Mario es vorhin schon gemacht hatte, aber bereits eine Stunde nach Victorias offiziellem Einzug fand ich Gefallen an diesem neuen Familienleben mit meiner fast noch neuen Schwester.

Ich hatte bis dahin nichts anderes getan, als auf dem Wohnzimmersofa zu liegen und ein Buch zu lesen, während Victoria im Schlafzimmer ihre Sachen aus den Kisten in die Regale und den Spind räumte. Sie produzierte raschelnde und sanft klappernde Geräusche dabei, die mich zweimal zum Einschlafen brachten.

Es war übrigens eine absolute Premiere, dass ich auf dem Sofa las. Solange ich denken konnte, hatte ich mich mit den Büchern in mein Zimmer verzogen, und als mein Vater rüber ins Hochhaus gewechselt war, hatte ich es aus Gewohnheit dabei belassen. Aber plötzlich waren die ganzen toten Zimmer wieder mit Leben erfüllt, und auf der Ablage des Spiegelschranks tummelten sich seit Urzeiten Schminksachen: Puder, Pinsel, Spachtel und geschliffene Flakons, die verführerisch vor sich hin dufteten.

Um fünf zog Victoria ihre Zimmertür hinter sich zu, um sich für die Bescherung zurechtzumachen, und als sie um drei viertel sechs wieder rauskam, war sie so schön wie immer. Ihre Augen waren dunkel geschminkt, die blonden Haare leicht toupiert, und sie hatte den gleichen dunklen Lippenstift aufgelegt wie damals, als ich mich in sie verliebt hatte. Sie trug ein irgendwie antikes, knielanges schwarzes Kleid, dazu schwarze Strumpfhosen und schwarze Stiefeletten, die mit Nieten beschlagen waren.

«Los, komm!», sagte sie.

Wir zogen unsere Mäntel über, ich steckte sicherheitshalber meine Handschuhe ein, falls Victoria unterwegs fror, nahm meinen Geschenkebeutel, und dann spazierten wir durch unser festlich beleuchtetes Wohngebiet.

Noch vor dem Ende der Grotrianstraße hakte sich Victoria bei mir unter, nicht als wären wir ein Liebespaar, denn ein solches hielt bekanntlich Händchen, sondern wie es zwei vertraute Arbeitskollegen machten, die von der Brigadefeier heimwärts wankten, oder besser: wie ein Ehepaar, das mindestens fünf Jahre verheiratet war.

Ich meine: Sie hakte sich bei mir unter ohne Hintergedanken, glaube ich, also: ohne eigene. Das letzte Mal hatte sie das getan, um mich zu trösten, letztes Jahr, als mein Opa begraben worden war.

Überhaupt musste ich auf dem Weg zum Keplerplatz dauernd an früher denken, genauer gesagt an den Vierundzwanzigsten vor einem Jahr, als ich exakt die gleiche Strecke mit meinem mürrischen Vater an der Seite gegangen war.

«Weißt du noch, letztes Weihnachten?», fragte Victoria, als könnte sie meine Gedanken lesen.

«Da hab ich erfahren, dass meine Exfreundin meine Stiefschwester werden würde.»

«Ich hab dich so sehr gehasst.»

«Das hab ich gemerkt.»

«Aber nicht nur.»

«Das hab ich noch viel mehr gemerkt.»

«Blödmann», sagte Victoria. «Du hast echt alles versaut.»

«Kriegst du gerade einen weichen Keks?»

«Ja», sagte Victoria.

Der Fahrstuhl hielt in der zwölften Etage, die Tür ging auf, und draußen stand Fritzi, meine zweite Stiefschwester von zirka acht bis zehn Jahren, und strahlte und schrie: «Hurra! Meine Schwester ist da. Und mein neuer Bruder!»

Sie stürmte in die Fahrstuhlkabine und umklammerte meine Knie. Ich sagte es bereits: Viel von dem, was gerade passierte, erinnerte mich an letztes Jahr.

«Wie alt bist du eigentlich genau, Fritzi?», fragte ich, während wir zur Wohnung liefen.

«Weißt du das wirklich nicht mehr, ey?»

«Acht?»

«Plus eins.»

«Macht wie viel?»

«Na, neun.»

«Ich wollte bloß gucken, ob du rechnen kannst.»

«Stimmt gar nicht», sagte Fritzi, «du hast es vergessen», und sie schoss wie ein geölter Blitz in die Wohnung voran, aus der es nach Tannenbaum und den Lebkuchen vom bunten Teller roch.

«Schön, dass ihr beiden euch versteht», sagte Victorias Mutter, die in der offenen Tür stand, um uns zu begrüßen, während mein Vater in der Küche rumorte, als gäbe es gleich ein riesiges *Interhotel*-Menü mit Vorsuppe, Salat, Hauptgericht und Nachtisch und nicht bloß Kartoffelsalat mit Bockwurst wie leider schon letztes Jahr. «Wir haben uns lange nicht gesehen, René.»

«Stimmt», sagte ich und reichte ihr die Hand.

«Ich bin ihm ja auch eine gute Schwester», sagte Victoria zu ihrer Mutter und hängte unsere Mäntel an die Garderobe.

«Bist du wirklich», sagte ich und zog meine Schuhe aus.

«Setzt euch ins Wohnzimmer», sagte ihre Mutter, «gleich

fangen wir an», und wenig später ging das große Licht aus, und die ersten Takte von «Oh du fröhliche» knisterten von der unvermeidlichen Weihnachtsschallplatte.

Der Baum strahlte in seiner vollen Montur aus elektrischen Kerzen, Lametta und mundgeblasenen Kugeln aus Lauscha, und gleich neben seinem abgehackten Stumpf im gusseisernen Schuh ergoss sich eine regelrechte Lache aus bunten Päckchen über den Teppich.

Weil Victoria nicht mehr meine Feindin war wie letztes Jahr, saßen wir nicht mehr an den entgegengesetzten Polen des Sofas, sondern so eng nebeneinander, dass sich sogar unsere Beine berührten, und alle paar Sekunden flüsterte mir Victoria lustige Sachen ins Ohr, die das Verhalten ihrer Mutter meinem Vater gegenüber betrafen oder umgekehrt. Manchmal fauchten sie sich sogar schon an, wie es die richtigen Ehepaare taten, die originalen, meine ich, ganz ohne Ersatzspieler.

Es war eindeutig: Mein Vater war nun endgültig hier zu Hause und nicht mehr drüben in der Grotrianstraße, wo lediglich die Zeitungspapiergebirge in seinem verwaisten Arbeitszimmer an ihn erinnerten.

Während Fritzi das Papier von ihren Geschenken rupfte wie Federn aus einer Weihnachtsgans, servierte mein Vater Gin Tonic mit Eiswürfeln zum Appetitanregen. Und dann kriegten endlich auch die Jugendlichen und Erwachsenen ihre Geschenke: Victoria und ich Geld von unseren nunmehr gemeinsamen Eltern in Höhe eines halben Stipendiums, ich vier Schachteln Club von Victoria, sie von mir das Max-Frisch-Buch, das ich selber kein einziges Mal aufgeschlagen hatte, denn wegen Günters rowdyhaftem Auftritt klebte da ein Fluch dran.

Meinem Vater und seiner Frau schenkte ich einheimische

Bücher, die mir Anja noch im November empfohlen hatte, als sich die Regale in der Rannischen Straße wegen der Neueröffnung gebogen hatten vor Raritäten, und Fritzi bekam ein Plüschtier aus Sonneberg.

Nach dem Essen brachten Victoria und ich unsere gemeinsame Schwester ins Bett, saßen noch eine halbe Stunde im Wohnzimmer rum mit unseren vereinigten Eltern, und dann liefen wir durch den knirschenden Schnee zurück in die Grotrianstraße, und in meiner Manteltasche steckte eine Flasche Cabernet, die mir mein Vater mitgegeben hatte für später.

Die restlichen Tage bis Silvester handhaben wir es so: Tagsüber gingen wir unserer eigenen Wege, verabredeten uns mit Freunden, wie Victoria, oder blieben zu Hause und lasen Bücher, so wie ich. Am Abend trafen wir uns im Wohnzimmer, hörten Musik zusammen, unterhielten uns, tranken Wein und rauchten Zigaretten.

Die Gewissheit, den späten Abend mit Victoria verbringen zu können, rettete mir jeden einzelnen dieser Tage. Sie bewahrte mich tagsüber vor schlechter Laune genauso, wie sie mich davon abhielt, in die Stadt zu fahren, mich ins *Heider* zu setzen oder ins *Stadttor*, mich mit Mario zu treffen oder mit den frischgebackenen Intellektuellen namens Dirk und Michael.

Die Gewissheit von Victorias allabendlicher Gesellschaft machte mich genügsam, und sie machte mich gleichzeitig träge, aber als mir das auffiel, war bereits der letzte Tag des Jahres angebrochen, ekelhaftes Tauwetter eingeschlossen.

Ich hatte keine Pläne für die Silvesternacht.

Anders als letztes Jahr wollte ich keine eigene Feier ausrichten. Ich konnte meine Freunde nicht mehr die Wohnung verwüsten lassen, denn ich lebte nicht mehr alleine dort. Weil ich niemanden getroffen hatte, war ich nirgendwohin eingeladen worden, und Victoria zu fragen, ob sie mich mitnahm, wohin auch immer sie ging, traute ich mich nicht. Ich wollte nicht der Klotz an ihrem Bein sein, denn mit Sicherheit war sie auf der Suche nach einem neuen Freund, seit die Sache mit uns beiden in die Brüche gegangen war, und sei es vielleicht nur unterbewusst. Was anderes konnte mir keiner erzählen.

Um dreizehn Uhr beschloss ich, ein Glas Rotwein zu trinken, damit mir Silvester nicht bereits am Nachmittag über den Kopf wuchs. Ich schlief zügig auf dem Sofa ein. Halb sieben weckte mich Victoria und sagte: «Wir müssen los.»

Mit durchweichten Schuhen und nassen Hosenbeinen trafen wir am Keplerplatz ein, wohin unsere Eltern zum Fondue-Essen eingeladen hatten. Es brannten Kerzen, es lagen Platzdeckchen aus, und es gab gleich drei Arten von den guten Kristallgläsern neben jedem Teller.

Dann begann das Mahl.

Ich muss euch nicht erzählen, wie man Fondue isst: Es dauert ewig und drei Tage lang, und als wir kurz vor neun endlich fertig waren, roch die gesamte Wohnung wie diese *Grilletta-Bar* am Hallmarkt, wo Robert und ich manchmal nach dem Unterricht einkehrten und hinterher selber rochen wie die *Grilletta-Bar* am Hallmarkt.

Alle waren wir leicht angeschickert, sogar Fritzi, die nur Brause getrunken hatte, als wir eine Runde ums Karree spazierten und uns gegenseitig Knallerbsen zwischen die Füße warfen, die aber nicht knallen wollten wegen dem Matsch. Als wir die kleine Runde vollendet hatten und wieder auf dem Keplerplatz standen, feuerten mein Vater und ich ein paar Raketen in den Himmel, während die drei anderen Wunderkerzen hielten und «Ah!» und «Oh!» machten, wenn die Raketen Funken sprühten und knallten.

«Schnell ins Warme!», sagte mein Vater, als wir fertig waren damit, aber statt mit uns anderen hochzukommen, sagte Victoria: «Ich geh noch auf eine Fete hier im Wohngebiet! Guten Rutsch euch allen! Wir sehen uns morgen!»

Sie umarmte alle der Reihe nach, und ich war als Letzter dran, und obwohl ich durchaus schon einen im Tee hatte, traute ich mich immer noch nicht zu fragen, ob ich mitkommen dürfe.

«Ich wünsch dir nur das Beste fürs nächste Jahr!», flüsterte ich in ihr liebliches Segelohr, und dann war Victoria verschwunden Richtung Ziolkowskistraße.

Wir fuhren nach oben in die Zwölfte, Fritzi ging schlafen, und mein Vater mischte Gin Tonic für mich und sich selber, und seiner Gattin schenkte er Rotwein ein, und die beiden unterhielten sich, während im leise gedrehten Fernseher eine Silvesterrevue mit Importkünstlern lief.

Als es kurz vor Mitternacht draußen lauter wurde, ging mein Vater in die Küche und kam mit einer Flasche Sekt und drei Kelchen zurück.

Er legte den Korken frei, im Fernseher tickte der Sekundenzeiger einer riesigen Uhr gen Norden, und als er auf der Zwölf ankam, explodierten die Konfettikanonen auf der Mattscheibe, im Wohnzimmer flog der Sektkorken gegen die Wand, und vor den Fenstern detonierten die ersten Raketen des Keplerplatz-Feuerwerks.

Wir stießen auf das neue Jahr an, und ich dachte, bestimmt sind jetzt Mario und seine Leute da unten. Und Victoria und ihre Freunde. Vielleicht auch Dirk und Michael oder diese Ina, die ich letztes Jahr um diese Zeit zur Freundin hätte haben können.

Ich trinke noch aus, dachte ich, und dann geh ich mal runter gucken.

Ich trank aus, stand auf, und mein Vater sagte halb feierlich: «Kann gut sein, dass wir zum letzten Mal gemeinsam Silvester verbringen.»

«Wieso?», fragte ich.

«Nächstes Jahr bist du bei der Armee, und übernächstes feierst du schon in Moskau.»

Mein Vater hielt mir die Sektflasche entgegen: «Willst du gleich noch runter?»

Ich ließ mich zurück ins Sofa fallen.

Ich sagte: «Nein.»

Ich ließ mir ein weiteres Glas Sekt von ihm eingießen.

Ich dachte an Mario und Victoria, an Ina und all die anderen, die ich wahrscheinlich *nie* wieder sehen würde zu *irgend*einem Silvester in meinem Leben.

Und ich dachte: Scheiß drauf!

III.

12. WAS TUN?

Erster Erster 87.

Restmatsch auf der Straße, Feuerwerksüberbleibsel, leere Sektflaschen. Schneeregen von oben, Dunkelheit schon am Mittag. Nur wenige Stern-Bewohner unterwegs beim Verdauungsspaziergang.

Kopfschmerzen. Verdrehter Magen.

1986 war abgehakt, war für alle Zeit aus meinem Leben gestrichen. Ich merkte deutlich, dass etwas anders war als gestern. Und ich wusste, dass es mit dem Überschreiten der Datumsgrenze zusammenhing.

Mir war, als schlüge mein Herz ab heute schneller, nicht bloß in ausgewählten Momenten der Aufregung wie bisher, sondern von nun an kontinuierlich, weil auch die Zeit von nun an schneller verging und der Herzschlag sich ihr anpasste. Als hätte ich an meinem Recorder Lautstärke und Bass gleichzeitig aufgedreht, um die Intensität der Musik zweifach zu erhöhen.

Ich trank Kaffee auf dem Balkon, rauchte eine von meinen neuen Club und dachte: In sechs Monaten bist du achtzehn und hast dein Abitur in der Tasche. Kurze Verschnaufpause, und dann gehst du für acht Monate zum Wehrdienst nach Weißenfels. Ich weiß, was ihr denkt, und ihr habt recht: eine Kleinigkeit gegen die achtzehn Monate aller anderen Jungs, um nicht von den sechsunddreißig zu reden, die Dirk und Michael absitzen mussten, bloß weil sie studieren wollten, und zwar hier. Drei Jahre ihres Lebens, die sie für nichts und wieder nichts in den Wind schossen.

Du bist neunzehn, wenn du wieder rauskommst und dann deine Auffrischungskurse belegst und gleich danach für fünf Jahre nach Moskau ziehst, um ein Fach zu studieren, dessen Bezeichnung wie ein schlecht ausgedachter Witz klingt, mit dem man sich über dich lustig macht: *Organisation der materiell-technischen Basis*.

Du hast keine Ahnung, wie oft du auf Heimaturlaub darfst, weil du entweder nicht zugehört hast oder es tatsächlich noch nicht bekannt gegeben wurde. Einmal im Jahr? Oder seltener, um nicht die mühsam erarbeiteten Routinen zu unterbrechen, die den reibungslosen Studienablauf garantieren?

Und dann bist du mal auf Heimaturlaub und fragst dich: Was soll ich hier? Deine Freunde sind noch in den Kasernen, oder sie studieren in anderen Städten, oder sie haben Kinder und vielleicht eine Ehefrau, wenn sie Mario heißen.

Was kannst du dann überhaupt machen?

Eine halbe Stunde Kaffee trinken mit deinem Vater und deiner Stiefmutter oben in der zwölften Etage am Keplerplatz und den Rest des Urlaubs in der Grotrianstraße verbringen, wo die Wohnung längst wieder verwaist ist, weil Victoria in Berlin lebt und Medizin studiert an der Humboldt-Uni und tausend neue Leute kennt.

Und was nach all der Zeit, die bis dahin vergangen sein wird, deine Freundin macht, Rebecca, die jetzt schon kaum zu fassen ist, dachte ich, traust du dich noch nicht mal zu überlegen.

Mit vierundzwanzig kommst du dann endgültig zurück, als Diplom-Ökonom oder was du dann bist. Du hast alle alten

Freunde verloren, und auch der Kontakt zu Robert ist weg, der in Rostow am Don studierte, und der zu Günter sowieso, der irgendwo in Böhmen versackt ist.

Ihr habt es nie geschafft, einen zweiten Song aufzunehmen, denkst du, wenn du voller Melancholie am Ostbahnhof aussteigst, die Abschlussurkunde zwischen deinen Klamotten im Koffer.

Hat sich dann Gorbatschow durchgesetzt? Gibt es dann auch hier, in deiner alten, dir fremd gewordenen Heimat, Perestroika und Glasnost? Oder kehrst du nach fünf Jahren in der Welt des Neuen Denkens in deine alte verknöcherte des senilen Starrsinns zurück?

So oder so: Du trittst die für dich reservierte Stelle in der Staatlichen Plankommission an, und erst wohnst du in einem Ledigenwohnheim, und nach einem Jahr kriegst du eine Einraumwohnung in Marzahn, denn das Wohnungsbauprogramm ist unterdessen ja vorangeschritten. Du meldest dich für ein Auto an, und bis du es bekommst in zehn Jahren, fährst du jeden Morgen mit der S-Bahn in die Stadt zur Arbeit, immer im Anzug mit Schlips und in der Hand eine Aktentasche, so, wie bereits dein Vater vor dir jeden Morgen losgezogen ist.

Ich hatte echt miese Laune, als kurz nach eins Victoria zu mir auf den Balkon rauskam, dick vermummt und eine Kaffeetasse in der Hand. Sie streichelte über meinen Mantelärmel und sagte: «Na du? Frohes Neues!»

Dann zündete sie sich eine Zigarette an.

Ich konnte nichts antworten.

Eine große Wüste der Sinnlosigkeit dehnte sich in meiner Vorstellung bis zum Horizont, und ich hatte keine Ahnung, wie ich sie durchqueren sollte in den nächsten vor mir liegenden Jahren, um eines fernen Tages so was wie ein Etappenziel zu erreichen: irgendeine runde Geburtstagszahl wie dreißig.

Aber Etappe auf welchem Weg?

Ganz banal auf dem Weg zum Ende?

Um möglicherweise neun Jahre später, eins vor vierzig, begraben zu werden wie meine Mutter?

Auf dem Weg zum Tod? Das konnte doch nicht euer Ernst sein! Ich kriegte richtig Panik. Ohne Quatsch, und das obwohl Victoria neben mir saß und seelenruhig rauchte. Ich merkte selber, wie ich anfing, auf meinem Stuhl herumzurutschen. Ich dachte: Du musst dringend raus hier, aber ich wusste doch nicht, wohin.

«Geht's dir gut?», fragte Victoria.

Und kurz darauf: «Ey, René, ich rede mit dir!»

«Ich glaube nicht», sagte ich. «Ich hab noch ein Weihnachtsgeschenk für dich.»

«Du hast mir mein Geschenk schon gegeben.»

«Ein besseres», sagte ich, «warte kurz!»

Ich ging in mein Zimmer, um es zu holen, und als ich es ihr präsentierte, bekam Victoria ganz große Augen. «Das ist wirklich wunderschön», sagte sie. «Das hing eine Weile überall in der Stadt.»

«*Der Turm der blauen Pferde*», sagte ich, «von Franz Marc.»

«Vielen, vielen Dank», sagte Victoria, «und du willst es nicht lieber behalten?»

«Es ist zu groß für mein Zimmer hier, und selbst wenn ich es irgendwie an eine Wand quetschen könnte, hätte ich gar keine Zeit mehr, es richtig anzugucken: Nächsten Herbst bin ich bei der Asche und übernächsten in Moskau. Obwohl ...»

Ich hörte einfach zu sprechen auf.

«Hey», sagte Victoria nach ein paar Sekunden und kniff mich in den Arm, so richtig fest, dass es wehtat und ich kurzfristig sogar aus einer Ohnmacht zurückgekommen wäre ins Leben.

«Obwohl *was*? – Red endlich mal, René, du bist schon seit Heiligabend so komisch. Du verbarrikadierst dich hier in der Wohnung, du gehst nicht weg, und du triffst keine Leute, und wenn ich abends nach Hause komme, hast du einen starren Blick, und du kriegst kein Wort raus, wenn ich dich was frage. Genau wie jetzt wieder. Irgendwas stimmt doch da so was von überhaupt nicht!»

«Kann sein», sagte ich, und dann erzählte ich ihr von der FDJ-Sitzung, die sie meinetwegen einberufen hatten, und wie mir die Sicherungen durchgebrannt waren am Ende und ich behauptet hatte, das Studium im Ausland nicht mehr antreten zu wollen, was mir selber wie eine Trotzreaktion vorgekommen war, dass ich aber langsam merkte, wie mein Unterbewusstsein mir schlicht und ergreifend die Wahrheit in den Mund gelegt hatte.

Dass ich nicht das kleinste Interesse an Ökonomie hätte, erzählte ich Victoria, dass ich nicht bis an mein Lebensende mit zirka vierzig mit Ökonomie beschäftigt sein wolle, aber dass mir im Moment vor allem eines zu schaffen mache …

«Ja?», sagte Victoria.

«Ich weiß echt nicht, wie Frau Schneider meine Äußerung aufgefasst hat», sagte ich. «Als dahingesagt im Affekt, oder ob sie denkt, dass ich es ernst gemeint haben könnte.»

«Oh Mann», sagte Victoria, «das ist echt ein Brocken. Kein Wunder, dass du rumläufst wie betäubt.»

«Ich weiß nicht mal, ob ich zurückfahren soll nach den Ferien oder mir lieber gleich eine Lehrstelle hier suche. Und vor allem: Ich hab absolut keinen Plan, wie ich das alles meinem Vater verklickern soll.»

«Hast du Angst vor deinem Vater?»

«Nein, natürlich nicht.»

«Doch, natürlich hast du», sagte Victoria. «Oder warum weiß er noch nichts von dem Schlamassel? Oder warum hast du nicht früher gesagt, dass du keine Lust hast auf Ökonomie? Dann wärst du doch gar nicht erst nach Halle gegangen, sondern in Potsdam geblieben wie wir anderen alle.»

«Keine Ahnung», sagte ich, weil ich nicht darüber nachdenken wollte.

«Das war doch nicht dein Ehrgeiz, dahin zu gehen, sondern der deines Vaters.»

«Meine Mutter hätte es vielleicht auch so gewollt», sagte ich und musste daran denken, wie ich jahrelang Angst gehabt hatte, eine Zwei in einer Arbeit unterschreiben zu lassen, weil Zweien den Ansprüchen meiner Eltern nicht genügt hatten.

«Komm, wir gehen rein», sagte Victoria. «Wir hängen das Plakat auf, und danach ruf ich meine Mutter an.»

Später, als ich in der Küche Rührei für uns machte, hörte ich sie mit ihrer Mutter telefonieren, zehn Minuten vielleicht, und dann aßen wir Frühstück im Wohnzimmer, und wir tranken einen weiteren Kaffee auf dem Balkon und rauchten dazu eine Club.

Zirka eine Stunde nach dem Gespräch mit ihrer Mutter klingelte unser Telefon.

Victoria nahm ab, und sie sagte drei- oder viermal «Gut» und «Ja», und kurz bevor sie wieder auflegte, sagte sie: «Danke, Mama.»

Mir fiel auf, dass Victoria ein «Mama»-Kind war und keines, dass «Mutti» sagte, und das gefiel mir gut, weil ich meine Mutter genauso angesprochen hatte. Meinen Vater dagegen vermied ich ja, auf die eine oder andere Weise anzureden: Vati oder Papa.

«Du bist um sechs ins *Orion* eingeladen», sagte Victoria, «in die *Clubgaststätte*. Da könnt ihr besprechen, wie das alles weitergeht.»

«Wer?»

«Meine Mutter lädt dich ein.»

«Und mein Vater?»

«Klang nicht so, als ob er mitkommt.»

«Aber weiß er jetzt Bescheid?»

«Davon geh ich aus.»

«Und du?»

«Was ist mit mir?»

«Kannst *du* vielleicht mitkommen?», sagte ich. «Ich bezahle auch dein Essen.»

«Wenn du gesteigerten Wert darauf legst», sagte Victoria, «aber erst muss ich mich noch mal hinlegen.»

«Warum machst du das für mich?», fragte ich.

«Weil ich will, dass es allen in meiner Nähe gut geht», sagte Victoria, «das ist ziemlich einfach, auch wenn es bestimmt kitschig klingt in deinen Ohren.»

«Tut es gar nicht.»

«Ja, jetzt gerade nicht, aber warte mal ab!»

Wo ich schon dabei war, beschloss ich, an der anderen offenen Front ebenfalls reinen Tisch zu machen: an der sogenannten Liebesfront, an der in Friedenszeiten vermutlich die meisten Menschen verendeten.

Denn eines war mir nun klar, und vielleicht hatte es für diese Erkenntnis ebenso des Eintritts ins neue Jahr bedurft:

Eine Schwester wie Victoria war mir hundertmal lieber als eine feste Freundin, die sich aufführte wie Rebecca. Aber eines nach dem anderen, dachte ich, und dann legte ich mich selbst noch mal für ein Stündchen aufs Ohr.

«Du kannst dir vorstellen, dass dein Vater alles andere als begeistert ist», sagte Victorias Mutter, als wir zu dritt in der *Clubgaststätte* saßen.

«Was hat er denn gesagt?»

«Nicht viel. Aber letztendlich hat er eingesehen, dass er dich nicht in den Beruf zwingen kann, den *er* für dein Glück hält, sondern dass du selber entscheiden musst, was du willst.»

«Und du hast ihn davon überzeugt?», fragte Victoria.

«Was leichter war, als ihr vielleicht denkt», sagte Victorias Mutter. «Er hat natürlich geahnt, dass du nicht sehr glücklich bist mit der gesamten Situation, aber er hat insgeheim gehofft, dass sich das irgendwie geben würde mit der Zeit, in der du in Halle bist.»

«Weil der Mensch ein Gewohnheitstier ist», sagte ich.

«Richtig, und weil die Hoffnung, dass aus dem eigenen Kind das wird, was man als Vater für passend hält, nicht so schnell stirbt. Oder als Mutter», fügte sie an und warf einen schnellen, zufriedenen Seitenblick auf ihre Tochter.

«Und jetzt tigert er da oben durch die Wohnung, während wir hier gemütlich zusammensitzen?», fragte Victoria.

«Wahrscheinlich wie dieser Panther von Rilke hinter seinen Gitterstäben», sagte ich, und Victoria, der ich im Altweibersommer unserer Verliebtheit Gedichte vorgelesen hatte im Arkadien von Park Babelsberg, musste grinsen.

«Er ist rausgefahren nach Seddin an den See», sagte Victorias Mutter, die sich selber ein Lächeln nicht verkneifen konnte, «einen Spaziergang machen.»

Beim Kellner mit Fliege und gestärktem Hemd unter der Weste bestellten wir Essen und drei Schoppen Wein, und dann fragte Victoria: «Aber was wird jetzt mit René?»

Ich sah sie dankbar an, denn im Prinzip war das ja mein Text, den ich nur nicht richtig aufzusagen wagte.

«Da müssen wir wohl den offiziellen Dienstweg gehen, um das Ganze aufzulösen», sagte Victorias Mutter. «Denn das ist schon so was wie ein fester Vertrag, den du abgeschlossen hast, René, mit dem Staat. Die Kaderplanung hat mit dir gerechnet, und da fehlt nun in Zukunft einer auf der Planstelle, wenn du plötzlich aufhörst.»

«Und dann geht's hier erst so richtig den Bach runter», feixte Victoria, «ohne René an den Schalthebeln unserer Ökonomie.»

«Also bitte!», sagte Victorias Mutter und sah sich unauffällig um, ob jemand an den Nachbartischen die despektierliche Bemerkung aufgeschnappt hatte, was aber nicht der Fall zu sein schien.

«Wir haben einen extra Studiendirektor an der ABF», sagte ich.

«Dann gehst du nach den Ferien zu ihm hin und erklärst die Sache.»

«Und dann?»

«Ja, was ist *dann*?», sprang mir Victoria bei. «Muss er dann sofort in den Tagebau, um sich eine zweite Chance aufs Abi zu verdienen?»

«Na, sag mal», sagte ihre Mutter, «warum bist *du* eigentlich so aufgedreht?»

«Wir planen hier schließlich eine menschliche Zukunft»,

sagte Victoria, «das ist wie Regieführen im richtigen Leben statt nur am Theater.»

Der Kellner brachte den Wein, wir stießen an, aufs neue Jahr und so weiter, und dann sagte Victorias Mutter: «Falls wirklich alle Stricke reißen sollten, gibt's immer noch die Abendschule, wo du das Abitur nachholen kannst. Du könntest auch eine Berufsausbildung mit Abitur beginnen, aber zuerst solltest du dir klar darüber werden, was du später *wirklich* machen willst.»

«Und nicht immer nur, was du *nicht* willst», ergänzte Victoria ein bisschen altklug.

«Was mit Schreiben vielleicht», sagte ich. «Journalistik würde mir bestimmt liegen.»

«Im Ernst?», fragte Victoria, und es klang beinahe empört. «Hast du in letzter Zeit mal eine Zeitung gelesen?»

«Eher nicht», sagte ich. «Es steht ja sowieso ständig dasselbe drin. Aber wenn der Wandel irgendwann zu uns rüberschwappt, brauchen auch unsere verknöcherten Blätter neue Leute mit dem Willen zur Reform.»

«Sei mir bitte nicht böse, René», sagte Victorias Mutter, «aber erstens würde ich darauf nicht vertrauen, und zweitens klingt *Journalistik* schon wieder wie etwas, das du nur weniger schlecht findest als Ökonomie. Maximal wie das Zweitbeste.»

«Jetzt sag einfach, was du gerne machst», legte sich Victoria einmal mehr für mich ins Zeug. «Lesen, dich mit Literatur beschäftigen. So was kann man doch auch irgendwie studieren, oder, Mama?»

«Klar, du könntest zum Beispiel Lehrer werden für Deutsch und irgendein zweites Fach.»

«Oh nein», sagte ich, «das würde ich lieber nicht.»

«Oder aber Germanistik studieren, wenn du nicht unterrichten willst, so wie es eine Freundin von mir getan hat. Du würdest dich während des Studiums mit deutscher Sprache beschäftigen und mindestens genauso viel mit der Literatur in deutscher Sprache.»

«Mach doch das, René», rief Victoria, «das klingt wie angegossen.»

«Gut», sagte ich, «dann nehm ich Germanistik.»

«Halt, nicht so schnell», sagte Victorias Mutter, «die Studienplätze sind rar und äußerst begehrt. Du musst eine Aufnahmeprüfung machen, soviel ich weiß, und erst wenn du die bestehst, bekommst du deine Zulassung. Das schaffen gerade eine Handvoll Bewerber jedes Jahr.»

«Ach so.»

«Nun lass nicht gleich den Kopf hängen. Sag deinem Studiendirektor nach den Ferien, was du nicht mehr willst und was stattdessen, und alles Weitere wird sich irgendwie ergeben. – Aber das ist wenigstens schon der Ansatz eines Plans, oder?»

«Ja», sagte ich.

«Als was arbeitet deine Germanistikfreundin?», fragte Victoria.

«Sie ist Lektorin beim Aufbau-Verlag in Berlin.»

«So was zum Beispiel würde ich selber gerne machen», sagte ich.

«Du könntest auch immer noch schreiben als Diplom-Germanist», sagte Victorias Mutter, «allerdings eher für Kulturzeitschriften als für Tageszeitungen. Du könntest als Dramaturg arbeiten, mit Sicherheit am Theater und vielleicht sogar bei der DEFA oder in einem der Kulturinstitute im Ausland, in Paris zum Beispiel gibt es eines.»

«Das wär's doch», rief Victoria, «dann schickst du mir Klamotten von dort! Und Joy-Division-Platten!»

«Ja, das wäre wirklich was», sagte ich, und ich sah mich selber schon in einem dieser Existenzialisten-Cafés sitzen nach meinem Feierabend im Kulturinstitut, wartend auf einen der Kellerbar-Auftritte von Juliette Gréco, eine filterlose Gitanes zwischen den Fingern und vor mir auf dem Bistrotisch ein Glas Absinth und eine Taschenbuchausgabe der *Blumen des Bösen* im französischen Original.

Einen Tag später, es war Freitag, klingelte am frühen Nachmittag das Telefon, das wir aus dem Flur ins Wohnzimmer geräumt hatten, seit hier rund um die Uhr Freundinnen von Victoria anriefen.

Weshalb Victoria immer als Erste den Hörer abnahm, genau wie jetzt, während ich auf unserem Sofa lag und in dem dicken Surrealismus-Almanach las, der letztes Jahr im Reclam-Verlag herausgekommen war.

«Hallo», sagte Victoria mit hochgedrehter Stimme, «wer ist denn da?»

Ich ließ das Buch sinken.

Victoria lauschte ein paar Sekunden wortlos, und dann bildete sich so eine zweispurige, vertikale Zornesfalte auf ihrer Stirn. Sie lauschte ein paar Sekunden länger, und dann sagte sie: «Ja, ist er.»

Sie legte den Hörer auf den Boden, sagte: «Für dich», und verschwand in ihrem Zimmer, aus dem gleich darauf laute Musik kam.

Ich stand auf und ging langsam zum Telefon.

Was, dachte ich, wenn mein Vater es sich anders überlegt hatte und mich doch zwingen wollte, weiterzumachen mit allem, von dem ich schon geglaubt hatte, es sei zum Glück über Bord gegangen gestern in der *Clubgaststätte*?

«Ja?», sagte ich vorsichtig.

«Ich bin's», kam es vom anderen Ende der Leitung.

«Damit hab ich nicht gerechnet.» Zum Glück war nicht mein Vater dran.

«Ich hab mich gewundert, dass du nicht angerufen hast zum neuen Jahr», sagte Rebecca.

«Du ja auch nicht», sagte ich, und es klang im Nachhall barscher als beabsichtigt.

«Was ich hiermit ja nun doch tue, wenn auch einen Tag zu spät.»

«Ja, ich merke es selber.»

Wir schwiegen.

«Na, ich hoffe, dass du gut ins neue Jahr gekommen bist und dass sich alle deine Pläne erfüllen, aber vor allem, dass alle deine *geheimen* Wünsche wahr werden, solche, von denen du niemandem erzählst.»

«Danke.» Ich überlegte, ob ich ihr den Beschluss von gestern Abend mitteilen sollte, aber ich sagte nur: «Ich wünsche dir ungefähr das Gleiche.»

«Du ahnst gar nicht, wie sehr ich jeden guten Wunsch gebrauchen kann im Moment.»

«Nein, das tue ich wirklich nicht», sagte ich, «und vielleicht liegt das daran, dass du weiterhin in Rätseln zu mir sprichst.»

«Bist du beleidigt, René?»

«Hätte ich einen Grund dazu?», fragte ich zurück.

«Weiß nicht. – Ja, vielleicht.»

«Ich dachte, du meldest dich *nie* wieder», sagte ich.

«Ich hatte es dir aber versprochen, als wir das letzte Mal telefoniert haben. Wann war das noch gewesen?»

«Na eben», sagte ich, «wir können uns kaum daran erinnern. Im November irgendwann. Oder doch Ende Oktober?»

«Gut möglich», sagte Rebecca, «das tut mir alles wahnsinnig leid», und sie klang so ehrlich niedergeschlagen, dass ich bereit gewesen wäre, jegliche Ausrede zu akzeptieren.

«Bis dahin dachte ich, dass wir doch irgendwie ein Paar sind», sagte ich.

«Sind wir denn keins mehr?»

«Waren wir denn je eins?»

«Weiß nicht», sagte Rebecca, «wir hatten es jedenfalls so ausgemacht.»

«Daran kannst du dich erinnern?»

«Na klar, was denkst denn du? Auf der Zugfahrt war das gewesen, im Sommer.»

Wir schwiegen.

«Aber was ist jetzt mit uns?», fing Rebecca als Erste wieder zu sprechen an.

«Wir sind ja nicht mal mehr ein theoretisches Paar.»

«Was ist denn ein theoretisches Paar?»

Endlich lachte sie mal in diesem vor Ernst triefenden Gespräch.

«Na, ein Paar, das sich ab und zu Briefe schreibt oder miteinander telefoniert, wobei nicht immer nur der eine den anderen anruft, sondern manchmal auch der andere den einen, sodass der eine sich nicht am Ende vorkommt wie so ein Aufdringling und es dann irgendwann sein lässt aus Gründen der Selbstachtung.»

Wir schwiegen erneut.

Aus Victorias Zimmer kam laut *Victoria*, dieses Lied von The Fall, das ich ihr mit ein paar anderen auf Kassette gespielt und am 25. Dezember nachträglich zu Weihnachten geschenkt hatte, weil mir das Max-Frisch-Buch zu läppisch erschienen war und ich nicht ahnte, dass sie obendrein das Plakat von mir bekommen würde. Über diesen Song hatte sich Victoria besonders gefreut.

«Ich hab viel an dich gedacht in der ganzen Zeit», sagte Rebecca.

«Ich am Anfang auch dauernd an dich.»

«Und jetzt nicht mehr?»

«Doch, jetzt, wo du am Telefon bist, wieder. Aber den kompletten Dezember nicht.»

«Das kann ich dir fast nicht glauben», sagte Rebecca, «und will es auch nicht so richtig.»

«Es stimmt aber», sagte ich. «Ich hab mich nämlich gezwungen, nicht an dich zu denken.»

«Also hast du sehr wohl an mich gedacht, aber immer, bevor es richtig losging damit, hast du stopp gesagt, aber nur, weil du dir vorgenommen hattest, stopp zu sagen, und nicht, weil du es jedes einzelne Mal von Herzen wolltest.»

«Was weiß ich», sagte ich, denn das wurde mir echt zu haarspalterisch.

Wir schwiegen schon wieder.

Aus Victorias Zimmer drang jetzt *The Perfect Kiss* an mein Ohr, die Langfassung, und ich musste daran denken, wie ich es damals gehört hatte an diesem schönen und gleichzeitig schrecklichen Nachmittag im Paulusviertel.

Auch Victoria fand *The Perfect Kiss* gut, obwohl sie *Blue Monday* vorzog, aber sie zu überzeugen, dass New Order besser seien als Joy Division, war mir nicht gelungen.

«Glaub mir, René», beendete Rebecca dieses längste unserer bisherigen drei Schweigen, «ich hab selbst am allermeisten ein schlechtes Gewissen, dass ich dich hinhalte. Aber du musst mir echt vertrauen, dass ich das nicht nur meinetwegen mache, sondern ein bisschen auch für dich.»

«*Was?*», rief ich.

«Um dich nicht reinzuziehen.»

«Aber in was denn bloß?», fragte ich. «In mein Glück?»

Allmählich nahm das überhand mit dem Schweigen.

Nebenan war *The Perfect Kiss* beim Bass-Solo angekommen.

«Rebecca, mach langsam Schluss», unterbrach eine männliche Stimme im Hintergrund unsere Sprachlosigkeit, «wir müssen los.»

«Ich sag noch schnell Tschüss zu René», antwortete Rebecca, und dann murmelte die männliche Stimme noch irgendwas.

«Was war denn?», fragte ich.

«Ich soll dich von meinem Pa grüßen.»

«Wirklich?», sagte ich. «Von Gebhardt?»

«Ja.» Rebecca lachte: «Woher weißt du denn, wie er heißt?»

«Ich glaube, deine Mutter hat uns einander vorgestellt, damals auf dieser Feier in eurem Garten.»

«Oh Gott», sagte Rebecca, «war ich damals blau!»

«Das war am Tag von Live Aid», sagte ich, «erinnerst du dich? Und eigentlich dachte ich, dass er mich nicht leiden kann.»

«Wie kommst du denn darauf?», sagte Rebecca. «Im Gegenteil, ich hab ihm viel von dir erzählt in letzter Zeit, und er würde dich gerne kennenlernen.»

«Wirklich?»

«Ja», sagte Rebecca, «aber ich muss langsam auflegen. Der, den du Gebhardt nennst, sitzt nämlich im Auto und scharrt mit den Hufen.»

«Wo fahrt ihr denn hin?»

«Rate schnell!», sagte Rebecca, und sie lachte schon wieder in den Hörer.

«Elbsandsteingebirge?», sagte ich. «Hohe Tatra? Oder doch eher an die Ostsee?»

«Ey, ist das irgendeine Anspielung?»

«Auf die Freizeitaktivitäten eurer Familie, meinst du? – Nein, ganz und gar nicht.»

«Dann ist ja gut, Freundchen», sagte Rebecca. «Trotzdem falsch geraten: Wir fahren nach Halle.»

«Oh», sagte ich.

«Ja, genau: Oh!», sagte Rebecca. «Und wenn ich mich erst eingerichtet hab bei meiner Tante und mich eingewöhnt hab an der Burg, dann komm ich zu deinem komischen Hochhaus an der Saale und hole dich ab. Okay?»

«In Ordnung.»

«Klingt nicht sehr begeistert.»

«Doch, doch», sagte ich, «ich freue mich sehr. Aber nicht wieder bloß sagen und dann nicht machen.»

«Pionierehrenwort!»

«Eine Frage noch.»

Im Hintergrund hörte ich ein zweifaches ungeduldiges Hupen.

«Mach schnell!»

«Hat dir deine Mutter meine Grüße ausgerichtet?»

«Was denn für Grüße?»

«Im Juli irgendwann.»

«Ich weiß nicht, was du meinst.»

«Ach, egal», sagte ich. «Gute Fahrt!»

«Vergiss nicht, René», sagte Rebecca, «ich hol dich ab! Und ich sag dir vorher *nicht* Bescheid, wann.»

Kaum war ich fertig mit telefonieren, ging die Musik im Nebenzimmer aus, und Victoria kam wieder rein, und die zweigleisige Falte prangte noch immer auf ihrer Stirn.

«Ist alles in Ordnung?»

«Ja, alles prima.»

«Wolltest du nicht gestern Abend noch Schluss machen mit ihr?»

Es stimmte. Das hatte ich noch in der *Clubgaststätte* behauptet, nachdem Victorias Mutter gegangen war und ich eine weitere Runde Wein für uns bestellt hatte.

«Aber nur, weil ich dachte, es wäre sowieso schon vorbei.»

«Das hat natürlich seine ganz eigene Logik», sagte Victoria sarkastisch.

«Bist du sauer, Victoria?»

«Hat sie nach mir gefragt?»

«Nein, warum sollte sie denn?»

«Na, weil ich es war, die das Telefon abgenommen hat, zum Beispiel. Oder weil wir hier zusammenleben wie ein Paar?»

«Hä? Doch nicht wie ein Paar», sagte ich. «Jeder hat sein eigenes Zimmer zum Schlafen. Außerdem kann sie das überhaupt nicht wissen. – Bist du eifersüchtig, Victoria, oder was ist plötzlich mit dir los?»

«So weit kommt's noch», sagte Victoria. «Ich will dich nur warnen: Sie hat einen riesigen Dachschaden, und da kannst du fragen, wen du willst. Fang mit Dirk und Michael an!»

«Ey, jetzt mach mal langsam», sagte ich, «du redest hier von meiner festen Freundin!»

«Daran glaubst du doch selber nicht», sagte Victoria.

«Doch», sagte ich, «seit gerade eben glaube ich tatsächlich wieder daran.»

13. IT'S SO COLD IN ALASKA

Vielleicht wären wir ja wieder Freunde geworden, Günter und ich, wenn nicht direkt nach unserem Streit die Weihnachtsferien begonnen hätten.

Unversöhnt waren wir nach Hause gefahren, und weil ich mir wegen des Trubels in Potsdam keine Gedanken darüber gemacht hatte, ob unsere Meinungsverschiedenheit nicht doch nur ein Missverständnis gewesen war, kam ich – ohne es zu wollen – unversöhnt zurück.

Ich hegte keinen Groll gegen Günter, aber ich war nicht bereit, das auszubügeln, was er vom Zaun gebrochen hatte. Wer angefangen hatte zu stänkern, der musste als Erster um Verzeihung bitten. Da hatte ich meinen Stolz, auch wenn mein Stolz antiquiert wirkte und möglicherweise aus Büchern des neunzehnten Jahrhunderts stammte, die ihn eigentlich anprangerten.

Mir doch egal: Ein paar von uns mussten schließlich die ungeschriebenen Gesetze des zwischenmenschlichen Verhaltens befolgen, ansonsten versanken wir schnell in Anarchie, und wenn Anarchie funktionierte, dann höchstens im gesamtgesellschaftlich Großen der Utopie, nicht aber auf der persönlichen Ebene des Alltags.

Wir sagten zwar morgens noch Sachen wie «Hallo» oder «Mann, ist das kalt heute!» zu dem anderen, aber das war's dann schon gewesen.

Trotzdem saß Günter eine ganze Woche lang bis spätabends im Fahrstuhlvorraum und tat, als würde er lesen. Neben seinem Sessel stand ein zweiter, leerer, und wenn sich jemand reinsetzen wollte, behauptete Günter, er sei besetzt. Es war klar wie Kloßbrühe, dass er den Sessel für mich freihielt.

Der Winter kurbelte ordentlich die Temperaturen runter in diesen ersten Januartagen, bis auf minus fünfzehn Grad, und Schnee und ein schneidender Polarwind taten das ihrige, um die Unwirtlichkeit der Außenwelt zu maximieren. Man konnte in diesen Tagen nicht einfach für einen Spaziergang rausgehen, die Wilde Saale war zugefroren, und bereits die Zigarettenpausen auf dem Balkon, zu denen mich Günters Daueranwesenheit im Fahrstuhlvorraum zwang, waren ohne Mütze kaum auszuhalten, denn was nutzten die besten Handschuhe, wenn einem die Ohren abfielen.

Nach zirka einer Woche wurde es Günter wohl zu dumm.

Er verschwand aus dem Vorraum und mit ihm die beiden Sessel. Von da an sah ich ihn kaum noch, manchmal im Dunkeln morgens auf dem Schulweg, wenn unser gesamtes UG in einer langen Reihe zur Haltestelle in Kröllwitz marschierte. Aber jeder war zu sehr mit Frieren beschäftigt, den Kopf gesenkt, die Schultern eingezogen, um auf den anderen zu achten oder sich gar zu unterhalten.

Günter schien endgültig bei Iris untergekrochen zu sein, nebenan in Haus I, und mit Sicherheit hätte ich einen Monat zuvor noch kapituliert vor seiner reuevollen Sturheit, oder wie man dieses Verhalten nennen wollte, nach dem Motto: «Der Klügere gibt auf», und ihm irgendein Versöhnungsangebot gemacht.

Aber ausgerechnet jetzt hatte ich andere Dinge im Kopf, wichtigere: mein anstehender Besuch beim Studiendirektor vor allem, und danach schon Rebecca, von der ich nun endlich wusste, dass sie in derselben Stadt weilte wie ich und dass sie unter demselben schwarzgrauen Himmel zitterte vor Kälte und dieselbe stinkende Luft einatmete.

Jeden Morgen, wenn unsere Bahn an der Burg vorbeifuhr, drückte ich mir die Nase platt an der Scheibe. Aber nie sah ich sie hineingehen, meist sah ich nirgendwen vor dem Eingang, was an der Kälte liegen mochte oder an den lockereren Arbeitszeiten der Kunststudenten, aber es war mir auch egal.

Ich sah sie nicht, aber ich war nicht enttäuscht deswegen, und hätte ich sie eines Tages doch erspäht, wäre das wie ein Vierer in *6 aus 49* gewesen, zwar unerwartet und schön, aber nicht der Hauptgewinn.

Denn den Hauptgewinn bekam ich, wenn sie mich, wie sie es angekündigt hatte, unangekündigt aus dem Wohnheim abholte, und falls es Fragen gibt: Mir ist die Ironie bewusst!

Eines muss ich der Vollständigkeit halber berichten, denn nicht alles wurde immer nur schlimmer, wie man als Nachwuchsfatalist ja allzu gerne glaubte: Kaum war das neue Jahr angebrochen, führten Läden und Gaststätten unsere vertrauten Zigarettensorten, Club, F6 und Karo. Wie alte Freunde, die von einer langen Reise zurückgekommen waren, lagen sie auf einmal wieder in den Regalen – ihr wisst, was ich meine –, und die Verkäuferin im Tabakgeschäft nötigte jedem ihrer lang vertrösteten Stammkunden die maximale Menge an Rauchwaren auf, die ihr persönlicher Gerechtigkeits- und Verteilungsschlüssel erlaubte, zwei Schachteln pro Person und Tag. Ihr tägliches Strahlen und die vorerst stabile Versorgungslage bewies eines: Es lohnte sich, zukunftsfroh zu sein.

«Kann ich Sie mal sprechen, Frau Schneider?», traute ich mich Anfang der zweiten Januarwoche, nach der letzten Stunde endlich mein dringendstes Anliegen vorzubringen.

Bis dahin hatte ich gehofft, Frau Schneider würde von sich aus die Versammlung vom letzten Jahr ansprechen, aber vergeblich. Auch meine Kommilitonen, bis auf Anke und Jens, vermieden es, auf diesen seltsamen Nachmittag zurückzukommen. Fast schien es mir, als behandelten mich alle wie ein rohes Ei. Als bereuten sie es, mit ihren komischen Disziplinierungsversuchen eine künftig leere Planstelle erzeugt zu haben, was die Ökonomie unserer Zukunft zweifellos mehr gefährdete, als wenn ich ab und zu jemanden aus unserer FDJ-Leitung nicht grüßte.

«Finden Sie nicht, René, dass unsere Heizung wieder schwächelt», sagte Frau Schneider und setzte sich zu meiner Erleichterung hinter den Lehrertisch anstatt mit überschlagenen Beinen obendrauf.

«Nein», sagte ich, «aber das kann am Kontrast liegen: Wenn draußen minus zwölf Grad sind wie jetzt, dann kommen einem siebzehn Grad plus hier drinnen vor wie der reinste Hochsommer.»

«Das wird's mit Sicherheit sein», sagte Frau Schneider ironisch. «Es trifft sich übrigens gut, dass Sie kommen, ich wollte auch mit Ihnen sprechen. Holen Sie sich einen Stuhl!»

Ich zog einen Stuhl ran, Frau Schneider verschränkte die Arme vor der Brust wegen der Kälte, legte eine Kunstpause ein, und dann sagte sie: «Lassen Sie mich raten, Sie meinen es wirklich ernst?»

«Was?»

«Das, von dem ich gehofft habe, dass es eine vorschnelle Äußerung im Affekt war.»

«Dass ich nicht mehr ins Ausland gehen will?»

«Das stimmt doch noch?»

«Ja», sagte ich.

«Was haben Sie denn stattdessen vor?», fragte Frau Schneider. «Sagen Sie es freiheraus, ohne rumzueiern, ohne falsche Rücksicht, ohne alles!»

Sie zog ihren Lehrerkalender aus der Handtasche, entsicherte ihren Kugelschreiber und fing an, sich Notizen zu machen, während ich quasi dasselbe wiederkäute, was wir am Neujahrstag in der Gaststätte zu dritt ausklamüsert hatten, Victoria, ihre Mutter und ich.

«Sind Sie fertig?», fragte Frau Schneider, als ich aufgehört hatte zu reden und auch keine Anstalten machte, neu anzusetzen.

«Ja», sagte ich und war selber erstaunt, wie schnell sich so eine generelle Fahrplanänderung des Lebens schildern ließ. Denn es war ja doch eine ziemlich große Sache, dieses: Danke, nein, aber in Zukunft ohne mich!

Es bedurfte keiner fünf Minuten, und alles war gesagt, falls niemand nach einem Warum fragte oder einen gar abbringen wollte von der Entscheidung. Mit weinerlichen Appellen ans Gewissen oder an die Schuldgefühle, die man seinem Staat gegenüber haben müsse. Frau Schneider – Gott sei Dank – wollte all das offenbar nicht.

Sie fragte nur: «Und Sie sind sich wirklich absolut sicher, René? Ein Zurück gibt es dann nämlich nicht mehr.»

«Ja», sagte ich, und Frau Schneider klappte ihren Kalender zu, fuhr die Kugelschreibermine ein und sagte: «Ich werde das so weiterleiten, und Sie bekommen Bescheid, wie entschieden wurde.»

«Das war's schon?», fragte ich.

«Vorerst ja.»

Wir packten beide unsere Sachen zusammen, Frau Schneider machte das Licht im Klassenraum aus, und als wir dann über den hallenden Gang liefen, sagte ich: «Darf ich Sie noch was fragen?»

«Tun Sie sich keinen Zwang an.»

«Wie stehen denn meine Chancen? Ich meine, was Germanistik betrifft.»

«Ich kann es Ihnen wirklich nicht sagen. Normalerweise legen *wir* unser Veto ein, wenn jemand ins Ausland will, seine Leistungen aber nicht stimmen, was bei Ihnen ja nicht zutrifft. Diese Kommilitonen studieren dann an einer Fachschule oder machen eine Berufsausbildung. Äußerst selten exmatrikulieren wir mal jemanden wegen des persönlichen Verhaltens. Aber dafür sind Sie uns schlauerweise zuvorgekommen.»

«Dann bin ich ein Präzedenzfall», sagte ich.

«Bleiben Sie bitte auf dem Teppich, René», sagte Frau Schneider und öffnete die Tür zur Außenwelt. «So bedeutsam sind Sie wirklich nicht.»

Auf der Straße stank es nach verbrannten Braunkohlebriketts, und die Schneeflocken fielen so dicht vom Himmel wie in einem sowjetischen Märchenfilm. Gleich wurde es schon wieder dunkel.

«Auf Wiedersehen», sagte ich, «und danke!»

«Feiern Sie nicht zu früh», sagte Frau Schneider, und es war total klar, dass sie das *Surprise* meinte, das ein paar Schritte weiter lockte, eine Insel der Wärme und des sanft flackernden Kerzenlichts inmitten des Permafrostes, der über Hallesaale hereingebrochen war. «Es kann auch alles ganz anders ausgehen, als Sie es sich im Moment vielleicht ausmalen.»

Robert war der Erste, dem ich am Abend davon erzählte, während wir in einem grell ausgeleuchteten Waggon der Linie 6 über den ausgestorbenen, von Schneeböen gepeitschten Rannischen Platz fuhren. Es war warm in der Straßenbahn, und auf den Gummimatten schmolz der schmutzige Schnee der Bürgersteige zu hässlichen, braunen Lachen.

Wie alle anderen dachte auch Robert, ich hätte bloß so dahingesagt, mein Studium in Moskau nicht mehr antreten zu wollen, aus Kurzzeittrotz, aus Frust wegen des Liebesentzugs meiner Seminargruppe. Und genau so war es mir ja selber vorgekommen, bis Victoria und ihre Mutter mich eines Besseren belehrt hatten.

«Du elender Verräter», sagte er jetzt, und es klang ehrlich beleidigt, als meinte er wortwörtlich, was er mir gerade an den Kopf geknallt hatte.

«Ach, komm», sagte ich, «das ist doch kein Drama. Das ändert nichts bis zum Sommer.»

«Du glaubst doch nicht, dass sie dich das Abitur zu Ende machen lassen, wenn du ihnen mittendrin von der Fahne gehst.»

«Warum denn nicht?»

«Wie naiv bist du denn, Alter?», rief Robert. «Sie können gar nicht anders, als dich zu bestrafen. Sie *müssen* ein Exempel statuieren. Schon um alle anderen abzuschrecken, die desertieren wollen.»

Daran hatte ich nicht gedacht in meiner großen Erleichterung. Ein Wink dieses ominösen Studiendirektors reichte vermutlich, und ich verlor meinen Platz an der ABF und mein Bett im Wohnheim dazu.

«Was ist denn?», fragte Robert, weil ich ihm nicht antwortete.

«Keine Ahnung.»

Die Straßenbahn hielt.

«Wir müssen raus», sagte Robert, «da vorne ist schon der Böllberger Weg.»

Wir stiegen aus, zogen unsere Köpfe ein und liefen los, gestemmt gegen den schneidenden Wind voll stiebenden Schnees.

Niemand außer uns war unterwegs.

«Sicher, dass wir richtig sind?», fragte ich nach fünf Minuten und wickelte mir das schwarze Hemd enger um den Hals, das ich mangels eines handelsüblichen Schals benutzte. Es war mir egal, wie das aussah. Niemand achtete bei diesen Temperaturen auf das Äußere seines Nächsten.

«Die Nummer 188 war sogar im Stadtplan verzeichnet», sagte Robert, «hier müsste es schon sein.»

Wir standen vor einem dreistöckigen Backsteingebäude aus dem beginnenden Industriezeitalter mit großen, trüben Fenstern, durch die kein Lichtschein nach außen drang, und langsam bereute ich, dass wir erstmals rausgefahren waren zu einem Abend des Filmclubs 188.

Doch vierzehn Tage Kälteisolation im Wohnheim zeitigten erste Spuren von Lagerkoller. Wir gingen morgens in die Schule und kehrten am frühen Nachmittag zurück in unser Hochhaus. Maximal liefen wir in die Mensa rüber, oder wir kauften ein paar Kleinigkeiten in dem winzigen Schichtarbeiter-Konsum direkt am Weinbergweg. Einmal nur hatten Robert und ich die *Bierstube* aufgesucht. Bis unters Dach war sie vollgestopft gewesen mit Bärtigen und ihren weiblichen Pendants, weshalb das Kondenswasser quasi in Bächen die Scheiben heruntergelaufen war.

Uns fiel langsam die Decke auf den Kopf, und schließlich

lebte der Mensch nicht vom Brot alleine, wie Lenin bereits gewusst hatte. Nein, Moment …

«Wer noch mal hat gesagt: Der Mensch lebt nicht vom Brot allein?»

«Bertolt Brecht», sagte Robert. «Er braucht auch manchmal Schnaps und Wein. – Ich fress einen Besen, Alter, wenn hier heute Kino ist.»

Ihr hört es selber: Wie Brecht also bereits gewusst hatte, und deshalb waren wir trotz des widrigen Wetters heute Abend in den Böllberger Weg gekommen.

«Siehst du eine Tür?», fragte Robert.

«Bei diesen Fabriken ist der Eingang meistens hinten», sagte ich, «da drüben geht's auf den Hof.»

Wir gingen ums Gebäude rum und stießen auf das übliche Gerümpel aus herumliegenden Brettern und vergessenen Rohren, aus Schutthaufen und Kraftfahrzeugen, deren nackte Achsen auf Ziegelsteinstapeln ruhten. Aber weil alles mit einer dicken Schneeschicht bedeckt war, sah es nicht kaputt aus, sondern irgendwie spätromantisch pittoresk, fast wie arrangiert. Am Treppenaufgang leuchtete das warme Licht einer Industrielampe, und schon unten konnte man Stimmengemurmel und leise Musik hören. Auf einem selbst gedruckten Plakat stand schräg in einer schwarz-weiß-roten, futuristischen El-Lissitzky-Typografie «Filmclub 188». Das Plakat passte zu *Lef 2* wie die Faust aufs Auge, dachte ich.

«Was läuft heut eigentlich?», fragte Robert, während wir unsere Haare, Klamotten und Schuhe vom Schnee befreiten.

«*Die Katze im Sack*», sagte ich.

«Guter Bandname», sagte Robert, und man konnte richtig sehen, wie er langsam auftaute.

Wir stiegen die Betontreppe hoch und kamen zu einer angelehnten, schweren Stahltür, durch die ein Lichtkeil in den dunklen Aufgang fiel.

Ich zog die Tür komplett auf, und dahinter, am Tisch mit der Kasse, saß dieser Typ aus der Kunstbuchhandlung, und als er mich erkannte, sagte er: «Schön, dass du's doch noch hierherschaffst. Du warst lange nicht mehr im Laden.»

«Was zeigt ihr denn heute?», fragte ich, um einem umständlichen Gespräch über die Gründe meines Fernbleibens in seinem Laden vorzubeugen.

«Eisenstein», sagte er, und seine Augen flammten regelrecht auf vor Begeisterung, «*Panzerkreuzer Potemkin* und davor drei Kurzfilme von Wertow.»

«Von wem?»

«Dsiga Wertow», sagte er, «ein russischer Avantgardist. *Der Mann mit der Kamera* sagt dir vielleicht was.»

«Ja, den kenne ich.»

Obwohl ich noch keinen Film von Dsiga Wertow gesehen hatte, war sein Name auf einer dieser Listen mit unseren Vorbildern aufgetaucht, die Dirk, Michael und ich letztes Jahr angefertigt hatten, um uns auf die eigentliche Arbeit an unserer eigenen Kunstzeitschrift *Lef 2* einzustimmen. Auch Eisenstein stand natürlich auf diesen Listen.

«Ich bin ein großer Freund des russischen Futurismus und seiner sowjetischen Fortführung», sagte ich, und vielleicht klang das ein bisschen zu förmlich, aber der Buchhändler freute sich trotzdem, und er sagte: «Genau wie ich», und gab mir die Eintrittskarte.

Er stellte einen Filmclubausweis für Robert aus, und als alles erledigt war, sagte er: «Holt euch was zu trinken, wenn ihr wollt, und dann sucht euch einen freien Platz. Wir fangen zehn Minuten später an wegen des grässlichen Wetters.»

Für eine ehemalige Fabrikhalle war es richtig gemütlich, was hauptsächlich am Licht lag, das sich aus einem Haufen einzelner Quellen speiste. Eine wahre Armada ausrangierter Stehlampen war über den Raum verteilt, so richtig mit Troddeln und Borten und gedrechseltem Holzbein. Jede einzelne von ihnen hätte einem das Wohnzimmer verschandelt, hier jedoch störten sie nicht weiter mit ihrem reaktionären Aussehen, sondern trugen im Gegenteil sogar zur Behaglichkeit bei. Und das nur, dachte ich, weil sie ihres eigentlichen Zweckes entfremdet worden waren.

Im Halbkreis um die Leinwand waren Stühle zu lockeren Reihen angeordnet, hin und wieder unterbrochen von einem Sofatisch, mal in Nierenform, mal quadratisch modern auf Rollen, und Leute saßen dort, fast alle schwarz gekleidet, und unterhielten sich und tranken Wein und rauchten, viele der Männer diese stinkenden Vanillepfeifen der Intellektuellen, während alle zusammen warteten, dass die Vorstellung begann.

Drei Viertel der Plätze waren besetzt. Im Hintergrund lief Jazzmusik, aber weder diese Improvisationssachen noch der schreckliche Altherren-Dixieland, und die Blicke, mit denen uns die Anwesenden auf unserem Weg zu zwei freien Plätzen ganz vorne begleiteten, waren neugierig, und sie waren wohlwollend. Denn eines stand fest: Robert und ich waren so ziemlich die Jüngsten hier. Viele der anderen hätten gut und gerne unsere Eltern sein können.

Wir hängten unsere Mäntel über die Stuhllehnen, und kaum dass wir unsere Zigaretten angezündet hatten, sagte Robert: «Stehst *du* noch mal auf, oder soll ich die Getränke holen?»

«Wo gibt's denn den Wein?»

«Da drüben», sagte Robert.

Ich drehte mich zum Weinausschank um und sagte: «Willst du roten oder weißen?»

«Roten, ist doch klar», sagte Robert, «weißer passt absolut nicht zum Filmprogramm heute.»

Ich musste lachen, und dann ging ich zum Weinausschank rüber.

«Ich dachte schon, du kommst gar nicht mehr her», sagte das Mädchen, das dort arbeitete.

«Aber natürlich doch», sagte ich, «zwei Rotwein bitte.»

Das Mädchen stellte drei frische Gläser vor sich hin und goss sie bis zum Stehkragen mit Stierblut voll.

«Ich wollte nur zwei», sagte ich.

«Du warst von einem auf den andern Tag weg. Ohne Erklärung, einfach so», sagte Anja und zog einen Schmollmund. «Das dritte Glas ist für mich. Stoßen wir an?»

«Klar machen wir das.»

Wir stießen an und tranken auf unser Wiedersehen und aufs neue Jahr, und weil mich Anja anguckte, als erwartete sie eine Erklärung von mir, sagte ich: «Ich wollte immer mal vorbeikommen, nachdem unsere Heizung repariert war. Aber erst hatte ich ziemlichen Ärger mit meiner Seminargruppe, und direkt danach fingen die Ferien an. – Na ja, und dann dachte ich, dass es dafür sowieso zu spät ist.»

«Dass es zu spät ist, um in einen Buchladen zu gehen?», fragte Anja.

«Zu *dir*», präzisierte ich, «in *deinen* Buchladen.»

«Du bist also *meinetwegen* nicht mehr in den Laden gekommen, obwohl du sonst sämtliche Buchhandlungen in Halle abklapperst, wie du selber erzählt hast?»

«In die am Universitätsring kann ich auch nicht mehr.»

«Wieso denn?»

«Nicht so wichtig», sagte ich, «das ist eine eigene längliche Geschichte.»

«Aber stimmt das?», beharrte Anja. «Du bist wegen mir weggeblieben?»

«Ich weiß, es klingt dumm, aber: Ja, irgendwie schon. Und soll ich dir was sagen? Nicht weil ich dich *nicht* mag, sondern komplett wegen des Gegenteils.»

«*Weil* du mich magst, tauchst du also nicht mehr in dem Laden auf, in dem ich arbeite, obwohl du sonst weiterhin in allen anderen Buchläden der Stadt bist», sagte Anja, und ich merkte, dass sie sich jetzt ein bisschen das Lachen verkneifen musste.

«Außer in dem am Universitätsring», präzisierte ich abermals, «da bin ich – wie erwähnt – auch nicht mehr.» Ich trank einen zweiten Schluck Wein. «Aber nicht *weil* ich dich mag, komme ich nicht mehr vorbei, sondern weil ich dich mag und es irgendwie verpasst habe, es dir zu sagen, als es noch gegangen wäre. – So was in der Art.»

Ich merkte selber, dass ich etwas zu weit aus der Deckung gekommen war und hier Sätze daherredete, die besser in den letzten November gepasst hätten.

Aber stimmten sie denn weiterhin? Heute, Mitte Januar, mehr als zwei Monate später, wo meine angestammte Freundin vermutlich in derselben Stadt weilte?

«Jetzt hast du es ja doch gesagt», sagte Anja und lächelte.

«Scheint fast so.»

Im nächsten Moment gingen sämtliche Stehlampen aus, und direkt vor der Leinwand erschien einer weißer Spot, in den Anjas Chef trat. Die Gespräche verstummten, ein paar Durstige stürzten zum Ausschank, um sich Wein nachgießen zu lassen, und auch mein Glas füllte Anja noch mal auf, bevor ich «Bis später» sagte und zu meinem Platz ging.

«Wer ist denn die?», flüsterte Robert, nachdem er gierig einen Schluck getrunken hatte.

«Anja», flüsterte ich zurück.

«Diese Braut aus dem Kunstbuchladen?»

«Ja.»

«Hab ich mir ganz anders vorgestellt.»

«Warum anders? Ich hab doch gar nichts weiter erzählt.»

«Trotzdem», flüsterte Robert, «nicht so hippiemäßig.»

«Das sagt der Richtige.»

«Liebe Filmfreunde», begann mit fester Stimme Anjas Chef zu sprechen, «ich begrüße euch herzlich zum ersten Abend unserer kleinen Reihe mit Filmen von Sergej Eisenstein.» Er zog ein paar Karteikarten aus seinem schwarzen Sakko, und ich dachte: Oh nein, wenn der jetzt eine Rede hält, dann stellst du lieber eine Weile deine Ohren auf Durchzug. War ja stets Gefahr im Verzug, wenn jemand Notizen hervorholte und sich dann räusperte. Ihr wisst es: Das war ein regelrechter Reflex von mir.

Aber Anjas Chef, wurde mir sofort klar, würde selbstverständlich nicht über Parteitagsbeschlüsse und die Einheit von Wirtschafts- und Sozialpolitik und ähnliche Sülze schwadronieren. Ich stellte meine Ohren direkt wieder auf Empfang, und dann hörte ich ihn von Collage- und Schnitttechniken erzählen, von fiktiven Reportagen und der Authentizität des Dokumentarischen, und ich nahm mir vor, ihn bei Gelegenheit nach einem filmtheoretischen Artikel für *Lef 2* zu fragen.

Ich meine: Wenn wir erst mit dem Abi fertig waren und ein bisschen mehr Zeit hatten im Sommer, ging es weiter mit der ersten Nummer. Alles ruhte ja nur auf Eis.

Der erste Kurzfilm von Dsiga Wertow begann, und wenn man sich ausmalte, wie das sogenannte Wetter hinter den Backsteinmauern sein Unwesen trieb, war es noch behaglicher hier im Inneren der Fabrik, und trotz des Revolutionsspektakels vorne auf der Leinwand wurde ich ein bisschen schläfrig.

Das heute Abend, dachte ich, war Neues Denken in seiner praktischen Gestalt: Ehemals als formalistisch verschriene Revolutionsfilme schnurrten durch den Projektor, während man im Zuschauerraum Rotwein trinken und dabei rauchen durfte. In den alten, verknöcherten Kinos der künftigen Vergangenheit, den normalen, meine ich, wurde man schon angeschnauzt, wenn man verschämt einen Keks aus der Hosentasche zog. Als die Stehlampen wieder angingen, merkte ich, wie Robert aus dem Schlaf schreckte.

«Hab ich was verpasst?», sagte er und rieb sich die Augen.

«Nur das glückliche Ende», sagte ich.

«Und das war wie?»

«Der Kommunismus ist ausgebrochen, und alle lagen sich in den Armen», sagte ich.

«Einen Moment noch, liebe Freunde», rief Anjas Chef, der sich im Publikum erhoben hatte, «die nächsten beiden Male zeigen wir *Oktober* mit der grandiosen Filmmusik von Dmitri Schostakowitsch und als Abschluss unserer kleinen Retrospektive Eisensteins monumentales, gleichwohl schwieriges Spätwerk *Iwan der Schreckliche*. Bevor Sie in die kalte Nacht zurückgehen, trinken Sie noch ein Glas Wein, und wir sehen uns dann in der nächsten Woche wieder. Bis dahin: Ahoi und alles Gute!»

Ich ertappte meine Hände, wie sie in den Applaus des restlichen Publikums einfielen.

«Jetzt seid ihr schon zwei», sagte Robert.

«Wie?»

«Du und dieser Typ», sagte Robert, «ihr benutzt beide das Wort *gleichwohl*.»

«Ich versteh nicht, was du mir sagen willst.»

«Ach, vergiss es», sagte Robert, «trinken wir noch was?»

«Klar», sagte ich, aber weil am Weinausschank ein riesiges Gedränge herrschte, beschlossen wir, in der *Bierstube* weiterzutrinken.

Ich zog meinen Mantel an und meine Handschuhe, und als ich Anja im Rausgehen zuwinkte, hielt sie kurz inne, aber zurückwinken konnte sie nicht, denn ihre Hände gossen gerade Wein aus einer Flasche in ein Glas. Sie konnte nur traurig gucken zum Abschied.

Draußen hatte es aufgehört zu schneien, doch der Eiswind pfiff schlimmer als zuvor. Man konnte ihm dabei zusehen, wie er den frischen Pulverschnee an Mauervorsprüngen und Bordsteinen zu großen Wehen zusammentrieb.

Ich holte das schwarze Hemd aus meiner Manteltasche, aber statt um den Hals wie vorhin wickelte ich es um meine Ohren, und es war mir total egal, dass ich nun aussah wie ein Kriegsgefangener in meinem gebrauchten Mantel und mit dem Hemd um den Kopf.

Wir trotteten zur Haltestelle, und als nach einer Ewigkeit, in der es zu kalt war, um zu rauchen und zu sprechen, die Straßenbahn kam, hell und warm, hörte ich auch endlich auf, an Anjas letzten Blick zu denken und an das vollkommen bekloppte Geständnis meiner ehemaligen Zuneigung, das ihn möglicherweise verursacht hatte.

Ich kann mich nicht erinnern, wann es schon mal so kalt gewesen war, und dabei taue ich doch selber erst auf», begann der allererste Brief, der mich im neuen Jahr hier im Wohnheim erreichte.

Er begann genau so, ohne eine Anrede, und auch Ort und Datum rechts oben fehlten, wie es sich in einem korrekten Brief geziemte.

«Entschuldige bitte mein Pathos», ging es weiter, «und entschuldige sogar den Brief selber, den ich Dir schreibe, obwohl es nicht abgemacht war. Ich weiß, dass Du keine Überraschungen liebst, und ich weiß, dass Du keine Spontaneität magst, womit Du überhaupt der Einzige bist, den ich kenne, dem es so geht. Oder vielleicht bist Du auch nur der Einzige, der freiwillig zugibt, dass es so um ihn bestellt ist. Denn nicht spontan zu sein gilt ja nicht als furchtbar großartig, weshalb viele Ältere behaupten, sie seien spontan und für alle Sachen aus dem Stegreif zu haben, nur um interessant zu wirken auf ihre Mitmenschen oder jünger, als sie in Wahrheit sind, und rebellischer. Meine eigenen Eltern machen da wahrlich keine Ausnahme, wobei bei ihnen der Grad der Spontaneität trotzdem höher liegen dürfte als im Durchschnitt unseres Landes, wo die PLANwirtschaft ganz großgeschrieben wird. Der Plan an und für sich ist ja so was wie das Heiligtum in unserem Staat, aber dass ausgerechnet Du, lieber René, so ein großer

Fan des Planens und Vorausschauens bist, auch wenn das bei Dir mehr über den Umweg der Negation der Spontaneität passiert, finde ich ein bisschen niedlich. Und auch, dass Du der Einzige bist weit und breit, der pünktlich erscheint zu Verabredungen», endete diese kleine Eröffnungsetüde über das Spontane.

Da war die Hälfte des Briefes bereits vergangen, dreieinhalb Seiten, und ich im Prinzip genauso schlau als wie zuvor.

Klar, ich wusste, dass er von Rebecca stammte, denn immerhin stand der Absender auf dem Umschlag, und die Adresse, Wielandstraße, 4020 Halle, das war dort, wo ich letztens vergeblich versucht hatte zu klingeln.

Nie zuvor hatte ich solch ein langes Schriftstück von ihr erhalten, wenn überhaupt welche, dann diese Kunstpostkarten mit so halb poetischen Sätzen hintendrauf, die auf den ersten Blick wie bedeutungsschwangere Lyrik aussahen, weil jeder Satz lange vor dem Ende der Zeile aufhörte und oft die Verben fehlten.

Ich hatte sie trotzdem gemocht, diese Karten und ihre geheimnisvollen Texte, aber jetzt überkam mich der Verdacht, dass man hinter kryptischen Formulierungen auch gut die Unfähigkeit zum verständlichen Formulieren verstecken konnte.

Womit ich nicht sagen will, dass Rebecca dies machte.

Gott bewahre!

Wäre ich Deutschlehrer gewesen, hätte ihr Brief auf jeden Fall eine Zwei von mir bekommen in Ausdruck und für die tadellose Rechtschreibung sogar eine Eins. Und glaubt mir, im Falle der Orthografie war ich echt pingelig, und ich kann nur jedem raten, dem es da ähnlich geht, bei frischen Freundinnen zunächst auf die rein mündliche Verständigung zu setzen, bis die Liebe schließlich so groß und unsterblich geworden ist, dass ihr gelegentliche Ausrutscher auf diesem eher bürokratischen Gebiet nichts mehr anhaben können.

Was ich eigentlich sagen wollte: Rebecca schrieb vollkommen anders, als sie redete.

Und vor allem: als sie aussah!

Weniger exaltiert, meine ich, fast wie ein ganz normaler Mensch.

«Aber ich bin abgekommen vom eigentlichen Thema», ging es weiter in ihrem Brief. «Ich schreibe Dir nämlich, weil ich Dich nicht wieder enttäuschen will. Und weil ich nicht will, dass Du Dir Sorgen machst um mich, oder besser gesagt: um uns beide. Ich lebe mich gerade ein in Halle, was nicht so leicht ist bei dieser Witterung. Von der Stadt kenne ich kaum was, aber ich hoffe, dass Dein Versprechen noch gilt und Du sie mir zeigst, wenn sie irgendwann aufgetaut ist. Im Moment bin ich vor allem mit meinem Studium beschäftigt. Vier Monate Rückstand muss ich aufholen, aber die Kommilitonen sind fast alle nett, und sie helfen mir, wo sie können. Am liebsten bin ich im Atelier und in den Werkstätten, aber auch die Theorie interessiert mich, solange es sich nicht um diese üblichen Phrasen handelt. Ich glaube, die würde Dich auch interessieren, und ich muss oft an unsere Gespräche denken. Alles in allem ist das Studium eine schöne Ablenkung für mich, und ich bereue es, dass ich nicht doch schon im Herbst nach Halle gekommen bin. Dann wäre einiges vielleicht leichter gewesen, besonders für uns beide, aber ich will nicht zurückgucken, sondern nach vorne, in den Frühling, wenn das Leben neu erwacht. Dann sehen wir uns endlich wieder, versprochen», begann Rebecca den Verabschiedungsteil ihres Briefes mit so einem Leidendes-jungen-Werthers-Unterton, den ich immer bedrohlich fand und deshalb nicht mochte.

Es folgten die Abschiedsfloskeln mit Grüßen und symbolischen Küssen und Umarmungen, was zwar alles lieblich klang, aber einem letztendlich nichts nützte, und dann das Postskriptum, in dem stand: «Es ist so kalt draußen, aber hier drin ist es warm, und ich fühle mich geborgen wie in einer Höhle. Du solltest mich sehen! Ich sitze am Schreibtisch und schaue auf den verschneiten Hof. Neben dem Briefblock steht eine Tasse mit Tee, und überall im Zimmer brennen Kerzen. Meine Tante hat mir eine Strickjacke geborgt, die so lang ist wie ein Kleid, und dazu dicke Socken aus Schafwolle. Ich glaube, Du würdest mich nicht wiedererkennen!»

Das war's.

Ich wünschte, Rebecca hätte das mit der Strickjacke und den Schafen für sich behalten. Und ebenso das mit dem Tee, denn wenn einem kalt war, trank man Grog. Nur wer in der Jungen Gemeinde war, trank zum Aufwärmen Tee.

Aber schon am nächsten Tag hörte ich auf, mir dieses Zimmer zum Hof voller Kerzenlicht vorzustellen, und darin Rebecca, von oben bis unten in kratzende Wolle gehüllt, und ich machte das, was jeder andere auch tat, der einen Liebesbrief bekommen hatte: Ich freute mich.

Jetzt besaß ich also eine Brieffreundin.

Was ein relativ beachtlicher Fortschritt war im Vergleich zu meinem Zustand vorher. Mühsam ernährt sich das Eichhörnchen!

Ich beschloss, in den nächsten zwei, drei Tagen ein Antwortschreiben an Rebecca aufzusetzen, in dem ich nebenbei klarstellen wollte, dass ich mitnichten ein Freund der Planwirtschaft war, bloß weil ich Überraschungen hasste. Nicht umsonst hatte ich meinen persönlichen Fünfjahresplan kürzlich über den Haufen geworfen, wovon sie allerdings noch nichts ahnte.

Rebecca würde schön gucken, dachte ich, wenn ich ihr das erst mal erzählte. Und dann würde sie merken, dass es durchaus die Möglichkeit einer Zukunft für uns beide gab. Statt in die SU zu verschwinden, würde ich Germanistik studieren in Berlin und sie jedes Wochenende besuchen in Halle. Und wenn wir fertig waren mit unseren Studien, war sie eine Malerin mit einem eigenen Atelier, und ich arbeitete als Lektor in einem Verlag und konnte selber bestimmen, welche Bücher gedruckt wurden und welche nicht. Und dank unserer unkonventionellen Berufe durften wir sogar mit dreißig noch in schwarzen Klamotten herumlaufen, so wie diese ganzen betagten Zuschauer im Filmclub 188.

Das wäre in dreizehn Jahren, rechnete ich schnell im Kopf aus, exakt im Jahr 2000. Dann hatten Glasnost und Perestroika hoffentlich gesiegt bei uns, und ein neues, schöneres Jahrtausend konnte anbrechen, etwas, das zu erleben wahrlich nicht jedem vergönnt war.

15. WOLF, DER ARBEITEN MUSS

In der ersten Etage unseres Schulgebäudes, an jenem langen Gang, der den West- mit dem Ostflügel verband, lag die Verbotene Zone.

Wann immer es möglich war, vermied ich, sie zu durchqueren. Mussten wir zum Beispiel von Raum 101 im Osten in Raum 120 im Westen wechseln, dann nahm ich nicht etwa den direkten Weg, sondern ich stiefelte erst die Treppe in die zweite Etage hoch, durchquerte dort oben den Gang, um im Westtreppenhaus wieder eine Etage runterzusteigen. Das führte ja zum selben Ziel, auch wenn es etwas länger dauerte, aber ich lief auf diese Art weniger Gefahr, jemandem zu begegnen, den ich lieber nicht treffen wollte: den Generaldirektor unserer Anstalt, die erste Vorsitzende des Sekretariats, den König aller FDJ-Gruppen unseres Hauses, den Wehrerziehungs- und den Kulturverantwortlichen und – *last but not least*, wie die Lateiner sagten – den Direktor für Studienangelegenheiten.

Sie alle, samt ihren Vertretern und Adjutanten, und vermutlich eine ganze Reihe weiterer von ähnlicher Beschaffenheit und Funktion residierten dort nämlich in ihren Büros. Des Weiteren befand sich das Lehrerzimmer in unmittelbarer Nachbarschaft, der Rückzugsort unserer Dozenten, an dem sie neu Kraft tankten, um uns anschließend nach den Vorgaben der Altvorderen zu lehren und zu formen.

Dafür, ihnen allen nicht zu begegnen, nahm ich diesen kurzen täglichen Umweg gerne auf mich, was aber den kleinen Nachteil mit sich brachte, dass ich sie nicht auseinanderhalten und ihrem Amt zuordnen konnte. Vielleicht gab es schlichtweg zu viele von ihnen, keine Ahnung. Und was ich während ihrer Reden tat, die sie ständig in der Aula schwangen oder auf dem Hof, wisst ihr ja: Augen zu und durch!

Jetzt aber, Mitte Januar – das Wetter kriegte sich langsam wieder ein, und die Temperaturen fielen höchstens nachts noch unter minus zehn –, konnte ich mich vor der ersten Etage nicht mehr drücken, denn der Studiendirektor höchstselbst hatte mich für die große Frühstückspause in sein Büro geladen.

«Sie sind das also», sagte er, als ich eintrat.

Der Studiendirektor lehnte am Fenster, die Arme vor der Brust verschränkt, und er sah aus, als stünde er schon eine Weile so da in dieser Haltung gespielter Lässigkeit und als würde er jeden Augenblick verkrampfen. Er wirkte etwas jünger als mein Vater, und sein Anzug aus der HO war hässlicher als die Anzüge meines Vaters, aber was sie verband, war das Parteibonbon am Revers.

«Ja, ich bin das», sagte ich, «guten Morgen!»

«Warum nur wundert mich das nicht?», sagte er und begutachtete mich abschätzig von oben bis tief unten, wo meine unwürdigen Arbeitsschuhe auf seinem guten Linoleum standen.

«Vielleicht weil Frau Schneider es Ihnen gesagt hat?», fragte ich dumm zurück, obgleich ich wusste, dass man auf rhetorische Fragen der Obrigkeit nichts erwiderte.

Es mochte Einbildung sein, aber ich glaubte, er zuckte leicht zusammen.

«Setzen Sie sich hin», sagte er und zeigte auf den Sessel, der vor seinem Schreibtisch stand. Ich ließ mich nieder und legte meine Arme auf den dafür vorgesehenen Holzlehnen ab.

Der Studiendirektor trat an seinen ausladenden Schreibtisch, nahm die Akte hoch, die dort lag, schlug sie auf, und dann tat er bestimmt eine Minute lang so, als würde er zum ersten Mal darin lesen und als wäre er komplett überrascht von dem, was dort stand. Das nämlich sollte mir seine missbilligend gerunzelte Stirn signalisieren.

«Apropos Frau Schneider», sagte er, als es ihm endlich selber zu blöd wurde, Grimassen zu schneiden, «ohne Ihre Gruppendozentin würde ich Ihnen vermutlich nicht das sagen, was Sie gleich von mir zu hören bekommen. Sie wissen also, bei wem Sie sich zu bedanken haben.»

Ich merkte, wie mein Herz einen Takt zulegte.

«Ja», sagte ich.

«Also hören Sie zu», sagte der Studiendirektor und setzte sich auf die Schreibtischkante. «Dank Ihrer Beurteilung durch Kollegin Schneider und nach Rücksprache mit Ihrer Deutschlehrerin, die Ihnen durchaus überdurchschnittliche Leistungen bescheinigt, haben wir uns entschlossen, Ihre Bewerbung um ein Studium der Diplom-Germanistik zu unterstützen. Dazu haben uns des Weiteren Ihre insgesamt guten Noten bewogen sowie Ihr gerade noch akzeptables Sozialverhalten, wie es durch Kollegin Schneider geschildert wurde. Über Ihr Aussehen breiten wir an dieser Stelle diskret den Mantel des Schweigens. Hier», sagte der Studiendirektor und fischte einen einzelnen Bogen aus der Akte, «habe ich Ihr Bewerbungsformular. In dem Jahr, das für Ihren Studienbeginn infrage kommt, gibt es eine begrenzte Anzahl von Plätzen an der Karl-Marx-Universität zu Leipzig. Die anderen Universitäten wie Rostock, Berlin, Jena immatrikulieren in diesem

Jahr keine neuen Studenten in dieser Fachrichtung, denn der gesellschaftliche Bedarf an Absolventen ist, wie Sie sich selber denken können, sehr begrenzt.»

Er erhob sich und kam zu mir rüber.

«Die Anschrift der Universität und der Fakultät habe ich für Sie eingetragen. Bitte!»

Ich nahm den Zettel und sagte: «Danke.»

Mehr bekam ich nicht raus.

«Das Privileg des verkürzten Wehrdienstes entfällt dadurch für Sie», sagte der Studiendirektor, und sein Gesicht heiterte sich ein wenig auf, «weswegen Sie sich möglichst schnell zum Wehrkreiskommando begeben und dort Stempel und Unterschrift für Ihre Bewerbung holen. Erst dann ist sie vollständig und kann an die Universität geschickt werden. Haben Sie das verstanden?»

«Ja», sagte ich, während ich dachte: Was hat er gerade gesagt? und dann: Ich werde das studieren, was mir Spaß macht und mich interessiert!

«Die Adresse steht auf dem angehefteten Zettel.»

«Welche Adresse noch mal?»

«Herrgott, die des Wehrkreiskommandos!»

«Ach so», sagte ich.

«Wenn alles gut geht, werden Sie im Frühjahr zu einer Aufnahmeprüfung eingeladen.»

«Ja.»

«Viel Glück», sagte er, und es klang ein bisschen so, als wünschte er mir insgeheim das Gegenteil, obwohl er doch anscheinend alles getan hatte, um mir zu helfen.

Oder hatte er nur nicht anders gekonnt?

So richtig schlau wurde ich aus ihm nicht.

Vielleicht musste man manchmal dem Bösen direkt ins

Auge sehen, um es zu bannen, dachte ich, als ich lockeren Fußes die erste Etage verließ, vor der ich eine halbe Stunde zuvor noch den größten Respekt gehabt hatte.

Oder vielleicht war das Böse nur böse, wenn es auf Arbeit war oder Schicht hatte, weil es dort böse sein *musste*. Weil das die Stellung so verlangte, wie bei diesen ganzen Wölfen im Märchen, bei Rotkäppchen oder bei der Sache mit den sieben Geißlein. Von diesen Wölfen las man ja auch immer nur, wie grausam sie seien und wie verschlagen, aber nie, ob sie nicht eventuell eine riesengroße Sippe durchzufüttern hatten und sich bloß deshalb aufführten wie die Axt im Walde.

Als Robert und ich zum zweiten Mal im Filmclub 188 auftauchten, draußen am Böllberger Weg, ein bisschen zeitiger, damit wir vor dem Film jeder mindestens zwei Gläser Rotwein schafften statt eines, saß dort in der ersten Zuschauerreihe bereits dieser sogenannte Karsten mit K.

Er verrenkte sich richtig den Kopf nach hinten, fast wie ein Uhu, und er winkte, als er uns an der Stahltür entdeckte.

Robert winkte zurück.

«Ist das Zufall?», fragte ich, während wir unsere Eintrittskarten bezahlten für Sergej Eisensteins *Oktober.*

«Nein», sagte Robert, «ist es nicht. Aber bevor du wieder die ganze Zeit mit der Hippiebraut quatschst, organisier ich mir lieber jemand eigenen zum Reden.»

«Das ist keine Hippiebraut», sagte ich, «das ist Anja aus dem Kunstbuchladen. Sie trägt eben gern legere Klamotten.»

«Das ist nicht zu übersehen», sagte Robert, «und außerdem trägt sie heute Zöpfe wie Gretel.»

«Wie wer?»

«Na, wie diese Gretel», sagte Robert, «von Hänsel.»

Als hätte sie uns gehört, winkte Anja vom Weinausschank herüber, wo gerade die Ruhe vor dem Sturm herrschte. Ich grinste sie an.

«Geht ja schon wieder gut los», sagte Robert und verdrehte die Augen.

Als wir vorne bei Karsten ankamen, gab er Robert rechts und links ein Küsschen auf die Wange, und zu mir sagte er: «Lange nicht gesehen.»

«Das letzte Mal vor der *Bierstube*», sagte ich und fixierte das glitzernde Kreuz auf seinem Pullover.

«Und das einzige», sagte Karsten, «ich hoffe, wir holen ein paar der versäumten Begegnungen im Frühling nach.»

«Wir könnten was zu dritt machen», sagte Robert.

«Möglicherweise», sagte ich und guckte unauffällig zum Weinausschank rüber.

«Oder wie wäre es zu viert?», fragte Karsten.

«Warum zu viert?», fragte Robert.

«Es hat jetzt doch geklappt», sagte Karsten und strahlte wie ein Seepferd, und die Grübchen in seinem Gesicht gingen auf wie Zwergrosen.

«Das mit Achmet?», fragte Robert und sah mich statt Karsten an.

«Wer ist denn Achmet?», hätte ich wohl fragen müssen, um den Regeln der Konversation zu genügen, aber weil ich es mir vage denken konnte und es mich gleichzeitig nicht interessierte, sagte ich stattdessen: «Wollt ihr auch was zu trinken?», obwohl ich sah, dass neben Karsten zwei volle Gläser standen.

«Entschuldige, René», sagte Karsten, «ich hab nur für Robert und mich was geholt. Aber die Kleine bei den Weinflaschen macht die ganze Zeit Stielaugen in deine Richtung. Vielleicht sagst du ihr mal Hallo.»

Ich merkte, dass ich rot wurde, aber ich ging rüber zu Anja, und Anja sagte: «Na du? Warum warst du so schnell weg neulich?»

Anders als alle anderen Mädchen, die ich kannte, roch Anja nicht nach Parfüm aus dem Geschäft, sondern nach einer Mischung aus Räucherkerzen mit Tannenaroma und Pfefferkuchen. Sie goss mir Rotwein ein, den ich nicht bezahlen musste, und dann unterhielten wir uns, und ich glaube, zum ersten Mal erzählte ich ihr, was ich eigentlich hier machte in Halle an der Saale, vom geplanten Auslandsstudium und wie sich das alles zu verändern begann. Bis dahin, fiel mir jetzt auf, hatten wir immer nur über Bücher gesprochen, über Filme und Theater und nur ein kleines bisschen über Musik, weil ich Angst hatte, dass sie gerne Liedermacher hörte mit deutschen Texten, so wie sie aussah, oder Die Mamas und die Papas.

Anja erzählte mir, dass sie gar nicht mehr in der Rannischen Straße arbeite, sondern in einer großen Buchhandlung in Halle Neustadt, die nächste Praktikumsstation, die sie während ihres letzten Jahres der Buchhändlerausbildung absolvieren musste, und dass sie regelmäßig in Leipzig sei, wo sich die Buchhändlerschule befand.

Wir unterbrachen unsere Unterhaltung nur, wenn jemand Wein bestellte, wie Karsten zum Beispiel, der mit den leeren Gläsern vorbeikam, uns beiden gleichzeitig die Hände tätschelte und sagte: «Ihr beiden Süßen, bitte mehr Wein!»

Ich sagte: «Anja – Karsten, Karsten – Anja», und Karsten sagte: «Kann es sein, dass wir uns kennen?», und Anja, die Stierblut eingoss, sagte: «Aus dem Buch und Kunst in der Rannischen Straße vielleicht», und Karsten rief: «Das wird es sein.»

Wie letzte Woche ging irgendwann das große Licht aus, und Anjas ehemaliger Chef trat mit seinen Karteikarten vors Publikum. Er sprach über die allmähliche Wandlung von Eisensteins kinematografischer Ästhetik und den vermeintlichen Widerspruch zwischen seinen formalen filmischen Mitteln und dem Ideal der proletarischen Revolution, das sie propagieren sollten, und ein paar Minuten nachdem der Film angefangen hatte, setzte sich Anja neben mich, und sie hatte zwei Gläser Rotwein für uns dabei, und auf der Leinwand nahmen die Ereignisse vom Oktober 1917 ihren Gang.

«Kommst du ins *Weltfrieden* mit auf ein Herrengedeck?», fragte Karsten, als das Licht nach anderthalb Stunden wieder anging. Anja war schon zurück am Weinausschank, wo sich in Windeseile eine Traube bildete.

«Ich trink hier noch einen Rotwein», sagte ich.

«Kann ich verstehen», sagte Karsten.

«Wir sehen uns morgen, Alter», sagte Robert, und Karsten sagte: «Und wir sehen uns nächste Woche wieder hier?»

«Kann man nie wissen», sagte ich, und dann ging ich zu Anja und fragte: «Soll ich dir helfen?»

«Du schenkst ein, ich kassiere», sagte Anja, und in der nächsten Dreiviertelstunde goss ich wie ein Irrer jedes Glas voll, das sich mir entgegenstreckte. Als alle bedient und getränkt waren, schloss Anja die Blechkasse ab, und wir gönnten uns in Ruhe die Reste aus den Flaschen.

Um halb elf standen wir unten an der Straßenbahnhaltestelle, und der frostige Nachtwind riss an unseren Kleidern. Ich hätte ihr gerne meine exquisiten Lederhandschuhe angeboten, aber Anja besaß eigene, selbst gestrickte Fäustlinge aus Wolle.

«Das war schön, dass du mir geholfen hast», sagte sie mit ihrer sanften Hippiestimme.

«Bist du nächste Woche noch in Ha-Neu?»

«Ja, und übernächste.»

«Soll ich mal vorbeikommen?»

«Lieber nicht», sagte Anja, «unsere Chefin da hat es nicht gerne, wenn wir Besuch kriegen.»

Die Bahn kam, und wir kletterten rein, und am Markt sagte Anja: «Ich muss umsteigen in die 1», und ich sagte: «Ich auch, in die 4. Wo wohnst du denn?»

«In der Frohen Zukunft», sagte Anja, «bei meinen Eltern.»

«Du wohnst echt in der Frohen Zukunft?»

«Lustig, oder?»

«Da will ich erst noch hin», konnte ich mir den Witz nicht verkneifen, den sie wahrscheinlich schon tausendmal gehört hatte, aber Anja lachte trotzdem höflich, gut erzogen, wie sie war.

Als Robert und ich Anfang Februar, es war der Vorabend unseres letzten Wintersemestertages, zum dritten Mal den Filmclub 188 betraten, um zu guter Letzt *Iwan den Schrecklichen* zu sehen, saß einmal mehr bereits Karsten in der ersten Reihe, neben sich ein Mädchen, das aussah wie Rebecca, und sie unterhielten sich so angeregt miteinander, als hätten sie große Teile ihrer Kindheit gemeinsam im Sandkasten verbracht.

Aber ich greife vorweg, Verzeihung, denn bevor das passieren konnte, hatte ich noch etwas anderes Unvermeidbares zu erledigen.

16. THE PERFECT KISS

Manchmal, wenn sie mich unter ihre Fittiche nahm, kam mir Frau Schneider wie eine leibhaftige Mutter vor, die das eigene Küken beschützte oder doch wenigstens den ihr untergejubelten Kuckucksspross.

Garantiert wusste sie aus meiner Kaderakte, dass ich eine Weile unter der alleinigen Obhut meines Vaters aufgewachsen war, anders konnte ich es mir fast nicht erklären, dass sie neuerdings hinter meiner Studienplanung her war wie der Teufel hinterm Weihwasser und mich Anfang Februar, wenige Tage vor den Winterferien, deswegen sogar vor unserem Klassenraum abfing, als ich von der Rauchertreppe angerannt kam.

«Stopp, René», sagte Frau Schneider und bremste auf diese Art meinen Endspurt ab.

«Bin ich schon zu spät?», fragte ich und japste nach Luft.

Frau Schneider sah auf die Uhr: «Drei Minuten, aber darum geht's nicht! Haben Sie endlich Ihre Unterlagen nach Leipzig geschickt?»

«Ich bin noch dabei», sagte ich.

«Was soll das heißen?», fragte Frau Schneider. «Mangelt es an einer Briefmarke? Ist Ihnen auf den letzten Metern die Spucke ausgegangen, um den Umschlag zuzukleben?»

Sie klang richtig zornig.

«Das nicht gerade», sagte ich kleinlaut, «mir fehlt ein Stempel.»

«Was für ein Stempel?»

«Der vom Wehrkreiskommando.»

«Herrje, Sie muss man wirklich zur Jagd *tragen*, René. Sie haben den Rest des Tages frei und besorgen sich diesen komischen Stempel, und Sie schicken danach unverzüglich die Bewerbung ab, haben wir uns verstanden?»

«Ja», sagte ich, «aber ...»

«Was denn noch?», zischte Frau Schneider unwirsch.

«Der Bewerbungsbogen liegt im Wohnheim.»

«Dann fahren Sie dort augenblicklich hin und holen ihn gefälligst», sagte Frau Schneider. «Ich will, dass diese Angelegenheit vor den Ferien vom Tisch ist. Ich hab noch andere Dinge zu tun, als ständig Ihre Extrawürste zu braten. Was sagt eigentlich Ihr Vater dazu?»

«Seit Silvester haben wir uns nicht mehr gesprochen», sagte ich, «aber meiner Stiefschwester hab ich davon erzählt, und sie hat es ihm ausgerichtet. Glaube ich.»

«Eine schöne Wirtschaft ist das bei Ihnen!», sagte Frau Schneider missbilligend. «Aber jetzt grämen Sie sich nicht. Es wird schon gut gehen, wenn Sie nur mal aus dem Knick kommen. Morgen erwarte ich Ihren Bericht!»

Obgleich die Zeit zu drängen schien, fing ich auf dem Weg ins Wohnheim abermals zu trödeln an. Trotz der Kälte legte ich eine Raucherpause am Saaleufer ein, wo eine Bank stand unterhalb der *Bergschenke*, mit Blick auf die Ruinen von Giebichenstein, und als ich eine Stunde später mit der Bewerbung in der Mappe am *Surprise* vorbeikam, das auf dem Weg zum Wehrkreiskommando lag, kehrte ich dort für ein Kännchen Kaffee ein.

Dazu aß ich eine Karlsbader Schnitte.

Danach aß ich einen Windbeutel, obwohl mir die Karlsbader Schnitte noch quer im Magen saß, aber als ich das Gelage beendet hatte, war es kurz nach eins, und ich ergab mich dem Schicksal und ging zum Wehrkreiskommando, das drei Ecken weiter in einem vierstöckigen Altneubau mit Flachdach residierte.

Bloß dass kein falscher Eindruck entsteht: Meine Bewerbung in Leipzig war mir natürlich nicht egal. Seit meiner Visite beim Studiendirektor dachte ich quasi an nichts anderes.

Na gut: Manchmal dachte ich an Rebecca zwischendurch und im nächsten Moment immer gleich an Anja. Oder wenn ich versehentlich zuerst an Anja dachte, kam eine Sekunde später Rebecca dran. Die beiden waren schon wie ein unzertrennliches Paar in meiner Vorstellung. Aber spätestens wenn ich fertig war mit diesen Gedanken, fiel mir wieder die Bewerbung ein und vor allem dieser verfluchte Stempel, den ich brauchte, um sie endlich loszuschicken.

Denn vor nichts anderem fürchtete ich mich so sehr in diesen Tagen wie vor dem Wehrkreiskommando und der Auskunft, die mich dort erwartete: Wie lange musste ich denn jetzt zur Asche, nachdem mir die Privilegien des verkürzten Wehrdiensts abhandengekommen waren?

Die normalen achtzehn Monate?

Oder doppelt so lang? Drei Jahre, wie alle Aspiranten volkswirtschaftlich belangloser Studienfächer, von denen eines der bedeutendsten die Germanistik zu sein schien? Wenn ich dann wieder rauskam, war ich so alt wie die *Bierstuben*-Jungmänner, und wenn ich Pech hatte, wuchs mir dann ein Bart bis runter auf den Bierbauch.

An der Pforte des Wehrkreiskommandos schilderte ich dem Soldaten, der dort saß, mein Anliegen. Er nahm meinen

Personalausweis entgegen, redete ein paar Worte in die Gegensprechanlage auf seinem Tisch und nannte mir das Zimmer, in das ich mich begeben sollte.

Ich stieg eine Treppe hoch und lief über hallende Gänge. Einmal klappte eine Tür irgendwo auf und zu, und danach herrschte wieder absolute Stille, bis auf das Echo, das die Tritte meiner Arbeitsschuhe auf dem Steinfußboden erzeugten. Das Wehrkreiskommando roch wie eine große, frisch gereinigte Sanitäranlage.

Ein Offizier mit drei goldenen Pickeln auf den silbernen Epauletten öffnete mir die Tür. Ein zweites Mal schilderte ich mein Anliegen. Ich sagte: «Ich brauche einen Stempel von Ihnen.»

Er hatte einen Aktendeckel vor sich, ließ mich Platz nehmen und sagte: «Zeigen Sie mal her.»

Ich reichte ihm den Bewerbungsbogen, den ich draußen auf dem Flur aus meiner Mappe genommen hatte. Er warf einen Blick hinein und sagte: «Sie müssen aber vorher unterschreiben.»

«Wo?»

«Hier», sagte er und zeigte auf eine freie Zeile in dem Formular. «Dass Sie Ihr Einverständnis erklären zu einem dreijährigen Ehrendienst in der Nationalen Volksarmee, bevor Sie Ihr Studium antreten, was dann 1990 im Herbst wäre. Bedeutet: Sie werden Unteroffizier auf Zeit. Haben Sie sich das Ganze überhaupt durchgelesen?»

«Ja», log ich. «Und wenn nicht?»

«Ich verstehe Sie nicht.»

«Wenn ich nicht unterschreibe.»

«Dreimal dürfen Sie raten», sagte er und reichte mir einen Kugelschreiber. «Bitte sehr!»

Ohne zu zögern, setzte ich meinen Namen in die freie Zeile. Nicht weil ich keine Zweifel daran hatte, drei Jahre meines Lebens wegzuwerfen. Nein, ich zögerte nicht, weil ich unbedingt rauswollte. Ich *musste* raus, so schnell es ging: aus dieser Amtsstube, aus diesem sterilen Gebäude.

Auch der Offizier unterschrieb, dann knallte er seinen Stempel aufs Papier und reichte mir den Schrieb: «Jetzt gucken Sie nicht so. Sie sind nicht der Erste und nicht der Letzte. Und alle haben es bisher überlebt. Oder wenigstens die meisten», versuchte er zu scherzen.

Aber ich hatte zu viele Geschichten aufgeschnappt von Leuten, die sich versehentlich erschossen hatten bei der Asche, manche auch mit Absicht, weil sie's nicht mehr ausgehalten hatten, oder die zerquetscht worden waren von Panzern während eines Manövers, um das lustig zu finden. Jeder kannte praktisch eine Familie, in deren Umkreis dergleichen passiert war.

«Ihr Einberufungsbefehl geht dann an Ihre Heimatadresse», sagte der Offizier, und er versuchte nicht mal, mir die Hand zu geben zum Abschied.

Ich war froh, dass es so kalt war in der Stadt, dass dieser schreckliche Winter noch nicht völlig aufgegeben hatte, denn ich kam mir vor, als würde mein Blut kochen, als ich wieder auf der Straße stand. Ich war unfähig, meinen Mantel zuzuknöpfen oder in meine Handschuhe zu schlüpfen. Als ich mir eine Zigarette anzünden wollte, zitterte wie wild das Streichholz zwischen meinen Fingern. Ich brauchte vier Versuche, bis es klappte. Ich steckte den Bewerbungsbogen in den Umschlag, den ich schon im Wohnheim adressiert hatte, setzte die Kopfhörer auf und ging los.

Nach ein paar Schritten blieb ich wieder stehen.

Ich brauchte andere Musik, um weitergehen zu können, sonst zog mich der tonnenschwere Stempel unter meiner feigen Unterschrift zu sehr runter.

Als hätte ich geahnt, dass sie mir heute nützen könnte, hatte ich im Wohnheim die *Let's Start a War* eingesteckt von Exploited, die mir Mario Weihnachten überspielt hatte. Er und seine neuen Kraftsportkumpels aus dem Geräte- und Reglerwerk hörten neuerdings diese Sachen.

Ich tauschte die Kassetten und drückte Play.

So war es besser, dachte ich und setzte mich wieder in Bewegung. Nichts Neoromantisches und keine Melancholie, keine Inspektion des Subjekts: *Let's Start a War* war pure Aggression und Geschwindigkeit. Keine Strophen, keine Refrains. Es war genau das, was ich im Moment brauchte, um einen Schritt vor den andern setzen zu können.

Günters Motörhead konnten einpacken gegen Marios Exploited, dachte ich, und dann lief ich die ganz große Runde: Paracelsusstraße, Steintor und dann die Leninallee runter bis zur Hauptpost am Bahnhof.

Die Kälte umwehte meinen Schädel. In meinem Kopf töteten Exploited jeden Gedanken ab, der sich zart zu recken versuchte. Mein Blut kühlte runter, ich schloss meinen Mantel und zog die Handschuhe an. Mit absolut leerem Kopf betrat ich um Viertel vier die vollgematschte Schalterhalle und gab den Umschlag als Einschreiben auf.

«Danke, dass Sie mich vom Unterricht befreit haben gestern», sagte ich am nächsten Morgen nach der Mathestunde zu Frau Schneider, «ich hab die Bewerbung abgeschickt.»

«Sie wirken nicht sehr glücklich, René», sagte sie, und Sorgenfalten kräuselten sich auf ihrer Stirn.

«Das kommt Ihnen nur so vor.»

Wenn ich daran dachte, was mir Anfang November blühte, musste ich einen Kloß runterschlucken. Der Triumph der Germanistik über die Ökonomie war ein Pyrrhussieg.

«Ihr Wort in Gottes Ohr!», sagte Frau Schneider.

Als wir aber zwei Tage nach meinem Besuch im Wehrkreiskommando abermals zum Böllberger Weg aufbrachen, Robert und ich, hatte ich mich schon an meine Entscheidung gewöhnt und an die Konsequenzen, die sie mit sich brachte, wie die niedliche Biene den giftigen Stachel.

Ich dachte jetzt so: Du schmeißt drei Jahre weg, René, aber du rettest dadurch dreißig andere deines Lebens, vielleicht noch mehr. Vierzig sogar, wenn man mit fünfundsechzig aufhört zu arbeiten wegen Altersschwäche.

Bedenke, feuerte ich mich selber an: Das sind vierzig Jahre, die du nicht in der Staatlichen Plankommission zu arbeiten brauchst!

Das macht achtzig formalistische, dekadente und sonst wie geartete Avantgardebücher, die du als Lektor in die Buchhandlungen schleusen kannst, geht man von zwei Stück pro Jahr aus.

Und nicht zu vergessen: Vierzig Jahre, die du schwarze Klamotten tragen darfst, ohne dass die Leute komisch gucken, weil es wie eine Feierabendverkleidung aussieht! Und das alles kostet dich insgesamt bloß sechsunddreißig Monate bei der Asche.

Eigentlich konnte ich es nicht leiden, mich so weit in meine eigene Zukunft zu begeben, längerfristig zu denken, wie mein Vater das nannte, in sogenannten Perspektiven, aber das hier war eine Ausnahme, ein Fall von Notwehr. Wenn ich es nicht machte, das merkte ich deutlich, versank ich sofort in Depressionen.

«Und außerdem kriegst du einen fetten Batzen Geld jeden Monat als Unteroffizier», tröstete mich Robert, als wir die Betonstufen zum Filmclub hochstiegen. «Ein paar Typen aus Brück haben das überhaupt nur wegen der Kohle gemacht!»

«Ich hab keine Lust mehr, darüber zu reden», antwortete ich. «Bis es so weit ist im November, will ich es vergessen.»

«Kapier ich nicht.»

«Egal», sagte ich und zog die Stahltür zum Kinoraum auf, und genau wie letzte Woche saß wieder Karsten in der ersten Reihe, und neben ihm saß ein Mädchen, mit dem er sich angeregt unterhielt. Soeben schien er über einen ihrer Sätze zu lachen, und er strich ihr dabei wie unbewusst über die Schulter.

«Wer ist denn das neben Karsten?», fragte Robert.

«Der berühmte Achmet jedenfalls nicht.»

«Du Scherzkeks.»

«Das ist nämlich Rebecca», sagte ich, «meine Freundin.»

«Mach keinen Scheiß, Alter», rief Robert und guckte wie ein Auto, «dann gibt's die also wirklich?»

«Willst du mich verarschen?»

«Ich dachte echt, du hast sie erfunden», sagte Robert.

«Um was zu bezwecken?» Ich sah ihm direkt in die Augen. «Außerdem hat Günter sie letzten Sommer gesehen.»

«Weiß nicht», sagte Robert und guckte weg.

«Ach, du meinst, um zu vertuschen, dass ich auch schwul bin?»

«*Auch*?», fragte Robert. «Du meinst: So wie ich?»

«Das hab ich nicht gesagt.»

«Klar, hast du, Alter!», rief Robert. «Du hast gerade gesagt: *auch* schwul. Karsten und ich sind nur Freunde, wenn du das meinst.»

«Entschuldige, falls du es in den falschen Hals gekriegt hast», sagte ich, «aber mir wär's egal, wenn's tatsächlich so ist.»

«*Ist* es aber nicht», beharrte Robert starrsinnig, aber in diesem Moment drehte sich zum Glück Karsten zu uns um, sprang auf und winkte, und dann haute er Rebecca auf die Schulter wie einem alten Saufkumpan, und dann drehte sich auch Rebecca zu uns um.

Seit Ende Juni hatten wir uns nicht gesehen, sechs Monate, ein halbes Jahr. So viel wie ein Sechstel meines künftigen Wehrdienstes, rechnete ich, ohne es eigentlich zu wollen, im Kopf aus.

Sie sah anders aus, als ich sie in Erinnerung hatte, älter.

Ihre Haare waren nicht mehr schwarz gefärbt, sondern zu ihrem Naturbraun zurückgekehrt. Aber sie sah weniger krank aus, als ich befürchtet hatte. Etwas müde vielleicht um die Augen, was aber am schummrigen Licht der reaktionären Stehlampen liegen konnte.

Rebecca wusste, dass ich Überraschungen hasste. Selbst *angekündigte* Überraschungen – was ja ohnehin ein sogenanntes Oxymoron war – wie diesen Besuch irgendwann am Weinbergweg, der sich jetzt erledigt hatte. Dieses «Warte nur, eines Tages wird es schon passieren!» hasste ich. Denn genauso ging auch der Text von Gevatter Tod!

Rebecca so unerwartet im Filmclub zu sehen, war schön. Aber ich weiß nicht, ob ihr das versteht: Es war genauso sehr schlimm. Mit weichen Knien folgte ich Robert nach vorne. Als wir am Weinausschank vorbeikamen, sah ich kurz hoch, und Anja, einen Korkenzieher in der Hand, lächelte mir schüchtern und wie ein verliebtes Reh zu, und ich versuchte, ihr Lächeln zu erwidern.

Ich glaube, es gelang nicht so gut, doch was hätte ich tun sollen? Sie ignorieren, nur weil ich gleich Rebecca gegenübertreten würde? Da konnte ich nichts dafür, und Anja noch weniger. Zum Glück hatte ich letztens nicht versucht, sie zu fragen, ob ich ihre Hand halten dürfe.

Und dann war es endlich so weit: Rebecca und ich standen uns gegenüber, nach all der Zeit, die so sinnlos verflossen war: ohne einander.

«Hey, René», sagte Rebecca leise, damit es die anderen nicht mitkriegten, «ich hab dich schon vermisst.»

Es war wie ein Wunder.

Bevor ich etwas antworten konnte, sagte Karsten zu Robert: «Komm, wir holen ein paar Schoppen Wein, mir scheint, es gibt Grund anzustoßen.»

Es war wirklich wie ein Wunder: Ihre pure Gegenwart genügte, um alle Zweifel platzen zu lassen, die ich je gehabt hatte. An keinen einzigen hätte ich mich jetzt erinnern können.

Alle Angst fiel von mir ab.

Ich war nicht mehr alleine.

Ich fürchtete mich nicht, Anja zu sagen, was los war.

Es war mir egal, was nächste Woche passierte oder im Herbst.

Rebecca nahm meine kalten Hände. Sie trat einen halben Schritt auf mich zu. Sie stellte sich leicht auf die Zehenspitzen, und dann waren ihre Lippen auf meinen.

Zeit und Raum wurden mit einem Schlag nichtig.

Ich kann nicht sagen, *wie* wir einander küssten, was unsere Zungen taten, was unsere Lippen. Alles, was passierte, passierte von selber, ohne mein Zutun, ohne meinen Widerstand. So, wie einem Herzen nicht bewusst war, dass es schlug, und einer Lunge nicht, dass sie atmete, so küsste ich

Rebecca. Unsere Zungen und Lippen machten das an unserer Stelle. Dazu waren sie da.

Dieser Kuss verstand sich von selber, und er geschah von alleine. Er war die natürliche Konsequenz des Laufs aller Dinge bisher. Mein Leben hatte überhaupt nur begonnen, um mich in diesen Moment zu führen.

Ich dachte: *Das* hier ist der perfekte Kuss, den New Order meinen, und nicht der des Todes, von dem sie singen, und indem ich das dachte, war er vorbei. Zeit und Raum kehrten zurück. Schon konnte ich diesen absoluten Moment der Entrückung zuvor nicht mehr begreifen.

Hatte es ihn wirklich gegeben?

Woher kam dieser Fehlgeschmack von Kitsch auf einmal?

Jetzt merkte ich auch, dass ich aus der Übung war, dass mir die Lippen wehtaten, als würde ich gleich einen Krampf bekommen. Ich überlegte: Wie lange standen wir schon so da, Rebecca und ich?

Und: Was musste Anja von mir denken?

Ich versuchte, mich groß und breit zu machen und meinen Rücken gen Weinausschank zu drehen.

In diesem Moment gingen die Stehlampen aus, und Rebecca ließ von mir ab.

Sie lächelte mich an.

Ich hängte meinen Mantel über die Lehne.

«Hast du jetzt auch einen Filmclub-Ausweis?», fragte ich und wischte mir unauffällig die Spucke vom Mund.

«Ja», sagte Rebecca und grinste, «war es genau das, was dir auf der Zunge gebrannt hat nach der langen Zeit?»

Sie strich mir über die Wange.

«Nein, aber irgendwo muss man beginnen mit einem Gespräch», sagte ich, «will man nicht mit der Haustür direkt ins Zimmer fallen.» Robert und Karsten kamen mit den Weingläsern zurück, und Robert flüsterte mir zu: «Alter, ich dachte, ihr werdet nie fertig.»

Sie verteilten die Gläser, und dann sagte Karsten: «Ich soll dich von der süßen Anja grüßen. Ich hab ihr erzählt, was das gerade war mit euch beiden», er sah mich an und dann Rebecca, «und sie lässt dir ausrichten, dass sie sich für dich freut. Nett, oder?»

Rebecca boxte mir auf den Arm und sagte: «Ey, was denn für eine Anja schon wieder? Ich hoffe, da war nichts mit euch, Freundchen!»

Die Stimmen im Raum verstummten allmählich, und um von Anja abzulenken, flüsterte ich: «Woher kennst du denn Karsten?»

«Das ist eine lange Geschichte», antwortete Rebecca, «obwohl … eigentlich ist sie ziemlich kurz.»

Ich sah sie erwartungsvoll an, aber da trat schon Anjas ehemaliger Chef mit seinen Notizen vor die Leinwand.

Man merkte, dass er viel weniger begeistert war von *Iwan dem Schrecklichen* als letztens von *Oktober*, und auch ich fand den Film zäh wie Kaugummi. Ich war nicht in der Stimmung für monumentale Historienfilme im russischen Original, denn heute hatte ich ausnahmsweise nur eines im Kopf: Mädchen.

Ohne ein zweites Glas Wein verließen wir zu viert den Filmclub, um im *Hotel Weltfrieden* auf Rebeccas Ankunft zu trinken.

Im Rausgehen lächelte mir Anja zu, und sie lächelte glücklich, kam es mir vor, nein: erleichtert, als wäre sie froh, sich doch nicht in mich verlieben zu müssen. So richtig, meine ich, mit allen Konsequenzen. Mein fast perfekter Kuss mit Rebecca hatte sie davor bewahrt, mit mir zusammen sein zu müssen, und weil mich die Erleichterung in ihrem Blick ein bisschen irritierte, vergaß ich zurückzulächeln, wie es die Etikette eigentlich gebot.

März.

Es hörte einfach nicht auf, Winter zu sein. Es hörte nicht auf zu schneien nachts und halb zu tauen den Tag über, und dann gegen Abend begann der ganze Mist erneut zu gefrieren, und frischer Schnee fiel auf das alte Elend obendrauf. Es war abwechselnd spiegelglatt und matschig in den Straßen, und es war entweder kalt, oder aber es war arschkalt.

Am Freitag dem Dreizehnten, einem Unglückstag, glaubte man Großmeistern des Orakelns wie Karsten und Rebecca, schien wenigstens die volle Sonne bei Temperaturen knapp über null, als ich um elf aus der Wohnheimtür trat, ausgeschlafen und einen Kaffee im Magen, um eine große Reise anzutreten, die mich dennoch nur in die kleinstmögliche Ferne führen würde.

Aber ich will es nicht spannender machen, als es in Wirklichkeit war: Frau Schneider hatte mir freigegeben, damit ich nach Leipzig fahren konnte zur Aufnahmeprüfung.

Seit die Einladung von der Karl-Marx-Universität eingetrudelt war, hatte ich mir alle verfügbaren Romanführer und Lexika ausgeliehen, in denen es irgendwie um die deutsche Literatur ging, besonders um jene, die nach dem Krieg entstanden war und von der ich so gut wie keinen Schimmer hatte.

«Wenn ich morgen nicht durchfalle, können wir uns später jedes Wochenende sehen», hatte ich zu Rebecca noch am Tag zuvor im *Weltfrieden* gesagt, «dann kannst du bei mir übernachten, wenn ich eine Wohnung gefunden habe in Leipzig, oder wir sehen uns hier in Halle bei dir.»

«Und wann genau wird das sein?», hatte sie mit müder Stimme gefragt.

«Du weißt es doch selber», sagte ich, und all meine Begeisterung war sofort tot und all mein Optimismus, denn sie spielte auf diese verfluchten drei Jahre bei der Asche an, die ein leidiges Thema zwischen uns geworden waren.

Manchmal kam es mir vor, als hätte ich nicht etwa ein Germanistikstudium gewonnen, sondern wäre nach viel weiter weg verbannt worden als bloß Moskau, nach Wladiwostok, sagen wir, ganz hinten am Pazifik, wo am Horizont schon Japan aus dem Wasser ragte.

«Ich weiß es, und ich finde das nicht gut», sagte Rebecca kühl.

«Ich kann dich verstehen», sagte Robert zu Rebecca.

«Du bist nur sauer, weil du alleine nach Weißenfels musst die acht Monate», sagte ich.

«Was hat denn das damit zu tun?»

«Keine Angst, du wirst die Prüfung bestehen», sagte Karsten zu mir, «obwohl morgen Freitag der Dreizehnte ist.»

Mittlerweile war er so was wie ein älterer Bruder für uns alle. Wir trafen uns einmal in der Woche zum Filmclub und oft noch ein zweites oder drittes Mal irgendwo in der Stadt. An das Kreuz, das er wie ein unreifer Jugendlicher aus dem *Orion* über dem Pullover trug, hatte ich mich gewöhnt, und ich war mir sicher, dass er doch nicht an Gott glaubte. Er besuchte nämlich wegen einer vollkommen anderen Sache die Junge Gemeinde.

Würde er an Gott glauben, wäre er nicht selber drei Jahre

bei der Asche gewesen. Das war in Kirchenkreisen quasi ein Sakrileg. Die Teetrinker dort verweigerten meist den Dienst an der Waffe und kamen dann zu den Bausoldaten mit den Spaten auf den Epauletten, wo sie so richtig schikaniert wurden, wie man im *Heider* hörte. Oder sie kamen ohne Umschweife in den Knast.

Nein, Karsten ging zur Jungen Gemeinde, weil es dort wöchentlich ein gemütliches Beisammensein für seinesgleichen gab. Für Männer, meine ich, die sich lieber fernhielten von Frauen, wenn's ums Eingemachte ging, für Leute vom Schlage eines Rimbaud und Verlaine.

Weshalb er sich ursprünglich Robert ausgeguckt hatte damals in der *Bierstube*, aber zu Roberts Glück war dann dieser sagenhafte Achmet bei einem der Kaffeekränzchen der Jungen Gemeinde aufgetaucht. Niemand von uns hatte ihn bisher gesehen. Wir wussten lediglich, dass er schwarze Locken besaß und dass er immer *bereit* war, wie Karsten uns zu versichern leider nie müde wurde, und auch immer *konnte*, und dass er in Merseburg Ingenieurwesen studierte. Dass er aus Algerien stammte, war uns noch bekannt, genau wie der Fremde von Camus, womit sich der Kreis wieder schloss. Aber gesehen, wie gesagt, hatte diesen Achmet noch keiner.

Bei den Jungen Gottesanbetern waren sich auch Karsten und Rebecca begegnet, in der Pause zwischen seinem eigenen und dem folgenden Ringelpiez, zu dem Rebecca von ihrer halb frommen Tante mitgeschleppt worden war. Keine Ahnung, was das genau gewesen war, Meditieren oder Hippiemützen-Stricken, da gab's ja für viele Tierchen ein Pläsierchen.

Im ersten Moment jedenfalls war ich echt geschockt gewesen, als mir Rebecca ihren Besuch bei der Jungen Gemeinde gebeichtet hatte.

«Glaubst du etwa an Gott?», hatte ich sie gefragt.

«Leider nicht», hatte sie mir geantwortet, und ich liebte sie noch mehr seit dieser schönen Antwort.

Sie war sofort mit Karsten ins Café vom Neuen Theater gegangen, statt bei ihrer Tante zu bleiben, wo die beiden herausgefunden hatten, dass sie einen gemeinsamen Freund in der Stadt besaßen, nämlich niemand Geringeren als mich.

Auf diese Weise konnte der Zufall nur in einem Land wüten, das so klein war wie unseres. Unmöglich, sich Derartiges in den endlosen Weiten der Sowjetunion vorzustellen. Bei uns hier, dachte ich seitdem häufig, führte längst der Zufall die Amtsgeschäfte Gottes, als dessen Stellvertreter quasi auf Erden.

Man konnte wirklich nicht behaupten, dass die Leute an der Karl-Marx-Universität auf mein Kommen vorbereitet gewesen waren. Ich musste in dieses silberne Hochhaus mit dem gezackten Dach, das man schon von Weitem kommen sah, wenn man sich ihm vom Hauptbahnhof aus näherte. Für vierzehn Uhr war ich in die elfte Etage bestellt worden, aber als ich eine halbe Minute nach zwei an die Zimmertür klopfte, war sie verschlossen. Ich lief eine Runde über den dreieckigen Flur, dann zeigte ich im Sekretariat meine Einladung vor, und die Sekretärin sagte, sie könne mir leider nicht helfen: Wenn zu sei, sei zu.

Ich ging zurück zu der Tür, und kurz vor halb drei bog ein Mann in Cordhosen und zerknülltem Jackett um die Ecke, und während er den Raum aufschloss, fragte er: «Wollen Sie zu mir?»

«Möglicherweise», sagte ich und zeigte ihm den Schrieb der Uni.

Er warf einen Blick drauf und sagte: «Dann kommen Sie mal rein.»

Das Büro war klein und voller Bücherregale. Von draußen knallte die Sonne rein, und man hatte einen großartigen Blick auf die dampfende, glitzernde Stadt im Mittagslicht.

«Grandiose Aussicht aus dem Elfenbeinturm heute», sagte der Mann. Er grinste und machte sich an der Kaffeemaschine zu schaffen.

«Das lässt sich nicht leugnen», sagte ich und nahm mir vor, in den nächsten Minuten besonders sorgfältig zu sprechen. «Wird die Prüfung hier stattfinden?»

«Die Aufnahmeprüfungen waren schon im letzten Jahr», sagte der Mann. «Aber nehmen Sie erst mal Platz.»

Ich setzte mich an den großen Arbeitstisch in der Mitte des Raumes, an dessen Rand einige Bücher gestapelt waren. Ich erkannte auf die Schnelle nur Thomas Mann und zweimal Brecht.

«Trinken Sie einen Kaffee mit?», fragte er. «Ich komme soeben vom Essen, deshalb die Verspätung.»

«Klar», sagte ich, «ich meine: Sehr gern.»

«Rauchen Sie ruhig, wenn Sie wollen. Da steht der Aschenbecher.»

Ich zündete mir eine Club an, und als die Kaffeemaschine zu röcheln anfing, setzte sich der Mann ans andere Ende des Tisches und zündete sich gleichfalls eine Club an.

«Bevor ich's vergesse», sagte er, «ich bin Dr. Dietze.»

Er reichte mir seine Hand, ich schlug ein, nannte ihm meinen Namen, und dann sagte Dr. Dietze: «Eine Aufnahmeprüfung im eigentlichen Sinne werden wir heute kaum durchführen können. Ich schlage vor, wir unterhalten uns einfach ein bisschen und sehen dann weiter. Einverstanden?»

«Können wir so machen», sagte ich und wunderte mich selber, dass ich kein Stück nervös war, wie sonst, wenn ich mich in einem Büro mit fremdem Mann und Schreibtisch wiederfand.

Sei es im Wehrkreiskommando oder beim Studiendirektor.

Ganz klar: Das lag an Dr. Dietze. Er trug kein Parteibonbon, und er strahlte etwas aus, auf das man nicht sehr oft traf. Nicht mal mein Vater hatte das, eigentlich kein Erwachsener, dem ich je begegnet war. Maximal Herr Kleinschmidt, unser Nachbar aus der Grotrianstraße, besaß es vielleicht, allerdings auf seine eigene, vollkommen andere, raubeinige Arbeiterart.

Mist: Mir fiel das Wort im Moment nicht ein.

Ohne dass es geklopft hatte, ging die Tür auf, und eine Frau mit schwarzer Kurzhaarfrisur und Ohrgehängen aus Holz streckte ihren Kopf herein.

«Oh, du bist beschäftigt», sagte sie.

«Nein, warte mal, Monika», sagte Dr. Dietze, «du kommst gerade richtig. Hast du eine halbe Stunde Zeit? Unser junger Freund hier besteht auf einem Aufnahmegespräch, und ich bräuchte jemanden fürs Protokoll.»

«Weil du es bist», sagte die Frau, kam rein und setzte sich neben Dr. Dietze.

«Das ist Dr. Zimmermann von der Sprachwissenschaft», sagte Dr. Dietze, «mit ihr werden Sie es in den ersten Semestern auch zu tun bekommen.»

«Also wirklich: Das klingt wie eine Drohung», sagte Dr. Zimmermann zu mir, «in Wahrheit sind wir alle sehr bekömmlich.»

Gelassenheit! Genau!

Das war das Wort.

Dr. Dietze besaß eine Gelassenheit, die im Moment auf mich abstrahlte und die nicht zu verwechseln war mit Lässigkeit, dachte ich. Lässigkeit besaßen ja sogar Robert und ich zuweilen. Oder zumindest taten wir manchmal so, als besäßen wir welche.

«Bekomme ich auch einen Kaffee?», fragte Dr. Zimmermann. «Sekt hast du wahrscheinlich nicht da.»

«Wie wäre es mit einem Cognac?», fragte Dr. Dietze und war schon aufgesprungen.

«Das war nur ein Spaß», sagte Dr. Zimmermann zu mir. «Was sollen Sie denn von uns denken?»

Aber da hatte Dr. Dietze bereits eine Cognacflasche hinter den Büchern vorgezogen.

Ich guckte auf die Uhr: «Freitag um eins macht jeder seins», sagte ich.

«Ganz recht», sagte Dr. Dietze, «so behauptet es wenigstens der Volksmund. – Also nicht?»

Dr. Zimmermann schüttelte den Kopf.

«Und Sie? Lieber nicht?»

Ohne meine Antwort abzuwarten, die natürlich Nein gelautet hätte angesichts meiner bevorstehenden Aufgabe, stellte er die Flasche wieder weg.

«War das Napoléon?», fragte ich.

«Sie kennen sich aus, wie mir scheint», sagte Dr. Dietze und grinste.

«Mehr schlecht als recht», sagte ich und erzählte vom letzten Sommer, als mein Vater in die Schweiz geflogen war und mich alleine gelassen hatte für sieben Wochen, mit tausend Mark und sieben vollen Flaschen Napoléon im Küchenschrank, und wie meine Freunde und ich sie versehentlich ausgetrunken und am Ende durch billigen Kaufhallen-Gold-brand ersetzt hatten, damit mein Vater bei seiner Rückkehr nichts merkte.

Dr. Zimmermann und Dr. Dietze tranken Kaffee und rauchten Zigaretten während meiner Ausführungen, und damit das Ganze nicht klang wie ein Kinderaufsatz namens *Mein schönstes Ferienerlebnis*, erwähnte ich nebenbei sämtliche Dichter und Schriftsteller, die ich in besagtem Sommer gelesen hatte: Baudelaire, Brecht, Benn, Beckett – Bukowski ließ ich lieber aus –, die russischen Symbolisten, die deutschen Expressionisten, die sogenannten verdammten Dichter aus Frankreich, ich erwähnte Sartre und Camus, im Grunde alle, die mir in den Kopf gerieten.

Dr. Dietze, dachte ich, während mein Mund weiterredete, hatte sich ohnehin mit mir unterhalten wollen, also kam ich vielleicht schon mit dieser kleinen Geschichte durch. Ohne eine nachfolgende offizielle Unterhaltung, die dann irgend-wann doch in eine Art Verhör überging, bei der stur Antwort auf Frage folgte.

«Ihr kleiner Cognac-Exkurs war sehr aufschlussreich», sag-te Dr. Zimmermann, als ich fertig war.

Ich trank einen Schluck kalten Kaffee, weil meine Kehle vom Sprechen kratzig geworden war.

«Gut, gut», sagte Dr. Dietze und zündete sich eine neue Zi-garette an. «Was lesen Sie denn außer dem Erwähnten sonst noch?»

«Sie meinen so was wie DDR-Literatur?», fragte ich und merkte, dass ich rot wurde.

«Gute Frage, die Sie da selber stellen. Wie sieht's denn da-mit aus?», fragte Dr. Zimmermann.

«Da arbeite ich mich gerade ein», sagte ich, «aber demnächst stehen die schriftlichen Prüfungen an und danach die mündlichen und dann das Praktikum in der Produktion. Mit Muße und Konzentration werde ich mich der DDR-Literatur erst nach dem Abitur widmen können.»

Dr. Zimmermann lachte: «Was Sie nicht sagen.»

«Ich meine eher etwas anderes», sagte Dr. Dietze. «Wie halten Sie es denn beispielsweise mit der täglichen Zeitungslektüre?»

Oh Mann, dachte ich, jetzt hat er dich am Haken.

Musste ich gleich den netten Dr. Dietze anlügen? Oder war es besser, ihm die bittere Wahrheit einzuschenken? Dass ich nämlich genau genommen überhaupt keine Zeitungen mehr las? Und dass ich das nicht aus mangelndem Interesse an der Politik machte, sondern – so grotesk es klang – irgendwie genau wegen des Gegenteils.

Weil doch immer dieselben Phrasen und Parolen dort standen und ich keine Lust hatte, mich jeden Tag auf ein Neues darüber zu ärgern? Getreu dem Motto: Was ich nicht weiß, macht mich nicht heiß?

«Na ja», versuchte ich es vorsichtshalber erst mal mit Rumdrucksen, «wir müssen manchmal Artikel lesen im Staatsbürgerkundeunterricht und sie dann analysieren.»

Möglicherweise war Dr. Dietze doch nicht so gelassen, wie ich ihm zugetraut hatte. Vielleicht wollte er mich einschüchtern, weil ich die Napoléon-Flasche gesehen hatte, die er in seinem Büro versteckte.

«Ich meine regelmäßig», sagte Dr. Dietze.

«Mein Kommilitone im Wohnheim liest jeden Tag *ND* und *Junge Welt*», sagte ich und merkte, wie mir langsam die Felle wegschwammen, «da werfe ich manchmal auch einen Blick drauf, wenn sie im Zimmer rumliegen.»

«Manchmal also», sagte Dr. Dietze. «So, so. – Werfen Sie gelegentlich auch einen Blick *hinein*?»

Ich sah zu Dr. Zimmermann, die wiederum ihren Kollegen fixierte. Gut, dachte ich, jetzt war sowieso alles zu spät, sogar den richtigen Zeitpunkt zum Lügen hatte ich verpasst. Der schlimmste Fall der Fälle war eingetreten: das Verhör.

Andererseits: Wenn ich hier nicht angenommen wurde, dann brauchte ich auch keine drei Jahre zur Asche, und dann sagte ich: «Regelmäßig lese ich eigentlich nur Importsachen.»

«Was meinen Sie denn damit? Illustrierte aus dem Westen?» Dr. Dietzes Stimme klang regelrecht empört.

«Nein, nein», sagte ich deshalb schnell, «Publikationen aus der Sowjetunion meine ich damit. *Import* war das falsche Wort. Diese Sachen gibt's auch bei uns am Kiosk, *Sputnik* und *Neue Zeit*.»

«Und warum ausgerechnet die?», ließ er nicht locker.

«Weil mich der Transformationsprozess in der Sowjetunion interessiert», antwortete ich absolut wahrheitsgemäß, wenngleich ein wenig gestelzt, «die Reformbemühungen Gorbatschows in Richtung Öffnung und Perestroika.»

Dr. Dietze sah zu Dr. Zimmermann rüber.

Ein Lächeln huschte um ihren Mund, war aber sofort wieder verschwunden, ohne dass Dr. Dietze seine eigene versteinerte Miene aufgab.

Mist, dachte ich, dabei hatte mein Vater mir eingeschärft, nicht mit Fremden über heikle Dinge wie diese zu reden. Man wusste nie, wer was weitertratschte oder einen womöglich anschwärzte beim MfS. Da kursierten ja die absurdesten Geschichten im *Heider*. Wenigstens hatte ich nicht noch von diesem ominösen Nichtangriffspakt zwischen Hitler und Stalin angefangen, der mir letztens untergekommen war.

«Ich hätte keine weiteren Fragen», sagte Dr. Dietze und dann zu Dr. Zimmermann: «Und du?»

«Nein», sagte Dr. Zimmermann.

Ich stand auf, und auch die beiden Doktoren erhoben sich.

«Sie bekommen dann Bescheid von uns», sagte Dr. Dietze.

«Seien Sie zuversichtlich!», sagte Dr. Zimmermann und gab mir die Hand, und dann befand ich mich schon wieder draußen auf dem Flur.

Ich fuhr mit dem Fahrstuhl runter und lief durch die Einkaufsstraße Richtung Bahnhof zurück, und die ganze Zeit überlegte ich, was Dr. Zimmermann mit ihren Worten gemeint haben könnte: Seien Sie zuversichtlich.

Dass ich so gut wie zugelassen war?

Dass für mich das Leben auch weiterginge, wenn ich durchfiel?

Dass ich es nach dem Abitur endlich schaffte, mich mit DDR-Literatur zu beschäftigen?

Ich grübelte so lange hin und her, bis ich Am Brühl auf einen Flachbau stieß, den eine Reihe roter Leuchtbuchstaben als Polnisches Informations- und Kulturzentrum auswiesen.

Ich war schon fast daran vorbeigelaufen, als ich dachte: Halt mal! War denn das hier nicht so was wie ein Pendant zu den Kulturzentren der DDR? Ihre polnische Entsprechung? In deren einem ich, falls das heute gut ausging, womöglich einmal arbeiten würde?

Ich trat ein.

Es sah aus wie in einem Andenkenladen.

Man konnte bestickte Tischdecken kaufen, bemaltes Geschirr und einen Haufen handgeschnitzter Staubfänger. Polnische Filmplakate hingen an den Wänden, und ich entdeckte das Kinoprogramm der Woche. Sogar eine Buchabteilung mit polnischen Bildbänden und Romanen gab es, und in dieser wiederum fand ich ein kleines Schallplattenregal.

Plötzlich konnte ich mir schon besser vorstellen, wie meine Arbeit irgendwann in Paris vielleicht aussah: Ich würde Plauener Spitze präsentieren und Schwibbögen aus dem Erzgebirge, mundgeblasene Vasen aus Lauscha und sorbische Ostereier. Zweimal pro Woche würde ich in einem ausgewählten Kreis DEFA-Filme vorführen, die ich jeweils mit kleinen Vorträgen begleitete, wie Anjas ehemaliger Chef es im Filmclub tat, und nebenbei verkaufte ich den ahnungslosen Franzosen Schallplatten von den Puhdys und Karat.

Es konnte einen schlimmer treffen, dachte ich und widmete mich dem Plattenregal, obwohl ich von den polnischen Bands, die ich kannte, bloß zwei gut fand: Manaam und Dezerter.

Doch das Polnische Informations- und Kulturzentrum führte keine Tonträger von Manaam oder Dezerter. Ich fand Klassikaufnahmen, für die mir noch die nötige Geduld fehlte, und ein paar Jazzeinspielungen, und dann war da eine LP mit reinweißem Cover und lediglich einem Schwarz-Weiß-Foto in der Mitte. Es zeigte eine Gruft, einen Sarkophag mit drei in Stein gehauenen Figuren: ein Toter und zwei trauernde Frauen. Über dem Foto stand ein einzelnes englisches Wort, der Titel, und als ich das Cover umdrehte, um zu sehen, von wem dieses befremdliche Werk stammte, standen da zwei weitere englische Wörter:

JOY DIVISION

Freitag der Dreizehnte ein Unglückstag?
Pah!
Lasst euch nichts erzählen!

Nein, ein Unglückstag war eher jener Freitag vier Wochen später, der 10. April, obgleich zunächst gar nichts Schlimmes passierte. Lediglich unsere Staatsbürgerkundedozentin kam vor Beginn der Mathestunde in unseren Raum, flüsterte kurz mit Frau Schneider, und dann baute sie sich vor der Tafel auf und rief: «Herrschaften, mal herhören! Falls Sie es noch nicht getan haben sollten, dann besorgen Sie sich bitte eine Ausgabe des heutigen *Neuen Deutschland*. Dort finden Sie auf der dritten Seite ein Interview abgedruckt, das der Genosse Hager einer westdeutschen Zeitschrift gegeben hat. Über das Wochenende arbeiten Sie diesen Artikel gründlich durch. Am Montag werden wir uns darüber unterhalten. Und endgültig ein paar Dinge klären, die anscheinend noch immer zur Debatte stehen bei einigen Kommilitonen.»

Sie sah in meine Richtung.

«Ja, ich gucke dabei ausdrücklich auch Sie an, René», sagte die Staatsbürgerkundedozentin, bevor ich es schaffte, meine Augen abzuwenden.

Im nächsten Moment war sie schon wieder verschwunden.

«Was da wohl wieder drinstehen mag?», sagte Frau Schneider mit hochgezogener Augenbraue, und dann klingelte es zum Unterricht.

Ich ahnte nichts Gutes.

Aber ich war neugierig.

In den Augen unserer Staatsbürgerkundedozentin war kurz der Hochmut des zufälligen Siegers aufgeblitzt, der eigentlich schon mit der Niederlage gerechnet hatte.

Konnte man das so sagen?

Ich sag es einfach so.

Nach der Schule kaufte ich mir ein *ND* und fuhr direkt ins Wohnheim zurück. Ich holte mir einen Sessel in den Fahrstuhlvorraum, zündete eine Club an, und erst jetzt schlug ich die Zeitung auf, obwohl es mich bereits in der Straßenbahn gejuckt hatte.

«Kurt Hager beantwortet Fragen der Illustrierten *Stern*» war die dritte Seite dick überschrieben.

Ich zückte einen Kugelschreiber, um gegebenenfalls unterstreichen zu können, falls es was Wichtiges gab, und dann fing ich an zu lesen. Sieben eng bedruckte Spalten umfasste das Interview, aber das Entscheidende stand in den ersten beiden. Als ich das merkte, überflog ich den Rest nur noch, der das übliche, barock ausgewalzte Gefasel von Frieden und Mikroelektronik enthielt.

Der Kern des Interviews ließ sich auf eine Frage und eine Antwort zusammenkürzen: «Es gilt also nicht mehr die Parole: ‹Von der Sowjetunion lernen heißt siegen lernen›?», fragte der *Stern*, und die Antwort lautete: «Würden Sie, wenn Ihr Nachbar seine Wohnung neu tapeziert, sich verpflichtet fühlen, Ihre Wohnung ebenfalls neu zu tapezieren?»

Perestroika war für diesen Typen also nichts anderes als ein neuer Wandbelag in seiner alten verkommenen Bude, dachte ich. Es würde alles beim Alten bleiben. Es gab nichts, worauf man hoffen konnte. Außer, dass die ganze senile Bande schleunigst den Löffel abgab.

So wie Breschnew und Andropow und Tschernenko erst

den Löffel hatten abgeben müssen, damit Gorbatschow ans Ruder kommen konnte. Aber wann würde das sein? In fünf Jahren oder in zehn? Und wer garantierte einem, dass die nächste Generation an der Macht nicht genauso starrsinnig war wie die aktuelle?

Langsam konnte ich echt jeden verstehen, der sich in seinem Kleingarten verbarrikadierte oder auf seiner Datsche, und alle, für die ihr Karnickelzüchterverein die höchste moralische Instanz war.

Ging es dann demnächst auch dem Filmclub an den Kragen?, überlegte ich.

Durfte man bald keine Gorbatschow-Buttons mehr tragen wegen des Interviews?

Was passierte mit dem Neuen Theater?

Seit Neuestem gingen wir mindestens einmal pro Woche dorthin, Rebecca und ich, weil es so vollkommen anders war als das Theater des Friedens. Schmissen sie da demnächst den Intendanten wieder raus und ersetzten ihn durch einen bewährten Altkader?

Heute war kein guter Tag.

Ich ging nach hinten auf den Balkon.

Ich brauchte frische Luft, mir war schlecht von den vielen Zigaretten, und als ich mich ein wenig abgekühlt hatte dort, dachte ich: Vielleicht hast du die ersten beiden Spalten einfach zu flüchtig gelesen. Vielleicht stand ja die wirkliche Botschaft einmal mehr *zwischen* den Zeilen und war das Gegenteil des eigentlichen Wortlautes oder relativierte wenigstens dieses gnadenlos kategorische *Nein!* zu jeglicher Reform.

Ständig stand doch die eigentliche Botschaft *zwischen* den Zeilen, bei unseren Schriftstellern, deren Werke ich demnächst alle entdecken würde, und auch bei unseren Lendermachern konnte man sie oft nur dort entdecken, wenn man nicht rechtzeitig geschafft hatte, das Radio abzustellen, bevor einer von ihnen loslegte.

Ich ging zurück zu meinem Sessel im Fahrstuhlvorraum und las die ersten Spalten erneut, Wort für Wort diesmal, aber es stand immer noch dasselbe drin: Bei uns wird es Perestroika nicht geben!

Punkt!

Zwischen den Zeilen dagegen stand: «Selber schuld, wenn ihr etwas anderes gehofft habt, ihr Idioten! Ihr solltet uns doch eigentlich besser kennen!»

Jemand trat von der Seite an mich heran.

Ich faltete die Zeitung zusammen und warf sie auf den Boden.

«Müsst ihr auch das Interview lesen?»

«Ja, leider», sagte ich.

«Was für ein Scheiß, oder?»

«Ich dachte, dir wär das egal. Politik und so.»

«Das denkst du aber auch nur», sagte Günter, «ich versuche bloß, diesen Mist nicht an mich ranzulassen.»

«Beneidenswert.»

«Zigarette?»

«Ja», sagte ich, «auf die eine mehr kommt's jetzt nicht mehr an.»

Wir rauchten ein Weilchen schweigend, und dann sagte Günter: «Ich hab gehört, du willst in Leipzig Germanistik studieren.»

«Ja.»

«Und wie geht's sonst?»

«Ganz gut», sagte ich. «Bis eben jedenfalls.» Ich zeigte auf die Zeitung.

«Erzähl mal ein bisschen mehr», sagte Günter, und er machte es sich auf der Heizung bequem.

«Wenn du unbedingt willst», sagte ich, und dann berichtete ich ihm so halbwegs von all dem, was passiert war, seit uns sein cholerischer Ausraster kurz vor den Weihnachtsferien voneinander entfernt hatte.

Ich fing mit meinem Entschluss an, das Studium in der SU zu schmeißen, und hörte auf mit dem Filmclub und wie ich dort eines Tages meine verschollen geglaubte Freundin wiedergefunden hatte.

«Dann seid ihr jetzt ein richtiges Paar, du und Rebecca?», fragte Günter, als ich fertig war mit der kursorischen Schilderung meines Zustands und Befindens.

«Zum ersten Mal eigentlich», sagte ich, und ich musste mich bemühen, ein Grinsen der Freude zu unterdrücken, denn zum Filmclub diese Woche sahen wir uns schon wieder. Und für den nächsten Abend hatten wir Karten fürs Neue Theater, wo Herr Blum auftreten sollten. Die machten eine Mischung aus Punk und Freejazz, wie Rebecca gesagt hatte, die sich besser auskannte. Ein Maler bearbeitete auf offener Bühne eine Leinwand zur Musik. Keine Ahnung, ob was Brauchbares dabei rauskam, aber dass es garantiert kein Werk des Sozialistischen Realismus sein würde, reichte mir, um mich auf Herrn Blum zu freuen.

«Glückwunsch», sagte Günter, als ich fertig war, «ehrlich.»

«Und bei dir so?», fragte ich, weil es langsam Zeit wurde, die Rollen zu tauschen, und weil ich sah, dass Günter das Leid quasi aus allen Poren suppte.

«Na ja», sagte Günter in entsprechend jammervollem Ton.

«Ist was mit Iris?», fragte ich. «Du bist in den letzten Tagen dauernd hier oben auf der Etage statt bei ihr.»

«Irgendwie ist bei uns der Wurm drin», sagte Günter.

«Sollst du dir die Haare abschneiden?», versuchte ich es mit Humor.

«Quatsch», sagte Günter barsch, «deine Vorurteile sterben wirklich nie, kann das sein?»

«Fängst du schon wieder an?»

«Womit?»

«Egal», sagte ich. «Was also ist mit Iris?»

«Sie will mich nicht mehr sehen», sagte Günter, «und das Schlimme ist, ich weiß nicht, warum.»

«Hast du was ausgefressen?»

«Im Gegenteil, sie war kurz davor, mich ihren Eltern vorzustellen. Seit vier Tagen haben wir keinen Kontakt mehr», sagte Günter, und er musste richtig schlucken vor lauter Trauer.

«Vielleicht braucht sie einfach 'ne Pause. Oder muss für Klausuren lernen», half ich mit ein paar Gründen aus.

Wir schwiegen.

Was hätte ich ansonsten sagen können?

Dass alles gut wird?

Das war so ein Satz, der mir eher nicht über die Lippen kam, denn wenn man nichts erwartete, konnte man auch nicht enttäuscht werden, dass etwas nicht eintrat. *Das* war so eher meine Devise im Leben.

«Dafür schreib ich an neuen Songs», sagte Günter, als er sich wieder im Griff hatte.

«Hoffentlich keine Schnulzen über Iris' verlorene Liebe», war ich abermals bereit, es mit Humor zu versuchen.

«Du bist echt der gleiche Arsch wie im Dezember», sagte Günter, aber weil er grinsen musste, wusste ich, dass ich ins Schwarze getroffen hatte.

«Auf Englisch?»

«Es sind jedenfalls keine Schnulzen», sagte Günter.

«Und der Name», fragte ich, «ich meine: Kommt der vor?»

«Iris?»

«Ja, oder wenn's auf Englisch ist, meinetwegen auch Eiris.»

«Nein.»

«Nicht mal ein Stellvertretername?»

«Was soll denn das sein?»

«Na, wenn du zwar Iris meinst, in deinem Lied dann aber sicherheitshalber von einer gewissen *Eloise* singst.»

«Wieso denn von einer *Eloise*?», fragte Günter, und er sah echt ein bisschen verdattert aus.

«Mann, das war nur ein Beispiel für so einen Stellvertreternamen», sagte ich.

Mir selber war der Name auch nur eingefallen, weil ich den gleichnamigen Bombastsong von The Damned vorhin in der Bahn gehört hatte. Ich hätte genauso gut *Evangeline* sagen können, was ein Song war von den Icicle Works.

«Da kommen eigentlich überhaupt keine konkreten Namen in meinen Texten vor», sagte Günter, «das ist mehr so ein imaginärer Dialog mit einem unspezifischen weiblichen Du.»

«Wenn du meinst», sagte ich, und damit das Aneinander-vorbeireden nicht überhandnahm, fügte ich schnell an: «Weißt du, was, Günter? Falls Iris dich nächste Woche immer noch nicht sehen will, kommst du in den Filmclub mit.»

«Mit dir und Robert?»

«Und mit Karsten und Rebecca», sagte ich. «Das ist echt lustig mittlerweile.»

«Aber nur, falls.»

«Schon klar», sagte ich.

«Wenn ich wählen könnte», jammerte Günter, «würde ich lieber zu Iris gehen.»

Der folgende Montag hätte ein wirklich fabelhafter Tag werden können. Normalerweise war mit Frau Schneider in der ersten Stunde der neuen Arbeitswoche richtig schlecht Kirschen essen. Diesmal dagegen kam sie fast in den Raum geweht, sie schwenkte einen Briefumschlag vor ihrem Gesicht und rief: «Alle kurz herhören. Dieses Schreiben hier bestätigt, dass Sie, René, zum Studium der Germanistik in Leipzig zugelassen worden sind. Herzlichen Glückwunsch!»

Frau Schneider kam zu mir ran, reichte mir die Hand und gab mir den Schrieb. Die Seminargruppe hinter mir klatschte, ich stand auf, verbeugte mich ironisch zum Dank, und ich dachte: Von nun an rangierst du also ganz offiziell unter *ferner liefen* an der ABF.

«So, Herrschaften, jetzt erzählen Sie mal, zu welchen neuen Erkenntnissen Sie übers Wochenende gekommen sind», sagte unsere Staatsbürgerkundedozentin zu Beginn der dritten Stunde.

Sie hielt die Zeitungsseite mit dem Interview hoch, und zumindest sie selber schien es gründlich durchgeackert zu haben, denn die Seite wies farbige Unterstreichungen in Rot und Grün und Blau auf. Der gesamte Rand war mit Anmerkungen vollgeschrieben, und wenn man ein bisschen die Augen zusammenkniff, sah es aus wie eine künstlerische Grafik.

Heute stand ihr der triumphale Ausdruck ganz unverhohlen im Gesicht, weshalb ich von Anfang an beschloss zu schweigen. Ich hatte keine Lust, mich um Kopf und Kragen zu reden, bloß weil sie oder dieser komische Kurt Hager mich provozierten, und damit womöglich meine Studienzulassung zu riskieren. Stattdessen sah ich lieber dem Hausmeister bei der Arbeit zu. Er befreite die Beete auf dem Hof vom Restlaub und schnippelte danach mit einer überdimensionalen Schere an den Büschen herum.

Alles fing ja an zu knospen in diesen Tagen, und sogar ein paar bunte Frühblüher schraubten schon ihre zerbrechlichen Köpfe aus dem schweren Boden.

«Und Ihnen hat es ausnahmsweise die Sprache verschlagen, René?», redete mich die Staatsbürgerkundedozentin trotzdem irgendwann von der Seite an, aber ich blieb heute bei der simplen Wahrheit und antwortete: «Ja.»

Der April ging zu Ende, und ich dachte, Günter habe sich wieder gefangen. Zweimal waren er und Iris spazieren gewesen, seit er mir von dieser Pause erzählt hatte, einmal pro Woche immerhin, und Iris war es dabei gelungen, Günters grundsätzliche Ängste zu zerstreuen. Sie behauptete, nachdenken zu müssen, nicht über die Beziehung im Speziellen, sondern grundsätzlicher, in diesen gefährlich klingenden Dimensionen von Familie, Beruf, ja sogar Kindern.

Ich fand dieses sinnlose Stochern in den Nebeln der Zukunft beunruhigend, weil es indirekt immer von einer Unzufriedenheit mit der Gegenwart zeugte. Aber ich tat einen Teufel, Günter auch noch diesen Floh ins Ohr zu setzen, ich meine, den von Iris' möglicher Generalunzufriedenheit mit allem und jedem.

Stattdessen schleppte ich ihn in den Filmclub mit, wo eine kleine Buñuel-Reihe begonnen hatte. *Ein andalusischer Hund* lief als Vorfilm, mit dieser legendären Szene, wo das Skalpell den Augapfel aufschneidet, und Günter fand ihn richtig gut.

Er mochte es auch, glaube ich, nicht angestarrt zu werden wie sonst überall. Wobei die Intellektuellen natürlich trotzdem komisch guckten. Sie kannten sich schließlich nicht aus mit den verschiedenen Unterarten von Jugendlichen, und von Weitem konnte man Günter durchaus mit einem normalen Fußballrowdy verwechseln. Die Intellektuellen hier starrten lediglich unauffälliger, hinter vorgehaltener Hand quasi.

Als aber *Der diskrete Charme der Bourgeoisie* losging, sank Günter unverzüglich in den Schlaf, weshalb er umso wacher war, als wir hinterher alle bei Anja am Weinausschank herumstanden. Er war lustig und gut gelaunt, und wahrscheinlich kam Anja nur seinetwegen noch ins *Weltfrieden* mit, wo der Abend zunächst ein bisschen deprimierend weiterging, weil Robert es nicht lassen konnte, abermals von diesem unseligen Interview anzufangen, das jeder hier hasste wie die Pest.

Aber dann kamen unsere sechs Herrengedecke, die Karsten vorne an der Theke bestellt hatte, und es wurde besser.

Herrengedeck, müsst ihr wissen, war so ein silbernes Tablett, auf dem ein kleines Glas Bier neben einem Glas Sekt stand, total merkwürdig, aber Karsten zuliebe bestellten wir anderen mittlerweile auch Herrengedeck, wenn wir nach dem Filmclub im *Weltfrieden* einkehrten, denn es passte wie nichts anderes zu den Tischdecken dort, zum abgewetzten Plüsch, zur ganzen mondänen Dekoration.

Sogar die Säufer im *Weltfrieden* hatten einen gewissen Stil. Die Männer trugen Krawatte oder Fliege, und die Frauen waren geschminkt wie Gretel, nicht diese Schwester von Hänsel, sondern diese andere, die Freundin vom Kasper, und sie alle hielten sich selbst dann noch aufrecht, wenn ihre Kollegen in den richtigen Spelunken und der Mitropa längst mit dem Kopf auf dem Tisch lagen.

Wir hoben unsere Sektgläser, und Karsten sagte, wie sehr es ihn freue, Anja und Günter in unserer Runde begrüßen zu können, und dann stießen wir mit großem Hallo an.

Ich merkte, dass sich Günter und Anja eine Sekunde zu lange in die Augen sahen bei Karstens Toast, keine Ahnung, ob verliebt oder nicht. Ich fand aber, dass Günters Heavy-Metal-Look noch schlechter zu Anjas Hippiestil passte als zu dieser schrillen Jugendmode-Aufmachung von Iris.

Aber was ging das mich an? Wichtiger war, dass sie jetzt beide mit uns am Tisch saßen und dass sie ungezwungen sprachen und lachten wie die anderen. Hauptsache, wir waren noch zwei mehr geworden.

Ich sah Rebecca an, und Rebecca guckte, ob keiner guckte, und dann gab sie mir einen schnellen Kuss auf den Mund, und als alle das erste Herrengedeck geschafft und Karsten die zweite Runde bestellt hatte, da dachte längst niemand mehr an das fiese Interview, mit dem dieser sogenannte Kurt Hager uns allen die Zukunft versauen wollte.

«Morgen machen wir ein Fass auf, Alter», sagte Günter am Abend des 30. April, als wir zusammen auf dem Balkon in der siebten Etage saßen und uns den Frühlingswind um die Ohren wehen ließen.

«Was hast du denn vor?»

«Na, wie gesagt: ein Fass aufmachen», antwortete Günter.

«Schon klar. Ich meine, auf welche Art?»

«Aufbocken, anstechen, Zapfhahn rein und dann Glas drunter.»

«Du meinst: so ein richtiges Fass mit Bier?»

«Was dachtest denn du?»

«Ein Fass aufmachen im übertragenen Sinn.»

«Ach komm», sagte Günter, «wennschon, dennschon.»

«Und du kannst das? Anstechen und alles? Ich dachte, das lernt ihr erst im Studium.»

«Du Komiker», sagte Günter, musste aber trotzdem grinsen. «Der Wirt vom *Schwager* hat mir gezeigt, wie es geht, als ich das Ding bei ihm bestellt hab. Fünfzig Liter, ein richtiger Brummer. Anstich ist morgen Nachmittag um vier auf der Wiese hinter Haus III.»

«Hast du irgendwen um Erlaubnis gefragt?»

«Wenn man keinen fragt, kann auch keiner was verbieten», sagte Günter. «Aber mal ehrlich: Hast du in der Hausordnung gelesen, dass es untersagt ist, ein Bierfass anzustechen? Na also!»

«Oh Mann, nach dieser Logik müsste es einen unendlichen Katalog von Verboten geben, was man auf der Wiese hinter Haus III alles nicht tun darf», sagte ich. «Keine Ahnung, vom Bohren nach Öl bis zur Stationierung von NATO-Raketen. Bloß weil etwas nicht ausdrücklich verboten ist, ist es deshalb nicht automatisch erlaubt.»

«Der *Schwager*-Wirt fährt mir das Fass bis vor die Mensa», ignorierte Günter meine letzten Worte komplett. «Es wäre nett, wenn du mir helfen würdest, es die letzten paar Meter bis zur Wiese zu rollen.»

«Bei aller Liebe: Ich roll echt kein Fass mit dir durch die Gegend. Und das am hellerlichten Tage!»

«Du bist ein wahrer Freund», maulte Günter.

«Ich geb dir stattdessen einen Fünfer», sagte ich, «und du suchst dir jemand anders, der dir dabei hilft.»

«Der feine Herr», sagte Günter, «aber klar, dann machen wir's eben so.»

«Eine Frage noch!»

«Schieß los!»

«Was soll der ganze Aufstand, wenn wir auch gesittet in der *Bergschenke* unser Maibock trinken können wie letztes Jahr?»

«Es soll eine Überraschung werden.»

«Für wen?», fragte ich, und weil Günter nicht sofort antwortete, schwante mir Böses. «Doch nicht etwa für Iris? Du willst doch nicht im Ernst Iris zurückerobern mit einem Fünfzig-Liter-Fass Bier?»

«Jetzt ist es sowieso zu spät», sagte Günter, «ich kann es nicht mehr abbestellen.»

«Und eine allerletzte Frage.»

«Wenn's nicht anders geht», sagte Günter.

«Wer soll das Fass bezahlen?»

«Ich lass zwischendurch den Hut rumgehen», sagte Günter matt, «vielleicht kommt ja was rein.»

«Musst du selber wissen», sagte ich, und es tat mir leid, dass ich mit meiner blöden Fragerei seinen Elan getötet hatte.

«Aber scheiß der Hund drauf», bäumte sich Günter ein letztes Mal auf, «das blöde Geld ist mir Iris wert.»

Der 1. Mai dieses Jahr fiel auf einen Freitag.

Es war warm, Sonne und gelegentliche Schauer wechselten sich ab. Um halb neun traf sich die gesamte ABF im Schatten der Magistrale am Franckeplatz. Ich sagte Frau Schneider Guten Tag, damit sie meinen Namen abhaken konnte auf ihrer Anwesenheitsliste, um neun setzte sich der Zug in Bewegung, und als kurz vor zehn in einer Kurve am Waisenhausring das Gedränge groß war und die Gelegenheit günstig, setzten Robert und ich uns in die Große Steinstraße ab.

Im *Central*, unterhalb des *Weltfriedens*, aßen wir Bockwurst und tranken ein Bier, so wie alle anderen hier, die sich vorzeitig vom Mai-Aufzug entfernt hatten, Arbeiter, Studenten, Angestellte, eine gemischte und trotzdem einvernehmliche Gemeinschaft. Dann fuhren wir ins Wohnheim zurück, um einen ausgiebigen Mittagsschlaf zu halten an diesem Kampf- und Feiertag der Werktätigen.

Als Robert und ich um halb sechs auf der Wiese hinter Haus III ankamen, war dort ein großes Aluminiumfass schief auf vier Wohnheimstühle gebockt. Im Gras drum herum lümmelten an die fünfzehn Hanseln, hielten Weck- und Gurkengläser in den Händen und sahen aus wie die peinlichen kleineren Brüder der *Bierstuben*-Jünglinge. Ein jeder von ihnen trug Fusselbart und Jeansjacke.

Keiner sprach mit dem anderen.

Nirgends war ein Mädchen zu entdecken.

«Mensch, wo bleibt ihr denn?», rief Günter.

Er stand breitbeinig neben seinem Fass, Wächter und Gebieter zugleich, und als Einziger besaß er ein richtiges Bierglas.

«Was sind denn das für Leute?», fragte ich leise.

«Die sind in Ordnung», sagte Günter, «auch wenn's anders aussieht, alle Mann aus Haus I, Kommilitonen von Iris.»

«Und woraus trinken die?», fragte Robert.

«Ja, blöd. Ich hab total vergessen, diese Pappbecher mitzubestellen im *Schwager*. Aber Bier ist Bier», sagte Günter, «Hauptsache, es dreht. Und es ist noch fast kühl, wenn ihr euch beeilt. Los, bedient euch!»

«Wir haben auch keine Gläser dabei», sagte Robert.

«Nehmt euch welche aus dem Beutel», sagte Günter.

Unterm Fass stand ein geblümter Stoffbeutel. Robert sah

hinein, und dann sagte er: «Sind das die Altstoffgläser aus dem Keller?»

«Mein Gott, ja», sagte Günter, «wenn's dich stört, geh nach oben und besorg dir was Eigenes.»

«Das mach ich sogar», sagte Robert und lief los, und ich sagte: «Warte kurz», und ging mit.

Als wir zurückkamen, war zirka ein Drittel von Iris' Kommilitonen verschwunden, die verbliebenen hatten dafür ordentlich einen im Tee, genau wie die zirka zwanzig Leute aus unserem Haus IV, die plötzlich neu um das Fass saßen. Ich kannte sie alle nur vom Sehen. Es waren diese eigentlich ganz netten Windjackentypen mit ihren Germina-Turnschuhen, von denen es wahre Heerscharen gab an der ABF. Sie sahen aus wie Streber, aber sie waren trotzdem bloß mittelmäßig in der Schule, was ungefähr den gleichen Effekt hatte, als wenn ein richtig harter Punk ständig lauter Einsen kriegte, was aber meines Wissens so gut wie nie vorkam. Alkohol aber, das sah man sofort, vertrug trotzdem keiner von denen, und irgendwelche Mädchen waren immer noch nicht aufgetaucht.

«Ihr habt echt 'ne Stunde gebraucht, um eure scheiß Gläser zu holen?», fragte Günter, und er schien ziemlich sauer zu sein, während er das erste Bier für uns zapfte. Für Robert in einen geklauten Humpen aus dem *Turm*, für mich in einen Henkeltopf von meiner Oma, in dem ich manchmal ein Ei kochte, bis es hart war.

«Wir haben noch eine geraucht oben», sagte Robert.

«Warum lädst du denn diese ganzen Typen ein?», fragte ich.

«Soll ich dir sagen, warum?», fragte Günter zurück.

Er fing schon an zu lallen.

«Ja, ich bitte darum.»

«Ach komm, wir stoßen erst mal an», sagte Günter, und wenn ihr glaubt, der erste Schluck aus Günters Fass wäre ein Genuss gewesen, dann habt ihr euch geschnitten. Bestimmt die Hälfte von dem Bier in meinem Topf bestand nämlich aus einem feinporigen Schaum, den man fast kauen konnte, und der flüssige Rest war nicht nur pisswarm, sondern obendrein abgestanden.

«Und?» Günter guckte erwartungsvoll.

«Mann, ich wünschte, wir wären in der *Bergschenke*», sagte ich.

«Frag mich mal», sagte Günter. «Das sind übrigens alles Leute aus unserm Haus, um deine Frage zu beantworten, und ich hab sie eingeladen, weil ich keinen Bock hab, morgen das halb volle Fass zurückzugeben.»

«Kannst du das Bier nicht in den Boden ablassen?», fragte ich. «Dreh doch einfach den Hahn auf und lass es laufen!»

«Alter, du spinnst wohl», sagte Günter. «Los, trinkt schneller, dann zapf ich euch gleich ein neues.»

«Ich hab eher Hunger», sagte Robert, aber er stürzte gehorsam die Plörre hinter und reichte Günter das Glas. «Warum gibt's eigentlich keinen Grill?»

«Einen Grill gibt's beim nächsten Mal», sagte Günter giftig, «wenn du das Fass besorgt hast.»

Ich trank vier oder fünf von diesen schrecklichen Bieren aus meinem Henkeltopf, dann gingen wir nach oben, um was zu essen und um unsere Jacken zu holen, weil es langsam kalt wurde draußen.

Als wir erneut runterkamen, gegen neun, die Dämmerung war vorbei und die Dunkelheit angebrochen, da herrschte so was wie Anarchie rund um Günters Fass. Schon an unserer Wohnheimtür konnten wir den Krach hören, der von der

Wiese vor Haus III kam: Stimmengebrüll und schneller, lauter Heavy Metal. Jemand musste einen Recorder angeschleppt haben in unserer Abwesenheit, und jetzt kreischte eine dieser schrecklichen Kastratenstimmen von Günters Kassetten durch die Nacht.

Als wir um die Ecke bogen, konnten wir die Bescherung auch *sehen*: Zwanzig, dreißig Leute torkelten über die Wiese, zirka eine Handvoll hatte es bereits gefällt. Sie lagen schlafend auf dem Boden, der wie aus dem Nichts von lauter Abfall übersät war. Verpackungen von Keksen und Schokolade und irgendwelcher Essenskram. Man konnte nicht sagen, ob er von den Leuten hier unten stammte oder ob es sich um Müll handelte, den die Bewohner von Haus III wegen des Radaus nach unten geworfen hatten, um die Meute zu vertreiben. Eine Menge Fenster jedenfalls standen offen in Haus III, und die Leute schrien raus, dass wir die Schnauze halten und uns verpissen sollten und dass sie Meldung machen würden, wenn nicht gleich Ruhe sei.

Von unten schrien die Besoffenen obszöne Sachen zurück, und ich sah, dass jetzt auch ein paar Rohre kreisten, ich meine, diese großen Schnapsflaschen, die es vorhin noch nicht gegeben hatte. Wir waren ja selber nicht mehr nüchtern, aber so was hatte ich echt noch nie erlebt.

«Wie lange waren wir denn weg?», fragte ich Robert und versuchte, Günter zu erkennen in dem Getöse.

«Eine Stunde, vielleicht anderthalb», sagte Robert.

Wir liefen zum Fass rüber, das jetzt in bedrohlicher Schieflage zwischen den Stühlen hing, aber trotzdem machten sich drei Typen am Zapfhahn zu schaffen. Zwei andere versuchten vergeblich, einen Haufen Holz anzuzünden. Keine Ahnung, wer die waren und woher sie das Holz hatten. Es war ja dunkel, bis auf das Licht, das aus den Zimmern nach draußen fiel.

Als wir Günter entdeckten, stand er direkt unter den Fenstern von Haus III, den Kopf im Nacken, und brüllte unflätiges Zeug gegen den Himmel. Kurz bevor wir ihn wegziehen konnten, kriegte er einen Schwall kaltes Wasser ab.

«Verpisst euch, ihr Arschlöcher», schrie er erst uns an und dann gleich noch mal die Leute aus dem Haus.

«Halt bloß deine Fresse, Günter», schrie Robert zurück, und dann packten wir ihn an Schultern und Armen. Die ersten zehn Meter leistete er Widerstand, aber danach gab er auf. Er konnte noch selber laufen, und wir mussten ihn nur die paar Schritte zu unserem Haus geleiten. Hauptsächlich aber passten wir auf, dass er nicht zurückging zu seinem geliebten Fass und allem anderen, was er auf der Wiese zurückgelassen hatte.

Schon unten an der Pforte merkte man, dass etwas nicht stimmte. Der wachhabende Kommilitone telefonierte, und man sah, dass er nervös war und fast stramm stand am Hörer, weswegen er nicht merkte, wie wir an ihm vorbei in den Fahrstuhl schlüpften.

Eines war klar: Irgendwer hatte den Alarmknopf gedrückt, und demnächst brach hier die Hölle los.

«Bringen wir ihn auf sein Zimmer?», fragte Robert, als wir nach oben fuhren in die Siebte.

«Nicht aufs Zimmer», lallte Günter, «da suchen sie zuerst. Habt ihr meine Kassette mitgenommen?»

«Scheiß auf deine Kassette, Alter», sagte Robert, «du hast echt andere Probleme.»

Wir stiegen aus, und auch hier oben spürte man, dass das Chaos der Wiese wie eine Seuche aufs Wohnheim übergesprungen war. Es rumorte in den Etagen über uns und in denen darunter. Man hörte Gläser zerbersten, es wurde an Türen gehämmert und gegrölt, und laute Musik aus allen Richtungen komplettierte die schreckliche Kakophonie.

«Ach du Scheiße», sagte Günter, und er wirkte mit einem Schlag total nüchtern. «Ist das alles wegen mir?»

Er sah mich flehend an, aber ich konnte es nicht verneinen.

«Das sind diese Arschlöcher, die du mit zwei Bieren abgefüllt hast und die jetzt den großen Mann markieren», antwortete Robert an meiner Stelle.

Weiter unten brüllte plötzlich eine herrische Männerstimme abgehackte, militärisch knappe Befehle herum. Die Stimme hallte im Treppenaufgang, und wieder hörte man splitterndes Glas, und dann hörte man irgendwo Schritte über die Gänge trampeln.

«Los, auf den Balkon!», rief Robert.

Über den vorderen Flur und dann durch den Fernsehraum schafften wir es auf den Balkon, ohne dass uns jemand sah. Ich zog die Tür von außen ran. Wir setzten uns auf den Betonboden, hinter den Sesseln versteckt, die jemand vergessen hatte reinzustellen, die Rücken an der Wand, die Knie angezogen: ich links, Robert rechts und zwischen uns Günter, so, wie wir ihn eben geschnappt hatten auf der Wiese.

Wir wagten kaum zu sprechen, und wir trauten uns nicht zu rauchen. Gegen Mitternacht wurde es endlich ruhig im Haus.

«Und Iris war noch nicht mal da», flüsterte Günter als Erster nach dem ganzen Schweigen und zündete sich eine Zigarette an.

«Was meinst du?», flüsterte ich zurück.

«Sie ist heute Mittag zu ihren Eltern gefahren, hat mir einer von ihren Leuten erzählt.»

Wir schwiegen abermals.

«Und was wird jetzt?», fragte Robert.

«Ich will es mir gar nicht vorstellen», sagte Günter.

Am nächsten Tag, am Sonnabend, passierte nichts.

Die Wiese vor Haus III sah sogar relativ gut aus, wie wir am Mittag feststellten. Günter hatte Robert und mich gebeten, mit ihm das Fass zurückzubringen in den *Schwager*. Klar, Lust dazu hatten wir keine, aber so jammervoll, wie er aus der Wäsche geguckt hatte dabei, war es nicht möglich gewesen, ihm die Bitte abzuschlagen.

Der Müll war weggeräumt und auch die Glasscherben und die leeren Flaschen und die Stühle. Von der gesamten Eskapade zeugte nur das niedergetrampelte Gras und ein Brandfleck am Rand der Wiese von vielleicht einem halben Meter Durchmesser. Anscheinend war es diesen Idioten doch noch gelungen, ihr improvisiertes Lagerfeuer zu entfachen.

Leider fehlte auch das Fass.

«Scheiße», sagte Günter. «Ich hab fünfzig Mark Pfand bezahlt beim *Schwager*-Wirt.»

«Das haben die garantiert als Beweismittel konfisziert», sagte Robert.

«Wer sind denn *die*?», fragte Günter, und sein Blick war richtig angsterfüllt.

«Quatsch», sagte ich, «bei den vielen Zeugen brauchen die nicht auch noch das scheiß Fass als Beweismittel. Lasst uns lieber mal suchen.»

«Aber wer sind denn *die*?», fragte Günter erneut.

Obwohl ich selbst nicht daran glaubte, fanden wir das Fass

nur ein paar Meter hinter der Krankenbaracke. Es steckte so halb versunken im Schlamm der Wilden Saale. Auch angekokeltes Holz verschandelte dort das Ufer und ein Haufen leerer Flaschen. Wahrscheinlich waren ein paar von den verkaterten Trotteln aus unserem Haus zum Aufräumen verdonnert worden und hatten einen Teil des Mülls einfach hinters nächste Gebüsch gekippt.

Wir zogen das Fass aus dem Dreck, und dann rollten wir es die Talstraße runter Richtung Kröllwitz. Immer wenn ein Auto vorbeikam, ließen wir es los und taten, als hätten wir nichts zu schaffen mit diesem dämlichen Fass, in dem bei jeder Drehung ein Rest Bier gluckerte.

Wir rollten es unter der Giebichensteinbrücke durch, vorbei am *Krug zum grünen Kranze* bis auf den Hof vom *Schwager*.

Günter verschwand in der Kneipe, und als er wieder rauskam, hatte er einen Fünfzigmarkschein in der Hand: «Danke, Leute, für eure Hilfe», sagte er. «Ich will keine Widerrede hören: Wir gehen in die *Bergschenke* und hauen den hier auf den Kopf. Maibock und Hirschbraten, für alle!»

Sie warteten nicht bis Montag.

Schon am Sonntagmorgen fanden die Verhöre statt.

Um halb acht weckte mich der Wachhabende. Er rüttelte an meiner Schulter, und er sagte: «Los, aufstehen. In zehn Minuten bist du unten vorm Erzieherzimmer.»

Keine Ahnung, woher sie wussten, wen sie vorzuladen hatten. Aber es standen bestimmt zwanzig Mann im Gang vor dem Erzieherzimmer. Einer nach dem anderen wurde reingerufen und kam nach fünf bis zehn Minuten wieder raus, die meisten mit hängendem Kopf.

Keine Ahnung auch, in welcher Reihenfolge das geschah,

alphabetisch jedenfalls war sie nicht. Weiter vorne sah ich Robert, und er winkte mir kurz zu. Aber ohne es abgesprochen zu haben, hielten wir es beide für besser, nicht zusammen gesehen zu werden.

Günter dagegen konnte ich nicht entdecken.

Gegen viertel zehn wurde mein Name aufgerufen.

Ich trat ein. An zwei zusammengestellten Tischen saßen Herr Breuer, Chef der Wohnheimerzieher, des Weiteren eine Frau, vermutlich von der FDJ-Leitung der ABF, sowie ein unbekannter Mann mit Schlips und Kragen und Parteibonbon.

«Es ist erheblicher Sachschaden entstanden in der Nacht vom 1. auf den 2. Mai», fing Herr Breuer ohne Einleitung sofort zu reden an. «Es sind Türen beschädigt worden und Mobiliar. Das genaue Ausmaß ist noch nicht bekannt. Die Telefonzelle hier am Weinbergweg ist gleichfalls dem Vandalismus zum Opfer gefallen. Der Hörer wurde herausgerissen sowie der Münzeinwurf zerstört. Das vorweg», sagte Herr Breuer, und dann fing er an, mir Fragen zu stellen, während sich die Frau und der andere Mann Notizen machten, wenn ich antwortete.

Ob ich Günter kennen würde.

«Ja», sagte ich.

Ob ich mit ihm befreundet sei.

«Ja, auch das.»

Ob ich an der Beschaffung des Fasses beteiligt gewesen sei.

«Nein», sagte ich.

Ob ich mitgetrunken habe, und wenn ja, wie viel.

«Ein Glas», log ich, weil das Bier abgestanden gewesen sei und zu warm.

Ob ich selber randaliert oder Volkseigentum zerstört habe.

«Nein», sagte ich wahrheitsgemäß, weder noch.

Ob ich andere dabei beobachtet habe, und wenn ja, ob ich diese benennen könne.

«Nein», sagte ich, es sei zu dunkel gewesen.

Und so ging es eine Weile weiter. Weder log ich richtig, noch sagte ich andauernd nichts als die Wahrheit.

Nach zehn Minuten war auch ich wieder draußen.

Ich rauchte eine Zigarette auf der Treppe vor der Wohnheimtür, und dann fuhr ich hoch in die Siebte und klopfte an Günters Zimmer.

«Herein», sagte eine Stimme, und ich trat ein.

«Hey», sagte ich zu dem einzigen Typen, der anwesend war, «weißt du, wo Günter ist?»

«Weg.»

«Wie weg?»

«Na, weg eben.»

«Wo sind denn seine Sachen?»

«Na, auch weg.»

«Aber weg wohin?», fragte ich. «Mann!»

«Kann es sein, dass du schwer von Begriff bist, Alter?» Auch er war genervt: «Günter ist weg. Ein für alle Mal. Weg wie geext. Jetzt kapiert?»

19. HYMN FROM A VILLAGE

10. Mai, und ich war so nervös wie lange nicht mehr, weniger als damals beim Studiendirektor, aber um einiges mehr als letztens im Universitätshochhaus.

Meine Sachen hatte ich schon am Tag zuvor gepackt, und die Reisetasche stand griffbereit neben der Wohnungstür. Victoria, die mich hätte ablenken können, war zusammen mit Fritzi schon am Freitag nach Weißwasser gefahren, zu ihrer Großmutter, wo sie seit Ewigkeiten die Frühjahrsferien verbrachten, also saß ich alleine auf dem Balkon und rauchte und wartete, dass ich abgeholt wurde, während im Wohngebiet der Sonntagmorgen seinen gemächlichen Anlauf nahm.

Neun Uhr vierunddreißig, mehr als eine halbe Stunde später als abgemacht, hielt endlich ein roter Lada Kombi vor unserem Aufgang in der Grotrianstraße. Die hintere Tür ging auf, und munter wie ein junges Reh sprang Rebecca heraus. Sie winkte zu mir hoch und schrie: «Ey, Schlafmütze, beeil dich: Es geht los!»

Ich schnappte mein Gepäck, und als ich unten ankam beim Lada, war auch Rebeccas Vater noch mal ausgestiegen. Er lehnte hinten am Heck, rauchte eine Zigarette und betrachtete ausgiebig den Wohnblock, aus dem ich gekommen war. Es ließ sich nicht sagen, ob mit Wohlwollen oder Abscheu, aber ich wusste ja von Rebecca, dass er Neubauten nicht leiden konnte, erst recht nicht in solch größeren Ansammlungen wie bei

uns Am Stern, und auch, dass er generell mit dem Wohnungsbauprogramm auf Kriegsfuß stand und mit unserem Staat, der
dafür verantwortlich war.

Was heißt Kriegsfuß? Ich will nicht übertreiben.

Dass er manches anders sah als vorgegeben, will ich damit
bloß sagen. Er war eben ein verschrobener Künstler, genau
wie Rebeccas Mutter. Doch ich fuhr schließlich nicht wegen
der Eltern mit aufs Dorf, sondern wegen der Tochter, Rebecca zuliebe, meine ich, und ein wenig – ich will es nicht verheh-
len – aus Eigennutz.

Denn es war ja so: Wir hatten in Halle einfach keine Möglichkeit, mal ganz alleine zu sein, zu zweit, und gewisse Dinge
zu erledigen, die man als ein Liebespaar auch erledigen musste,
außer dauernd nur ins Kino zu rennen. Denn andernfalls hätten wir es gleich bei einer platonischen Freundschaft belassen
können.

Bei mir im Wohnheim ging das nicht, und Rebeccas Tante
wollte nicht, dass ihre Nichte jemanden mit nach Hause brachte. Da war sie richtig von vorgestern.

Höchstens, dass Rebecca und ich uns manchmal unauffällig zurückfallen ließen, wenn wir mit den anderen aus dem
Filmclub kamen. Dann konnten wir ein paar Sekunden knut-
schen in einem Hauseingang, bis die anderen merkten, dass
wir fehlten, und stehen blieben und unsere Namen riefen, und
wenn wir dann immer noch nicht hervorkamen, liefen sie zurück, um uns zu suchen.

Das war's aber schon gewesen mit dieser sogenannten In-
timität, denn weder Rebecca noch ich fummelten gerne in der
Öffentlichkeit am anderen herum, selbst in der Nacht nicht,
geschweige, dass wir uns dort gegenseitig an die Wäsche gingen.

Im Dorf dagegen, wohin wir gleich fuhren, kriegten wir ein Zimmer nur für uns beide, denn anders als Rebeccas Tante störte es deren Schwester nicht, wenn zwei Jugendliche noch vor ihrer Vermählung nackig im selben Bett nächtigten. Oder meinetwegen in Unterwäsche. Und ihrem Schwager, Rebeccas Vater, war das auch total egal, wie sie zumindest behauptet hatte, also seine Tochter.

«Ich hoffe, das war kein allzu großer Umweg für Sie, mich abzuholen», sagte ich und reichte Rebeccas Vater die Hand zum Gruß.

«Unsinn, mach dir keine Gedanken», sagte er und schlug ein, und er drückte zu wie ein Bauarbeiter, «wir fahren dann gleich hier auf die Autobahn. Ich bin übrigens Gebhardt», fügte er an, «sag ruhig du zu mir.»

«René», sagte ich, «wir kennen uns von Ihrem Fest vorvorletztes Jahr, am Tag von Live Aid.»

«Ich hab davon gehört», sagte er und sah zu Rebecca rüber, «aber ich kann mich beim besten Willen nicht erinnern.»

«Vielleicht auch besser so», sagte Rebecca und grinste, «das war nämlich alles andere als eine Glanzstunde der Gastfreundschaft.»

«Wer weiß, was mich da geritten hat», sagte Gebhardt mehr zu sich selber, und ehrlich gesagt, wartete ich immer noch, dass er endlich ein paar abfällige Bemerkungen über unser Neubaugebiet fallen ließ und wir losfahren konnten, aber ohne was vorwegzunehmen: Sie kamen nicht.

Dafür stieg jetzt noch Rebeccas Mutter aus dem Lada. Sie trug ein Kleid mit großen, bunten Blumen drauf, wie es in meiner Kindheit einst modern gewesen war, vor zehn, zwölf Jahren, und sie sagte: «Schön, dass ich dich mal näher kennenlerne, René.»

«Die Freude ist ganz auf meiner Seite», sagte ich, und auch wir gaben uns die Hand, und ihre fühlte sich an wie ein Babyvogel, der aus dem Nest gefallen war.

«Ich bin übrigens Siegrun», sagte sie, und ich musste wohl gestutzt haben, denn das tiefe Lachen von Rebeccas Vater erscholl, und er sagte: «Nicht schlecht, oder, René? Gebhardt und Siegrun. Wie aus einer Wagner-Oper.»

«Zum Glück heißt Rebecca nicht Gerhild», sagte ich, «oder Kunigunde.»

«Da bin ich selber am allerfrohsten drüber», sagte Rebecca, «das kannst du aber glauben.»

«Da hast du wirklich Glück gehabt», sagte Gebhardt, «wir waren knapp davor. Aber auf geht's, Kinder, wir haben keine Zeit zu verlieren.»

Und es war wirklich höchste Eisenbahn, denn in unserem Block begannen die ersten Gardinen zu wackeln hinter den Fenstern, und weiter oben war sogar jemand auf den Balkon gekommen, um nachzusehen, warum diese komischen Künstlergestalten von auswärts mit einem Jungen aus dem Haus seit geschlagenen zehn Minuten um einen knallroten Lada Kombi mit offenen Türen herumstanden und nichts anderes taten, als Maulaffen feilzuhalten.

Ohne Pause fuhren wir zwei Stunden durch.

Wir hielten vor so einem Bauernhaus, das nicht mehr wirklich gut in Schuss, andererseits noch nicht richtig verfallen war. Sagen wir's diplomatisch: Es harrte im Moment ein wenig unentschlossen der Zeiten, die da noch kamen.

«Wo sind wir eigentlich?», fragte ich Rebecca beim Aussteigen.

«Irgendwo im Fläming», sagte sie, «nichts Genaues weiß man nicht.»

«Komm mal bitte her, René», rief Gebhardt.

Er öffnete die Heckklappe: Der Kofferraum war voller Weinkisten, es gab ein Sortiment an Wodka und Rum, einen großen Sack Kartoffeln, zwei Stiegen Eier, Dauerwürste, eine ganze Speckseite und anderen Kram. Dieses Auto war besser ausgestattet als mancher Dorfkonsum.

Ich starrte das Zeug an.

«Nicht schlecht, oder?», sagte Gebhardt und kraulte sich zufrieden seinen Künstlerbart.

«Und auch ein bisschen peinlich», sagte Rebecca, verdrehte die Augen in meine Richtung und brachte unsere Taschen ins Haus.

«Wenn du was zu trinken brauchst», sagte Gebhardt vertraulich, «dann machst du einfach die Klappe auf und nimmst dir was. Wir schließen den Wagen nicht ab, hier gibt's niemanden, der was klauen könnte. Ist das nicht schön? Diese Luft?» Er blähte seine Nüstern auf und atmete tief ein.

«Ja», sagte ich.

Wenn man den winterlichen Gestank von Hallesaale noch im Kopf hatte, roch es vielleicht nicht unbedingt besser, aber es roch auf jeden Fall gesünder, statt nach den Abgasen von Auto und Kachelofen nach den Ausdünstungen von Rindvieh und Borstentier.

«Was fährt denn dein Vater?», fragte Gebhardt.

«Wartburg Tourist.»

«Auch nicht schlecht.»

Er schlug die Klappe wieder zu, und eine monumentale Welle aus Krach rollte mit einem Mal durch die duftige Landluft auf uns zu. Rasend schnell kam sie näher, und instinktiv ging ich hinter dem Lada ein Stück in Deckung, während der Lärm weiter anschwoll, seinen Kipppunkt erreichte, und als das Grollen schon fast an uns vorbeigezogen war, donnerten ihm zwei tarnfarbene Jagdflugzeuge hinterher. Sie flogen über Kopf, und sie hatten einen roten Stern auf der Heckflosse, und für den Bruchteil einer Sekunde konnte ich die Helme der Piloten sehen, in denen sich die Sonne spiegelte, der sie entgegenflogen.

«Ihr blöden Arschlöcher», schrie Gebhardt den Flugzeugen hinterher und schüttelte dabei die Faust wie Rumpelstilzchen. Ich dagegen musste an die Futuristen denken, an ihren Kult um Geschwindigkeit und Krieg.

Aber nur kurz, ehrlich!

Denn dann fiel mir ein, was mir im November blühte, und meine Begeisterung fürs Militärische war mit einem Schlag so klein wie zuvor.

«Das sind die verdammten Russen mit ihren MIG-23», schrie Rebeccas Vater weiter, «die haben ihren Flugplatz in Altes Lager, und sie heizen hier zweimal am Tag im Tiefflug drüber.»

Ich zuckte zusammen, innerlich, meine ich.

Die Russen wurde bei uns zu Hause nämlich nicht gesagt, wenn man Bürger der Sowjetunion meinte, denn die setzten sich bekanntlich aus viel mehr Nationalitäten zusammen. So was machten nur die Revanchisten im Westen und die renitenten Staatsfeinde bei uns. Mein Vater hatte mir das beigebracht, als ich klein gewesen war und selbst mal versehentlich *die Russen* gesagt hatte, ohne damit nur diese zu meinen. Keine Ahnung, ob er noch immer so dogmatisch war, was die korrekte Bezeichnung unserer *Freunde* betraf, denn ich hatte mich seitdem an seine Vorgabe von einst gehalten.

«Diese sogenannten Russen haben immerhin den Faschismus besiegt», sagte ich.

«Was hast du gesagt?», fragte Rebeccas Vater und durchbohrte mich mit Röntgenaugen.

«Schon gut», sagte ich, «war nicht wichtig.»

«Aber was sie nach ihrem glorreichen Sieg so alles angestellt haben, das wurde euch wahrscheinlich nicht erzählt in der Schule.»

Er hatte mich also doch ganz gut verstanden.

Ich wollte gerade entgegnen, dass solche Sachen ja demnächst aufgeklärt würden, und zwar ausgerechnet durch diese sogenannten Russen selber und ihre neue Politik der Transparenz und Öffnung, aber da kam Rebecca aus dem Haus zurück, und sie sah in den Himmel und fragte: «Waren das die Kampfflieger?»

«Ja», sagte ich schnell, «zwei Stück», und ihr glaubt gar nicht, wie froh ich war, dass sie nicht auch abfällig *die Russen* gesagt hatte zu den sowjetischen Piloten.

Was hätte ich denn dann tun sollen?

Mich irgendwie zur nächsten Landstraße durchschlagen, um von dort nach Hause zu trampen?

«Wie dem auch sei», sagte Rebeccas Vater zu mir, «du weißt jetzt, wo du was zu trinken findest. Ich leg mich für eine Weile aufs Ohr.»

«Danke», sagte ich.

«Habt ihr euch gestritten?», fragte Rebecca, als er im Haus verschwunden war.

«Nein», sagte ich.

«Über Politik, stimmt's?»

«Nein, noch nicht», sagte ich, «aber wir hätten möglicherweise damit angefangen, wenn du nicht rechtzeitig aufgetaucht wärst.»

«Komm, ich zeig dir ein bisschen die Gegend», sagte

Rebecca, und dann hakte sie sich bei mir unter, und wir marschierten zwei Stunden über Waldwege und Feldraine und am Ufer von Drainagegräben entlang. Es war alles relativ schön hier, wenngleich ein bisschen eintönig auf die Dauer, was die Landschaft anging, denn wir stießen auf keinen See und auf keinen Bach, auf keinen Berg und keine ernst zu nehmende Hügelkette, und überdies durfte man zwischen den ganzen Kiefern wegen der Waldbrandgefahr nicht mal rauchen.

Als wir unsere Runde fast beendet hatten und das Haus schon wieder in den Blick kam, wo jetzt alle Fenster sperrangelweit offen standen, sagte Rebecca: «Kannst du mir was versprechen?»

«Fast alles, wenn du so lieb fragst.»

«Nein, im Ernst», sagte Rebecca, «kannst du dich bitte nicht in Diskussionen über Politik verwickeln lassen von meinem Vater?»

«Ich kann es versuchen.»

«Egal, worum es geht?»

«Klar.»

«Ich bitte dich sehr darum», sagte Rebecca. «Er neigt dazu, andere zu provozieren, erst recht, wenn er ein paar Gläser Wein getrunken hat. Du bist der Vernünftigere.»

«Bin ich das echt?»

«Ich würde es mir wünschen», sagte Rebecca und drückte meine Hand. «Bei meinem Pa, das weiß ich, ist da nichts mehr zu machen.»

«Ich verspreche es», sagte ich, denn ich wollte keinesfalls zum Keil werden zwischen Tochter und Vater. Und ich wollte auch nicht derjenige sein, der Gebhardt Anlass gab, seinerseits zum Keil zwischen Rebecca und mir zu werden.

Wenn man von draußen ins Haus kam, stand man in einer großen dunklen Küche mit bäuerlicher Sitzecke und antiken Kochutensilien. Es war dunkel und kühl, obwohl die warme Mailuft durch die offenen Fenster hereinströmte. Wir stiegen in den ersten Stock, wo unsere Kammer lag. Auch hier stand das Fenster offen. Es gab ein großes altertümliches Bett aus dunklem Holz, einen antiken Waschtisch mit Emailleschüssel und Wasserkrug und zwei windschiefe Stühle.

Wir zogen unsere Schuhe aus und unsere Jacken und legten uns nebeneinander aufs Bett, jeder auf eine Seite. Erst redeten wir ein bisschen, aber nicht lange, und nach einer Weile wusste ich nicht mehr, ob Rebecca noch wach war oder bereits schlief, aber ich genoss es, einfach nur neben ihr zu liegen und zu beobachten, wie das Licht draußen allmählich dunkler wurde.

Kurz bevor es ganz ausging, flog ein Tannenzapfen zum Fenster herein, und Rebeccas Vater schrie: «Kommt runter, Leute, gleich gibt's was zu futtern.»

Wir rappelten uns auf, und als wir runterkamen, stand Gebhardt am Herd und rührte in einem großen Topf mit Suppe. Im Kofferradio auf dem Gewürzregal liefen Nachrichten, und als er meinen Blick bemerkte, fragte er: «Stört dich das?»

«Wieso sollte es?»

«Das ist Deutschlandfunk.»

«Zu Hause höre ich selber meistens RIAS», sagte ich, «nur im Internat geht das nicht.»

«Ach so?»

«Ja, klar.»

«Mann, Papa», sagte Rebecca, «was denkst du denn von ihm.»

«Ich will bloß nichts falsch machen, Herzchen», sagte Rebeccas Vater, «und mir das dann tagelang aufs Brot schmieren lassen.»

Er zwinkerte seiner Tochter zu, und dann schmiss er eine Handvoll Gewürze in den brodelnden Topf.

«Kochen Sie gerne?», fragte ich und merkte, dass mein Unterbewusstsein vergessen hatte, ihn zu duzen.

«Gerne und gut», sagte Siegrun, ich meine: Rebeccas Mutter, die am Küchentisch saß und las. Vor ihr stand ein Glas Rotwein.

«Danke, Weib, das hör ich wohl gern», sagte Gebhardt und dann zu mir: «Kochen ist für mich Ausgleich und Entspannung.»

«Als mein Vater Witwer war, hat er sich lieber eine neue Frau gesucht», sagte ich, «statt mühsam mit Kochen anzufangen in seinem Alter.»

Gebhardt lachte: «Weil dein Vater ein schlauer Mann ist, René. Willst du einen Schluck Wein?»

«Bevor ich mich schlagen lasse.»

«Ich mach das schon, Pa», sagte Rebecca, und dann schenkte sie ihren Eltern Cabernet nach, und für uns nahm sie zwei frische Gläser aus dem wurmstichigen Küchenschrank und goss sie voll, und dann stießen wir an, sprachen allerlei gute Wünsche aus, was die nächsten gemeinsamen Tage betraf, und tranken.

Warm floss der Wein in meinen nüchternen Magen.

«Kann ich was helfen?», fragte ich.

«Ihr könnt das Holz schichten fürs Feuer nachher», sagte Gebhardt, «wir essen in fünfzehn Minuten.»

«So schlimm ist es gar nicht, oder?», fragte Rebecca, als wir aus Kienspänen, Scheiten und halben Baumstämmen hinterm

Haus, mit Blick auf die Felder, einen wahren Lagerfeuerberg auftürmten.

«Nein, alles ist gut. – Ich muss nur gerade an Günter denken», sagte ich, «vor genau einer Woche ist er von der ABF geflogen.»

«Und du hast nichts mehr von ihm gehört?»

«Nein», sagte ich, «das ist es ja. Und ich kenne nicht mal seine Adresse.»

«Es wird ihm schon gut gehen. Lass ihm ein bisschen Zeit nach dem ersten Schock», sagte Rebecca und dann nach einer kleinen Pause: «Ich bin froh, dass du diese Freunde gefunden hast: Robert und Günter und vor allem Karsten.»

«Den fand ich am Anfang echt komisch.»

«Und die süße, kleine Anja», ergänzte Rebecca.

«Wirklich?»

«Aber lass gefälligst deine Griffel von ihr.» Rebecca boxte mich auf den Arm. «Sie werden dir alle bleiben, wenn du bei der Armee bist. Sie werden dich dort besuchen, und du besuchst sie, wenn du Urlaub kriegst. Und sie werden auch da sein, wenn der Spuk vorbei ist und dein Leben noch mal neu anfängt.»

Genauso wie du, Rebecca, dachte ich und musste grinsen vor lauter Vorfreude auf später.

Aber ich sagte das natürlich nicht laut, denn so was laut zu sagen, sein eigenes Wunschdenken quasi in die Welt zu posaunen, ziemte sich nicht. Denn das war ja nichts anderes als ein Heischen nach Zustimmung. Eine Art liebevolle Nötigung oder sanfte Erpressung meinetwegen. Nennt es, wie ihr lustig seid. Aber wenn man selber nicht wollte, dass einem dergleichen geschah, dann ersparte man es doch gefälligst auch den anderen, oder?

«Ey, lach nicht so blöd», sagte Rebecca, und dann kam schon ihr Vater raus und schrie: «Antreten, Leute, zum Essenfassen!»

So ging das hier praktisch jeden Abend: Erst aßen wir ewig lange und tranken Wein, und sogar rauchen durfte man zwischendurch, wenn man kurz Pause machte oder nicht wusste, ob man Nachschlag wollte. Irgendwann wechselten wir nach draußen zum Lagerfeuer, das Rebeccas Vater zwischendurch angezündet hatte. Es wurde richtig dunkel um uns herum, und wir waren wie die einzigen und letzten Lebendigen in diesem Ödland namens Fläming. Die schwarze Nacht umkreiste uns. Das Feuer in unserer Mitte wuchs, wenn es endlich die halben Stämme erfasst hatte, und der Wind hobelte Funken von ihm ab und warf sie durch die Gegend. Von den Feldern wehten die unheimlichen Laute der wilden Tiere zu uns herüber.

Wir tranken mehr Wein und rauchten, das Feuer prasselte, und Rebecca sprach mit ihren Eltern über Dinge, von denen ich keine Ahnung hatte und die mich nichts angingen, private Sachen, über Arbeit und Freunde, aber ich hörte gerne zu, ohne den Sinn der Sätze zu erfassen, nur um dem Klang der Stimmen zu lauschen, besonders jener tiefen, ruhigen von Gebhardt.

Wir saßen auf schiefen Bretterbänken, und Rebecca kuschelte sich an mich ran, oder sie nahm meine Hand oder legte ihren Arm um meine Schulter, und ihre Eltern schienen sich nicht zu stören an diesen kleinen Annäherungen. Wenn uns danach war, liefen Rebecca und ich ein paar Schritte Richtung Wald, so weit, bis das Lagerfeuer nur noch so groß war wie eine glühende Zigarettenspitze und sich über unseren Köpfen der allmächtige Sternenhimmel wölbte.

Dann blieben wir stehen, und wir holten nach, was wir unter den Augen von Rebeccas Eltern nicht taten: Wir küssten einander, denn das hier war so was wie die perfekte Kulisse für einen endlosen Kuss.

Wenn wir zurückkamen, brannte das Feuer nur noch sacht, das Holz glühte rot, aber es war warm genug, um eine weitere Stunde sitzen zu bleiben.

Gebhardt sagte dann: «Da seid ihr ja wieder!», und er schenkte uns nach, denn die Gläser, die man trank, zählte niemand mit, und wenn eine Flasche Wein leer war, dann wurde die nächste aus dem Lada geholt und entkorkt, selbst wenn es bloß um einen letzten halben Schluck ging, den einer wollte.

Irgendwann nach Mitternacht machten wir Schluss, und alle waren wir ein bisschen blau, aber zumindest Rebecca und ich nicht so sehr, dass wir nicht oben hinter verschlossener Kammertür, zwischen den kühlen Laken unseres bäuerlichen Ehebetts, noch ein paar Sachen veranstalteten, zu denen wir in den zugigen Hallenser Hauseingängen nicht kamen.

Auf diese Art vergingen die kostbaren Tage unserer Frühjahrsferien. Es war der beste Urlaub meines ganzen Lebens. Man musste nichts weiter machen, als zweimal täglich die MIG-23 zu ertragen und ansonsten aufs Abendbrot zu warten.

Im Urlaub mit meinen Eltern früher hatte ich dauernd irgendwohin gemusst, Burgen angucken und Dorfkirchen, obwohl wir nicht mal an Gott glaubten und dort auch nicht unbedingt Sachen von Albrecht Dürer hingen. Oder Heimatmuseen, wo kaputte Blumenvasen zur Begutachtung rumlagen und riesige, krumme Nähnadeln, die einst den Neandertalern gehört hatten, und wenn man fertig war, musste man schon wieder Kaffee trinken und Kuchen essen am Markt-platz, obwohl man noch voll war vom Mittag.

Im Fläming dagegen konnte man machen, was man wollte, oder wie mein Vater es genannt hätte: Man durfte gammeln. Man konnte hier auch einfach nichts machen, ohne dass deshalb jemand nervös wurde nach zehn Minuten.

Gammeln hieß bei meinem Vater, mit Nichtstun die Zeit zu verschwenden, statt zum Beispiel abzuwaschen. In der Schule bedeutete Gammeln: Nichtstun, statt den Sozialismus aufzubauen, *Carpe diem*, wie diese schrecklichen Klugschei-ßer immer sangen.

Aber Rebeccas Vater gammelte nicht nur den ganzen Tag und baute dabei den Sozialismus nicht auf, sondern er trank noch ständig Rotwein dabei.

Oder Schnaps, weil ja permanent irgendwelche Leute ins Haus schneiten: der Förster zum Beispiel mit seinen beiden Riesenschnäuzern, die alles vollsabberten in der Küche, statt draußen vor der Tür zu warten, und am nächsten Tag der Schäfer mit Lässie im Schlepptau, und eine halbe Stunde nach dem Schäfer klopfte schon wieder der Klempner mit seinem giftigen Dackel-Spitz-Gemisch an, weil die Klospülung tropf-te.

Immer gab es irgendwas total Wichtiges zu besprechen, und immer wurde sich deshalb sofort an den Küchentisch ge-setzt, alldieweil die mitgebrachten Köter ihr Eigenleben führ-ten, und eine Zigarette nach der anderen wurde gepafft, und statt Kaffee oder einem Glas Selters wurde Wodka getrunken zur Begrüßung, egal, welche Zeit die Uhr gerade schlug, und mindestens einer noch zum Schluss, nicht zu reden von denen zwischendurch.

Als Rebeccas Vater Freitagabend in der Grotrianstraße zum Abschied sagte: «Das machen wir mal wieder, René, oder?», antwortete ich, ohne nachzudenken: «Ja.»

Er reichte mir seine Bärenpranke, und dann zog er mich zu sich heran und umarmte mich, und dann haute er mir mit seiner Bärenpranke kumpelhaft auf den Rücken, so stark, als hätte ich eine Gräte verschluckt.

Er stieg in den Lada, und jetzt stand bloß noch Rebecca neben mir auf dem Bürgersteig, und sie kam einen Schritt näher und lächelte.

«Das war die schönste Zeit meines Lebens», sagte ich.

«Ja», sagte Rebecca, «das war echt nicht schlecht.»

«Sehen wir uns nächste Woche im Filmclub?»

«Klar», sagte Rebecca, «was zeigen sie denn diesmal?»

«*Solaris*», sagte ich, «von Tarkowski.»

20. WE CAME TO DANCE

Am ersten Montagabend nach den Frühjahrsferien stand Iris in der Tür unseres Wohnheimzimmers, und sie sagte: «Kann ich mal mit dir reden, René?»

Fast hätte ich sie nicht wiedererkannt. Statt der alten, fusseligen Dauerwelle trug sie die Haare jetzt glatt, und sie war nicht mehr so stark geschminkt wie sonst, ohne weniger rosig und proper auszusehen. Sie wirkte wie eine junge Frau und nicht mehr wie ein alt gewordenes Mädchen. Und sogar ihren Nordhäuser Dialekt hatten die Universitätslogopäden anscheinend erfolgreich abgeschliffen. Ich verstand jetzt, was sie sagte, gleich immer beim ersten Mal.

«Ja, klar», sagte ich, «wir können ein bisschen spazieren gehen.»

«Ich wollte lieber mit dir sprechen als mit Robert», sagte Iris, als wir kurz darauf an der Wilden Saale entlangliefen, genau an jener Stelle vorbei, wo wir vorvorletzten Sonnabend das verbeulte Fass aus dem Schlamm gezogen hatten. Aber das erwähnte ich lieber nicht.

«Weil du noch heimlich in ihn verliebt bist?»

«Hör mal!», rief Iris empört.

«Entschuldige.»

«Nein, weil ich keine Schadenfreude gebrauchen kann oder Häme oder dergleichen. Außerdem ist er ein komischer Schnösel geworden.»

«Niemand ist schadenfroh, dass Günter geflogen ist, falls du das meinst. Das hat uns alle geschockt.»

«Kann ja sein», sagte Iris, «aber ich würde trotzdem lieber von dir hören, was passiert ist an diesem Abend.»

«Wo soll ich denn da anfangen?», fragte ich rhetorisch, und dann versuchte ich, diese seltsam klingenden und höchst banalen Ereignisse zu rekapitulieren, die sich dann leider doch zu einer mittleren Katastrophe summiert hatten.

«Was für ein Kindskopf», sagte Iris, als ich fertig war.

«Er hat das wegen dir veranstaltet, glaube ich, weil er dich unbedingt zurückwollte.»

«Aber ich war doch nie weg gewesen», rief Iris, und sie klang fast ein bisschen verzweifelt. «Ich hab doch nur gesagt, dass ich ein bisschen Zeit brauche, zum Nachdenken. Wie das weitergeht mit ihm und mir, und das alles.»

«Hat er dann wohl in den falschen Hals gekriegt.»

«Wie kann man denn so verquer sein!»

Iris schlug sich die Hand vor die Stirn.

«Wollen wir uns kurz hinsetzen?», fragte ich. Wir waren an dieser Bank unterhalb der *Bergschenke* angekommen, mit Blick auf die Ruine von Giebichenstein.

«Na ja, warum nicht», sagte Iris.

Sie nahm Platz und schloss die Augen, und für ein paar Augenblicke ließ sie sich die goldene Abendsonne ins Gesicht scheinen.

Ich holte mein Päckchen Club aus der Lederjacke und hielt es Iris hin: «Willst du eine?»

Sie machte die Augen auf und sagte: «Ja, danke», und sie hatte eine Club fast schon zwischen den Fingern, aber im letzten Moment schob sie die Zigarette ins Päckchen zurück und sagte: «Ich muss langsam aufhören damit.»

«Weil es zu teuer ist?», fragte ich. «Oder einfach so?»

«Zu teuer ist es auch», sagte Iris, «aber nein, ich krieg ein Kind.»

«Ach du Scheiße», rief ich, und weil mir nichts Besseres einfiel, fragte ich nach den obligatorischen zwei, drei stummen Schrecksekunden: «Wann denn?»

«Ist noch eine Weile hin. Im Dezember.»

«Jetzt wird mir einiges klar», sagte ich und steckte die Zigaretten wieder weg.

«Was denn zum Beispiel?», fragte Iris, und zum ersten Mal heute lächelte sie ein bisschen.

«Na, du hast Günter gesagt, dass du ein Kind kriegst, und Günter hat gesagt, dass er es nicht will und dann ...»

«Nein, hat er nicht», antwortete Iris unwirsch, «außerdem ist sein Name Heiko.»

«Aber es ist doch von ihm?»

«Also bitte!», sagte Iris. «Am 1. Mai bin ich nur nach Hause gefahren, um meine Eltern zu fragen, ob sie mich unterstützen, wenn ich mich für das Kind entscheide.»

«Und?»

«Ja, machen sie», sagte Iris. «Ich kann sogar weiterstudieren, hat die Uni gesagt, und ich bekomme ein eigenes Zimmer im Wohnheim und einen Krippenplatz.»

«Das klingt doch toll.»

«Ja.»

«Aber Günter will nicht richtig, oder was?»

«Doch», sagte Iris, «aber will *ich* denn einen Vater für mein Kind, der wie Heiko ist?»

«Wie meinst du das?!»

«Der wegen einem bekloppten Bierfass sein ganzes Studium wegschmeißt, so meine ich das.»

Wir schwiegen und sahen zwei Schwänen zu, die direkt zu unseren Füßen verliebt in der Saale paddelten. Keine Ahnung, ob Iris bei ihrem Anblick mehr Hintergedanken hegte als ich.

«Eigentlich trifft es sich dann doch ganz gut, dass er nicht zum Studium in die ČSSR geht», sagte ich nach einer Weile. «Sonst nämlich wäre er fünf Jahre komplett weg gewesen. So kann er sich auch ein bisschen ums Kind kümmern, ich meine natürlich: Falls du ihn lässt.»

«Stimmt auch wieder. Nur macht er im Moment rein gar nichts», sagte Iris, «meine Eltern würden ausflippen, wenn sie das wüssten.»

«Er wird ja nicht für immer gar nichts machen. Das ist doch überhaupt nicht erlaubt. Man muss doch wenigstens halbtags so tun, als würde man arbeiten gehen, um dann nachmittags in Ruhe seine Bücher schreiben zu können oder meinetwegen in einer Band zu spielen.»

«Was?»

«Ach nichts. Kannst du mir seine Adresse geben?»

«Klar», sagte Iris, und als wir uns später vor Haus IV verabschiedeten, fragte sie, aus Höflichkeitsgründen, wie ich annahm: «Und wie läuft es bei dir und deiner Freundin so? Heiko hat erzählt, dass sie auch in Halle ist.»

«Alles bestens», sagte ich, «danke. Wir waren gerade im Urlaub zusammen.»

Am Dienstag kam eine Postkarte von meinem Vater, die sicherheitshalber noch mal in einem Briefumschlag steckte.

«Hatte ich dir schon mitgeteilt, dass ich Anfang Juli wieder nach Genf fahre?», lautete der erste Satz nach der Anrede.

«Nein, das hast du nicht», antwortete ich in Gedanken dem lyrischen Ich des Schreibens auf seine Frage.

«Falls nicht», schien mich dieses nachgerade zu verspotten, «dann weißt du es jetzt.»

Alles klar, dachte ich, ich gebe auf, und las einfach nur zu Ende.

«Victoria steckt mitten in den Prüfungen», ging es weiter im Text, «weshalb ich vermute, dass es Dir nicht anders ergeht. Sollten wir uns nicht mehr sehen bis zu meiner Abreise, wünsche ich Dir dafür alles Gute. Falls Du wieder Wünsche hast, was Bücher betrifft, lass es mich bitte rechtzeitig wissen. Zum Glück bist Du dieses Mal nicht allein. Falls Probleme auftreten, dann wende Dich bitte an deine Stiefschwester oder besser vielleicht, Du wendest Dich direkt an deren Mutter. So viel für heute!»

Es folgten Gruß und Unterschrift.

Interessant, dachte ich, für meinen Vater firmierte seine Gattin als Mutter meiner Stiefschwester.

Ja, und bevor ich es weiterhin vergesse zu erwähnen: Wir alle steckten bis zur Halskrause in den Prüfungen. Der letzte Monat unser aller Schullaufbahn war heraufgedämmert, und in unserem Hochhaus grassierte seit Wochen akutes Lernfieber. Jeden Tag nach der Schule und bis spät in die Nacht hinein irrten verzweifelte Kommilitonen mit ihren Aufzeichnungen von Tür zur Tür, in der Hoffnung, jemanden zu finden, der auf den letzten Drücker doch noch erklären konnte, was den Dozenten vier Semester lang nicht gelungen war, ihnen plausibel zu machen.

Manchen von denen stand die nackte Überlebensangst in den roten, entzündeten Augen.

Immer neue Klüngel von Lernenden bildeten sich wie aus dem Nichts in den Fernsehräumen und vorne bei den Fahrstühlen und hinten auf den Balkons. Nirgends hatte man Ruhe vor diesen Mädchen und Jungen, die sich in ihrer Verzweiflung zu platonischen Gruppen mischten, weit davon entfernt, mehr voneinander zu wollen als Wissensaustausch. Es zählte nicht mehr die Schönste oder der Witzigste, sondern begehrt in diesen Tagen war nur, wer vorgab, den Durchblick zu haben. In Chemie, Mathe, Physik.

Volker und Bernd gewährten den Ahnungslosen der anderen Gruppen nun regelrechte Audienzen in unserem Zimmer. Solche wie sie waren die wahren Helden in diesen Wochen des Ausnahmezustands. Sie sorgten dafür, dass der ganze Laden halbwegs weiterlief, dass nicht alle so durchdrehten, wie es diese Spinner getan hatten am 1. Mai nach zwei Bieren aus Günters Fass.

Mich selber ließ das alles relativ kalt.

Nicht mal am Vorabend einer Prüfung erfasste mich Panik, anders als damals in der Zehnten, als ich wochenlang gepaukt hatte. Mittlerweile agierte ich streng nach dieser Lenin-Devise aus *Was tun?*: Stets nur so viel wie nötig zu machen statt wie möglich.

Damit man noch Reserven hatte, wenn's im Ernstfall drauf ankam.

Auf der letzten Etappe beim Aufbau des Kommunismus zum Beispiel, wo es um die wichtigen Details ging, die die Leute letztendlich bei der Stange hielten. Es kam darauf an, sich nicht schon beim Grundsätzlichen wie Elektrifizierung und Bodenreform zu verausgaben. Sonst hing man bei den Feinheiten wie Zigarettenangebot in den Seilen.

Klar, ich wollte nicht unbedingt eine Vier schreiben in Mathe, aber eine Drei in der Prüfung bei Vornote Zwei minus reichte mir vollkommen aus. Wozu brauchte man denn Mathe als Germanist? Höchstens, um auszurechnen, wie alt Goethe letztendlich geworden war, wenn einem nur Todes- und Geburtsjahr vorlagen, aber das war Stoff der dritten Klasse, Subtraktion von Zahlen bis Zehntausend.

Für meine Drei in der schriftlichen Matheprüfung musste ich nichts weiter tun, als ein paar Formeln zu notieren, den Zettel in meinen Arbeitsschuh zu stecken und auf dem Schulklo später zu überprüfen, ob stimmte, was ich vorher im Prüfungsraum improvisiert hatte. Denn, wie Lenin des Weiteren gewusst hatte: Vertrauen war gut, Kontrolle war besser.

Was soll ich sagen: So war es geschehen, und so hatte es geklappt. Sogar als Erster fertig geworden war ich, und Frau Schneider hatte richtig neidisch geguckt, als ich meine Blätter bereits kurz vor zwölf auf ihrem Pult abgelegt hatte, denn ihre Prüfungsaufsicht hatte anderthalb Stunden länger gedauert.

Ich war ins *Surprise* rübergegangen und hatte mir ganz alleine einen Cognac zum Kännchen Kaffee gegönnt, denn Mathe schriftlich war die schwerste aller Prüfungen, und wenn die schon halbwegs gut gelaufen war, was sollte dann bei den anderen schiefgehen?

Ohne die gesamte Spannung zu töten: Ich kriegte tatsächlich eine Drei in Mathe. In Deutsch, wo ich bis zur letzten Sekunde schwafelte über Brechts *Galileo*, kriegte ich eine Eins. Desgleichen in Russisch. Dafür kassierte ich in Physik mündlich eine Vier, was an der sogenannten ausgleichenden Gerechtigkeit lag.

Mitte Juni waren wir durch mit der Schule, und plötzlich war da so ein Gefühl von Abschluss.

Von nahendem Ende.

Nein, anders: von Nimmerwiederkehr.

Wir feierten die überstandenen Prüfungen oben in der *Bergschenke*, Robert und ich, Karsten und Rebecca. Auch

Anja kam vorbei, um mit uns anzustoßen, aber als sie das von Günter hörte, ich meine, dass er Iris geschwängert hatte, fahrlässig, wie zu vermuten war, wollte sie kein zweites Glas Sekt mehr haben.

Wir anderen blieben, bis sie Feierabend machten und uns rauswarfen kurz vor zwölf, und wir schworen uns ewigen Zusammenhalt und immerwährende Freundschaft und diese Sachen, die man eben so sagte mit drei Gläsern Sekt in der Blutbahn.

Am Montag darauf begannen die Praktikumswochen.

Robert und einige andere mussten auf eine LPG vor den Toren der Stadt. Sie fuhren ewig mit der Straßenbahn und von der Endhaltestelle dann noch weiter mit dem Bus. Robert stand in der Nacht auf und kehrte erst nach sechs zurück. Dann sah er aus wie nach einem Vollbad in der Jauchegrube, und dezent roch er auch danach. Keine Ahnung, was sie da draußen genau veranstalteten auf den Feldern, denn Robert hatte keine Lust, am Abend davon zu erzählen. Nach zwei Bieren auf der Terrasse vom *Schwager* war er platt.

Als Entschädigung durften die LPG-Leute verschrumpeltes Gemüse mit nach Hause nehmen, weshalb unser Wohnheim in diesen warmen Junitagen wie ein Komposthaufen stank. Manchmal gaben ihnen die Bauern auch vergammeltes Obst mit, das sie, anders als das vergammelte Gemüse, nicht in die Müllschlucker warfen, sondern auf arglose Passanten unter den Wohnheimfenstern.

Ich dagegen fuhr jeden Morgen um halb acht mit der Straßenbahn in die Maschinenfabrik, die direkt an der Leninallee lag, kaum zweihundert Meter hinterm *Interhotel*.

Keine Ahnung, was diese sogenannte MaFa für Maschinen herstellte, unsere Brigade jedenfalls produzierte nur Bretter.

Ein paar von uns schnitten Bäume in Längsscheiben, ein paar andere trockneten das Holz in riesigen Öfen, und der Rest sägte es in rechteckige Formen.

Der Brigadier verdonnerte einen Typen mit halblangen Haaren, Walrossbart und buschigen Koteletten dazu, sich um mich zu kümmern. Ich merkte es sofort: Dieser Typ war der Knecht des gesamten Kollektivs, und ich sollte fortan sein Diener sein.

Er gab mir die Hand zur Begrüßung, und er nannte mir seinen Namen, aber weil ich das Deutsch der eingeborenen Halloren nicht verstand, redete ich ihn der Einfachheit halber mit *Meister* an, wenn kein anderer aus der Brigade zuhörte, und mir schien, dass es ihm gefiel.

Am ersten Arbeitstag zeigte er mir einen hundert Meter langen Fahrradschuppen, den ich streichen sollte, und als ich kurz vor Feierabend ein Drittel fertig hatte, sagte er: «Mach nich so schnelle, Junge, das muss langen für die nächsten Wochen.»

Deshalb steckte ich mir am zweiten Tag ein Buch in die Tasche meiner Arbeitshose.

Ich platzierte Leiter, Farbeimer und Pinsel gut sichtbar vor dem Fahrradschuppen, sodass es aussah, als wäre ich bloß kurz austreten, und verzog ich mich dann an einen ruhigen Platz hinter unserer Werkhalle, um zu lesen. Der Meister wusste, wo er mich fand. Er merkte schnell, dass ich nicht in der Partei war und auch keine Wiedergeburt Adolf Henneckes.

«Reicht, wenn du bis zweie bleibst», sagte er am dritten Tag zu mir, «gibt sowieso nichts für dich zu tun.»

Wenn ich um eins aus der Kantine kam, musste ich nur noch eine Stunde totschlagen bis zum Feierabend. Ende der ersten Woche verlängerte ich das Mittagessen bis halb zwei, mit Nachtisch und Zigarette und Kaffee und einer weiteren Zigarette zum nächsten Kaffee. Dann räumte ich meinen Malerkrempel zusammen und ging duschen. Ich duschte jeden Tag fünfzehn bis zwanzig Minuten, ganz alleine, immer unter einer anderen Brause. Durch die Oberlichter fiel Sonne in den Duschsaal, der so groß war wie unsere Sporthalle. So sauber wie in diesen Tagen war ich noch nie gewesen in meinem Leben.

Ich zog meine Straßenklamotten an, richtete meine Haare im Spiegel, und dann hatte ich mein Tagwerk erledigt. Dem Pförtner war es egal, wer wann rein- oder rausging, Hauptsache, man nickte ihm zu, und er konnte zurücknicken, so funktionierte die effektive Ordnung seiner Welt.

Anfang der zweiten Woche sagte der Meister: «Komm mal, wir fahren in die Stadt.» Wir stiegen in einen Barkas, der neben unserer Halle parkte, und kurbelten die Fenster runter. Am Werkstor hupte der Meister, legte Zeige- und Mittelfinger an seine Hutkrempe zum Gruß, die Schranke ging hoch, und wir waren draußen.

Im Fahren friemelte der Meister eine Packung Zigaretten aus seiner Arbeitsjacke und hielt sie mir hin.

Es waren Juwel 72.

Er war der erste Mensch auf Erden, der dieses Zeug freiwillig rauchte. Und wisst ihr, was? Ich freute mich richtig über seine Schweine-Juwel, denn schon der erste Zug erinnerte mich an die Tage des letzten Herbstes, als der *Turm der blauen Pferde* an den Litfaßsäulen geklebt hatte und ich verzweifelt auf der Suche nach Rebecca gewesen war.

Alles hatte sich irgendwie zum Guten gewendet, dachte ich, während ich die stinkende, qualmende Juwel 72 zwischen meinen Fingern hielt.

«Da unten ist auch Musik», rief der Meister, als wir am Thälmannplatz, wo der Verkehr der Stadt sich auf drei Ebenen kreuzte, in einer großen Schleife nach rechts abbogen.

Ich fand zu meinen Füßen einen kleinen Mono-Kassettenrecorder, drückte die Play-Taste, und mitten im Lied ging die Musik los.

«Lauter», rief der Meister. Er strahlte richtig, und er trat aufs Gaspedal.

Ich drehte lauter, und dann schrie ich: «Golden Earring, *Radar Love*.»

Der Meister warf mir einen erstaunten Blick zu, und er schrie: «So was kennst du?»

«Klar!», rief ich, denn dank *Bierstube* und Roberts früherem Ich war ich ziemlich Oldie-gestählt.

Links tauchten jetzt die Franckeschen Stiftungen auf, die Straße stieg an, und wir hoben ab und befanden uns gleich darauf hoch über der Stadt.

«Sind wir auf der Magistrale?», schrie ich, und der Meister schrie zurück: «Logisch, wir fahren nach Ha-Neu.»

Er warf seine Kippe aus dem Fenster, schob sich den Hut in den Nacken, und dann holte er noch das letzte bisschen raus, das in dem Barkas steckte.

Der Meister liebte es, über die Hochstraße zu brettern und dabei Dr. Feelgood zu hören und Thin Lizzy und Sweet, und auch ich fing schnell an, diese Fahrten zu lieben. Auf diese Weise lernte ich die komplette Stadt kennen. Ich kam nach Halle Neustadt und nach Kröllwitz, auf die Silberhöhe und sogar in die Frohe Zukunft, wo Anja wohnte mit ihren Eltern. Ich merkte, dass die Frohe Zukunft überhaupt kein riesiges Neubaugebiet war, wie ich wegen des Namens automatisch gedacht hatte, sondern aus Einfamilienhäusern bestand und ein paar Altneubauten, und plötzlich hatte ich ein völlig neues Bild von Anja. Sie kam mir auf einmal behüteter vor, mit netteren Eltern und allem, obwohl ich als Neubaukind ja selber wusste, dass das alles Quatsch war.

Nur wenn wir an einem unserer Ziele angekommen waren, sank regelmäßig meine Stimmung. Wenn der Meister die Heckklappe öffnete und mir das erste Bündel Bretter in die Arme drückte, die ihm einer seiner vielen Bekannten unter der Hand abgekauft hatte. Ich will mich nicht sinnlos hervortun, aber ich kriegte dann echt ein schlechtes Gewissen.

Wenigstens erledigten sie die Geldübergabe immer hinter meinem Rücken, und ich war echt dankbar, dass der Meister nicht versuchte, seinen Profit mit mir zu teilen.

«Wir warten noch kurz», sagte er am vorletzten Praktikumstag, «da ist gerade Pause.»

Er hatte den Barkas allen Ernstes vor die Ernst-Schneller-Straße 1 gesteuert und den Motor abgestellt. Ich schaltete den Recorder aus und sagte: «Was wollen wir denn hier? Das ist meine Schule.»

«Alter Klassenkamerad von mir braucht Holz für die Küchendecke», sagte der Meister ungerührt, und als es zum Unterricht läutete, stiegen wir aus.

«Dich kenn ich doch», sagte der Hausmeister zu mir, nachdem er die Tür aufgemacht hatte, und guckte verdrießlich.

«Ich kenne Sie auch», sagte ich, «ich hatte hier zwei Jahre Unterricht.»

«Ach, dann bist du einer von Unseren?», sagte er, und sein Gesicht wurde komischerweise etwas freundlicher, und dann sagte er zu seinem Kumpel: «Die gehen alle ins Ausland zum Studieren.»

«Lass uns erst mal rein», sagte sein Kumpel. «Wo soll denn das Gelumpe hin?»

«In die Küche», sagte der Hausmeister.

Wir legten die Bretter auf dem Küchenboden ab, der Hausmeister holte eine Flasche Nordhäuser Doppelkorn aus dem Kühlschrank, und er fragte mich: «Du doch auch einen, oder?»

«Klar», sagte ich, obwohl ich absolut keine Lust hatte, am Vormittag Schnaps zu trinken. Aber aus einem einzigen Grund tat ich es trotzdem: um später Robert davon erzählen zu können.

Es war wirklich ordentlich beim Hausmeister, weder stand dreckiges Geschirr rum, noch klebte der Tisch. Durchs Fenster konnte man auf den Hof sehen, wo ein paar Kommilitonen aus der Elften ihre Dauerlaufrunden durch den Regen drehten. Weil die Hausmeisterwohnung ja zur Hälfte unterm Meeresspiegel lag, sprich im Souterrain, befanden sich ihre Knie auf Höhe unserer Augen.

Wir tranken den eiskalten Korn auf ex, und dann sagte der Meister zu mir: «So ist das im Leben: Ihr geht raus in die Welt, und wir halten hier die Stellung.»

Viel mehr wurde nicht gesprochen.

Wir tranken noch einen, und dann machten wir uns vom Hof.

Am Freitag, dem 26. Juni, meinem letzten Tag in der MaFa, brachte ich eine Flasche Wodka mit für die Brigade und für unsere beiden Frauen eine Flasche Sekt. Ich brachte die Sache mit dem Fahrradschuppen zu Ende, wobei ich jeden einzelnen Pinselstrich genoss, und mittags in der Kantine besorgte ich Cola und Brause zum Verdünnen.

Um halb eins versammelten sich alle in der Bude des Brigadiers, um mich zu verabschieden.

«Und wie hat er sich gemacht?», fragte der Brigadier den Meister.

«Gut hat er sich gemacht», sagte der Meister, der gar keiner war, zum Brigadier, und eine der Frauen sagte, «so einen Netten hatten wir schon lange nicht mehr», und glaubt es oder glaubt es nicht: Das war das größte Kompliment, das ich während der zwei Jahre in Halle bekommen hatte.

«Und hat er denn was gelernt bei uns?», redete mich der Brigadier in der dritten Person an, und ich antwortete: «Ja, wie wichtig Freitag um eins wirklich ist», und alle lachten, obwohl ich es zu fünfzig Prozent ernst gemeint hatte, und dann hoben wir die Tassen und Gläser und tranken bis Freitag um zwei.

Am Sonnabend fingen die Ersten im Wohnheim an zu packen, für immer. Jens schnürte zwei große Pakete, und ich half, sie am Montag zur Post zu schaffen.

Am Mittwoch, dem 1. Juli, fand ich eine eng bekritzelte Kunstpostkarte im Postfach unseres Zimmers unten an der Wohnheimpforte. Vorne war diese niedliche weiße Katze auf gelbem Kissen drauf, von Franz Marc, weshalb ich erst dachte, die Karte sei von Victoria oder von Rebecca oder meinetwegen von Anja, von irgendeinem Mädchen jedenfalls.

Aber nein: Sie stammte von Günter.

Fast genau einen Monat hatte ich nichts von ihm gehört. Mindestens viermal in dieser Zeit hatte ich mir vorgenommen, ihm zu schreiben, und nun war er mir doch zuvorgekommen.

«Hallo, René», hörte ich in meinem Kopf Günters Stimme reden, mit der er mir manchmal Stellen aus seinen utopischen Romanen vorgelesen hatte, damals, in den guten alten Tagen im Fahrstuhlvorraum, «Du hast ja Geburtstag. Ich weiß nicht mehr genau, wann, nur dass es Anfang Juli war. Deshalb schon mal Glückwunsch und willkommen bei den Erwachsenen. Ich bin seit zwei Wochen auf dem Bau, so richtig schuften. Ab Herbst mache ich das Abi zu Ende nach Feierabend. Nächstes Jahr studiere ich wahrscheinlich an der Fachschule Ingenieur. Danke, dass Du mit Iris geredet hast wegen mir. Seitdem ist sie echt lockerer. Das vergess ich Dir nie. Ich fahre jedes zweite Wochenende nach Nordhausen, wo wir uns treffen. Das schlaucht ganz schön. Aber was tut man nicht alles für die Liebe! Halt die Ohren steif! Dein Günter.»

Ich fuhr sofort in die Stadt, um eine Kunstpostkarte zu besorgen. Ich wählte eine suprematistische Komposition von Kasimir Malewitsch aus.

«Gute Wahl», sagte Anjas ehemaliger Chef, als ich an der Kasse ein paar Münzen dafür abzählte. «Wir machen übrigens Sommerpause drüben im Filmclub, falls du es noch nicht weißt. Aber im Herbst geht's weiter mit tschechischer Nouvelle Vague.»

Er trug noch immer den Gorbatschow-Button am Revers.

«Leider ohne mich», sagte ich, «dann bin ich nicht mehr in der Stadt.»

«Ach, wirklich? Deine Freunde auch nicht?»

«Ein paar bleiben, und ein paar gehen», sagte ich und erklärte ihm die Lage.

«Schönes Studium, das du anfangen wirst», sagte er, «aber das mit der Asche ist eine riesige Scheiße, wenn du mich fragst. Kannst du da nicht wieder raus?»

«Ich werd's überleben», sagte ich, und mir fiel der Offizier im Wehrkreiskommando ein.

«Das wünsch ich dir von ganzem Herzen!», sagte Anjas ehemaliger Chef. «Ehrlich. Pass auf dich auf!»

Im Tabakladen am Markt traf ich Karsten, der gerade bezahlte.

«Was machst du denn hier?», fragte ich.

«Zigaretten kaufen», sagte er und verstaute eine Schachtel F6 sowie zwei Flaschen Gotano in seiner antiken Lederumhängetasche. «Und du?»

«Auch Zigaretten kaufen», sagte ich, «und eine Briefmarke.»

«Morgen ist ein großer Tag für dich, hat mir ein Vögelchen gezwitschert.»

«Ich werde achtzehn, ja», sagte ich.

«Komm doch mit Robert vorbei, dann stoßen wir an. Ihr wart noch nie bei mir zu Besuch.»

«Auch Robert nicht?»

«Nein», sagte Karsten. «Sagen wir um sechs?»

«So früh?»

«Ihr habt sowieso nichts mehr zu tun.»

«Stimmt eigentlich», sagte ich.

«Ich wohne oben unterm Dach, da, wo es nicht mehr weitergeht», sagte Karsten, «das könnt ihr nicht verfehlen.»

Im Café des Neuen Theaters verfasste ich die Antwortkarte an Günter, nichts Tiefschürfendes, nichts Schönes oder irgendwas von Eleganz. Nur, dass ich mich freuen würde wegen seines Ingenieurstudiums und dass die Sache mit Iris so gut laufe, schrieb ich. Dass ich hoffte, eines Tages einen zweiten oder gar dritten Song mit unserer Band aufzunehmen, und dass er mich jederzeit besuchen könne in meiner Wohnung in Potsdam.

Ich sei die ganzen Ferien über zu Hause.

Sogar Iris könne er mitbringen, schrieb ich, Platz sei genug.

Ein schmächtiger Typ öffnete einen Spalt weit die Tür, an der bestimmt ein halbes Dutzend Anstriche vor sich hin bröckelte, aber kein Name stand. Wie schon unten an der Haustür fand sich auch hier, direkt unterm Dach, keine Klingel. Lediglich ein leerer Notizblock war mit einer Reißzwecke an das zerfurchte Holz geheftet, und daneben baumelte an einem Bindfaden ein Bleistiftstummel.

Es gab eine zweite, in einem makellosen Dunkelgrün gestrichene Tür, die von diesem letzten Treppenabsatz des Hauses abging, aber da der Name, der dort in Schreibmaschinenschrift stand, nicht der von Karsten war, hatten Robert und ich beschlossen, unser Glück zuerst an der anderen, versifften zu versuchen, und vorsichtig geklopft.

Der Typ war blass, hatte schwarze Locken und dunkle Augenringe. Er blickte uns feindselig an und fragte: «Was ist?»

Das Haus, in dem wir waren, lag nur ein paar Schritte hinterm Tabakladen, einen Steinwurf vom Markt, mitten im Zentrum der Stadt, und es pfiff aus dem sogenannten letzten Loch. Es hielt sich nur mit letzter Kraft aufrecht. Es warf den Putz ab, der ihm dabei zu schwer wurde, und es ließ langsam seine Regenrinnen los. Die ersten Dachziegel fielen ihm aus, der Kitt sprang aus seinen Fensterfugen, und seine Stufen ächzten, wenn man wagte, sie zu betreten.

Das Haus – man sah und roch es – war alt, und es starb, aber es hatte sich dennoch etwas von der Grazie seiner hohen Zeiten bewahrt. Durch seine trüben Scheiben konnte man all die Nachbarn sehen, denen es nicht besser ging. Das einzig Intakte an ihm war tatsächlich die dick gestrichene, dunkelgrüne Tür nebenan.

«Wir sind hier verabredet», sagte Robert, und wie zum Beweis hob er den Beutel hoch, den er in der Hand hielt, und die Weinflaschen darin klirrten.

Der Typ verschränkte die Arme.

Er war barfuß, trug eine schwarze Hose mit Bundfalten, obenrum ein weißes Unterhemd, aus dem ihm die Brusthaare quollen, und das waren, trotz seiner geringen Körperhöhe, die meine bestimmt um zwei Zentimeter unterragte, eine ordentliche Menge. Robert und ich besaßen davon so gut wie gar nichts. Da musste man schon mit der Lupe ran, um was zu entdecken.

«Mit wem sind Sie verabredet?», fragte der Typ, und jetzt bemerkte ich, dass er mit Akzent sprach.

«Wohnt hier ein gewisser Karsten?», fragte ich.

«Ein gewisser wer?», fragte der Typ, nachdem er mich ausgiebig gemustert hatte, und seine Miene war nach wie vor kalt wie ein toter Fisch.

Im Inneren der Wohnung rumpelte es jetzt, als wäre etwas Kleines umgefallen oder ein Fenster zugeschlagen wegen des Luftzugs vom Treppenaufgang.

«Na, ein gewisser Karsten», sprang mir Robert bei, «so groß ungefähr», er malte mit der freien Hand eine unsichtbare Linie in die Luft, «schwarze Klamotten, die Haare blond gefärbt, aber hier oben schon ein bisschen schütter.»

Robert fuhr sich mit der Hand über jene Stelle am Hinterkopf, wo bei gewissen Mönchspopulationen die Tonsur eingefräst war.

«Schüttere Haare?», rief der Typ.

Und plötzlich grinste er von einem Ohr zum anderen. «Ey, hast du das gehört?», rief er hinter sich in die Wohnung und prustete: «Schüttere Haare!»

Er kriegte sich nicht mehr ein vor Lachen, und er machte

die Tür komplett auf und rief: «Da ist er höchstpersönlich: Ein gewisser Karsten …»

«Der seine gefärbten Haare gerne schütter trägt», sagte Karsten und grinste. «Wenn man solche Freunde hat … Kommt rein!»

Wir betraten eine Mischung aus Küche und Studierzimmer, in der eine gewisse Grundstaubigkeit herrschte, stellten unseren Kram ab, und Karsten fragte: «Überraschung gelungen?»

«Für den Anfang nicht schlecht», sagte Robert, «aber er hier», und er zeigte auf den Typen, «hätte länger durchhalten müssen.»

«Aber der böse Blick war nicht übel», sagte ich.

«Er hier heißt übrigens Achmet», sagte Karsten und tätschelte dem Typen mit dem wolligen Brusthaar die Wange, «und wenn's drauf ankommt, glaubt mir, hält er sehr lange durch!»

«Und ich dachte, dich gibt es gar nicht», sagte Robert zu Achmet und gab ihm die Hand.

«Mach dir nichts draus», sagte ich zu Achmet, «das hat er von meiner Freundin auch gedacht.»

«Was?», fragte Achmet.

«Dass sie imaginär ist», sagte ich, «ein Produkt meiner Einbildung.»

«Ich hab ihn mir ganz anders vorgestellt», sagte Robert leise zu Karsten, aber ich hörte es trotzdem.

«Von Rebecca?», fragte Achmet, und Karsten sagte zu Robert: «Mehr wie einen richtigen Hengst?»

«Mann, Alter!», sagte Robert zu Karsten und wurde ein bisschen rot.

«Woher kennst du denn Rebecca?», fragte ich Achmet,

und mit einem Mal ging die Tür zum Nebenzimmer auf, und Rebeccas Kopf erschien, und sie fragte: «Hat mich jemand gerufen?»

«Mensch, du sollst noch gar nicht reinkommen», sagte Karsten zu Rebecca, «du bist doch erst der nächste Teil der Überraschung, aber wenn du schon mal da bist ... hast du gehört, was Robert behauptet hat?»

«Na, René», sagte Rebecca, «jetzt bist du genauso alt wie ich.»

«Na, Rebecca», sagte ich, und ich musste lachen vor lauter Freude, sie hier zu sehen.

«Dass ich schütteres Haar hätte», fuhr Karsten unbeirrt fort, in Rebeccas Richtung zu reden.

«So wirklich lässt sich das nicht leugnen», sagte Rebecca, und Robert sagte: «Na also!», und Achmet fing wieder an zu kichern.

«Das kommt von diesem scheiß Stahlhelm bei der Fahne», sagte Karsten, und er sah mich an, und ich glaube, er machte es ohne Absicht. Wenigstens sprach er nicht weiter, wofür ich ihm dankbar war, aber trotzdem war es für eine Sekunde ruhig.

«Stoßt ihr gerade an?», fragte eine nächste Stimme aus dem Nebenzimmer.

«Nein, aber gleich», rief Karsten, «komm ruhig rüber, mit den Überraschungen wird das sowieso nichts mehr.»

Mann, dachte ich, als jetzt noch Anja aus Karstens Schlafzimmer kam: Es war wie in einem von diesen nervtötenden Fernsehschwanks, wo dauernd die Türen auf- und zugingen, weil immer jemand zur einen hereinkam, während ein anderer durch die nächste verschwand.

Irgendwie erwartete ich, dass als Nächster Günter auf der

Bühne erschien, aber so groß war das Harmoniebedürfnis des Schicksalsgottes dann doch nicht.

«Schön, dass du auch da bist», sagte ich zu Anja, und Anja antwortete: «Ich kann aber nicht lange bleiben.»

«Schade.»

«Im Herbst erscheinen die Kriegstagebücher von Sartre bei Aufbau», sagte Anja, «willst du die haben?»

«Klar», sagte ich, «sehr gerne sogar», und falls sie mir nicht gefielen, dachte ich, kamen sie aufs Abstellregal zu ihren Geschwistern, den *Fliegen*.

«Ich nehme ebenfalls ein Exemplar, Anja», rief Karsten, und dann flog der Sektkorken gegen die Decke, und als er wieder auf dem staubigen Fußboden landete, hatte er ein Stück vom Putz mitgebracht. Ein ordentlicher Schwall von dem Gesöff ergoss sich über die quadratischen Bastmatten, die fragmentweise in der Küche lagen, weil Karsten die Flasche vor dem Öffnen geschüttelt hatte, als wäre er der große Gatsby.

Und dann tranken wir endlich, und ich sammelte all die Umarmungen, Küsse und Glückwünsche ein, die mir als Geburtstagskind zustanden.

Bald redeten alle laut durcheinander, Karsten spielte die neue Anne-Clark-Platte ab, die er auf Kassette hatte, und nach dem zweiten Glas Sekt störten mich nicht mal mehr die obszönen Aubrey-Beardsley-Poster, die überall an den Wänden hingen zwischen den Bücherregalen, mit diesen riesigen aufgeblähten ... na, ihr wisst, was ich meine.

Als wir halb acht Hunger kriegten, gingen wir runter auf den Boulevard, wo es gegenüber der Konzerthalle so einen Obst- und Gemüsemarkt gab mit angeschlossenem Imbissparadies. Wir kauften die letzten Bratwürste und Schaschlik mit Brötchen, und für die Mädchen und Achmet kauften wir Kartoffelpuffer mit Apfelmus. Wir verschlangen das Essen an einem der Stehtische, und dann stiegen wir satt und ein bisschen schläfrig wieder die schmale, ächzende Treppe zu Karstens Wohnung unterm Dach hoch, die keinen Flur hatte und kein Bad, nur ein Außenklo auf halber Treppe, aber dafür einen weiten Blick über die mittelalterlichen und Frührenaissance-Bauten der historischen Altstadt ermöglichte, wie Karsten die ganzen Ruinen liebevoll genannt hatte.

Achmet machte die erste Flasche Cabernet auf, und Anja zündete Kerzen an und verteilte sie auf den Fensterbrettern, weil es draußen zu dämmern begann.

Fragt mich nicht, wie ein würdevoller oder angemessener achtzehnter Geburtstag auszusehen hatte, aber so, wie meiner verlief, fand ich es ganz in Ordnung, sogar dass Karsten später die *Some Great Reward*-Platte von Depeche Mode abspielte, störte mich nicht sonderlich. Kurz vor zehn aber sagte Rebecca: «René, ich muss nach Hause.»

«So früh?»

Ehrlich gesagt, waren wir alle schon ein bisschen hinüber zu diesem Zeitpunkt. Karsten und Achmet lagen auf dem Bett, unterhielten sich, und wenn sie dachten, keiner würde gucken, knutschten sie rum, und Robert rückte Anja immer weiter auf die Pelle, ohne dass sich Anja in gleichem Maße zurückzog. Wenn es so weiterging, dachte ich, saß er in einer halben Stunde auf ihrem Schoß, egal, wie verfeindet Hippietum und Existenzialismus in nüchternem Zustand auch sein mochten.

«Meine Eltern kommen morgen Vormittag, um mich abzuholen», sagte Rebecca.

«Wo noch mal fahrt ihr hin?»

«Erst mal ins Elbsandsteingebirge», sagte Rebecca. «Alles andere steht nicht fest.»

«Okay», sagte ich, «dann bringe ich dich jetzt nach Hause.»

Wir zogen unsere Lederjacken an, und dann ging eine riesige Abschiedsszene los, mit Umarmen und gegenseitigem Küssen, und Karsten sagte, wie sehr er sich freue auf ein Wiedersehen nach den Sommerferien, mit Filmclub und Herrengedecken hinterher im *Weltfrieden*.

Nur Robert ließ die Schultern hängen und sagte: «Na ja.»

Und Karsten nahm ihn in den Arm und sagte: «Ach komm!»

«Wir sehen uns gleich wieder, oder?», sagte Achmet zu mir, als ich im Treppenhaus stand. «Es gibt noch sehr viel Wein.»

Unten auf der Gasse, die sich Große Märkerstraße nannte, sah ich, dass Rebecca eine Träne im Auge hatte, als ich nach ihrer Hand tastete. Durch Karstens offene Fenster kam *Don't Leave Me This Way* von den Communards.

«Weine nicht, Rebecca», sagte ich und nahm ihre Hand, «in zwei Monaten bist du zurück aus den Ferien, und dann siehst du sie alle wieder, Karsten und Anja und demnächst bestimmt auch öfter mal Achmet. Ich bin es doch eigentlich, der heulen müsste.»

«Stimmt», sagte Rebecca, «entschuldige.»

«Und Robert», sagte ich, «Robert mehr noch als ich. Lachst du jetzt bitte?»

Ich grinste sie an.

«Ja», sagte Rebecca und lächelte zum Glück wieder hinter den verschleierten Augen, «das mache ich.»

Und dann liefen wir die Große Steinstraße hoch, Hand in

Hand und ohne Worte, am großen Bockwurststand vorbei, ganz unten, am Antiquariat, am *Central*, am *Hotel Weltfrieden* und am *Café Corso*, und als wir das alles hinter uns gelassen hatten und am Steintor ankamen, war mir wirklich ein bisschen zum Heulen, wegen der Erinnerungen, die dabei aufgekommen waren, und wegen der vielen unwiederbringlichen Zeit, die ich in der Großen Steinstraße alleine und mit meinen Freunden verschwendet hatte.

Aber ich riss mich am Riemen.

Wie sah das denn aus?

«Warte», sagte Rebecca, als wir das Steintor passiert hatten und ich mit einem Fuß schon auf der Ludwig-Wucherer-Straße stand, um sie zu überqueren.

«Was ist denn?»

Ich blieb stehen und zog meinen Fuß auf den Bürgersteig zurück. Schräg gegenüber johlten die besoffenen Landwirtschaftsstudenten vor dem *Bauern-Club* herum.

«Ich geh alleine weiter», sagte Rebecca.

«Warum denn das?»

«Sonst können wir uns wieder ewig nicht trennen, wenn wir vor dem Haus meiner Tante stehen», sagte Rebecca.

«Aber doch bloß aus lauter Liebe», sagte ich.

«Selbstverständlich nur aus lauter Liebe», sagte Rebecca, «was anderes würde ich niemals akzeptieren. Aber sei nicht böse, heute besser nicht.»

«Wie du willst», sagte ich.

«Lieber kurz und schmerzlos heute», sagte Rebecca, «und hier auf der Stelle.»

Sie zog mich an den Aufschlägen meiner Lederjacke zu sich heran, und die große Digitaluhr hinten an der Paracelsusstraße zeigte 22:19 an, als ich die Augen zumachte, um mich aufs Küssen zu konzentrieren, und als sich Rebecca wieder von mir löste, zeigte sie 22:22, ich weiß es noch genau.

Gerade mal drei Minuten hatte der Kuss gedauert.

«Ich melde mich bei dir, wenn ich zurück bin», sagte Rebecca und betrat die leere Straße.

«Ich warte in Potsdam auf dich.»

«Aber mach dir nicht wieder Sorgen, falls es länger dauert, ja?», sagte Rebecca und lief los.

«Ich bin die ganze Zeit zu Hause», rief ich.

«Versprochen?»

«Versprochen», rief ich zurück, und dann hatte Rebecca die andere Straßenseite erreicht.

Sie winkte mir noch einmal zu, und dann lief sie zügig weiter und war fünf Minuten später hinter der Straßenbiegung verschwunden.

Ich blieb stehen wie festgewachsen. Ich zündete mir eine Zigarette an, rauchte und wartete auf ein Wunder.

Dass Rebecca auf der Stelle zurückkam.

Dass sie mich bat, mit ihr ins Elbsandsteingebirge zu kommen. Ich wusste ja selber nicht genau, worin ein Wunder in diesem Moment hätte bestehen können.

Ich wartete einfach weiter, aber keines passierte.

Erst das Quietschen der Straßenbahn erlöste mich davon, und ich fuhr die zwei Stationen zurück zum Markt.

Vor der grünen Tür neben Karstens Wohnung stand ein Mann, als ich wieder hochkam. Er war groß und aschfahl, was an der mickrigen Beleuchtung liegen mochte, er trug einen Bademantel aus Seide und darunter einen gestreiften Schlafanzug, der geschlossen war bis zum obersten Knopf.

«Was machen Sie hier?», herrschte er mich ohne Vorwarnung an. Das Licht ging aus.

Ich hörte zwei schwere Schritte über die morsche Dielung knarren, und dann ging die Treppenhausfunzel wieder an.

Jetzt stand der Mann direkt neben mir. Sein scharfes Aftershave stach mir in die Nase. Es war wie in einem Gruselfilm.

«Und wer sind Sie selber?», fragte ich.

«Werden Sie nicht frech», sagte der Mann, «ich wohne nicht nur hier, sondern mir gehört das Haus.»

Ich sagte: «Entschuldigung!»

«Schon gut», sagte er, und sein harter Blick wurde milder. «Richten Sie Herrn Karsten bitte aus, dass er etwas leiser sein möge, andere Menschen müssen morgen zur Arbeit.»

«Mach ich.»

«Eine gute Nacht wünsche ich», sagte der Mann und machte sich daran, die morsche Treppe hinunterzusteigen.

«Dein Nachbar geistert da draußen rum», sagte ich zu Karsten, als ich wieder in der Wohnung war. «Wir sollen ein bisschen leiser sein.»

«Ey, René, da bist du ja wieder», schrie Achmet dazwischen. Er war nun richtig betrunken.

«Das ist Stricker», sagte Karsten, «der wollte bloß aufs Klo. Du müsstest ihn eigentlich kennen.»

«Er kam mir wirklich bekannt vor», sagte ich.

«Kein Wunder», sagte Karsten, «er ist der Chef von dieser großen Buchhandlung am Universitätsring. Anja», rief Karsten, «du kennst Stricker doch auch.»

«Klar», rief Anja und machte sich von Robert los, «der ist bekannt wie ein bunter Hund.»

«Er wollte mal was von mir», sagte Karsten, «deswegen hab ich die Wohnung.»

«Klingt logisch.»

«Mit Rebecca alles in Ordnung?»

«Oh Mann», sagte ich, «ich bin echt froh, dass es dich gibt und dass du ein bisschen achtgeben kannst auf sie, wenn ich weg bin.»

«Sie hat dir immer noch nichts gesagt, oder?», fragte Karsten.

«Was meinst du?»

«Vergiss es», sagte Karsten und goss mir ein Glas mit Rotwein voll, «hätte sie, wüsstest du, was ich meine.»

Ich verschlief die feierliche Verabschiedung unseres Jahrgangs im Theater des Friedens am nächsten Morgen, und auch zur Zeugnisausgabe in der Ernst-Schneller-Straße 1 schaffte ich es nicht mehr pünktlich. Als ich dort eintraf, verließen die ersten Kommilitonen bereits das Gebäude.

«Ich dachte schon, ich muss dir das Ding mit der Post schicken», sagte Jens, als er mich mit einer Zigarette auf der Treppe sitzen sah, und holte mein Abiturzeugnis aus seiner Reisetasche.

«War die Schneider sauer?», fragte ich.

«Glaube nicht», sagte Jens, «ich hab ihr von deinem Geburtstag erzählt und dass du nicht aufstehen konntest heute Morgen.»

«Und?»

«Sie hat gesagt, dass sie alles andere gewundert hätte.»

«Holt dein Vater dich ab mit dem Trabi?», fragte ich und rollte das Zeugnis zusammen.

«Ich fahr mit dem Zug. Kommt deiner mit dem Auto?»

«Nein», sagte ich, «der müsste schon in Genf sein.»

«Schreib mir mal, wenn du Zeit hast!», sagte Jens und nahm seine Reisetasche.

«Ich komm dich sogar in Moskau besuchen», sagte ich,

«dann gucken wir uns die Untergrundgalerien am Arbat an, und abends gehen wir auf ein Konzert von Kino oder besser noch von Swuki Mu.»

«Klingt gut.»

«Und schick mir einen Gorbatschow-Button!»

«Kein Ding», sagte Jens. «Schöne Ferien!»

21. BURN DOWN THE DISCO

Einen Monat lang passierte nichts von Bedeutung. Ich saß in meiner Wohnung in der Grotrianstraße, und die Leute um mich herum fuhren weg, wie man es eben machte im Juli, wenn der Sommer sich zur Hochform aufschwang, in den Urlaub mit Kumpels oder mal wieder zelten, und nach zwei Wochen kamen sie zurück, einige, um zu bleiben, andere, um eine Pause einzulegen, Kräfte zu sammeln hier in Potsdam und dann ein zweites Mal wegzufahren, um an die Ostsee zu trampen oder an die Müritz oder sogar runter nach Ungarn oder weiter noch bis Rumänien, die Taschen voller schwarzer Pfefferkörner und Kaffee, weil das dort angeblich eine Geheimwährung war, mit der man wochenlang durchkam.

Ich dagegen machte es mir auf dem Balkon gemütlich, ohne jeglichen Groll auf alle, die es in die Ferne zog, wie ich ihn im letzten Sommer noch gehegt hatte, mit Eiswürfeln in der Cola und mit meinem jährlichen Dostojewski in der Hand, denn ich hatte mir vorgenommen, von nun an einmal pro Jahr einen Roman dieses sogenannten Titanen zu lesen, um meine literarische Allgemeinbildung bis zum Studienbeginn auf Vordermann zu bringen.

Hin und wieder kam jemand zu Besuch, Mario, dessen Muskelberge geblieben waren, ohne weiter gewachsen zu sein, und natürlich war Victoria oft hier zwischen ihren Ferienreisen, wohin und mit wem auch immer, und ihren ständigen Ausflügen nach Berlin, wo sie Anfang Herbst anfing, Medizin zu studieren. Ein Wohnheimplatz war reserviert für sie, aber sie suchte schon jetzt nach was Eigenem, nach einer leer stehenden Wohnung, in die sie einziehen konnte, denn die ganzen Internatsgeschichten, die ich ihr seit zwei Jahren erzählte, hatten sie alles in allem nur so mittelmäßig vom Hocker gehauen.

Sogar Michael und Dirk kamen Anfang Juli vorbei.

Michael trug eine Nickelbrille, weil er langsam anfing, nichts mehr zu sehen, und er rauchte Pfeife wie einer dieser älteren Herren aus dem Filmclub 188. Sie hatten sich beide die Haare wachsen lassen – Dirk trug seine Zotteln zu einem Pferdeschwanz gezurrt –, und alles in allem sahen sie aus wie zwei Parodien von Anjas ehemaligem Chef aus dem Kunstbuchladen.

Sie gingen mittlerweile überhaupt nicht mehr ins *Heider*, sondern, wenn das Wetter gut war, in den *Havelblick*, dieses Ausflugslokal mit Selbstbedienungsluke am *Interhotel*, dort, wo die Dampfer der Weißen Flotte anlegten, und abends wechselten sie in die Kantine des Hans-Otto-Theaters, hinten in der Zimmerstraße.

Sie tranken keinen Gin Tonic mehr und keinen Martini, sondern Bier, wie es sich für volksverbundene Intellektuelle gehörte seit den Tagen Bertolt Brechts, und als ich ihnen nach dem ersten Glas im *Havelblick* gestand, dass ich mit Rebecca zusammen war, gratulierten sie mir sarkastisch zu meiner *Eroberung*, wie es Dirk nannte.

Nein, Moment: *Errungenschaft* hatte er gesagt.

Sie selber seien seit einiger Zeit hinweg über Mädchen wie Rebecca, um nicht von diesen unreifen Discogören aus dem *Orion* anzufangen, hatte Dirk gesagt.

Deswegen waren ihre aktuellen Freundinnen ausgewachsene Frauen, solche, die schon richtig arbeiten gingen und eigenes Geld verdienten und nicht mehr die Füße unterm Tisch ihrer Eltern ausstreckten, wie Michael und Dirk es selber noch machten.

Die Frauen waren nicht ein Jahr älter, wie Rebecca es war verglichen mit mir, oder zwei, wie Iris im Vergleich zu Günter, sondern gleich fünf Jahre.

«Und wo genau arbeitet deine Freundin?», fragte ich Dirk.

Über unseren Köpfen zogen laut schreiend die Möwen ihre Kreise. Hin und wieder setzte eine von ihnen zum Sturzflug an, um einen vergessenen Wurstzipfel oder ein Stück Toastbrot von den nicht abgeräumten Tellern der Nachbartische zu klauen. Der Geruch von Tang und Entengrütze, falls es den gab, wehte vom Wasser herüber und zuweilen das Hupen der an- und ablegenden Ausflugsdampfer.

«Im Kindergarten», sagte Dirk.

«Und deine?», fragte ich Michael.

«Auch im Kindergarten.»

Ich musste lachen, und ich sagte: «Aber es ist nicht zufällig wieder dieselbe Freundin?»

«Lustig», sagte Michael, aber seine Begeisterung über meinen Scherz hielt sich in Grenzen. «Sie schreibt Gedichte», fügte er an.

«Lass mich raten», sagte ich zu Dirk, «auch deine Freundin hat neben dem Händchen für Kinder ein künstlerisches Talent.»

Aber statt auf meine Provokation zu reagieren, sagte Dirk lediglich: «Da hinten kommt Fredderick», und er stand auf, um diesen Fredderick an unseren Tisch heranzuwinken.

Ich drehte mich um zur Langen Brücke, und ob ihr es glaubt

oder nicht, da kam noch so ein Typ angeschlurft, der aussah wie ein Intellektuellenimitator. Er war garantiert schon Mitte zwanzig, und er hatte eine prall gefüllte Aktentasche unterm Arm, und sein Nasenfahrrad sah aus wie der Zwilling von Michaels.

«Wer ist denn Fredderick?», fragte ich.

«Fredderick arbeitet am Theater», sagte Dirk.

«Und er schreibt», ergänzte Michael.

«Genau wie du und deine Freundin», sagte ich, aber Michael ließ sich nicht beirren, sondern sagte: «Und er ist bereit, die Redaktionsleitung von *Lef 2* zu übernehmen.»

«Allerdings unter einem anderen Namen», ergänzte Dirk.

«Heißt er dann nicht mehr Fredderick?», fragte ich.

«Mann, René», sagte Michael, «langsam wirst du impertinent.»

«*Lef 2* wird dann nicht mehr *Lef 2* heißen», blieb Dirk sachlich, «wir wollten das natürlich nicht ohne dich beschließen, da du eines von drei originalen Gründungsmitgliedern bist.»

«Nur deswegen sind wir hier?», fragte ich, aber ich rechnete es ihnen trotzdem hoch an, dass sie mich fragten.

«Ein bisschen auch wegen des Biers und der schönen Aussicht», sagt Dirk, hielt sich die flache Hand an die Stirn wie einen Sonnenschutz und blickte in die Ferne, wo sich hinter der Havel der mächtige Brauhausberg erhob.

«Wie wird *Lef 2* denn stattdessen heißen?», fragte ich.

«Na ja, das ist eine erste spontane Idee von Fredderick, bis wir was Besseres haben», sagte Dirk, ohne mir den Namen zu nennen.

«Und die lautet wie?», fragte ich.

«Sag du es ihm», sagte Dirk zu Michael.

«*Nachtschrei von unten*», sagte Michael.

«Wie noch mal?», fragte ich.

«Du hast schon ganz richtig gehört», sagte Michael und guckte zur Seite weg.

«*Nachtschrei von unten*?», sagte ich. «Das klingt nach Expressionismusabend in der Jungen Gemeinde.»

«Wie gesagt», sagte Dirk, «bis wir was Besseres haben.»

«Aber *Lef 2* war schon viel besser.»

«Ich dachte, wir wären uns einig gewesen über den Namen», sagte Fredderick, der an unserem Tisch angekommen war und dann förmlich zu mir sagte: «Ich bin Fredderick.»

«René», sagte ich, und wir gaben einander die Hand.

Er legte seine dicke Ledertasche auf dem Tisch ab, und nachdem er mit einem Tablett und vier neuen Biergläsern von der Selbstbedienungsluke zurück war, öffnete er sie und entnahm ihr ein paar Blätter, die mit Schreibmaschine beschrieben waren.

«Frisch von gestern Nacht», sagte er, trank einen großen Schluck Bier und fing dann an vorzulesen.

Ich meine: Es war hellerlichter Tag und er doch eigentlich nüchtern. Nicht, dass Fredderick schrie, aber er deklamierte seine selbst gebastelten Verse mit durchaus kräftiger Stimme, und er holte dabei öfter mal aus mit dem freien Arm, um seinen Worten Schwung zu verleihen, weshalb die Leute an den Nebentischen schon guckten, was denn bei uns nicht stimmte.

In seinem Gedicht, oder was das war, kamen jedenfalls dauernd solche Wörter vor wie «Politbüro» und «ZK» und «Glasnost» und «Einheitspartei» und «tapezieren», die absolut nichts in einem Gedicht verloren hatten, wenn ihr mich fragt, weshalb es insgesamt klang wie das *Neue Deutschland*, bloß genau andersrum.

Er sah uns erwartungsvoll an, als er endlich fertig war.

«Bist du Dramaturg am Theater?», fragte ich nach einer Weile, um nichts über sein Gedicht sagen zu müssen.

«Ich bin Tischler», sagte Fredderick und guckte mich verwirrt an, «ich arbeite eher hinter den Kulissen.»

«Aber eigentlich schreibst du Gedichte?», fragte ich.

«Gedichte nur manchmal», sagte Fredderick, «hauptsächlich Dramatik.»

«Und du schreibst meistens nachts?»

«Nach der Schicht, ja, wenn ich aus der Kantine nach Hause komme.»

«Und deswegen nennt ihr eure Zeitschrift auch *Nachtschrei*», sagte ich.

«Nein, nicht deswegen», sagte Fredderick, «aber stimmt», fuhr er fort, und sein Gesicht hellte sich auf, «das ist eine ganz neue, aber durchaus treffende Interpretation des Namens. Komm doch heute Abend in die Kantine, so gegen zehn. Dann quatschen wir ein bisschen über die Zukunft von *Nachtschrei*.»

«Tut mir leid», sagte ich, «aber ich hab keine Zeit, bei eurer Zeitschrift mitzumachen.»

«Bei unserer!», sagte Dirk.

«Bei *unserer* Zeitschrift mitzumachen», wiederholte ich brav. «Ich will mich auf unsere Band konzentrieren», log ich, statt mich über Freddericks Gedicht zu beschweren oder über diesen peinlichen Namen oder einfach über alles, was diese Hobbykunst betraf, denn – aber fragt mich um Gottes willen nicht, warum – irgendwie mochte ich diesen Fredderick. Gut möglich, weil ich ihn erst seit einer halben Stunde kannte.

«Verstehe ich», sagte Fredderick, «ich bin innerlich selber

zerrissen zwischen Lyrik und Drama. Was für Musik macht ihr denn?»

«Dark Psychedelic Slow Rock», sagte ich, ohne mit der Wimper zu zucken.

Am Freitag, dem 14. August, war eine Ansichtskarte meines Vaters in der Post, auf der er mir mitteilte, weitere Beckett- und Bukwoski-Bücher für mich besorgt zu haben, da ich, anders als ausgemacht, keine anderslautenden Wünsche geäußert habe. Des Weiteren fand ich dort einen Brief von Katharina Winkler aus der Lennéstraße in Potsdam.

Ich kannte keine Katharina Winkler aus der Lennéstraße, weshalb ich mich erst eine halbe Stunde an den Gedanken gewöhnen musste, gleich den Brief einer Unbekannten zu öffnen. Und glaubt mir eines: Nie zuvor hatte ich mit meinem Argwohn richtiger gelegen.

Genau genommen waren zwei Briefe in dem Umschlag, oder anders gesagt: Es handelte sich um einen trojanischen Brief, einen Brief im Brief. Ich las nur den äußeren, den von Katharina Winkler, der den eigentlichen umhüllt hatte und kaum zehn Zeilen umfasste. Aber sie reichten, um mich ahnen zu lassen, was in dem anderen, längeren stand.

Ich warf mir die Lederjacke über, steckte Walkman und Zigaretten ein und ging nach draußen.

Ein trojanischer Umschlag, der das Verderben enthielt, dachte ich, während mich meine Beine automatisch durchs Wohngebiet trugen, die Grotrianstraße runter, über den Keplerplatz zur Straßenbahnhaltestelle in der Galileistraße.

Es war kühl und regnerisch, merkte ich noch, und dann war es auf einmal wie damals, als man mir gesagt hatte, meine Mutter sei tot: Die Geräusche waren mit einem Mal gedämpft, als wäre ich unter Wasser geraten mit dem Kopf, und die Menschen, denen ich begegnete, waren hinter einem Schleier. Ich war gefangen in einer eigenen, isolierten Welt, mit ihrer eigenen, abgekoppelten Zeit. Und ich war gleichzeitig in ihr beschützt. Sie war ein Überlebenskokon für eine notwendige Weile. Bis sich der Körper gewöhnt hatte an die neue Situation, an den Ausnahmezustand, der von nun an das Normale sein würde, bis die Hände aufhörten zu zittern und ganz am Ende auch die Gedanken mit alldem klarkamen.

Am Platz der Einheit stieg ich aus.

Ohne zu trödeln, ohne den Umweg durch den Neuen Garten zu nehmen, eine tröstliche Runde um den Heiligen See, ging ich direkt in die Mangerstraße.

Denn es hatte keinen Zweck, auf eine Überraschung zu hoffen, auf eine Wende in letzter Sekunde, auf einen Deus ex Machina, der auf den letzten Drücker alles wieder einrenkte, denn von Katharina Winkler wusste ich, was mich erwartete.

Von Weitem sah die Villa aus, wie ich sie kannte, grau, müde und dennoch erhaben. Die Blumen im Garten blühten, der Rasen zum See war eine ausgewachsene Wiese, das Gestrüpp am rostigen Schmiedezaun stand in sattem Grün.

Aber die Fenster waren anders als sonst, staubig, und dort, wo es noch funktionierende Läden gab, waren sie zugeklappt. Es gab kein Namensschild mehr am Briefkasten, dessen Tür halb offen stand, und an der Klingel gab es auch keines mehr. Es fehlten die Mülltonnen, und die eiserne Gartentür war mit Stahlkette und Sicherheitsschloss am Zaun fixiert.

Ich zündete mir eine Zigarette an und starrte auf die tote Villa im Nieselregen.

Ich überlegte kurz, eine der geschmiedeten Zierblüten von

der Zaunkrone zu brechen. Als Andenken. Aber ich konnte es nicht.

Ich konnte nur rauchen und vor mich hinstarren.

Bis mich jemand ansprach von hinten: «Was machen Sie denn da?»

Es war ein Rentner mit gefülltem Einkaufsbeutel.

«Nichts.»

«Da wohnt schon länger keiner mehr», sagte der Mann, «kannten Sie die Familie?»

«Weiß nicht», sagte ich.

Ich setzte die Kopfhörer auf, drückte die Play-Taste und wandte mich zum Gehen.

«The perfect kiss», sangen New Order, «is the kiss of death.» Und ich dachte: Nein, stimmt gar nicht.

Der perfekte Kuss war der Abschiedskuss für immer, von dem man nicht wusste, dass er es werden würde.

22. NUR ZWEI DINGE

Lieber René, ich bin eine gute Freundin von Rebeccas Familie. Rebecca hat mich gebeten, ihre Briefe an Dich weiterzuleiten, weil sie denkt, dass es für Dich von Nachteil sein könnte, wenn sie Dir direkt schreibt aus dem Westen, insbesondere, weil Du ab November in der Kaserne sein wirst. Deine Briefe würde ich im Gegenzug an sie weiterleiten. Viele Grüße, Katharina», lautete der erste Brief in dem verhängnisvollen Umschlag vom Freitag, dem 14.

«Ich weiß nicht, wie ich anfangen soll», begann der zweite Brief, jener von Rebecca:

Es ist alles so neu und ungewohnt, obwohl wir schon zwei Wochen hier sind. Es ging plötzlich alles so schnell im Juli, von einem Tag auf den anderen mussten wir raus. Genauso gut hätten sie uns ein weiteres Jahr warten lassen können. Und noch eins. Dann hätten wir uns wiedergesehen, René. Aber das Schicksal wollte es nicht so, oder nein, es war die Willkür, die das entschieden hat. Wir waren nur eine Woche im Übergangslager, dann waren die Formalitäten erledigt, und wir durften raus. Da waren zum Teil schlimme Leute. Jetzt wohnen wir bei Freunden in Zehlendorf, die hier ein Haus haben. Wir sind zu dritt in einem Zimmer, bis wir was Eigenes gefunden haben, aber es lässt sich aushalten. Ich gehe viel spazieren, damit mir die Decke nicht auf den Kopf fällt.

Ich hätte Dir so viel zu erzählen, jetzt, wo alles vorbei ist, wo der Druck weg ist, den es von allen Seiten gab, über die letzten zwei Jahre hinweg. Auch, warum ich Dir nichts gesagt habe. Ich wollte Dich da raushalten, es war zu Deinem Schutz. Kannst Du das glauben, dass ich mich gar nicht verlieben wollte deswegen? Es tut mir manchmal leid, dass es trotzdem passiert ist und ich nun weg bin. Ich hoffe, Du kannst das alles überstehen, und vollständig aus der Welt bin ich nicht. Na ja, jetzt, da ich das schreibe, kommt es mir selber falsch vor. Entschuldige bitte.

Die Leute hier sind sehr interessiert an uns. Ich war sogar schon zur Beratung, und wenn ich die zwölfte Klasse wiederhole und noch die dreizehnte mache, bekomme ich das Abitur von hier und kann studieren. Kunst wahrscheinlich eher nicht mehr. Davon raten sie mir alle ab. Sogar meine Eltern, musst Du Dir vorstellen. Eher was Reelles, was mit Recht vielleicht, obwohl … Oder Germanistik wie Du, das kann man hier ganz einfach studieren, ohne diese vielen Limitierungen wie bei uns da drüben. Wie bei Euch, müsste ich jetzt sagen.

Ich weiß, dass das alles komisch klingt in Deinen Ohren, und ich muss auch langsam Schluss machen. Ich schreib Dir bald wieder, ja?

Ich grüße und küsse Dich

Deine Rebecca

Die Sommerferien gingen zu Ende, und der September fing an. Für die zwei restlichen Monate in Freiheit musste ich mir eine Arbeit suchen. Ich fand was in einer Gartenbaugenossenschaft auf der anderen Seite der Thälmannstraße. Ich wurde dem Strafbataillon zugeteilt, eine Handvoll Knastologen mit Tätowierung im Gesicht und Dauersäufer und Fußballschläger. Manche von denen waren alles zugleich. Statt mit den anderen im Pausenraum aßen wir in unserem eigenen Bauwagen, hinten beim Fuhrpark, wo der andere kaputte Schrott stand. Die Türen waren undicht, es war kalt, und alle Wände waren zugepflastert mit Fotos nackter Frauen, einige in solch obszönen Posen, dass sie kaum aus dem *Magazin* stammen konnten.

Wir stutzten die Uferbepflanzung der Nuthe zurecht, wir fegten das Unterholz Am Stern durch, wir sammelten Müll aus Parks und von Spielplätzen, wir setzten provisorische Absperrzäune, und wenn ihr euch fragt, wer die Grünstreifen am Rande der Straßen in Form hielt: Auch das waren wir. Mit Sensen, weil es dort keinen Strom gab, und mit Heuharken.

Immer wenn ich mit dem torkelnden, pöbelnden Trupp am Vormittag unterwegs war und mich schämte, vermisste ich den Meister und die Leute aus der MaFa, und je mehr Blätter die Bäume im fortschreitenden Herbst abwarfen, desto häufiger dachte ich an unseren alten Hausmeister. Jetzt machten wir also manchmal das Gleiche zur selben Zeit, dachte ich dann: Laub zu Haufen schichten und die dann anzünden.

Kurz nach zwei begannen die Hirnis im Bauwagen, das offen zu tun, was sie bis dahin heimlich gemacht hatten: Sie tranken Bier. Obwohl meine Arbeitszeit bis halb fünf ging, machte ich mich dann vom Hof. Ich fragte keinen, ob ich durfte, ich haute einfach ab. Das war eine stille Übereinkunft zwischen uns: Ich ließ sie saufen, und sie ließen mich gehen.

«Ich bin's», sagte Günter, als er mich in diesen Tagen anrief, «wie geht's?»

«Meine Freundin ist in den Westen abgehauen», sagte ich.

«Ach du Scheiße», sagte Günter. «Rebecca?»

«Ja.»

«Einfach so?»

«Man kann nicht einfach so in den Westen abhauen», sagte ich. «Entweder man wird verhaftet dabei oder gleich erschossen.»

«Stimmt auch wieder.»

«Sie ist ausgereist», sagte ich, «ganz legal.»

«Hat sie denn den Staat so sehr gehasst?», fragte Günter.

«Sie liebt ihre Eltern», sagte ich, «aber ihre Eltern, glaube ich, haben den Staat gehasst.»

«Klingt einleuchtend», sagte Günter, «tut mir echt leid für dich. Aber warum ich eigentlich anrufe: Bist du an einer E-Gitarre interessiert? Tschechisches Fabrikat, Halbresonanz, dreihundertfünfzig Mark?»

«Ja.»

«Ich zahl für dich hundert Mark an, und du gibst mir dann das Geld, wenn ich sie dir vorbeibringe.»

«Ist das vor der Asche?», fragte ich.

«Eher nächstes Jahr», sagte Günter, «wenn das Kind erst mal da ist und sich die Wogen geglättet haben.»

«Wie geht's denn Iris?»

«Ganz gut», sagte Günter, «sie ist richtig dick, und ihre Brüste ... Na ja, egal. Ich bin andauernd in Nordhausen bei ihren Eltern. Wusstest du, dass ihr Vater Bulle ist? So ein richtig hohes Tier?»

«Nein», sagte ich, «woher auch?»

«Na, dann weißt du's jetzt», sagte Günter.

«Heißt das, dass ihr für immer zusammenbleibt?»

«Was heißt schon für immer», sagte Günter, «nichts ist für immer.»

«Manche Sachen schon.»

«Was denn zum Beispiel?»

«Die Ewigkeit», sagte ich.

«Ja, witzig, Alter», sagte Günter. «Hau rein und schreib mal bei Gelegenheit!»

Mitte September gab ich meinen Personalausweis ab und kriegte dafür den grauen Wehrdienstausweis.

Ich kam mir vor wie eine *Persona non grata*.

Ich hörte auf zu lesen.

Ich hörte nur noch Musik, die mir wehtat in den Ohren. Exploited, Dead Kennedys. Das Schlimmste, was Mario auftreiben konnte bei seinen GRW-Kumpels, war eine neue Band namens Napalm Death. Sie kam mir gerade recht, und als ich merkte, dass mir auch diese Sachen zu gefallen begannen, fuhr ich in die Stadt und besorgte mir zwei Kassetten mit Orgelwerken von Bach.

Ich wusste nicht, was sie bedeuteten, was sie mit Gott zu tun hatten und alles, aber sie waren wie Pflaster auf meinen Ohren. Nein: Wie Pflaster auf meiner Seele waren sie, und sie machten meinen Kopf zu einer hallenden Kathedrale des Nichts.

Als ich von den Orgelwerken genug hatte, überspielte ich mir endlich die Joy-Division-Platte aus dem Polnischen Kulturzentrum auf Kassette. Es war unbefleckte Musik, die einzige, die ich vertrug, denn an ihr klebten keine Erinnerungen an Rebecca. Es war mir schleierhaft, wie ich je New Order hatte besser finden können als Joy Division.

Auch Mario überspielte ich die *Closer*-LP. Zum Dank schenkte er mir einen Gorbatschow-Button. Ich trug ihn einen Tag lang, dann machte ich ihn wieder ab. Es ging nicht: Ich konnte nicht mit dem Porträt eines Generalsekretärs der KPdSU am Aufschlag meiner Lederjacke rumlaufen, egal, wie fortschrittlich er war und welche Reformen er aus dem Ärmel zog. Keine Ahnung, woran das lag. Vielleicht war ich noch zu jung, vielleicht war ich einfach noch zu unreif. Aber der Button erhielt einen Ehrenplatz auf der Ablage meiner Mehrzweckliege, und jede Nacht, bevor ich die Augen schloss, drückte ich Gorbatschow die Daumen, dass ihm sein großes Vorhaben gelingen und etwas von seinem Geist, trotz des Tapeteninterviews aus dem Frühling, dereinst auch durch unsere Lande wehen möge.

Apropos Mario.

Er war ein richtiger Klotz geworden.

Er lief in einer grünen Bomberjacke rum, mit hochgekrempelten Jeans und klobigen Schnürstiefeln an den Füßen. Nur eine Glatze hatte er nicht. Um den Kopf rum sah er mehr aus wie ein Psychobilly, mit einer Tolle vorne und Koteletten an den Seiten.

Es liefen in diesem Herbst viel mehr Jungs in diesem fiesen Look rum als letztes Jahr. Man sah sie in der Straßenbahn, häufiger noch im Bus nach Teltow oder in der Schlange vorm *Orion*, wenn man zufällig vorbeikam und Einlass zur Disco war. Sie guckten einen dann böse an, wenn man an ihnen vorbeilief und die Augen verdrehte.

Als ich ihn fragte, was das alles solle, sagte Mario: «Bevor die mir aufs Maul hauen, haue ich denen eine rein.» Sogar einen Toten habe es gegeben in der Stadt, erzählte er, und dann hielt er mir längliche Vorträge darüber, dass die Ur-Skinheads unpolitisch gewesen seien und aus Weißen und jamaikanischen Einwandererkindern bestanden hätten.

Mochte ja alles sein, aber für solche Spitzfindigkeiten hatte ich echt keinen Nerv mehr, kurz bevor ich eingezogen wurde, und außerdem vermisste ich die Zeiten, als sich Mario meinen Kajalstift ausgeliehen und asymmetrische Frauenblusen getragen hatte, um die Welt zu schockieren.

Und ich glaube, Mario tat das selber, denn zu Hause, in seinem Kinderzimmer über meinem, hörte er immer nur Sachen von früher, so was wie Heaven 17 und *Mad World* von Tears for Fears.

«Morgen spielt Dylan im Treptower Park», sagte Robert am Abend des 16. September zu mir am Telefon.

Es war das erste Mal, dass wir miteinander sprachen seit meiner Geburtstagsfeier in Karstens zwei Zimmern unterm Dach. Es war überhaupt das erste Mal, dass er mich zu Hause anrief.

«Im Radio haben sie gesagt, dass er bloß bei uns spielt, weil er nicht genug Karten verkaufen konnte für die Waldbühne», sagte ich. So verkündeten sie es seit einer Woche täglich auf RIAS und SFB.

«Ist doch total egal», sagte Robert.

«Mir ja sowieso», sagte ich, «aber seit wann stehst *du* denn wieder auf Bob Dylan?»

«Keine Ahnung», sagte Robert. «Man kann seine musikalische Prägung nicht per Beschluss loswerden.»

«War mir immer klar bei dir.»

«Ich hab zwei Eintrittskarten», sagte Robert, «mein Alter hat sie über die Kreisleitung gekriegt.»

«Freut mich für dich.»

«Kommst du mit?»

«Klar.»

Wir schwiegen eine Sekunde. «Warst du noch mal in Halle?», fragte Robert dann.

«Nein», sagte ich, «du?»

«Ja», sagte Robert, «dreimal. Ich hab bei Karsten und Achmet gepennt.»

«Ist Achmet da jetzt richtig eingezogen?»

«So halb», sagte Robert, «aber sein Wohnheimzimmer in Merseburg hat er trotzdem behalten.»

«Hast du Anja getroffen?»

«Ja», sagte Robert.

Ich traute mich nicht zu fragen, ob er überhaupt nur wegen ihr hingefahren war, weshalb wir abermals ein, zwei Sekunden schwiegen.

«Karsten hat mir das von Rebecca erzählt», sagte Robert schließlich, «er wusste es die ganze Zeit, ohne dir was zu sagen.»

«Ich will darüber nicht sprechen.»

«Vielleicht ja morgen», sagte Robert.

«Vielleicht», sagte ich, «wo wollen wir uns denn treffen?»

So viele Menschen auf einem Haufen hatte ich nie zuvor gesehen: Waren es zehntausend oder eine Million?

Ich konnte es nicht sagen.

Die S-Bahnen, alle Straßen, alle Wege in den Treptower Park waren voll, kaum dass wir einander in Schönefeld auf dem Bahnsteig gefunden hatten, Robert und ich.

Noch bevor wir auf der Konzertwiese ankamen, wurde mir klar, wie total fehl am Platz ich war, mit den drei Dylan-Songs, die ich aus der *Bierstube* kannte, zwischen all den Langhaarigen und Vollbärtigen, den Parka- und Kuttenträgern mit ihren Nickelbrillen und den Hirschbeuteln und dem Lederschmuck. Die meisten waren euphorisch, einige angetrunken, und alle wurden sie bewacht von stämmigen Berufs-FDJlern in Blauhemden mit roten Armbinden. Auch von denen gab es Hunderte. Sie kontrollierten die Karten, sie sperrten das Gelände ab und die Zufahrtsstraßen, und sie leiteten diesen gewaltigen Menschenstrom vom S-Bahnhof in den Treptower Park.

Robert und ich blieben ganz hinten stehen.

Die Bühne am Horizont war so groß wie mein Daumen.

«Wollen wir nicht weiter nach vorne?», fragte ich.

«Da kommen wir nie durch», sagte Robert matt, und deswegen blieben wir, wo wir waren.

Um sieben fing das Konzert an, erst spielten zwei Vorgruppen, und dann betrat Bob Dylan die Bühne. Er war so groß wie das Schwarze unter meinen Nägeln. Nach dem dritten Lied begannen ein paar Leute, ihn auszupfeifen, ohne den Jubel der restlichen Massen übertönen zu können.

«Warum pfeifen die denn?», fragte ich Robert.

«Er hat offensichtlich keinen Bock.»

«Ich dachte, das muss so klingen.»

«Ich meine nicht die Musik», sagte Robert, «er spricht nicht zu den Leuten.»

Erst kurz vor Schluss spielte Dylan zwei Songs, die ich kannte: *Like a Rolling Stone* und *Blowing in the Wind*.

Als er endlich fertig war, liefen wir zum S-Bahnhof zurück, eingeklemmt zwischen Millionen anderer Körper. Nur in Trippelschritten kamen wir voran, nur zentimeterweise: eine Herde seliger Hippieschafe, geleitet von Schäferhunden der FDJ.

«Die Vorgruppe hatte mehr Lust gehabt zu spielen als Dylan selber», rief ich, als der Bahnhofseingang schließlich in Sicht geriet. Bestimmt eine Dreiviertelstunde hatten wir für die zweihundert Meter hierher gebraucht.

«Tom Petty and the Heartbreakers waren das», rief Robert, der plötzlich irgendwo hinter mir lief, weil der Weg schmaler geworden war.

«Und er hat gar nicht *The Times They Are A-Changing* gespielt, oder hab ich das bloß überhört?»

«Was?», rief Robert.

Ich drehte mich im Gehen um, weil ich meine Frage wiederholen wollte, aber da war Robert schon nicht mehr da.

Er war weg, abgedriftet, verschluckt von den nachdrängenden Leuten. Er war untergegangen. Ich wollte stehen bleiben, um Ausschau zu halten nach ihm, aber ich konnte es nicht, ohne von der Menge überrollt zu werden. Also lief ich weiter und gab ihn verloren.

Oben auf dem Bahnsteig setzte ich meine Kopfhörer auf, und dann fuhr ich nach Hause: Joy Division in den Ohren, komplett nüchtern und alleine, zwischen Tausenden Hippies im Glücksrausch.

Am dritten Tag vor dem Ende, einem Freitag, ging ich in die Kaufhalle am Keplerplatz und legte drei Flaschen Wodka in meinen Korb und sechs Flaschen Cola.

Ich musste meinen Ausweis vorzeigen an der Kasse, weil ich zu jung aussah, um Schnaps kaufen zu dürfen, aber schon als ich meinen sperrigen Wehrdienstausweis aus der Lederjacke wurstelte, wurde der Blick der jungen Verkäuferin milde. Sie wünschte mir alles Gute, als ich mein Rückgeld einsammelte, was mir noch nie passiert war.

Abends kam Mario runter mit einer Tüte Erdnussflips. Wir machten den Fernseher an, drehten den Ton ab, ich legte meine Cult-Platte auf, und dann fingen wir an zu trinken: Wodka Cola, einen und einen zweiten, und als ich den dritten zusammengoss, sagte Mario: «Als Erstes scheren sie euch die Haare bei der Armee.»

«Könntest du das nicht machen?», fragte ich.

«Was meinst du?»

«Na, kannst du mir nicht stattdessen die Haare schneiden?»

«Wie soll denn das gehen?», fragte Mario.

«Mit Schere und Kamm», sagte ich. «Wenn du das erledigst, wird das nicht so ein Einheitsbrei wie dort. Und es wird auch nicht so kurz.»

«Kommt gar nicht in die Tüte», sagte Mario.

«Du hast dir doch schon früher die Haare selber geschnitten», sagte ich.

«Höchstens mal die Spitzen», sagte Mario, aber nachdem wir den vierten Wodka Cola intus hatten und das Thema noch immer nicht erledigt war, sagte er schließlich: «Überredet», und ich ging ins Arbeitszimmer meines Vaters rüber, um die große Papierschere zu holen, mit der er seine Artikel ausschnitt.

Als ich am zweiten Tag vor dem Ende gegen Mittag aufwachte, hatte ich wahnsinnige Kopfschmerzen, und wenn ihr denkt, dass die sich nur dem Wodka verdankten, habt ihr euch geschnitten.

Im Badezimmerspiegel entdeckte ich die gesamte Bescherung. Meine Haare sahen aus, als wäre ein Mähdrescher durchgefahren oder einer meiner Gartenbaukollegen mit der stumpfen Sense drübergegangen: ein schiefes Stoppelfeld, in dem gelegentliche Krater einen Blick bis auf die Kopfhaut erlaubten. Das Schlimmste war eine zehn Zentimeter lange Schramme, die von der Stirn in Richtung meines rechten Ohres führte und jetzt, da ich sie begutachtete, im Rhythmus meines Herzens pochte. Als ich vorsichtig am Grind polkte, fing sie sofort wieder zu bluten an.

Stimmt, fiel mir ein: Ich war aufgestanden, um mir eine Zigarette zu nehmen, und Mario mit seiner eingeschränkten Fahrtüchtigkeit vom Wodka Cola hatte die Schere nicht schnell genug weggezogen.

Im Wohnzimmer sah es nicht viel besser aus als auf meinem Schädel. Inmitten eines Meers aus alten Zeitungen, blutigen Knäueln aus Toilettenpapier und Haarbüscheln stand einer unserer Esstischstühle. Auch er war voller Haare, aber wie durch ein Wunder waren seine Polster frei geblieben von Blut.

Es dauerte eine volle Stunde, bis ich aufgeräumt hatte. Ganz weg bekam man die Haarsplitter natürlich nicht. Als ob sie Widerhaken besäßen, klammerten sich ein paar am Teppich fest und an der Lehne vom Esstischstuhl.

Als ich fertig war, fiel mir wieder ein, wie ich aussah.

Mist, dachte ich, es war Sonnabend, früher Nachmittag, und die Friseure hatten längst alle zu, wenn ich überhaupt drangekommen wäre ohne Termin.

Ich ging ins Bad zurück und versuchte auf eigene Faust, wieder in Form zu bringen, was Mario übrig gelassen hatte von meiner schönen Jesus-and-Mary-Chain-Frisur. Ich legte die Stoppeln nach rechts und nach links, ich benutzte Seife und das Haarspray von Victoria, das hier neuerdings rumstand, und auch eimerweise von der teuren Frisiercreme trug ich auf, aber nichts half.

Ich beschloss, das Geschirr abzuwaschen, um meinen eigenen Zustand zu vergessen und gleichzeitig jenen der Küche zu verbessern, damit Victoria, wenn sie nachher vorbeikam, nicht in Ohnmacht fiel.

Um zirka halb vier klingelte es an der Wohnungstür, aber es war nicht Victoria, nein, eine andere, äußerst ansehnliche junge Frau stand im Treppenhaus neben Mario, und ohne mich zu begrüßen, sagte sie zu ihm: «Oh Gott, das sieht schlimmer aus, als du gesagt hast am Telefon.»

«Wir waren ziemlich knülle gestern», sagte Mario zu seiner Entschuldigung.

«Lässt du uns rein, René?», fragte sie mich. «Mario hat mich als Feuerwehr für deine Frisur engagiert.» Sie grinste, und sie gab mir einen Kuss auf die Wange.

«Hey, Bianca», sagte ich und trat einen Schritt zur Seite, «ich hätte echt nicht gedacht, dass ich dich noch mal sehen würde.»

«Da geht's den Menschen wie den Leuten», sagte Bianca und stellte ihre schwere Tasche mit dem Frisierwerkzeug an der Garderobe ab.

Falls ihr es vergessen habt: Bianca war die erste richtige Freundin meines Lebens gewesen, wenn man vom Mädchen mit den Grübchen absieht, die aber nicht zählte, weil da das Küssen ohne richtiges Anfassen gewesen war.

Vor allem aber war Bianca Friseuse, und wenn ich das richtig überschlug, hatte sie sogar schon ausgelernt und arbeitete in einem Salon.

Mario breitete eine neue Lage alter Zeitungen aus, ich setzte mich auf denselben Stuhl wie gestern, und dann inspizierte Bianca erst mal ausführlich die Schäden, die von der Papierschere meines Vaters angerichtet worden waren.

Bianca zupfte sanft an meinen Haarstummeln herum, sie strich mir über die Stirn und sehr vorsichtig über die Schramme, und es mag seltsam klingen, aber es war sehr angenehm und hätte viel länger dauern dürfen, denn zu allem Überfluss roch Bianca sehr gut. Sie roch wie früher, als das Leben noch unkomplizierter gewesen war.

«Da hast du echt ganze Arbeit geleistet», sagte sie irgendwann zu Mario.

«Das heißt?», fragte er und guckte geknickt aus der Wäsche.

«Dass eine letzte Möglichkeit bleibt», sagte Bianca in kühler Professionalität, «ich muss eine Glatze schneiden.»

«Die Ultima Ratio der Friseure», sagte ich.

«Freut mich, dass du's mit Humor nimmst», sagte Bianca und grinste, und dann machte sie sich ans Werk.

Auch diese Prozedur hätte bis in alle Ewigkeit weitergehen können: das sanfte Schnurren der Schermaschine, die leichten Vibrationen in meinem Kopf, die sie erzeugte, Biancas zarte Finger auf meinem Schädel oder ihr Atem in meinem Nacken, wenn sie die Haarreste fortblies.

Als sie fertig war, stellte sie sich vor mich hin, begutachtete ihr Werk. Sie ließ mich den Kopf hin- und herdrehen, und erst dann pustete sie auf ihre Schermaschine wie so ein Filmcowboy nach gewonnenem Duell und stellte sie ab.

Ich sah Mario an, und Mario sagte: «Gar nicht mal so schlecht. Klar, muss man sich erst dran gewöhnen. Aber dann.»

«Ich hab jetzt die Frisur, die zu deiner Jacke passt», sagte ich.

«Wenn du auch willst», sagte Bianca zu Mario, «die Maschine ist noch warm.»

Und was soll ich sagen. Mario setzte sich gleichfalls auf den Stuhl, ich holte ein neues Handtuch aus dem Bad und legte es ihm um die Schultern, und dann warf Bianca ein zweites Mal an diesem Nachmittag die Maschine an, und selbst ihr zuzusehen bei der konzentrierten Arbeit, hatte etwas Beruhigendes.

Als Bianca fertig war mit ihrem Handwerk, räumten wir auf, und dann mixte uns Mario drei Wodka Cola. Wir gingen auf den Balkon, rauchten und tranken, und wir versanken in einem dieser schönen Gespräche, die mit «Weißt du noch, damals …» begannen.

Schon im Dunkeln brachten wir Bianca zur Haltestelle in der Galileistraße zurück, gegenüber vom *Orion*, dort, wo vor zwei Jahren alles begonnen hatte mit unserem Kennenlernen. Eisiger Herbstwind wehte um meinen geschorenen Kopf und kühlte die Wunde.

«Wie geht's denn Connie?», fragte ich, als wir auf die Bahn warteten.

«Gut», sagte Bianca. «Die macht richtig Schotter mit ihren selbst genähten Klamotten.»

«Und dir selber?»

«Besser wahrscheinlich als dir im Moment», sagte Bianca und strich schon wieder zärtlich über den Schorf auf meinem Kopf.

«Bist du noch mit diesem Frank aus dem Westen zusammen?»

«Quatsch, der war auch bloß 'ne blöde Eintagsfliege. Nach fünf Wochen hat er aufgehört zu schreiben.»

Die Bahn kam, und Bianca stieg ein, und bevor sich die Türen schlossen, rief sie: «Wenn ihr euch mal wieder selbst verstümmelt habt, ruft an!»

«Was machen wir jetzt?», fragte Mario. «Willst du vielleicht mit in meine Stammkneipe?»

«Ich wusste gar nicht, dass du eine Stammkneipe hast.»

«Doch», sagte Mario, «in Babelsberg.»

«Ich geh lieber nach Hause», sagte ich, «Victoria kommt nachher aus Berlin, um mir beim Packen zu helfen.»

«Sehen wir uns morgen noch mal?»

«Glaub nicht.»

«Dann grüß sie von mir und lass dich nicht unterkriegen», sagte Mario, und er drückte mich mit seinen Kraftsportarmen fast zu Brei beim Abschied.

«Danke für alles», sagte ich und zeigte auf meinen Kopf.

«Keine Ursache», sagte Mario, und dann lief er los zur Bushaltestelle in der Thälmannstraße, um in seine Stammkneipe zu gelangen, und seine Bomberjacke glänzte im milchigen Licht der Laternen.

Am letzten Tag vor dem Ende merkte ich bereits am Vormittag, dass ich keine feste Nahrung runterkriegen würde vor lauter Nervosität. Ich bat Victoria, unsere Eltern anzurufen und das geplante Abschiedsessen in der *Clubgaststätte* abzusagen. Sie verließ die Wohnung, um persönlich Bescheid zu geben, und als sie zurückkam, hatte sie eine Flasche Cabernet dabei und eine Tüte Champignoncremesuppe. Außerdem gute Besserungswünsche und ein selbst gemaltes Bild von Fritzi, auf dem ein Panzer drauf war und ein paar Buntstiftmännchen, die aus krummen Gewehren gegen die tief hängenden Wolken schossen.

Ich mixte mir einen Wodka Cola, fünfzig zu fünfzig, legte die *Hatful of Hollow* auf den Plattenteller, drehte die Anlage auf, und dann fingen wir in meinem Zimmer an, die Sachen zusammenzusuchen. Wieder gab es eine Liste, was man alles mitbringen sollte, Rasier- und Schuhputzzeug und diesen Kram, aber sie war kurz, verglichen mit den Ferienlagerlisten von früher, denn das meiste, hatte mir Herr Kohlschmidt erklärt, bekomme man in der Kaserne. Handtücher, Sportzeug, sogar Unterwäsche und Socken, was ich ein bisschen eklig fand.

«Haha», hatte mich Herr Kohlschmidt im Treppenaufgang ausgelacht, «guck nicht so, das ist alles neu und nicht gebraucht.»

«Welche Kassetten willst du mitnehmen?», fragte Victoria jetzt.

«Man darf dort keinen Walkman haben», sagte ich.

«Und welche Bücher?»

«Nur den gelben Camus», sagte ich, «da sind zwei Romane drin, die ich noch nicht kenne, und den *Fremden* kann man zur Not immer wieder lesen.»

Victoria reichte mir das Buch, ich legte Fritzis Bild zwischen die Seiten und steckte es in die Reisetasche.

«Briefpapier?»

«Auch irgendwo im Regal», sagte ich, «oben auf den Büchern muss es liegen.»

«Wer ist denn Katharina Winkler?», fragte Victoria, nachdem sie eine Weile gesucht hatte, und hielt plötzlich einen Stapel Briefe in der Hand.

Ich merkte, wie ich rot wurde, und drehte mich weg.

«Deren eins, zwei, drei …», fing sie an zu zählen, «deren insgesamt fünf Briefe du nicht geöffnet hast?»

«Gib bitte her», sagte ich.

«Kenne ich sie?», fragte Victoria und reichte mir mit spöttischem Blick die Briefe, und ich packte sie gleichfalls in die

Reisetasche, ganz nach unten auf den Boden, wo sie nicht zerknickten.

«War sie auf meiner Schule?», nervte sie weiter.

«Ach, Victoria», sagte ich, «lass mal bitte», und Victoria kam zu mir rüber, und sie umarmte mich und strich mir dabei mit der flachen Hand über die Fünf-Millimeter-Borsten oben auf dem Kopf. Ich hatte keine Ahnung, ob sie von dem ganzen Schlamassel wusste, und es war mir jetzt auch egal.

Als meine Reisetasche griffbereit im Flur stand und es draußen dämmerte, machte ich die Flasche Cabernet auf. Wir setzten uns ins Wohnzimmer, ich goss uns Wein ein und legte die *Closer* auf, aber ich merkte schnell, dass Victoria nur so tat, als würde sie mittrinken.

Aus Mitleid.

Damit ich mich nicht so alleine fühlte in den letzten Stunden. In Wahrheit saß sie auf heißen Kohlen und musste zurück in ihr Wohnheim nach Berlin, denn morgen in aller Herrgottsfrühe stand eine Vorlesung auf dem Plan.

«Musst du nicht langsam los?», fragte ich, nachdem Victoria ein halbes Glas und ich zwei Gläser Wein getrunken hatte.

«Ja», sagte sie und stand auf, «sehen wir uns Weihnachten?»

«Weiß ich noch nicht.»

«Versprichst du mir eines?», fragte Victoria, als wir uns wenig später an der Wohnungstür verabschiedeten, und sie sah plötzlich ganz weinerlich aus.

«Was denn?»

«Dass du keinen Quatsch machst.»

«Ja», sagte ich.

«Du musst es richtig sagen!»

«Ja, ich verspreche dir, dass ich keinen Quatsch mache», sagte ich und musste grinsen.

«Das ist nicht lustig.»

«Nein, so richtig nicht.»

«Ach, René», sagte Victoria, und dann drückte sie mich schon wieder, so lange, bis ich irgendwann sagte: «Du musst dich ein bisschen beeilen, Victoria, sonst ist der Bus weg», denn niemandem war geholfen, wenn man traurige Sachen wie diese sinnlos in die Länge zog.

Am Tag, an dem alles zu Ende ging, ließ mich mein Vater weit vor sieben am Eingang des Potsdamer Hauptbahnhofs aus dem Wartburg.

«Dass du wirklich jedes Mal übertreiben musst», hatte er zu meiner Begrüßung in der Grotrianstraße gesagt und meine neue Frisur gemeint. Aber er war nicht mehr mein Erziehungsberechtigter, und wir waren ansonsten wortlos vom Stern nach hier draußen gefahren.

Ich steckte mir eine Club an, nahm meine Tasche und lief zum großen Parkplatz rüber, auf dem hundert, vielleicht zweihundert Jungs meines Jahrgangs warteten, und wenn da nicht die Militärfahrzeuge gewesen wären, die Lichtmasten, die Lautsprecher und diese Uniformierten überall, hätte man das Ganze für den Beginn einer großen Klassenfahrt halten können.

Einige der Jungs kannte ich vom Sehen, und einer von ihnen war Dirk.

«Was ist denn mit dir passiert?», fragte er.

«Das ist mein neuer Majakowski-Look», sagte ich und strich mir selber über den Kopf. «Wo musst du hin?»

«Nach Eilenburg», sagte Dirk, «und selber?»

«Bad Düben», sagte ich. «Ist Michael auch hier?»

«Nein», sagte Dirk, «der kommt zum Wachregiment in Berlin dank seines Alten. Die kriegen da sogar Ausgang in Zivil.»

So standen wir eine Weile mit den anderen Jungs rum. Wir rauchten, und wir unterhielten uns. Unter der Hand kreisten die Schnapsflaschen, und wann immer mir eine gereicht wurde, nahm ich einen Schluck.

Als ich schon fast vergessen hatte, warum wir eigentlich hier waren, brüllte jemand: «Alle Mann antreten!»

Die Uniformierten trieben uns über den Parkplatz, sie schrien Befehle, und als wir endlich in einer Linie zu drei Gliedern standen, passierte eine Weile nichts.

Gar nichts.

Es war still und die Morgendämmerung noch in weiter Ferne.

Ich war achtzehn Jahre und vier Monate alt.

Es nieselte leicht.

Neben mir stand Dirk, einen Ausdruck im Gesicht, den ich nie zuvor an ihm gesehen hatte. Er starrte geradeaus ins Nichts der Pirschheide. Er guckte wie ein Kind, das nicht wusste, woher das Böse kam, das ihm geschah.

Auf meinem Kopf begann die Schramme zu jucken.

Jetzt war es also gekommen, das Ende.

Mit einem Knall sprang das Flutlicht an.

Es gab keinen Trost, dachte ich, denn es gab kein Danach.

Niemand konnte einen solchen Batzen Zeit überblicken.

Ein schwarzer Monolith von mehr als tausend Tagen.

Es gab keinen Tunnel, also gab es kein Licht.

Es gab keine einzige Sache, die man in Stellung bringen konnte gegen unser Verhängnis, das hier begann.

Es gab überhaupt nur zwei Dinge auf der Welt, fiel mir ein Vers ein: die Leere und das gezeichnete Ich.

«Genossen Unteroffiziersschüler!», brüllte der Uniformierte vor uns ins Mikrofon, und ich merkte, wie Dirk neben mir zusammenzuckte, «Sie sind heute angetreten, um ...»

Bevor er weiterschreien konnte, zerriss eine Rückkopplung die Dunkelheit, und ich machte, was ich immer tat, wenn mich jemand besudeln wollte mit seiner sinnlosen Rede:

Ich schaltete ab.

INHALT

I.

II.

III.

DANK

Mein herzlicher Dank gilt dem Deutschen Literaturfonds Darmstadt für die Förderung der Arbeit an diesem Roman.

Weitere Titel

Das fabelhafte Jahr der Anarchie

Der perfekte Kuss

Die Guten und die Bösen

Junge Talente

Komm in den totgesagten Park und schau

Oben leuchten die Sterne

Skizze eines Sommers

Straße der Jugend